KB071907

로쟈의 한국문학 수업

한 그루의 나무가 모여 푸른 숲을 이루듯이
청림의 책들은 삶을 풍요롭게 합니다.

세계문학의 흐름으로 읽는
한국소설 12 — 남성작가 편 —

로쟈의 한국문학 수업

이현우 지음

추수밭

세계문학의 바다를 건너
다시 만난 한국현대문학

이 책은 한국현대문학, 더 구체적으로는 한국현대소설에 대한 강의를 묶어서 펴낸 결과다. 러시아문학을 전공하고 대학 안팎에서 러시아문학뿐 아니라 세계문학을 강의한 지 24년째로 접어들었다. 20대 후반에 시작한 일인데 어느새 오십을 넘긴 나이가 되었다. 그동안 여러 권의 강의록을 출간했고 앞으로도 이런 작업은 계속 이어질 예정이다. 그럼에도 이번 책은 나름대로 특별한 의미를 갖는 책이다.

우선 이 책은 한국문학을 주제로 하는 나의 첫 책이다. 주로 세계문학 강의를 진행해왔지만 한국문학작품도 간헐적으로 다루고는 했다.《춘향전》같은 고전과 이광수의《무정》등이 여러 차례 다뤄진 작품이다. 그렇지만 한국문학만 집중적으로 강의하는 기회를 만든 지는 얼마 되지 않았다. 순전히 개인적인 이유에서였는데 지난 2017년, 대학 입학 30년을 맞아 '한국문학 다시 읽기'를 기획했다. 다시 읽기의 제안은 다른 누구보다도 나 자신에게 건넨 것이었다.

대학교 1학년 첫 학기에 '문학개론', 그리고 둘째 학기에 '한국근대문학의 이해' 같은 강의를 들으며 나는 막연하게 생각했던 한국문학에 입문했다. 낯익은 작가와 작품도 있었지만 고등학교 때까지 읽지 않았던 새로운 작품이 대다수였다. 첫사랑의 느낌까지는 아니더라도 모든 작가와의 만남이 첫 데이트의 설렘을 가져다주었다.

그때 들은 강의와 읽은 책들이 내게는 한국문학과의 본격적인 첫 만남이었다. 한국현대시를 개별 시인들의 시집으로 진지하게 읽어나가기 시작한 것도 대학교 1학년 여름방학 때부터였기에 그해가 모든 문학공부의 원년이었다. 그리고 30년이 흘렀다.

50대에 이르러 나는 내가 문학에 대해 무엇을 알게 되었는지, 어떤 생각을 갖게 되었는지 점검하고 싶었다. 거기에 덧붙여서 한 독자로서 한국문학에 대해 갖고 있는 생각과 견해를 정리하고 싶었다. 내게는 30년의 시간을 되새김질하는 동시에 한국문학에 대한 소통과 교감의 장을 마련할 수 있는 기회가 되었다. 강의에서 다룬 작가 가운데는 30년 만에 재회한 경우도 있고 30년 전에도 만나지 못했다가 이번에야 비로소 마주한 경우도 있다. 어느 경우이건 한국현대사와 함께 한국현대문학사를 나름대로 음미해볼 수 있는 기회였다.

한국문학을 따로 전공하지 않았고 실제 현장비평에도 관여하지 않은 처지에서 한국문학에 대해 특별한 발언권을 주장할 수는 없다. 그렇지만 강의를 기획하면서 세계문학에 관한 오랜 강의 경험이 한국문학에 대한 색다른 견해와 평가를 갖게 해주지 않을까라는 일말의 기대가 있었다. 세르반테스의《돈키호테》이후에 전개된 근현대의 세계소설사에 대해 폭넓게 강의해오면서 나름대로의 안목을 갖게 되었고, 가령 러시아문학에 대해서도 새로운 시각으로 바라볼 수 있었다. 근대적 변화(근대 혁명)가 갖는 보편성을 각 나라의 문학이 공유하는 동시에 불균등한 발전과정에서 비롯되는 상대적 차이를 또한 보여준다는 점이 요체다.

자명해 보이는 주장이지만 이러한 안목에서 세계문학사를 통괄적으로 바라보면서 각 국민문학의 대표작들을 평가하고 그 성취를 음미하는 일은 드물었다. 한국문학도 바로 그러한 관점에서 새롭게 바라볼 수 있다고 생각한다. 적어도 나는 30년 전과는 다르게 읽을 수 있었고 더 잘 이해할 수 있었다. 부족한 대로 이 책이 세계문학의 흐름으로 한국문학을 읽는 새로운 시도가 될 수 있기를 바란다.

전체적으로 반영론적인 관점에서 작품을 읽고 평가하려고 했다. 작품을 시대적 맥락과 작가의 전기적 맥락에 비추어 읽고자 했다. 물론 이것은 한 가지 독법일 뿐이지만 동시에 기본적인 독법이라고 생각한다. 작품의 핵심이 무엇인지 먼저 일별해본 다음에 세부사항이나 특이점에 주목할 수 있을 것이다. 이런 독법 자체가 특별할 것은 없지만 작품의 해석이나 평가에서는 새로운 점도 없지 않기를 바란다. 비록 강의에서 다룬 작품들에 관한 여러 비평과 문학사의 기술을 참고하기도 했지만 가급적 나의 주관적 견해를 앞세우고자 했다. 그것이 얼마나 주관적인지, 혹은 얼마만큼 상호주관적으로 수용할 만한 것인지는 내가 판단하기 어렵다. 책에 대한 반응을 통해서 확인해보려고 한다.

여느 강의록과 마찬가지로 이 책 또한 여러 사람의 도움으로 책의 모양새를 갖추게 되었다. 실제 강의는 작가당 90분씩 이루어졌는데 녹취된 강의내용을 정리해준 이영혜 님에게 특별히 감사를 전한다. 나에게 유익한 경험이었던 것만큼이나 독자에게도 유익한 읽을거리가 된다면 더 바랄 나위가 없겠다. 기회가 닿는다면 또 다른 한국문학 수업을 통해서 다시 만날 수 있기를 기대한다.

2020년 1월

이현우

남성작가와 여성작가로
나누어 살펴본 한국현대문학

《로쟈의 한국문학 수업》은 한국현대소설에 대한 강의를 두 권으로
나누어 펴낸 것이다. 실제 강의가 편의상, 남성작가와 여성작가에 대
한 강의로 나눠서 진행되었고 그에 따라 책의 구성도 '남성작가 편'
과 '여성작가 편'으로 이루어지게 되었다. '편의상'이라고 한 것은
책의 분량을 고려한 결과이기도 해서다.

　2020년 초에 남성작가 편을 《로쟈의 한국 현대문학 수업》으로 펴
낸 뒤, 여성작가 편은 책에 대한 반응을 보고 진행하려고 했다. 그러
던 중에 책에 사용한 작품 인용의 저작권 문제로 책을 개정해야 하는
상황이 되어 남성작가 편은 이번에 표지와 체제 일부를 바꿔서 개정
판으로 삼게 되었다. 의도한 것은 아니지만 결과적으로는 내용을 한

번 더 가다듬은 개정판을 펴내게 돼 다행스럽게 생각한다. 내용이 크게 개정된 것은 아니지만 표현을 좀 더 정확하게 다듬었고 착오들을 바로잡았다. 적어도 한국현대문학에 대한 한 가지 입문서나 해설서로서 의의를 가질 수 있게끔 했다.

남성작가 편의 초판은 1950년대 손창섭부터 1990년대 이승우까지 작가 10인의 대표작을 골라서 다루었는데 개정판에서는 여성작가 편과 마찬가지로 1960년대 이후 한국현대문학에 대한 강의가 되게끔 손창섭을 제외했다. 대신에 이문구, 김원일, 김훈에 대한 강의를 포함해서 12강이 되도록 했다. 한편 여성작가 편은 1960년대 강신재부터 2010년대 황정은까지 10인의 작가를 골랐다. 실제 강의에서는 식민지 시대의 대표작가로 강경애의 《인간 문제》를 다루기도 했지만 역시나 기간을 남성작가 편과 맞추기 위해서 제외했다. 해방 이전 시기의 문학을 가리키는 '한국근대문학'에 대한 강의는 언젠가 따로 책으로 엮어낼 수 있기를 기대한다.

어떤 주제에 대해서 '충분한' 강의를 한다는 것은 어려운 일이다. 다만 나로서는 내가 읽은 한국문학에 대한 인식과 이해를 한 차례 정리하고 싶었고, 또 그것이 일반 독자가 한국문학을 읽는 데 유익한 참고가 되면 좋겠다는 생각을 했다. 한국현대문학에 대해서는 이미 많은 연구논저가 나와 있다. 문학사를 다룬 책도 여러 종이 나와 있고, 여기에서 다루는 작가들 중 일부에 대해서는 축적된 연구의 양도 부족하지 않은 편이다. 전공자나 전문 독자라면 그런 책들을 직접 참고할 수 있을 것이다. 내가 이 책의 독자로 염두에 둔 이들은, 실제 강의의 수강자들과 마찬가지로 한국문학에 관심은 갖고 있지만 그렇다고 '전공'하거나 '연구'할 의향까지는 갖고 있지 않은 일반 독자다. 그런 독자들에게 현재 출간돼 있는 문학사나 비평서들은 너무 전문적이라는 인상을 준다. 아주 어렵지 않으면서도 작가나 작품에 대한 조금은 심도 있는 이해를 제공해주는 교양서가 필요하다고 생각하는 이유다.

거기에 덧붙여서 이 책에서는 줄곧 한국문학과 세계문학을 견주고자 했다. 더 정확히는, 한국문학을 세계문학이라는 확장된 맥락 속에서 보려고 했다. 그런 시각은 러시아문학을 전공하고 오랫동안 세계 각국의 문학을 일반 청중을 대상으로 강의하면서 자연스레 체득한 것이기도 하다. 근대 내지는 현대('modern'을 우리말로는 '근대'로도, '현대'로도 옮긴다)의 대표 장르로서 장편소설novel을 기준으로 하여 작가와 작품을 재평가하고, 더 나아가 문학사를 다시 새로운 시각으로 바라보고자 했다.

이 책이 목적과 용도에 잘 맞는 책인가는 독자가 판단할 문제이지만, 적어도 그런 문제의식을 갖고서 강의를 진행했고 또 책으로 펴낸다는 사실은 밝힐 수 있다. 한 차례의 강의로 이런 의도를 모두 담아내는 건 불가능한 일이지만 일보 전진을 위한 교두보 정도는 될 수 있기를 바란다. 아울러 보통의 독자가 책을 통해서 한국현대문학의 전개과정에 대한 조감도를 그려볼 수 있고, 개별 작품에 흥미를 갖게 된다면 저자로선 더 바랄 것이 없겠다.

　책이 나오기까지 애쓰신 모든 분들께 감사를 전한다.

2021년 1월

이현우

차례

1장

| 1960년대 Ⅰ |

최인훈
《광장》

남한과 북한 모두를 거부하는
'회색인간'의 의미와 한계

최인훈

• 1959년 – 단편 〈그레이 구락부 전말기〉 발표 및 등단
• 1960년 – 중편 《광장》 발표
• 1966년 – 장편 《서유기》, 단편 〈웃음소리〉 발표 및 동인문학상 수상
• 1994년 – 장편 《화두》 발표 및 이상문학상 수상

이 작품에 대한 흔한 독해는 남한에는 밀실만 있고 북한에는 광장만 있다는 것이다. 그러나 정확하게 말하자면 둘 다 없다고 해야 할 것이다. 오히려 남한에 있는 것은 '유사밀실'이고, 북한에 있는 것은 '유사광장'이다. 이처럼 광장과 밀실을 서로 얽혀 있는 것으로 봐야 문제를 보다 정확히 짚을 수 있다. 그리고 그 해법은 광장과 밀실을 둘 다 마련해야 한다는 것이다.

전후문학과 한글문학 사이에서, 최인훈의 탄생

최인훈의 《광장》은 1960년 4·19혁명이 아니었다면 나오지 못했을 작품이다. 5·16군사정변이 일어나기 전 아주 짧은 시공간으로 허락됐던 1960년과 1961년 사이 한국에서만 나올 수 있었던 작품이다. 최인훈이 이후에 《광장》을 넘어서는 작품을 쓰지 못하는 것은 이 역사적 조건 때문이다. 단순히 작가 개인의 역량이 모자라서가 아니다. 작품은 작가 혼자 궁리해서 쓰는 것이 아니다. 시대 상황에 조응하는 방식으로 탄생한다. 1960년 4·19혁명은 한국현대사의 전환점인 동시에 문학사의 전환점이었다. 1950년대 문학에서 1960년대 문학으로 넘어가는 분기점이 되는 사건이 4·19혁명이었다.

최인훈 이전 세대는 '전후문학 세대'로 불리며 대표적인 작가로는 손창섭, 장용학, 선우휘 등이 꼽힌다. 1959년에 등단작을 발표한 최인훈은 1950년대에 등단한 작가들 가운데 가장 젊은 연령층에 속한다. 그가 등단했을 때 나이가 스물세 살이었다. 1960년대에 출간되어 4·19세대에게 큰 영향을 준 《한국전후문제작품집》에 포함된 최연소 작가가 최인훈이었다. 그는 전후 세대의 막내 작가인 동시에 1960년대 문학의 출발점이 되는 작가였다.

문학사에서는 보통 1960년대 문학의 간판으로 1964년에 발표된 《무진기행》과 작가 김승옥을 꼽는다. 최인훈이 1934년생, 김승옥이 1941년생으로 나이 차이가 많이 나지는 않지만 결정적인 분기점이 있다. 초등학교에서 어떤 언어로 수업을 들었는지가 중요하다. 일어로 배웠는가, 아니면 한국어로 배웠는가.

　김승옥은 한글로 초등학교 수업을 받은 첫 세대에 속한다. 최인훈은 일어와 한국어를 모두 배운 세대다. 최인훈이 문학 수련기인 10대 때 읽었던 책들 대부분이 일어로 쓰인 책이다. 한국어로 읽을 수 있는 '교양'이 지극히 한정되어 있었기 때문에 한국어로 쓰인 책만 가지고는 작가 수업이 제대로 되지 않았다. 최인훈과 김승옥을 거치면서 한국문학이 '한국어문학' 내지는 '한글문학' 세대로 차츰 이동하게 된다. 그 과도기에서 중개자·매개자 역할을 했던 작가가 바로 최인훈이다.

북한에서 남한으로, 회색인간 최인훈의 여정

최인훈은 해방 이후 예민했던 시기인 1945년부터 1950년까지 북한에서 지냈다는 독특한 이력이 있다. 그의 고향은 함경북도 회령으로 이곳은 두만강변에 위치한 국경도시다. 목재상 집의 장남으로 태어나 1943년 초등학교에 입학하고 나서 몇 해 지나지 않아 해방을 맞이한다. 북한에서는 러시아어를 익히고 남한에 내려와서는 처음으로 영어를 배웠는데 1년 뒤에는 학교에서 성적이 제일 좋았다고 한다. 이러한 재능을 바탕으로 나중에 통역장교까지 하게 된다. 아마 일본어 실력도 상당히 출중했을 것이다. 이렇게 시대적인 조건에 의해 다양한 언어를 익힐 수 있었던 것은 최인훈 세대가 마지막이었다.

최인훈은 강원도 원산에서 중학교에 입학한 뒤 고등학교 1학년을 수료하고 2학년을 두 달 동안 다녔다. 그동안 원산시립도서관에서 온갖 종류의 소설과 사상서를 두루 읽는다. 원산시립도서관에는 일제강점기의 장서들이 보존되어 있었고 이것들은 대부분 일어로 쓰인 것이었다. 북한이 사회주의체제가 자리 잡기 전이어서 가능한 독서였다. 다양한 언어를 사용할 수 있는 환경은 개인적인 차원에서는 중요한 지적 토양이 된다. 자연스럽게 2개 국어 내지는 그 이상을 습득함으로써 단순히 책을 수월히 읽는 것뿐만 아니라 사고의 유연함도 획득할 수 있기 때문이다.

　　최인훈 다음 세대라면 북한에서 이런 독서 경험을 하기가 어려웠을 것이다. 비교할 수 있는 사례로 중국을 들 수 있는데 마오쩌둥이 중화인민공화국 수립 이후에 철저하게 사상 통제를 가했기 때문에 한 세대에 걸쳐 좋은 작품이 나오지 않는다. 당시 중국의 대표 작가로 꼽히는 바진의 중요한 작품들은 모두 중화인민공화국 수립 이전의 것이다. 꽤 오래 살았는데도 불구하고 1950년대부터는 좋은 작품을 쓰지 못한다.

　　1950년 6월 한국전쟁이 터지고 12월에 원산항에서 전차상륙함 LST를 타고 탈출했던 일이 최인훈에게는 극적인 경험이 된다. 피난민 수용소에 있다가 목포에서 고등학교를 다녔고, 당시 부산으로 옮겨와 있던 서울대학교에 입학해 법학부에서 4학년 1학기까지 다니고 1955년 학업을 중도 포기한다. 법대 진학은 자신의 의지였다기보다는 친구들을 따라 선택한 것으로 대학에서는 별로 배운 것이 없었다고 작가는 고백한다.

그리고 군대에 들어가 통역장교로 복무한다. 자기 시간이 많고 책을 두루 접할 수 있는 좋은 조건에 있었기 때문에 6년이나 군 생활을 했다.《광장》을 포함한 초기 주요 작품들을 대부분 이 기간에 쓴다. 군인 신분이긴 하지만 집필 활동에는 제약이 없었다. 작가의 회고에 따르면 이 시기가 진짜 대학 시절이었다. 서울대를 다닐 때는 배운 것이 많지 않았고 군 생활을 통해서 오히려 전성기를 맞는다.

최인훈은 1959년에 등단작 〈그레이 구락부 전말기〉를 발표한다. 제목만 봐도 최인훈 작가의 특징이 드러나는데 '그레이gray'는 영어로 쓰고 '구락부俱樂部'는 일본어(한자어)로 쓴다. 최인훈과 같이 여러 언어를 배운 세대만 쓸 수 있는 표현이다. 그리고 '그레이'란 말에서 드러나듯 '회색'은 최인훈의 색깔이다. 관념적 지식인의 세계를 상징하는 색깔이기도 하다. 회색은《광장》의 결말과 관련해서도 생각해볼 수 있는 소재다. '어떤 것도 선택하지 않는다는 선택'을 하는 주인공의 모습이 드러나기 때문이다.

《광장》의 어떤 판본을 '정본'으로 삼을 것인가

최인훈이 1960년에 처음 발표한《광장》은 당시에는 분량이 중편 정도밖에 되지 않았다. 이후에 분량을 상당히 늘려 쓴《광장》이 다시 출간된다. 지금도 장편으로 부르기엔 다소 분량이 짧은 작품이다. 손창섭을 비롯한 전후 작가들의 작품이 숨 막히는 느낌이 들었을 당시 평론가나 독자들에게 최인훈의 《광장》은 뭔가 뻥 뚫리는 듯한 감상을 주었을 것이다. 《광장》은 날이 선 이데올로기 비판을 수행하고 있다는 점에서 지금도 그 의의가 살아 있는 작품이다. 그 비판이 남과 북 두 체제를 동시에 겨냥하고 있다. 《광장》을 여러 차원에서 넘어선 작품들이 있을 수 있지만, 지금도 이념적인 제약에서 자유롭지 못한 남북한의 현실을 생각하면 이 작품의 의의는 쉽게 대체되지 않을 것이다.

최인훈도 이 작품에 대한 애착이 상상 이상인데 여섯 번이나 개작을 해서 판본이 일곱 개나 된다. 독자로서는 좋은 소식이 아니다. 연구자들에게는 판본을 비교해보는 것도 학위 논문의 소재가 될 수 있다. 판본들 사이에 아주 조금씩이라도 변화된 부분이 있다면 이 개작이 어떤 의도를 지니고 있는지 파악하고 그에 따라서 작품이 어떻게 변화하는지 면밀하게 추적해볼 수 있기 때문이다. 우리가 지금 읽을 수 있는 《광장》의 최신 판본도 여러 차례 수정을 거친 것으로 1960년에 발표된 작품이 아니다. 최종 판본은 지금 '최인훈 전집'에 수록돼 있는 것으로 봐야 할 듯하다.

어떤 판본을 기준으로 분석해야 할지 선택하기가 난감한 작품이다. 한국문학은 대부분 잡지나 신문에 발표되거나 단행본으로 발표되는 두 가지 경우가 있는데 이 둘 사이에 차이가 있다. 중요한 작품인 염상섭의 《삼대》는 1931년 신문에 연재된 작품이 있고 해방 이후 1947년에 출간된 단행본이 있다. 그런데 두 판본 사이에, 특히 결말에 상당한 차이가 있다. 이 경우에도 무엇을 '정본'으로 볼 것인가 하는 문제가 생긴다. 《삼대》의 경우 두 판본은 별개의 작품으로 읽을 수 있다. 이 작품을 일제강점기의 문제적인 작품으로 본다면 1931년 판본을 분석해야 한다. 작가가 작품의 완성도를 높이기 위해서 가필했던 사정을 감안한다면 해방 이후의 단행본을 분석해야 한다. 두 판본은 서로 다른 의미를 갖는 작품이기 때문에 판본에 따라 별개의 분석이 필요하다.

최인훈의 《광장》 역시 문학사적 의의가 있는 작품은 1960년에 발표된 초판본이다. 그 이후에 작가가 보기에 결함이 있어서 재차 수정된 작품이 나왔다 하더라도 '역사적 의의'라는 점에서 봤을 때는 1960년에 나온 초판본이야말로 보존해야 할 대상이다. 출판계에서 한때 다양한 분야의 초판본을 재출간하는 열풍이 분 적이 있는데 개인적으로는 《광장》의 초판본이 재출간될 수 있기를 기대해본다. 그리고 각 판본을 비교하는 연구가 이루어졌으면 한다. '최인훈 전집'에 수록된 최종 판본, 1989년 판본, 1960년 초판본 이렇게 세 가지 정도는 연구 대상이 되어야 한다.

《광장》 이후 뛰어난 작품이 나오지 못한 이유

최인훈은 등단한 지 1~2년차밖에 되지 않았을 때 문제적 작품 《광장》을 발표했다. 작가 혼자 써내려간 작품이라기보다는 '시대가 선택한' 작품이다. 4·19혁명 직후의 사회적 분위기가 아니었다면 나올 수 없었던 작품이다. 최인훈은《광장》단행본 서문에서 "빛나는 4월이 가져온 새 공화국"을 언급하며 비로소 자유를 살아갈 수 있다는 것에 대한 작가로서의 자부심을 드러냈다.《광장》은 그 자체로 4·19가 가져다 준 성취이자 새로운 시대가 열렸다는 선언이었다.

최인훈은《광장》을 썼던 배경에 대해 "1945년에서 1950년까지 북한에서 생활했던 경험이 자양분이 되었다"고 이야기한 바 있다. 당연히 남한에서만 생활했던 작가라면 이런 작품을 쓸 수 없었을 것이다. 북한과 남한의 시스템을 모두 파악했던 예외적인 경험은 소설가로서 최인훈만이 가질 수 있는 최고의 자산이었다. 그 경험의 바탕이 되는 시기를 시간적 배경으로 삼아 이야기를 진행시킨 작품이《광장》이다. 그러나 이렇게 대단한 작품의 의의에도 불구하고 최인훈은 그 뒤에《광장》을 넘어서는 작품을 쓰지 못했다. 이후 그의 경험이나 행보에서 특별한 성취나 발전이 없었기 때문이다.

최인훈은 "1950년 월남하기 전에 고교생이었던 내가 북한에서 겪었던 생활은 그리 틀리지 않았다고 생각한다"라고 언급한 적이 있다. 하지만 젊은 시절 선택한 것에 대한 아쉬움 내지는 비판적 안목이 없다면 나중에 좀 더 성숙한 작품 세계를 보여줄 여지가 없어진다. 이를테면 '20대 때는 이렇게 생각했지만 지금 되돌아보니 달리 생각되는 부분도 있다'고 말해줘야 발전의 여지가 있지 않을까. 많은 한국작가들이 '지금이나 그때나 다른 게 없다', '생각은 달라지지 않았다'고 말하곤 하는데, 이는 그 사이에 변화하지 못한 자신의 모습을 고백하는 것에 다름 아니다. 이미 소싯적에 뭔가 대단한 깨달음을 얻었다는 것만으로는 부족하다. 《광장》의 주제와 관련해서도 작가의 문제의식이 신선하고 흥미롭긴 하지만 이것이 최종적인 결론이 될 수는 없다.

《광장》이 지속적인 개작을 거쳐 온 과정

《광장》은 1960년 11월에 발표되고 수차례 개작 과정을 거친다. 초판본은 원고지 600매 정도의 분량이었지만 이후 3분의 1 정도가 늘어난 800매 규모로 확장되었다. 이후에도 한국문학사에서는 유례가 없는 개작의 역사를 가지고 있다.

현재 시점에서 프롤로그가 진행된 뒤 제3국으로 가는 타고르호 선상에서 주인공 이명준의 회상과 함께 이야기가 시작된다. 이명준이 남한에서 대학생 때 있었던 일이다. 북한에서 고위 공직자로 선전 일을 하는 아버지로 인해 이명준은 남한의 경찰서에 잡혀서 심문 받고 고문도 당한다. 그다음 북한으로 밀항해서 노동신문 기자가 되는 과정이 펼쳐진다.

초판본에서는 남한의 경험이 좀 더 자세하게 다뤄지고 북한의 비중은 비교할 수 없을 정도로 적었다고 한다. 즉 초판본 작품의 경우 초점은 남한 사회 비판으로 잡혀 있었다. 이후 수정을 거쳐 북한에서 어떤 일들을 겪었는지에 대한 자세한 내막을 보여주고 북한체제에 대한 비판도 가해진다. 그밖에도 간호 봉사를 하는 발레리나 은혜와의 사랑 이야기가 펼쳐지는데 이 부분 역시 작가가 거듭 수정을 통해 분량을 늘려서 현재의 규모를 갖추게 된다.

아쉬운 점은 작품에서 주인공인 이명준이 자살함으로써 이야기가 끝난다는 것이다. 오히려 이런 인물이 나이를 먹으면서 성장해가는 과정을 그렸다면 더 좋은 소설이 나오지 않았을까 생각한다. 최인훈은 말년에 자전소설 《화두》를 마지막 작품으로 써낸다. 소설적인 장치가 거의 없는 자서전에 해당한다. 《광장》을 넘어설 만한 대작을 시도했다면 어땠을까 하는 아쉬움이 있다.

'최인훈 전집'을 간행할 당시 개작 과정에서 한자어투를 순우리말로 바꾸고자 한 작업은 특기할 만하다. 작가의 의지를 말릴 수야 없겠지만 작품이 가지고 있는 역사성을 고려할 때 낭시의 문투를 뜯어고치는 것이 바람직한 일인지 고민해볼 필요가 있다. 가령 문화유산의 경우 역사적인 의미를 갖는 건축물을 완전히 개축하면 유산으로서의 가치가 없어진다. 이 작품 역시 1960년대 당시의 문제의식에 상응하는 어떤 문장이나 단어들이 있다. 한자어투라도 그것 자체로 역사적인 의미가 있다. 그것을 현대어로 다 뜯어고치는 것은 '윤색'과 유사한 작업에 불과하고 그 결과물은 별개의 작품이 될 가능성이 높다고 생각한다.

심지어 최인훈은 '철학'이라는 말을 '궁리질'로 옮긴다. 뉘앙스가 많이 달라지는 이러한 선택이 과연 좋은 것인지에 대한 의문이 있다. 문장을 다소 기계적이고 강박적으로 고치려는 경향이 있는데 이는 최인훈 작가만의 독특한 콤플렉스로 보인다. 아마도 《광장》을 넘어서는 작품을 써야 한다는 어떤 압박이 있었을 것이다. 그러한 압박을 달래려는 행위가 아니었는지 추측해볼 따름이다.

최인훈은 개작을 통해 사랑의 의미도 강조하려고 한다. 작품의 결말에 이르면서 갈매기 두 마리가 등장하는데, 초판본에서는 그 모양이 묘사되지 않다가 개작한 후에는 어미 새와 새끼 새로 바뀐다. 어미 새는 명준이 사랑했던 은혜를 가리키고 새끼 새는 그녀와의 관계에서 얻은 딸을 가리킨다. 이렇게 직접적으로 암시하는 것이 좋은 선택인지에 대해서도 의문이 든다. 독자에 따라서 갈매기 두 마리를 이명준의 사랑의 대상이었던 두 여인(은혜와 친구 태식의 아내였던 윤애)을 뜻하는 것으로 생각할 수도 있고, 또는 전혀 다른 상징물로 이해할 수도 있다. 독자의 상상에 맡겨야 할 부분에 작가가 개입한 사례다.

'지식인 작가' 최인훈이 자부했지만 퇴색한 것들

최인훈은 '지식인 문학'이라는 독특한 장르를 만들어냈다. 지식인 문학은 '회색인 문학'이라고도 불린다. 《광장》에서는 대학생 이명준의 내면에 초점을 맞춘다. 이명준의 생각의 흐름이나 그가 가지고 있는 관념들, 정치적인 견해들이 소설의 중요한 대목으로 꼽힌다. 지극히 사변적·관념적인 인물이기 때문에 작품에서 액션은 상대적으로 풍부하지 않다. 이와 같은 '지식인 소설' 내지는 '관념소설'에 있어 최인훈의 작품은 한국문학에서 대표성을 갖는다. 정적인 흐름으로 인해 상당한 약점이 있음에도 불구하고 이를 끝까지 밀어붙인 작가가 최인훈이다.

최인훈의 다음 세대인 박상륭도 관념소설의 계보를 잇는 중요한 작가로 꼽힌다. 박상륭은 합리주의가 아니라 신비주의로 넘어간다. 대표작으로《죽음의 한 연구》,《칠조어론》등이 있는데 요령부득의 작품이고 소설을 넘어선다. 소설을 초과하면 소설보다 더 대단할 수는 있지만 소설은 아니다. 그래서 박상륭을 소설가로 예우하는 것은 썩 어울리지 않는다고 생각한다. 현대소설의 범주에 들어올 수 없는, 혹은 그것을 초과하는 글쓰기라고 본다. 관념을 극한까지 밀어붙였을 때 나타나는 한 가지 사례다.

최인훈은 한국의 문학적 지성을 대표하는 '지식인 작가'로서 다양한 주제를 다루는 글쓰기를 해왔다. 전집에 수록된 에세이 세 권에는 인간관, 문명관 등의 거대한 주제가 다뤄진다. 하지만 소설가가 문명이나 인간, 종교 같은 복잡한 주제를 직접적으로 다루게 되면 중요한 작품을 쓰기가 어려워진다. 그와 같은 주제는 대단히 광범위한 학문적 탐구를 요하는 일이기 때문이다. 반면 '소설小說'을 쓰는 일은 그러한 학문적 탐구에 비하면 상당히 하찮은 작업이 되어버린다.

1990년대 사회주의체제의 연쇄적인 붕괴 이후 북한체제, 전체주의, 마르크스주의에 대한 비판이 전면적으로 등장하는데 최인훈은 자신이 이런 작업을 30년 전에 했다는 것에 대해서도 자부한다. 1980년대 말에 개작한《광장》에서는 '코뮤니즘(공산주의)'이라 쓰인 부분을 '스탈리니즘(스탈린주의)'으로 바꿔 조금 더 엄밀한 비판을 가하고자 한다. 그런데 이것은 주인공 이명준의 생각이 아니라 작가 최인훈의 생각일 뿐이다. 1960년대 20대 초반 대학생의 생각과 1980년대 원숙한 중년 작가의 생각이 다를 수밖에 없는데 전자를 후자로 대체하는 것이다.

시대가 변해감에 따라 계속 가해지는 《광장》에 대한 작가 자신의 개입과 수정은 흥미로운 분석거리가 될 수 있다고 생각한다. 1980년대 후반 서구권에서 공산주의 정파가 자신들의 역사를 보다 섬세하게 파악하려는 움직임을 보인 바 있다. 앞에서 설명한 '코뮤니즘' 개작은 이러한 움직임에서 영향을 받은 것으로 보인다.

그럼에도 최인훈의 《광장》이 성취한 것들

1950년대 문학도 그렇지만 《광장》도 대표적인 '분단문학'에 속한다. 분단문학은 한국전쟁과 그 여파를 다룬 문학으로 한국문학의 많은 성취가 여기서 이루어진다. 그런데 순수하게 이데올로기 비판의 성격을 지닌 작품은 많지 않고 그런 면에서 《광장》을 넘어선 작품도 희소하다.

한국소설이 내세울 만한 흐름 중 하나는 샤머니즘 내지는 토속주의다. 이것과 대비되는 것이 지성주의 내지는 교양주의다. 많은 한국소설이 지성주의보다는 샤머니즘에 입각해 있다. 샤머니즘은 이성적인 사고를 초월하는 권위나 힘을 빌려서 개인적·사회적인 문제를 해결하려는 태도를 취한다. 이는 숙명론과도 관계가 있다. 자기 운명의 난관이 있을 때 그것을 극복하기보다는 체념하고 받아들이는 쪽으로 생각하는 경향이 있는 것이다.

한국적인 토양에서 희소했던 지성주의를 되살리고 이를 하나의 문학적 흐름으로 만들었던 작가가 최인훈이다. 최인훈과 함께 1960년대 소설이 현대인의 내면 공간으로 나아갔다는 사실도 중요한 의의를 갖는다. 셰익스피어의 '햄릿'이나 독일의 '파우스트'와 같이 '내면성의 원조'라 할 수 있는 인물들이 한국문학에서도 등장하게 된다. 이광수의 《무정》도 근대인의 내면성을 발견하는 동시에 그 규모를 확장시켰다는 성취가 있다. 《광장》은 정치이념에 대한 숙고에서부터 남북체제에 대한 비판적인 사고에 이르기까지 '이명준'이라는 한 사람의 머릿속을 해부하는 데 집중한다. 이명준은 한국소설사에서 보기 드문 관념적 지식인의 고유명사이자 대명사 격인 인물이다. 독자는 두 체제를 모두 겪어본 이 예외적 인물의 머릿속으로 들어가 독특한 시각을 장착해볼 수 있다.

'광장 대 밀실의 이분법'은 과연 옳았는가

《광장》의 이야기는 타고르호의 갑판 위에 있는 이명준의 모습에서 시작한다. 타고르호는 석방 포로들을 싣고 중립국을 향해 가고 있다.

이명준의 아버지 이형도는 남조선로동당 출신의 공산주의자로 남한에서 활동하다 월북한 인물이다. 남한에 남아 있던 이명준은 아버지의 행적 때문에 경찰에 붙들려 취조 당하다가 경비가 소홀한 틈을 타 몰래 월북한다.

월북하기 전의 이명준은 아버지 친구인 변선생 집에서 지내던 대학생이었다. 사회주의 이론에 따르면 이른바 '지식분자'로 불릴 수 있는 문제적인 계급에 속한 인물이다. 여기에 '회색분자' 내지는 '기회주의자'라는 꼬리표가 항상 따라붙는다. 언제든 변절할 수 있기 때문에 용도가 다하면 숙청감이 될 수 있다. 이명준은 북한에 가서 노동신문 기자로 일하다가 취재기사가 문제가 돼서 자아비판을 행하는 수모를 겪는다. 그는 북한에서도 오래 생존하지 못한다.

이명준이 남한에서 경찰의 취조를 받기 전에 정선생을 찾아가 남한 사회를 비판하는 대목이 있다. 남한에서 광장은 비어 있으며 죽은 것이나 다름없다고 이명준이 비판하자 정선생이 텅 빈 광장을 활용해 시민들을 모으자고 제안한다. 그러자 이명준은 '폭군들이 너무 많고 강하다'고 말하며 광장에서 나팔수 역할을 하는 것에 대해 자신 없어 한다. 이것이 '회색인간' 이명준의 한계다.

이명준의 태도는 북한에서도 마찬가지인데 자아비판을 하라고 지적을 당하니 처음에는 반론을 제기했다가 분위기 보고 바로 꼬리를 내리고는 능숙한 자아비판을 한다. 모멸감을 느끼면서도 자신의 속마음과 다른 이야기를 하는 것이다. 남한에서도 체제를 비판하는 문제의식을 갖고 있지만 나팔수 노릇(실천적 지식인의 역할)까지 할 생각은 없다. 다만 광장이 부재하다는 현실 진단만 한다. 그리고 대안으로 생각하는 것이 밀실이다. 현실적으로 광장을 마련하는 것이 여의치 않으니 자기만의 밀실이 필요하다고 이야기하는 것이다. '광장 대 밀실의 이분법'인데 이것이 20대 초반의 이명준 내지는 20대 작가 최인훈의 생각이었다.

하지만 밀실은 광장 없이 존재할 수 있는 것이 아니다. 광장이 없으면 밀실도 존재할 수 없다. 광장과 밀실은 서로 운명 공동체다. 상호 대립적이어서 광장을 위해 밀실이 희생되고 밀실을 위해 광장을 배제해야 하는 것이 아니다. 이것이 《인간의 조건》에서 정치이론가 한나 아렌트가 고대 그리스를 모델로 제시하며 하는 이야기다. 사적 영역인 밀실의 공간이 안정적으로 보장되고 뒷받침되어야 광장에서 시민으로서 활동할 수 있다. 밀실이 보장되지 않으면 광장에서의 활동도 불가능하다. 두 가지를 대립적인 구도로만 보는 것은 잘못된 설정이다.

이 작품에 대한 흔한 독해는 남한에는 밀실만 있고 북한에는 광장만 있다는 것이다. 그러나 정확하게 말하자면 둘 다 없다고 해야 할 것이다. 남한에는 광장이 없으니 제대로 된 밀실도 없고, 북한에는 밀실이 없으니 제대로 된 광장도 없다. 오히려 남한에 있는 것은 '유사밀실'이고, 북한에 있는 것은 '유사광장'이다. 이처럼 광장과 밀실을 서로 얽혀 있는 것으로 봐야 문제를 보다 정확히 짚을 수 있다. 그리고 그 해법은 광장과 밀실을 둘 다 마련해야 한다는 것이다.

남한에서 나팔수가 될 용기가 없다는 이명준의 생각이 얼마나 관넘적인 것인지 그는 몸소 체험한다. 아버지 때문에 취조 받는 현장에서 형사가 이명준에게 다니는 대학과 전공을 물어본다. 형사는 '철학과라면 마르크스 철학도 잘 알지 않느냐'며 이명준에게 욕설을 퍼붓는다. 아버지가 남로당에서 활동했던 열렬한 빨갱이니까 어렸을 때부터 영향을 받았을 것 아니냐며 이명준 역시 빨갱이로 내몬다. 말로 하다가 기대하는 대답이 나오지 않으니 바로 폭력을 가한다. 얼굴에 주먹을 맞고 발길질을 당하면서 이명준은 남한체제에 환멸감을 느끼고 아버지의 나라 북한으로 가고자 한다.

'아버지'라는 대타자와 주체의 탄생

문학에 나타나는 '아버지와의 관계'는 중요한 의미가 있다. 전후소설의 대표 작가인 손창섭의 〈신의 희작〉을 보면 아버지는 부재하는 존재다. 어머니라도 확실해야 하는데 그녀 역시 바람나서 도망간다. 결국 홀로 남게 된 아들은 누구에게도 도움이 되지 않는 '잉여인간'이 된다. 손창섭의 단편소설 〈잉여인간〉에서는 전후 한국 사회를 대표하는 잉여인간들이 등장하고 이들을 구제해줄 만한 긍정적인 인물(서만기)이 나타난다. 하지만 여기서 더 전진하지 못하고 작가는 멈춰버린다. 결국 한국소설에서 나타나야 할 '아버지의 역할'은 다음 세대 작가의 과제로 넘어가게 된다.

정신분석학에서 '아버지의 이름name of father'은 법, 이념, 사회적 질서 등에 상응하는 개념이다. 여기서 '아버지'는 단순한 생물학적인 아버지 그 이상의 의미를 지니고 있다. 아버지가 인정하고 이름을 부여해줘야 온전한 주체가 될 수 있는데 이렇게 주체를 보증해주는 존재를 다른 말로 '대타자'라 부른다. 대타자 부재의 문학, 결손의 문학이 바로 손창섭 문학이다. 그렇다면 손창섭 이후 문학의 과제는 '대타자의 설립'인 동시에 '주체로서의 자기 정립'이어야 한다. 주체로서의 자기 정립은 '내'가 '나'이기 위한 전제 조건을 말한다. 그런데 아이러니하게도 우리는 내가 아닌 것과 나 자신을 동일시함으로써 주체가 된다. 정신분석학에서는 이를 '거울 단계mirror stage' 라고 부른다. 우리는 우리 자신을 스스로 볼 수가 없다. 우리는 거울을 통해서 또는 다른 사람의 눈을 통해서 우리 자신을 볼 수 있을 따름이다. 혼자서는 나 자신을 볼 수 없으므로 '자신의 상' 또한 가질 수 없다. 내가 누구인지 알기 위해서는 나를 비추는 거울이 필요한데 거울에 비친 상은 나의 이미지일 뿐이고 이것은 비아非我에 불과하다.

대부분의 영장류들은 거울에 비친 자기 모습을 자신과 동일시하지 못하고 인식한다 하더라도 별 관심을 가지지 않는다. 인간은 거울을 통해 본 자신의 모습에 대단한 관심을 가지며 대타자에게 보증을 요청한다. 대타자의 역할은 주체가 거울 속에 비친 모습을 보았을 때 '그게 너야'라고 이야기해주는 것이다. 그때 비로소 동일시가 이루어진다. 거울을 통해서 남들이 나를 어떻게 볼 것인지 이해하고, 남들이 보는 눈으로 자기를 보는 것이다. 이것이 구조적으로 대타자 '아버지'가 요청되는 이유다.

꼭 생물학적인 아버지가 아니어도 이런 '대타자'의 역할은 누구든지 맡을 수 있다. '이념'도 대타자가 될 수 있다. 이념은 내가 어떤 존재인지, 무엇을 해야 하는지 과제를 지정할 수 있기 때문이다. 손창섭의 문학에서는 대타자가 결여되어 있다. 반면에 《광장》에서는 '남한'과 '북한'이라는 체제가 대타자로 등장한다. 하지만 주인공 이명준은 어떤 체제와도 자기 자신을 동일시하지 못한다. 이명준은 주체가 되기를 포기하는 주체다. 어떤 이념이나 사상 체계에 소속되기를 거부하고 '선택하지 않는 선택'을 한다.

작품의 마지막에 등장하는 갈매기들을 보고 이것이 가족들과의 합일을 상징하는 희망적이고 행복한 결말이라고 과장해서 해석하는 사람들도 있다. 그러나 이것은 행복한 결말이 아니다. 은혜와 그녀의 뱃속에 있는 아이는 이미 죽은 것으로 나타나 있다. 이명준이 푸른 광장(바다)으로 뛰어드는 작품의 결말은 그들의 뒤를 따른다는 것이고 이는 현실에서의 생을 포기하는 것이다.

이 작품에서 현실적으로 존재하는 아버지는 두 가지로 남한과 북한이다. 둘 중에 하나를 선택하고 거기서 자신에게 부여된 사회적 역할을 수행하는 것, 곧 '사회적 자아'라는 가면을 쓰고 살아가기를 거부한 것이 이명준의 선택이다. 본래 주체는 대타자의 보증에 의해서 정립되는 것인데 그것을 거부함으로써 이명준은 '텅 빈 주체'가 된다. 손창섭의 문학보다 조금 낫겠지만 여전히 유보된 상태다. 자신의 존재를 보증할 어떤 대타자도 인정하지 않기 때문이다. 다르게 이야기하면 '죽음'을 선택하는 것이 이 작품의 결말이다. 이로써 '주체

1장 1960년대 ┃

형성'이라는 한국문학의 과제는 다시 다음 세대의 것으로 넘어간다. 그래서 1960년대 문학은 두 단계 출발점을 갖게 된다. 첫 번째는 최인훈의 《광장》에서 나타난 '비어 있는 주체'고, 그다음 단계는 김승옥이 탄생시킨 '속물'이라는 주체다.

최인훈과 김승옥은 서로 상반된 주체화의 방식을 보여준다. 최인훈의 이명준은 당당하게 대타자를 거부해버리지만 김승옥의 속물은 소속감이 있다. 《무진기행》의 윤희중은 처가살이에 목을 매며 살아간다. 반면 《광장》의 이명준은 폭행을 당한 다음 분함을 느끼고 돌아와서 이렇게 생각한다. "돈과, 마음과, 몸을 지켜준다는 법률의 밖에 있는 어떤 길." 자신이 법률 밖에 있다는 것이다.

시민이라면 법적인 권리가 있고, 그들은 주권자로서 권리가 보장돼야 한다. 하지만 이명준은 남한에서든 북한에서든 법적으로 보호받지 못하고 항상 누군가에게 죽임 당할 위협을 느낀다. 이렇게 법 바깥에 놓인 존재가 '호모 사케르Homo Sacer'다. 남한을 탈출하기 전에도 아버지의 월북 행위 때문에 이미 남한 사회 바깥에 놓인 존재가 이명준이다.

《광장》에서 등장하는 '아버지 비판'

이 작품에서 이명준의 월북은 아버지를 찾아가는 행위이기도 하다. 남한에서는 배척됐기 때문에 법적인 보호를 받지 못하니까 자기를 보증해줄 수 있는 존재가 없다. 아버지도 없고 법도 없다. 남한에서는 존재할 수 없으니 북한으로 떠난다. 이것은 당연한 수순이다. 북한에 가면 아버지가 있기 때문이다. 하지만 막상 가보니 그가 기대했던 아버지가 아니었다. 책 속에서 봤던 북한의 모습, 즉 혁명 이후 완전히 변화된 새로운 사회가 아니었다. 북한은 이미 잿빛공화국이었고 "아버지는 새 장가를 들고 있었다".

아버지는 1급의 공산주의자인데 그의 새로운 아내는 중류 부르주아 출신이다. 아버지도 그것을 의식하는 듯 아들을 약간 피하게 된다. 면이 서지 않는 것이다. 혁명가 아버지라고 한다면 이념의 수호자이자 대변자로서 아들에게 강요할 수 있는데도 말이다. '우리, 혁명 투쟁을 함께 하자꾸나'와 같은 식으로 대응하지 않고 오히려 아버지가 넌지시 아들을 피한다. 아버지에게도 혁명은 허울에 불과하다는 것을 이명준이 간파하게 된다. 그러니까 어디에도 대타자 '아버지'가 없는 것이다. 그래서 아버지에게 항의한다. 자신이 남조선을 탈출한 건 이런 사회로 오려던 것이 아니었다고 호소하며 노동신문에서 프랑스혁명 해설 기사를 썼다가 호되게 욕을 먹은 사건을 이야기한다.

이명준이 보기에는 프랑스혁명이 부르주아혁명으로서 한계가 있다 하더라도 혁명의 핵심을 보여준 역사적 사건이다. 그런데 북한은 자신들이 일으킨 혁명이 '인민혁명'이라고 하는데 도대체 무슨 혁명인지 의문이 들지 않을 수 없다. 여기서 '공문혁명'이라는 절묘한 표현이 나온다. 혁명을 인민들이 한 것이 아니라 공문이 했다는 것이다. 언제 어떻게 혁명이 일어났는지 공문으로 하달하는 방식의 혁명이다. "북조선 인민에게는 구체적인 혁명 체험이 없었다는 데 비극이 있었다. 공문으로 명령된 혁명, 위에서 아래로, 그건 혁명이 아니다." 이명준의 이 말은 매우 적확하고 신랄한 비판이다.

사회주의공화국은 북한 인민들이 만든 것이 아니고 소련군이 진주해서 공문으로 만든 것이다. 그들이 말하는 인민은 그저 공문에서만 존재한다. 실제로 존재하는 인민은 혁명이 무엇인지 몰랐던 것은 물론 그 경험도 갖고 있지 못했다. 현재 북한체제 문제성의 기원이 여기에 있다. 만약 자체적인 역량을 가지고 혁명을 일으켰다면 '3대 세습체제'가 용인될 수 없다. 북한은 이례적인 체제이기 때문에 '사회주의'라는 허울만 가지고 있다.

세계사적으로 일어난 혁명은 크게 두 가지로 볼 수 있는데 하나는 부르주아혁명 내지는 시민혁명으로 불리는 프랑스혁명이고 다른 하나는 이어서 일어난 인민혁명인 러시아혁명이다. 프랑스혁명과 마찬가지로 러시아혁명도 인민이 실제로 피를 흘리며 구체제를 전복한 혁명이다. 혁명 이후에도 내전 기간 동안에 굉장히 많은 희생을 치렀다. 혁명을 주도했던 인민계급 특히 노동자계급의 3분의 1이 전사한다. 막대한 희생을 치르면서 수립한 체제가 소비에트사회주의공화국연방이다.

남한도 민주주의를 자체적으로 쟁취했다기보다는 해방 후 미군정이 3년간 지배한 다음에 민주공화국을 수립한 것이다. 그래서 '후불제 민주주의'라는 표현도 쓰인다. 대가를 치르고 얻어낸 것이 아니기 때문에 후불로 대가를 치러야 한다. 물론 '일시불'로 단번에 가능했던 것은 아니고 '할부'로 계속 이어져야 했다. 역사적으로는 1960년대 4·19혁명과 1980년대 민주화운동 등을 예로 들 수 있다. 문제는 북한의 경우 인민이 스스로 혁명을 쟁취한 경험이 없다는 것이다.

'밀실'은 이명준을 어떻게 구원하는가

이명준은 상당히 급진적인 인식을 가지고 있다. 자신의 연인을 대하는 태도는 상당히 보수적인데, 이념 문제에 있어서는 예리하고 정곡을 찌르는 비판이 많다. 그는 자신의 아버지마저 혁명을 팔고 월급을 타는 사람들이 되어버렸다며 이들을 '혁명쟁이'라 일컫는다. 공문혁명에 부역하는 자들은 다 혁명쟁이에 불과하고 먹고살기 위한 술수밖에 되지 않는다. 그렇다면 여기에도 아버지가 없다. 남한에도 없고 북한에도 없다. 대신에 얻은 것은 밀실이자 사랑이다. 공적 영역인 광장에서 자기실현이 모두 차단되니 사적 영역인 밀실에 과부하가 걸리게 된다. 이명준은 은혜에게 자기 인생 전부를 걸고자 한다.

그는 '유럽과 아시아에 걸쳐 있는 모든 소비에트를 팔고서라도 여자의 다리를 얻겠다'고 이야기한다. 대단히 파격적인 선택이다. 은혜의 다리와 사회주의혁명 전체가 동등한 교환의 대상이 되고 있다. 다르게 이야기하면 사회주의혁명의 의미, 인민혁명의 의미 전체를 한 여자의 다리에 투여하고 있다. 또한 '감각의 확실성'을 하나의 진리로까지 삼는 태도를 보인다. 손을 뻗쳐 은혜의 다리를 만져보며 "이것이야말로 확실한 진리"라고 말한다. 그렇다면 마치 진리를 위해 순교하듯 은혜가 죽었을 때 자신도 죽음을 선택하는 것이 마땅하다.

은혜에게 사랑 고백을 하는 장면에서 은혜가 공연차 모스크바에 가야 된다고 하니까 석 달이나 떨어져 살 수 없다고 이명준이 만류를 한다. 어린애 같다는 은혜의 핀잔에 이명준이 맞장구치며 '은혜에게 어린애 노릇하는 바보가 곧 나'라고 이야기한다. 대수롭지 않아 보이는 이런 장면에서 은혜가 이명준의 '대타자' 역할을 하고 있음을 확인할 수 있다. 어린아이 이명준이 드디어 아버지가 아닌 '은혜'라는 한 여자에게서 그 대역을 발견하게 된다. 자신의 존재는 은혜와의 관계에 의해서만 의미를 가질 수 있다. 어떤 것도 자신의 존재를 보증해줄 수 없다. 통상적인 의미에서 이것은 '퇴행적 제스처'다. 엄마 품에서 아직 빠져 나오지 못한 미숙한 어린아이의 형상이다. 다르게 이야기하자면 이것은 사랑이다. 이 작품의 주제가 사랑의 재확인에 있다고 보는 의견이 있다. 그렇다면 그 사랑은 이념에 대한 환멸과 절망 때문에 선택되는 답안이다.

결말 부분에서 이명준이 타고르호 선상에서 자꾸 어떤 시선을 느끼는데 확인해보니 갈매기다. 총구멍을 갈매기에게 겨누다가 뒤따라온 다른 갈매기 한 마리를 발견한다. 그 갈매기들이 전쟁의 한복판에서 함께 있던 누군가를 상기시켜준다.

전쟁이 일어난 뒤 이명준은 낙동강 전선에서 간호사가 된 은혜와 재회한다. 서로 사랑을 나누고 은혜는 임신까지 한다. 그때 연합군의 대반격이 이루어지고 북한군은 속수무책으로 궤멸한다. 그즈음에 은혜도 전사한다. 이명준은 은혜와 함께 했던 마지막 순간을 떠올린다. 그리고 이런 대사가 덧붙여진다. "사랑의 일이 끝나고, 그들은 나란히 누워 있었다."

이 장면이야말로 밀실의 공간이다. 그들만의 밀실의 행복을 보존하기 위해서라도 광장이 건재했어야 한다. 그러나 전쟁의 포화 속에서 광장은 이미 무너진 상황이고 이 사랑도 보호받을 수 없다. 은혜는 아이를 밴 상황이었으나 그녀는 이제 죽고 없다.

이명준은 두 마리의 갈매기 중 작은 새를 보고 은혜와의 대화를 바로 떠올린다. 이명준은 그 새를 자기 딸로 생각한다. 그러고는 갈매기들을 향해서 사랑 고백을 한다. 총을 쏘려다가 갈매기들의 눈빛을 보고 총을 내려놓는다. "무덤을 이기고 온, 못 잊을 고운 각시들이" 손짓해 부르는 장면과 함께 "거울 속에 비친 남자는 환하게 웃고 있다"는 대사를 마지막으로 이명준은 어디론가 사라진다.

선장이 석방자 한 사람이 행방불명됐다는 보고를 받는 것으로 끝난다. "흰 바닷새들의 그림자는 보이지 않는다. 마스트에도, 그 언저리 바다에도. 아마 마카오에서, 다른 데로 가버린 모양이다." 이렇게 이명준도, 갈매기들도 다 사라진 것으로 묘사하고 있다. 부차적으로 처리해도 될 만한 장면인데 작가는 여기에 상당히 공을 들였다. 차라리 이명준이 자살하는 장면으로 끝나도 괜찮다고 생각한다. 중립국을 선택하는 것 자체가 자살하는 것과 마찬가지 의미이기 때문이다.

설사 인도에 가더라도 그곳은 죽음과 같은 공간일 뿐이다.

이 작품의 핵심은 두 체제를 비판하면서 어떤 체제도 선택하지 않는다는 데 있다. 이명준은 대타자가 부재하므로 자기 주체를 정립할 수 없다. 이제 새로운 주체를 정립하는 과제는 다음 작가에게로 넘어가게 된다. 이렇게 문학사에서 '매개' 역할을 한 것이《광장》의 의의라 말할 수 있다.

2장

이병주

《관부연락선》

전혀 다른 문학의 길을 제시한
'한국의 발자크' 이병주의 세계

이병주

한국문학이 전쟁 이후 궤도에서 이탈한 것은 염상섭과 이병주에 대한 과소평가에서 기인한다. 1950년대 작가들 이후로는 이병주와 같은 작가가 버티고 있었어야 한다. 그다음에 이병주를 잇겠다는 작가들이 등장해야 제대로 된 문학사적 진화가 이루어졌을 것이라고 생각한다. 이병주를 우회해서 발자크와는 다른 방향으로 향한 것이 한국문학이 걸어간 길이었다.

한국의 발자크가 되고자 했던 이병주

순서상으로는《무진기행》이 먼저 다뤄져야 하지만 작품이 다루고 있는 시대적 배경을 고려해서《관부연락선》을 앞에 배치했다. 나림邢林이라는 익숙지 않은 호를 쓰는 작가 이병주는 1921년생으로 1950년대에 활동한 작가들과 같은 연배에 속한다. 손창섭, 오상원 등 이전 세대 작가들이 1920년대 초반에 태어났다. 같은 연배의 작가들에 비하면 이병주는 등단이 상당히 늦은 편이다. 여성으로는 박완서가 한국문학사에서 대표적인 늦깎이 작가에 속한다. 두 사람 모두 마흔이 넘은 나이에 등단작을 발표했고 당대의 베스트셀러 작가로 올라서며 이름을 알렸다.

　인기가 있는 작가였다는 사실은 한편으로 이병주 병가에 있어 걸림돌이 된다. 문학 비평가나 문학사가들이 대중적인 작품을 쓴 작가들에 대해 폄하하는 경향이 있기 때문이다. 문학 외적인 이유로는 그가 권력자들과 친했다는 사실이 문제가 된다. 박정희와는 다소 불편한 관계였는데 5·16군사정변 이후 언론에 비판적인 글을 쓰면서 필화筆禍 사건으로 옥고를 치르기도 했다. 1970년대 들어서는 박정희 평전을 쓰겠다고 발언하는 등 권력과 화해하는 제스처를 취했다(실제로 평전을 쓰지는 않았다). 제5공화국 때는 전두환과 친분이 있었다는 이유로 문단에서 눈 밖에 난 작가가 됐다.

　이병주는 당대에 상당히 많은 작품을 썼고 대중성도 있었기에 중요한 작가임이 분명하지만 문학사적 평가에서는 배제돼왔다.

1992년에 세상을 떠난 뒤 2005년부터 기념 사업회가 발족되면서 사후 20여 년이 지난 다음에야 재평가되었다. 그 계기가 됐던 것이 전집 출간이다. 이병주가 실제로 써낸 책은 80여 권에 이르지만 전집에서 대표작으로 선정한 것은 30권이다. 가장 중요한 《지리산》 같은 대하장편소설들을 비롯해 분량이 상당한 현대사 소설들이 여럿 포함되었다. 30권이라 하더라도 작품 하나당 5권짜리, 7권짜리도 있어 작품 수로 따지면 그리 많지 않다. 《관부연락선》은 이병주의 문학에서 《지리산》으로 넘어가는 하나의 문턱이 되는 작품이다. 《지리산》 이후에도 현대사와 박정희 시대를 다룬 작품들을 썼는데 그것들에 대한 평가는 다소 떨어진다.

이병주는 일제강점기에 경상남도 하동의 부유한 지주 집안에서 출생했다. 장편소설 《토지》의 배경이 되는 하동군의 악양면에는 박경리 문학관이 있고 북천면에는 이병주 문학관이 있다. 시설의 규모가 크고 잘 정돈되어 있어서 주로 50대 이상이 된 이병주의 독자들이 방문객으로 찾아온다고 한다.

이병주는 일본으로 건너가서 메이지대학 문과에 잠깐 적을 두었다가 와세다대학의 불문학과로 진학한다. 당시에는 조금 달랐을지도 모르지만, 현재 일본에서는 도쿄대를 제외하면 명문사립으로 게이오기주쿠대학이나 와세다대학이 꼽힌다. 이병주가 불문과를 다녔던 것은 나름대로 포부가 있어서다. 그는 이미 유학 시절에 자기 책상 앞에 "나폴레옹 앞에는 알프스가 있고, 내 앞에는 발자크가 있다"라는 거창한 말을 써 붙여놨다고 한다. 그는 한국의 발자크이고자 했고 실제로 등단 후에도 발자크와 비슷한 삶을 살고자 했다.

발자크가 자신의 이름을 걸고 쓴 작품은 1829년부터 1850년까지 20년 동안 90권 이상이 된다. 이병주도 등단 이후 80여 권 이상 무지막지하게 쓴다. 발자크가 되려면 '질'보다 '양'이 중요하다. 발자크 계열의 작가들은 경쟁 상대인 귀스타브 플로베르 계열의 작가들과는 다르기 때문에 작품의 양으로 승부해야 명함을 내밀 수 있다. 발자크보다 한 세대 뒤의 작가인 플로베르는 발자크를 상당히 의식했다. 발자크는 장편을 거의 두 달에 한 편씩 썼는데 플로베르는 질로 승부하겠다며 5년에 한 편씩 썼다. 더 공들인 작품일 수밖에 없으므로 플로베르의 소설은 뛰어난 완성도를 자랑한다. 그렇지만 규모 면에서는 역시 발자크를 따라잡을 수 없다. 거대한 스케일로 역사나 사회의 문제를 촘촘히 들여다보는 것이 발자크 소설의 특징이다.

'실록소설'이라는 정체불명의 장르를 개척하다

이병주는 한국현대사 전체를 소설로 쓰겠다는 포부를 가졌다. 하지만 본격적인 작업에 들어가기까지는 시간이 걸렸다. 이병주는 1957년 부산일보에 《내일 없는 그날》이라는 장편을 연재한다. 이 작품이 쓰인 배경과 관련한 일화가 있다. 이병주가 그의 선배이자 친구인 부산일보 주필 황용주와 함께한 술자리에서 '요즘 소설이 형편없다'는 이야기를 한다. 그러자 황용주가 '그럼 자네가 써 보라'고 하면서 당장 지면을 줘서 쓰게 됐다는 일화다. 당시 부산의 국제신보에 입사해 있던 이병주는 엉뚱하게도 경쟁사였던 부산일보에 연재를 시작했다.

하지만 이 작품은 이병주의 등단작이 아니었다. 다시 말해 한국 문단에서 공식적으로 인정한 작품이 아니었다. 5·16군사정변 이후 인 1965년 마흔네 살에 잡지《세대》에 발표한《소설·알렉산드리아》가 공식적인 등단작이었다. 이 작품이 이병주 문학의 출입구 역할을 한다.

20대 초반 와세다대학에 다니던 중에 이병주는 학병으로 소집된다. 일본 유학 중에 있던 대략 4천 명이 넘는 한국인들이 자발적 입대의 형식으로 일본군에 편입됐고 이병주는 중국 쑤저우蘇州(소주) 쪽에 배치된다. 이 이야기는 나중에《관부연락선》에도 등장한다. 그가 자전적인 체험에 바탕을 둔 소설 쓰기를 하고 있음을 알 수 있다.

이병주 소설의 대표적인 특징은 그의 표현대로 말하자면 '실록'이다. 작가 자신이 '실록소설'이라는 말을 쓰고《지리산》도 그렇게 부른다. 이것은 약간 난센스이기도 하다. '소설'은 픽션fiction이자 허구의 작품이고 '실록'은 실제 사실의 기록이라는 점에서 논픽션 nonfiction에 속하기 때문이다. '소설'과 '실록'은 서로 충돌하는 면이 있어서 비평가들이 다소 난감해 했다. 그동안 한국문학사에서 볼 수 없었던 정체불명의 새로운 장르였다.

이병주 자신은 '사실에 근거한 소설'이라는 점을 강조하고 싶었던 것으로 보인다. 현대사의 기록자를 자임하면서 소설을 통해 역사

의 민낯을 가감 없이 드러내고자 한 것이다. 불편부당하게 민족주의
나 사회주의 등 이념이나 편향된 가치관을 내세워 역사를 재단하지
않고 아래로부터의 역사를 사실에 근거해서 충실하게 기록하겠다는
입장을 표명한다. 그리고 그러한 '실록소설'의 출발점이 되는 작품
이 바로《관부연락선》이다.

감옥생활과 세계여행이 바탕이 된《소설·알렉산드리아》

물론 등단작《소설·알렉산드리아》에서도 이병주의 특징을 찾아볼
수 있다. 처음 이 작품이 연재될 당시의 제목은 '알렉산드리아'였다.
소설을 읽어본 사람들이 소설이 아니라고 오해할까봐 나중에 '소설'
을 앞에 붙였다. 5·16군사정변 이후 필화 사건에 휘말려 실제로 수
감당한 경험이 그대로 들어가 있다. 작품이 발표됐을 당시는 작가 자
신이 출소한 지 얼마 되지 않았던 시기이므로 '소설'이 아닌 '사실'
로 읽힐 경우 또다시 잡혀 들어갈 수 있었다. 그럼에도 이병주는 자
신이 논설위원으로 있을 때 쓴 두 편의 칼럼이 문제가 돼서 옥살이했
던 경험을 그대로 이야기하고 있다.

　《소설·알렉산드리아》는 감옥에 들어간 형을 주인공으로, 동생
을 화자로 내세운다. 이러한 서사 장치는 이병주의 문학 전반에 자주
나타나는 특징이다. 동생 시점에서 '형은 혁명이 일어났는데 삐딱한
소리나 했다'며 감옥에 가도 싸다고 이야기한다. 아직 박정희 정권

의 서슬이 퍼런 시국에서 부당한 옥살이를 했다고 작가 자신이 말할 수는 없었을 것이다. 그래서 화자인 동생을 통해 넌지시 비틀어서 이야기한다. 형이 쓴 이천 편의 논설 중 불온하다고 찍힌 것은 겨우 두 편의 논설이었으며, 문제가 된 구절은 "조국이 없다. 산하山河가 있을 뿐이다"였다는 것이다. 소설가는 이 부조리를 참을 수 없어 화자인 동생을 통해 고발하고 있다.

그리고 이병주는 통일에 대해서도 한마디 한다. "이북의 이남화가 최선의 통일방식, 이남의 이북화가 최악의 통일방식이라면 중립통일은 차선의 방법은 되는 것이다." 정부의 공식적인 입장과 배치되므로 이런 의견도 문제가 된다. 게다가 당시 이병주는 빨치산 이력이 있다는 소문이 나돌았다. 조금만 미심쩍다 싶으면 모두 잡아들이는 것이 당시 군사정부의 행태였다. 정부는 이 두 사건을 가지고 이병주에게 10년형을 선고한다. 거의 소련식 사회주의 인민재판에 가깝다. 다행히도 그는 2년 7개월 수감된 뒤 석방된다.

《소설·알렉산드리아》는 이병주가 감옥에서 보고 겪은 것들을 바탕으로 쓰인 작품이다. 부당한 옥살이를 어떻게 버텼는지에 대해 소상하게 보여주고 있다. 실제 경험을 바탕으로 이야기를 전개하는 것이 이병주 소설의 특징이다. 억울한 옥살이를 했다고 직접 기록할 수는 없으니 소설이라는 가공된 틀을 빌리는 것이다.

또 한 가지 이병주의 특징이라 할 수 있는 것은 '공간의 발명'이다. '알렉산드리아'라는 제목에서도 보이듯 그가 감옥생활을 버텨낸 힘은 '이곳은 감옥이 아니고 알렉산드리아다'라고 생각하는 것이었다. 플루트 연주자인 동생에게 알렉산드리아로 가라는 편지를 보내고 자신도 동행해서 거기에 함께 있는 것으로 상상하겠다고 한다. '나는 황제고, 여기는 알렉산드리아다'라는 인식이 그가 2년 7개월 간의 수감생활을 버틴 힘이었다.

실제 알렉산드리아는 지중해에 맞닿아 있는 이집트의 가장 큰 항구도시다. 이병주가 지닌 작가적 역량의 바탕이 세계여행 경험이다. 이는 최인훈 같은 작가도 갖지 못한 것이었다. 한반도에서 북한과 남한을 왔다 갔다 한 경험과 유럽을 둘러본 경험은 그 시야에 있어서 확연한 차이가 있다. 당시는 해외여행도 어려웠던 때인데 이병주가 난데없이 '알렉산드리아'라는 제목을 들고 나왔으니 모두에게 신선한 충격이었다. 동생이 있는 알렉산드리아의 이국적인 풍경이 묘사되고 거기서 벌어지는 일들을 다루니 스케일도 남달랐다. 이것이 이병주 문학의 강점이다.

이병주는 굉장히 박식한 작가에 속한다. 한국작가들 중에서는 특이하게도 와세다대학 불문과를 다녔고, 학병 세대 중에서도 책도 많이 읽은 사람이다. 그 많은 일본 유학생 출신 작가들 중에서 유럽 일주도 해보고 본의 아니게 학병으로 중국까지 가서 고초를 겪어본 작가는 이병주가 유일할 것이다. 여기에 발자크적인 열정이 더해진 것이 이병주의 문학이다.

알렉산드리아에서 동생은 게르니카 폭격(1937년 스페인 지방의 소도시 게르니카가 나치 독일 군단의 폭격을 받은 사건) 당시 가족을 모두 잃고 복수심에 사로잡혀 있는 아름다운 무용수 사라 엔젤을 만난다. 동생은 그녀의 복수를 도와주고자 한다. 이런 장면은 이병주 자신이 겪은 고초에 대한 또 다른 은유다. 부당한 옥살이를 했던 것에 대한 정의가 이루어져야 하는데 이것이 한국에서는 불가능하므로 다소 엉뚱한 곳인 알렉산드리아에서의 복수극으로 치환하고 있는 것이다.

《소설 · 알렉산드리아》에서 나타난 이병주 문학의 특징

이병주는 대표적인 지식인 소설가로, 그의 소설에서 주인공들 역시 지식인이다. 감옥살이의 경험에서 이병주는 지식인과 무식자를 구분한다. 보통의 상식과는 많이 다른데 지식인은 감옥살이를 버텨내지만 무식자들은 버티지 못한다고 말한다. 교양인들은 난관에 부딪혔을 때 두 개의 자기로 분화되는데, 하나는 그 난관 앞에서 고통을 느끼는 자기이고, 또 다른 하나는 고통을 느끼고 있는 자신을 다시 멀찍이서 바라보고 위로하는 자기다. 지금 내가 겪고 있는 상황에 대해 억울해하고 분통만 터뜨린다면 견딜 수 없다. 자기를 분리시켜서 하나는 감옥에 있고, 하나는 알렉산드리아에 가 있다고 한다면 버틸 수 있다. 반대로 무식한 사람에게는 고난을 당하는 자기만 있을 뿐이어서 오래 버텨내지 못한다는 것이다. 이것이 이병주의 독특한 '지식인 예찬론'이자 '교양 예찬론'이다.

《소설 · 알렉산드리아》는 정확히 이 틀로 구성되어 있다. 그래서 이 작품은 이병주 소설의 비밀을 엿볼 수 있게 해준다. 무지막지한 분량의 작품을 쓰기 위해서는 기본적인 형식이 잘 고정되어 있어야한다. 형식까지 매번 뜯어 고쳐가면서 소설을 쓸 수는 없기 때문이다. 그래서 이후 발표되는 작품들 역시 '액자소설'로서 항상 화자(대개 동생이나 친구로 등장한다)와 주인공이 따로 설정돼 있다. 그런데 알고 보면 이들 모두가 이병주다. 체험의 주체로서 주인공 이병주가 있고, 그것을 기록하는 화자로서 이병주가 있는 것이다.

《소설 · 알렉산드리아》는 작가가 출소한 지 일주일 만에 원고지 500장 분량으로 써낸 작품이다. 이미 감옥에서 구상이 다 끝났던 것으로 보인다. 머릿속에서 다 지어낸 이야기를 적어나가기만 해서 완성한다. 그리고 등단에 성공해 작가로 인정받게 된다. 만약 필화 사건이 없었다면 작가 이병주를 만나지 못했을 수도 있다. 40대 중반까지 쟁여 놓은 이야기의 물꼬가 필화 사건이 계기가 되어 한꺼번에 터져 나온 것이다.

이 작품 이후로 이병주는 한 달에 거의 원고지 천 매씩을 써낸다. 하고 싶은 이야기를 꾹꾹 눌러 참고 있다가 기어이 터뜨릴 만한 시비거리를 찾고 있었던 작가로 보인다. 이런 재능을 가지고 있으니 요즘 소설은 소설도 아니라고 했던 것이다. 실제로 그는 대가의 길로 가게 된다. 그다음으로 쓴 주요 작품이 《관부연락선》으로 이 작품 역시 오랫동안 작가 이병주가 체험하고 구상해온 것들이 바탕이 되고 있다.

한국문학사에서 이병주를 재평가해야 하는 이유

《관부연락선》은 작가의 학병 체험이 그대로 담겨 있는 작품이다. 학병 체험은 1972년 작품《지리산》으로까지 이어지는 중요한 바탕이다. 그다음 장편들에서는 점점 완성도가 떨어지기 시작하는데 이는 작가가 직업적인 마인드로 쓴 것들이기 때문이다.《지리산》까지는 작가가 쓰지 않고서는 못 배겼던 작품들이고, 그 이후부터는 작가가 자신의 관성을 믿고 글쓰기 실력으로 써내려간 작품들이다. 특히 현대사를 다룬 후반기 작품들은 다소 긴장감이 떨어진다는 평가를 받는다.

《관부연락선》은 1968년부터 1970년까지 잡지에 연재되고 단행본으로는 1972년에 발표된 작품이다. 이병주에 대한 문학사적 평가가 다소 박한 편인지라 통상적인 문학사에서는 이병주를 대하역사소설 범주에서 다룬다. 문학사에서 공식적인 계보는 1950년대 작가들부터 시작해서 1960년대 문턱에 있는 최인훈, 김승옥이 다뤄지고 그다음 1970년대 작가들로 넘어간다. 1970년대의 공식적인 작가로는 대체로 황석영이 다뤄진다. 이병주는 공식적인 자리에 끼워 넣기 애매해 별도의 작가로 다뤄진다.《토지》등 대하역사소설을 다루는 범주에서 그의 작품《지리산》이 이따금 언급될 따름이다. 이병주의 문학이 독자적인 의미를 가진 것으로 보기 어렵다고 평가하는 것이다.

여기서는《관부연락선》을 최인훈의《광장》과 견줄 만한 작품으로 보고 공식적인 계보에서《광장》의 뒤를 잇는 자리에 배치했다. 두 작품이 주인공의 운명도 비슷하고 모두 같은 주제를 표방하고 있기 때문이다. 다만《관부연락선》이 분량이 더 많은 만큼 스케일도 크다. 《광장》은 장편 분량에 못 미치지만 집약적이고 압축적인 소설이라는 강점이 있다.《관부연락선》을 읽은 일반 독자들은 종종 내용을 좀 더 압축해 주었으면 좋았을 것이라는 바람을 표하곤 한다. 이병주로서는 자기에게 쌓여 있던 이야기를 다 쏟아내야만 하기 때문에 분량이 늘어날 수밖에 없었을 것이다. 아무튼 시야를 확장한 것이 이 소설의 강점이라 할 수 있다.《광장》을 덮어 쓰고도 남을 만한 분량으로 현대사의 문제를 다룬 것이《관부연락선》의 의의다.

그리고 이것은 한국문학이 가지 않은 길이라고 생각한다. 프랑스 문학을 강의에서 다루며 왜 한국에는 발자크와 같은 작가가 없는지 고민했던 적이 있다. 그런데 자세히 살펴보니 아주 없지는 않았다. 그런 역할을 했던 작가가 식민지 시대에는 염상섭이 있고 해방 이후에는 이병주가 있다. 이런 작가들이 문학사의 공식적인 자리를 차지해야 한다. 한국문학이 전쟁 이후 궤도에서 이탈한 것은 염상섭과 이병주에 대한 과소평가에서 기인한다. 염상섭은 이광수를 잇는 주류이자 정통에 속했다. 염상섭을 제쳐 놓거나 우회할 수가 없다. 그런데 전후문학은 염상섭의 길을 가지 않는다. 1950년대 작가들 이후로는 이병주와 같은 작가가 버티고 있었어야 한다. 그다음에 이병주를 잇겠다는 작가들이 등장해야 제대로 된 문학사적 진화가 이루어졌을 것이라고 생각한다. 이병주를 우회해서 발자크와는 다른 방향으로 향한 것이 한국문학이 걸어간 길이었다.

우리 시대의 발자크가 되겠다는, 이 시대의 증언자이자 기록자가 되겠다는 작가의 계보가 한국문학사에서는 제대로 형성되지 못했다. 이병주라는 작가가 그런 면에서 중요한 역할을 하고 있었지만 중심에 서지는 못했다. 그래서 이병주는 한국문학사에서 다시 볼 필요가 있는 작가라고 생각한다.

역사의 그물로 파악하지 못한 민족의 슬픔과 의미를 모색하는 작업을 문학적 지향으로 삼은 이병주는 철저한 자료 수집과 취재에 바탕을 두었다. 그래서 자신의 작품에 '실록'이란 말을 즐겨 썼다. 하지만 바로 그 이유 때문에 표절 시비에 몰리기도 했다. 《지리산》의 경우 빨치산 수기들이 중요한 자료였기에 이병주가 그것들을 얼마나 참조했는가에 대한 시비가 일기도 했다. 《남부군》을 쓴 이태가 동아일보를 통해 자신의 책에 있는 내용을 이병주가 《지리산》에서 그대로 도용했다는 인터뷰를 한 것이다. 이병주는 정당하게 원고료를 지불하고 자료를 구입한 것이라 밝혔지만 이 사건에 대한 전체적인 평가는 아직 미흡한 상태다. 그럼에도 한국소설의 공간을 대폭 확장했다는 점에서 이병주에게 중요한 공적이 있다고 생각한다.

이병주는 1980년대까지 대중적으로 인기는 있었지만 대표적인 반공작가였기 때문에 그를 좋아한다거나 높게 평가한다고 말하기가 어려웠다. 이병주 자신은 허접한 반공문학은 누구나 쓰는 것이지만 '양질의 반공문학'을 쓰는 것은 정말 어려운 일이라고 생각했기에 그러한 작품을 쓰고자 했다. 제대로 된 반공문학을 쓰기 위해서는 공산주의에 대한 이해가 필요한데 주입식으로 공산주의의 문제점 몇 가지만 앵무새처럼 반복하는 것은 수준이 떨어진다. 그래서 이병주는 위험 부담은 있지만 실체를 다 파악하고 반공문학을 쓰고자 했다. 그런데 이런 작업이 1980년대의 시대적 분위기와는 영 맞지 않아 곤란을 겪는다.

이병주가 반공작가가 될 수밖에 없었던 여러 경험들이 있다. 이병주와 비슷하게 반공주의를 표방한 작가로는 이문열이 있다. 이문열은 공산주의자였던 아버지 문제 때문에《영웅시대》같은 유형의 작품들을 상당히 공을 들여 쓴다. 이병주와 견줄 만한 반공문학 작품이나 작가가 여럿 있는데 그 가운데 이병주가 가장 스케일이 크고 호방하다고 생각한다.

여담으로 최근 들어 이병주에게 영향을 받았다는 작가들의 '커밍아웃'이 이루어지고 있는데 그 대표적인 작가가 공지영이다. 이병주의 문학을 읽으면서 1980년대를 버텼고 자신은 이병주를 통해서 문학 수업을 받았다고 한다. 이병주는 몇몇 작가들에게는 마치 숨은 교사와 같았다. 원래도 중년 남성 독자층을 거느린 작가였지만 20대 젊은 여대생도 그의 문학을 탐독했다는 것을 알 수 있다.

이병주는 최인훈과 어떻게 다른 길을 갔는가

《관부연락선》은 해방 전 5년과 해방 이후 5년인 1940년부터 1950년까지를 시대적 배경으로 삼는 작품이다. 이병주 자신의 모습이 투영되어 있는 주인공 유태림이 마지막에 빨치산에게 납치되어 행방불명되는 것을 결말로 그리고 있다. 이것은《광장》에서 나타난 이명준의 결말과 비교가 되는 부분이다. 중립국을 선택해서 인도로 가는 도중에 배에서 투신자살하는 이명준과 비슷하게 유태림도 좌파와 우파 중 어느 편도 들지 않다가 양쪽에서 비난을 받고 행방불명되는 것으로 끝난다. 그러나 둘 사이에 차이점이 있다. 결말을 비교해 보면 이명준은 아무것도 남기지 않았다. 자기를 따르는 갈매기 두 마리와 합하겠다고 투신하면서 이명준은 어떤 흔적도 남기지 않는다. 최인훈이《광장》이후 더 큰 규모의 장편으로 나아가지 못하는 반면에 이병주는 어떻게 장편을 쓸 수 있었는지에 대한 중요한 차이점이 여기서 드러난다.《관부연락선》에서 유태림은 교사이기 때문에 자신이 가르친 학생들이 남아 있다.

　이병주가 작품 말미에 공을 들여 쓴 부분이 있다. 유태림의 친구인 작중 화자가 이렇게 말한다. "나는 가끔 태림이 가르친 제자들과 만나는 기회를 가진다. 태림이 C고등학교에서 맡은 바로 그 학급에서 박사가 셋, 대학교수가 여섯, 판사 검사가 각각 하나, 고급관리가 다섯, … 합해서 29명이 우리나라 사회에 진출해선 일류의 인물로서 활약하고 있다." 이것이 유태림이 남긴 흔적이자 이명준과의 차이점이다. 그래서 이병주가 장편으로 더 나아갈 수 있었다. 최인훈은 다리를 끊어버렸다고 생각한다. 그가《광장》이후 더 나은 소설을 쓰기 어려웠던 이유다. 해방 이후 새로운 국가와 사회를 건설해야 하는 시점에서 주체 정립의 문제가 문학사의 중요한 과제가 된다.《관부연락선》의 유태림에 들어와서야 우리는 '교사'로서의 주체를 발견할 수 있다.

유태림 자신은 이념적으로는 어느 쪽에도 가담하지 않는 허무주의자다. '자칭 허무주의자'로 자신을 소개하며 좌우가 대립하는 시기에 양쪽에서 비난받고 의심받는다. 그러면 통상적으로 아무것도 남길 수가 없다. 《광장》의 이명준처럼 북한의 광장도 가짜고 남한의 밀실도 가짜이게 되면 어디에도 소속감을 갖지 못하게 된다. 그래서 중립국 내지는 죽음을 선택할 수밖에 없다. 그러나 유태림은 행방불명이 되긴 하지만 흔적을 남긴다. 사회 각 분야에서 활동하는 잘 성장한 스물아홉 명의 제자들이 유태림을 증언한다. 유태림의 존재는 제자들에 의해 증명되는 것이다.

이것이 이병주 문학의 특징이다. 이병주가 쓰는 표현인 "나에게는 조국이 없다. 오직 산하만이 있을 뿐이다"의 '산하'야말로 이병주 문학의 핵심이다. 이병주가 내거는 '산하의 허무주의'에는 독특한 매력이 있다. 《광장》의 이명준에게는 갈매기와 망망대해만이 있을 뿐이다. 그것도 일종의 허무주의지만 산하의 허무주의와는 다르다. 산하는 삶의 터전이고 우리가 계속 살아가야 하는 공간이기 때문이다. 이것이 최인훈 문학과 이병주 문학 사이의 차이점이다. 우리에게는 이병주로부터 시작할 수 있는 문학의 길도 있었다. 이쪽이 좀 더 풍성한 결과를 가져오지 않았을까 생각한다.

《관부연락선》 이후 이병주가 개척한 길

현대사와 관련하여 이병주는《지리산》을 쓰게 된 동기를 이렇게 밝힌다. "해방과 한국전쟁을 전후해서 지리산에서는 2만여 명이 죽어갔다. 파르티잔과 군경 토벌대인 이들은 대부분 젊은이들이었다. … 그들의 죽음은 민족과 시대의 관점에서 다시 조명되어야 한다."《지리산》은 1972년부터 1977년까지 연재됐고 1985년에 마무리되어 단행본으로 출간됐다. 한국소설사에서는 '빅3'로 꼽히는 작품이다. 그런데 이를 대놓고 말하는 비평가가 많지 않다. '솔직히 말하면'이라는 단서를 붙여서 이야기할 때 숨은 랭킹 1위에 해당하는 작품이다. 표절 시비도 있었기 때문에 아직 공식적으로는 인정받지 못한다. 정확히 평가하기 위해서는 표절 문제가 정리되어야 한다.

《지리산》은 대하장편소설의 물꼬를 텄다는 점에서도 의미가 있다. 일제강점기 시대를 주로 다루고 해방을 맞이하며 끝나는《토지》와 달리 해방 공간에서의 문제점, 이념 대립, 갈등을 자세히 다룬 대하소설로는《지리산》과《태백산맥》등이 꼽힌다. 그중에서도《지리산》이 먼저 나온 작품으로서 의의가 있다. 매달 원고지 천 매씩 썼다는 것은 매달 거의 300~400쪽짜리 책 한 권씩 쓴 것이나 다름없다. 총 10만 장의 원고를 썼다고 하는데 조정래나 박경리에 결코 뒤지지 않는 규모라 생각된다.

투철한 프로 작가인 그는 생전에 이런 말도 자주 했다고 한다. "작품은 많이 써야 하며 어떠한 것도 쓸 수 있어야 한다." 그런데 이것이 문학사적 평가에서는 감점 요인이 된다. 질보다는 양으로 승부하기 때문에 태작이 많아서 그렇다. 80여 권의 작품 중 무려 절반 이상을 버린 것이 '이병주 전집'이다. 그렇지만 그처럼 '백 권 정도는 써주겠어'라고 해줘야 '한국의 발자크'라는 호칭을 거머쥘 수 있다.

이 밖에도 이병주는 인간관계의 폭이 굉장히 넓었던 것으로 유명하다. 대통령부터 걸인까지 아주 막역하게 지내온 작가다. 고급 요릿집에서 고관들과 술자리를 하고 그 자리가 끝나면 남은 요리들을 다 챙겨 청량리에 가서 거지들과 술판을 벌였다. 이 독특한 재능으로 모든 사람들과 교제를 했고 많은 소설을 써냈다. 독재자도 가리지 않아서 전두환과도 친하게 지냈다. 이것은 그가 '허무주의자'이기 때문에 가능한 것이다. 아무것도 없으므로 모든 것을 포용하는 것이 이병주식 허무주의다.

많은 허무주의자들이 쾌락주의자이기도 한데 이병주는 원고지 천 매씩 쓰는 것 말고도 먹고 마시고 즐기는 것을 좋아했다. 이병주가 쓴 저서들 가운데《이병주의 에로스 문화탐사》와 같은 책도 있다. 다방면으로 박식하다 보니 그 분야에도 정통한 작가다. 대통령들과 정치 지도자들의 인물평을 쓴 책도 있다. 직접 만나보고 이야기도 해봐야 알 수 있는 정보들이 많기 때문에 이런 책을 쓸 수 있는 사람이 많지 않다.

작가의 체험으로부터 나온《관부연락선》의 리얼리티

《관부연락선》에서 이야기되고 있는 학병 체험담은 이렇다. 주인공 유태림이 일본군 수송대로 배치되는데 이곳은 말들을 관리하는 부대로 허구한 날 하는 일이 말똥 치우는 것이다. 이 작품에서 리얼리티가 살아 있는 부분으로 '그것이 얼마나 고된 일인지 안 치워 본 사람은 모르는' 내용이다. 하루 종일 말 시중만 들다가 끝난다. 중국의 쑤저우는 격전 지역도 아니어서 전투도 없이 준비만 하다가 하루가 끝난다. 계속 기합 받고 얻어터지고 말똥 치우는 것만 한다. 말똥도 다 손으로 치우는데 짚에 묻어 있는 똥을 짚과 가른 뒤에 짚을 말려 저녁에 깔아주는 일을 계속 반복하는 식이다.

　여기서 재미있는 에피소드가 있다. 일본이 전쟁에서 항복한 뒤 부대에 있는 한국인들에게 어떻게 처신해야 할지를 두고 아주 당황스러워 한다. 이전까지는 부하라고 구타를 일삼았는데 갑자기 지위가 달라진 것이다. 일본군은 그들의 처분을 고민하다 모두 제대시켜준다. 그리고 어제까지 모셔왔던 말들을 바로 학대하기 시작한다. 그럼에도 한국인 학병들은 계속 말똥을 치운다. 그래서 일본인들이 한국인들을 다르게 봤다는 장면이다. 이런 묘사는 직접 겪어봐야 쓸 수 있다. 전혀 다른 경험의 스케일을 보여주는 것이 이병주 문학의 힘이다.

　황석영 작가도 많이 돌아다닌 축에 속하지만 이병주는 일본 갔다가 유럽 일주도 해보고 중국에 가서 온갖 고초도 겪어본 작가이기 때문에 경험의 절대량에서 밀리지 않는다. 그리고 나중에 상하이에서 머물고 있다가 광복군을 찾아가는데 뒤늦게 미군 전차상륙함 LST를 타고 귀환한다. 20세기 중반까지만 가능했던 가히 파란만장한 인생 역정이라 할 수 있다.

그리 많지 않은 학병 세대 가운데서는 김준엽, 장준하 등 몇 사람의 탈출기가 유명하다. 《관부연락선》에서도 유태림이 다른 이들로부터 탈출을 시도하자는 제안을 받지만 거절한다(이병주의 다른 작품들에서는 학병들의 여러 탈출 이야기가 펼쳐지는데 이 부분에 있어서도 이병주는 어떤 소설가보다 독보적인 기록을 남긴다). 유태림은 고향으로 돌아온 뒤 C학교(진주농고)의 요청을 받고 영어교사로 부임하는데 영어뿐만이 아닌 다른 여러 과목도 가르친다. 학생들조차 극심한 좌우 이념의 대립에 연루될 수밖에 없었던 당시 상황에서 유태림은 중도적 입장을 고수하며 학생들이 공부에 전념할 수 있도록 돕는다. 끝내 한국전쟁이 발발하고 유태림은 좌우 양쪽의 시달림을 받다가 빨치산 부대에 끌려가 실종되는 것으로 이야기가 끝난다.

이병주도, 그리고 작품 속 유태림도 이념의 대립 가운데서 어떻게 돌파해나갈 것인가를 고민하다가 회색분자로 낙인찍히고 양쪽에서 비난을 받는다. 이것이 허무주의자이자 회색분자인 이병주의 포지션이다. 《광장》의 이명준과 비슷한 경우이지만 작품의 스케일과 결말에서 상당한 차이가 있다.

'관부연락선'이 보여주는 전후 역사에 대한 총체적인 반성

'관부연락선'은 부산에서 일본의 시모노세키(하관)까지 오고가는 연락선을 가리키며 일제강점기 때의 명칭이다. 해방 이후에는 선박 회사의 이름인 '부관훼리'라고도 불린다. 작품의 구성 및 시작은 이러하다. 작중 화자가 일본인 친구로부터 유태림의 행방을 묻는 편지를 받는데 그 친구가 유태림의 원고를 가지고 있다면서 그것의 일부를 사진으로 찍어서 보내준다. 그 원고가 유태림의 수기이고 제목이 '관부연락선'이다. 한쪽에서는 학병 체험을 하고 해방 이후 진주에서 교사로 생활하던 유태림의 행적을 다루고 있고, 다른 한쪽에서는 유태림의 기록 속에 있는 관부연락선을 조사해서 식민지 시대 조선의 역사를 다시 반추하고 있다. 이렇게 두 가지 시점에서 묘사하고 있는 작품이다.

작품을 읽다 보면 이병주 자신이 관부연락선의 특징에 대해 상당한 조사를 했음을 알 수 있다. 이병주는 영국의 도버와 프랑스의 칼레를 오고가는 연락선에 탑승해보면서 관부연락선의 특징과 비교해볼 수 있었다고 한다. 같은 연락선이지만 영국과 프랑스를 오고가는 것과 한국과 일본을 오고가는 것에는 차이가 있다. 관부연락선만 타서는 별다른 감정을 느끼지 못하지만 '도버-칼레'를 타보니 차이가 느껴지는 것이다. "외국인인데도 불구하고 그처럼 자유스럽게 왕래할 수 있다는 사실이 다시 관부연락선의 그 부자유한 상태를 상기시켰다." 그는 외부의 시점에서 관부연락선과 우리 자신에 대해 성찰하는 방법을 배우게 된다. 이처럼 바깥의 경험, 시야라는 것이 소설가에게는 매우 중요하다.

작가는 관부연락선을 "영락없는 수인선"으로 묘사하며 지배자인 일본이 피지배자인 한국인을 수인 취급하고 있음이 고스란히 드러나는 모습이라고 말한다. 관부연락선은 일본의 조선에 대한 식민지 지배를 하나로 압축한 형상이다. 하나의 상징으로서 관부연락선을 통해 식민지 시대 전체를 들여다볼 수 있다.

《관부연락선》은 유태림의 〈관부연락선〉이 전하는 내용에 다른 인물들이 유태림의 행적과 경험들을 이야기하며 보태는 형식으로 구성되어 있다. 그러면서 관부연락선의 모든 소재에 대한 조사로 내용이 채워진다. 기본적으로 작가의 경험이 바탕이 돼야 하지만 이런 부분을 쓰려면 상당한 자료 조사와 함께 오고가는 사람들에 대한 실문이나 취재도 필요하다. 단순히 머리로만 쓴 소설이 아니다. 그 점이 중요하다. 작가가 발로 뛴 흔적이 역력히 남아 있는 소설이다.

그리고 이 작품은 한국소설사의 어떤 공백을 채워준다. 전후에 우리에게 필요한 것은 지난 한 세대의 역사에 대한 반성과 성찰이었다. 지금 우리의 모습을 이해하려면 바로 전 시대를 봐야 하기 때문이다. 1950년대를 이해하려면 해방 이전 1930년대에서 1940년대 상황을 들여다봐야 한다. 그 실마리가 될 수 있는 작품이 바로 《관부연락선》이다. '관부연락선'이라는 소재를 매개로 해서 식민지 역사 전체를 파악하고자 한다.

조사 결과만 객관적으로 나열하면 소설적인 재미가 없으므로 인물을 등장시킨다. 실제로 관부연락선을 타고 오고갔던 대표적인 친일 매국노인 송병준의 행적을 훑어본다. 이 작품에서 유태림 혹은 작가 이병주가 가장 싫어하는 인물이 송병준이다. 그에 비하면 이완용은 양반일 정도다. 친일 매국노 중에서도 가장 악명 높은 송병준은 한일병합에 혁혁한 공훈을 세우고 호의호식하면서 산다. 이 부끄러운 역사의 문제를 꼼꼼히 짚어본다.

그리고 친일파 암살에 앞장섰던 조직의 일원인 원주신이 송병준을 암살하려고 기도했다가 여의치 않게 되자 자살했던 이야기를 다룬다. 여러 우국지사들이 분사하고 자결하는 가운데 친일 매국노 송병준이 뻔뻔스럽게도 관부연락선의 일등 빈객으로 초대되어 의기양양하게 부산으로 들어오는 것을 일본과 조선의 관계를 드러내는 상징적인 장면으로 처리하고 있다.

다음 대목은 유태림의 평가이지만 한편으로 이병주의 평가이기도 하다. "한일합방은 불가피한 일이었다. 그렇다손 치더라도 송병준 같은 인간의 활약으로 이루어졌다는 것은 한국으로서 치욕이며 일본을 위해서도 불행한 일이라고 생각한다." 한일병합이 불가피한 면이 있지만 그것을 주도했던 인물들이 하필이면 이용구, 송병준, 이완용 같은 자들이었다. 특히 가장 비열하고 간사한 인간인 송병준에 대해 탄식하고 있다. "송병준은 나라의 명운에 대해서 고민한 흔적이란 전연 없다. 일신의 영달을 위해선 그 밖의 모든 일은 일체 안중에도 없었다."

이병주는 소설이라는 틀을 가지고 식민지 조선의 역사를 다시 성찰해보고자 했다. 왜 이런 일이 벌어졌는가에 대한 근본적 질문을 던지는 것이다. 해방 이후 좌우의 대립에 대해서도 마찬가지다. 자신도 겪었던 일이지만 한걸음 거리를 두고 물러서서 지금 우리가 역사를 어떻게 기억해야 하는지 독자에게 성찰해보게끔 한다.

허무주의자이자 회색인간 이병주의 선택

《관부연락선》은 1인칭 서술자인 '나'를 내세웠지만 한국전쟁 중에 빨치산에게 납치되어 행방불명된 유태림의 일대기다. 유태림으로서의 이병주가 있고 화자로서의 이병주가 있다. 유태림이 남긴 수기, 편지, 기록들을 교차해서 보여주는 한편 화자인 '나'가 바라보는 유태림의 일대기가 그려져 있다. '관부연락선'이라는 제목의 유태림의 수기는 한국과 일본의 관계를 되짚어보는 성찰과 일본 유학생활에 대한 기록을 담고 있다. 그리고 그것을 보완해주는 것이 '나'의 기록이다. 소설적 장치가 매끄럽게 되어 있지는 않다. 화자인 '나'가 알고 있는 유태림의 모습이 너무 생생하고 정확해서 마치 스스로 유태림으로 빙의한 듯한 묘사들이 나타나기 때문이다.

'나'의 기록은 유태림의 학병 체험과 해방 정국에서의 활동, 행방불명에 이르기까지의 과정을 담고 있다. 여러 주변적인 증언과 기록을 다 포괄해서 다루고 있는데 가히 '유태림의 모든 것'이라 할 만하다. 유태림을 중요한 매개로 해서 당대 역사의 풍경과 전모를 드러내고자 한다.

소설이 처음 시작할 때 배경은 1960년대로 화자인 '나'는 일본 동기로부터 편지를 받고 유태림의 원고 〈관부연락선〉에 대해 알게 된다. 학병으로 중국 쑤저우까지 갔다가 해방 이후 1946년에 귀국해서 C학교에 교사로 초빙된 것까지 유태림의 일대기가 펼쳐지는데 이는 작가 이병주의 실제 삶과 똑같다. 이미 쑤저우에 있을 때부터 유태림은 좌우 이념의 충돌 속에서 어느 편에도 들지 않는 모습을 보이고 그 바람에 양쪽에게 비난을 받는다. 작품을 보면 그가 보인 행동의 세세한 면에서 화자가 주석까지 달고 있는데 이는 유태림이 가명을 쓴 실제 인물이라는 점이 강하게 암시되는 대목이다.

해방을 앞두고 독립을 위해 투쟁하는 학병들 가운데 '~주의자'들이 많았다. 이는 해방 이후 어떤 국가를 건설할 것인지를 두고 그 방향성을 정초하려는 움직임이었다. 당시 소련에서 사회주의 사상이 들어오고 중국에도 공산주의 활동을 하는 사상가들이 많았다.

몇몇 학병들이 발각되면 문제가 될 수 있는 공산주의 모임을 몰래 갖고자 한다. 여기서 주동자인 안달영과 유태림이 공산주의에 대해 논쟁하는 장면이 있다. 유태림 또는 이병주의 생각을 알 수 있는 장면이다. 안달영은 해방을 위해서는 공산주의 교양을 학습해야 한다고 이야기한다. 우리가 나아가야 할 방향은 사회주의 국가이므로 미리 공산주의를 학습해야 한다고 생각한다. 유태림은 생각이 다르다. 역사는 사람이 만들어나가는 것이므로 우리나라의 나갈 길은 국민들이 결정해야 할 문제라고 이야기한다. 일단 해방된 다음에 사람들의 뜻을 수렴해서 방향을 결정해야 한다고 보는 것이다.

안달영 같은 인물은 미리 방향이 정해져 있다. 먼저 이념을 관철시켜야 하는 것이다. 최종적인 선택지는 공산주의여야 하지만 사람들이 공산주의를 모르면 그것을 선택할 수 없다. 그러므로 공산주의를 미리 학습시켜야 한다. 공산주의는 '2×2=4' 같은 것이다. 정해진 답을 알게끔 하면 되는 것이지 의향을 물어보는 것은 불필요하다. 먼저 '이것이 진리'임을 알게 한 뒤에 선택권을 주겠다는 것이 당시 공산주의자들의 견해였다.

이런 장면들이 의미가 있는 것은 이병주의 전향 논란 때문이다. 그는 본래 반공주의자이자 허무주의자다. 허무주의자이므로 어떤 이념도 믿지 않는 사람이다. 전향은 특정한 입장을 가지고 있다가 바꾸는 것인데 그는 전향할 만한 입장이 없다. 이병주가 박정희 평전을 쓴다고 했을 때 리영희 선생이 절친하게 지냈다가 결별을 선언한 적이 있다. 이때 이병주가 원래는 진보 편이었는데 보수 쪽으로 건너갔다는 '이병주 전향설'이 나온다. 하지만 이것은 근거가 부족해 보인다. 이병주는 작품에서도 드러난 바와 같이 본래 어떤 편도 들지 않는 허무주의자이자 회색인이었을 뿐이다.

이병주는 '무조건 반대'만 외치는 반공주의자가 아니었다. 공산주의를 비판하려면 어느 정도 알아야 하고 수준을 갖춰야 한다는 것이 이병주의 생각이었다. 공산주의자인 안달영은 마르크스와 레닌, 스탈린에 의해 자본주의는 붕괴하고 공산주의국가의 번영이 가능하다는 것이 증명됐다고 이야기한다. 이는 당시 시점에서는 어느 정도 사실이었다. 1930년대부터 일부 스탈린 체제의 실상이 폭로되긴 했지만 본격적인 비판이 이루어진 것은 나중의 일이었다. 당시에는 프랑스 역시 좌파가 강성이었고 사회주의자가 많았기에 공산당이 제1당이었다. 전후 첫 투표에서도 공산당이 승리한다. 그런데 소련의 초청을 받고 도착한 앙드레 지드가 그곳의 실상을 보고 환멸을 느껴 1930년대 후반에《소련기행》을 쓴다. 그러나 당시에는 이 작품이 널리 전파되지 않았다.

앙드레 지드와 비슷한 계열의 작가로 알베르 카뮈가 있다. 장폴 사르트르가 철저하게 공산당 지지를 표명할 때 카뮈와 같은 작가들은 서서히 그 진영에서 빠져나온다. 물론 학병 출신의 조선인 안달영이 소련의 실상에 대해 정확히 알 수가 없었다. 그는 소련식 사회주의 모델을 따라가야 한다고 본다. 하지만 회색분자인 유태림 그리고 이병주는 거기에 동의하지 않고 거리를 둔다.《자본론》이 출간된 지 80년이 지났지만 그 사이 자본주의는 줄곧 성장해왔다며 공산주의 이외에 다른 길이 있음을 이야기한다. 그리고 스탈린이 증명한 것은 나라 전체를 감옥으로 만들고 백성들의 자유를 빼앗은 것뿐이라고 본다. 이런 정보나 이해가 사후에 갖추어진 것인지, 아니면 실제로 당시 상황에서 가지고 있던 생각인 것인지 궁금한데 실제 상황에서 생각해낸 것이라면 놀라운 통찰이다. 여하튼 둘은 평행선을 가고 서로 설득할 수 없게 된다. 이 갈등은 해방공간에서 그대로 반복된다.

서술방식에 대한 평가는 다소 부차적인 것이긴 하지만, 이병주는 소설 형식의 실험에 있어서 특별히 주목할 만한 작가는 아니다. 이병주가 쓰는 서술방식은 주로 남미소설에서 나타나는 '총체소설' 내지는 '총동원소설'과 유사하다. 자기가 아는 것뿐만 아니라 모르는 것도 최대한 있는 자료들을 다 끌어 모아서 써낸 작품이다. 전형적인 소설이 보여주는 서사와는 다르다. 이를테면《광장》은 처음, 중간, 끝이 있고 주인공 이명준이 있으며 인물들 간의 갈등이 있고 그 갈등이 어떻게 해소되는가를 보여주면서 끝난다. 그러한 전형적인 서사와 다른 성격을 보여주는 것이 '총체소설'이고 이 작품의 목표도 그와 비슷하다고 생각한다.

'실록소설'이란 말에서 알 수 있듯 이병주는 소설의 형식을 빌려서 실록을 쓰고자 했다. 실록에 대한 의식이 없다면 굳이 주석까지 달 필요가 없었을 것이다. 29명 졸업생 이야기는 지어낸 것이 아니라 다 조사해서 쓴 것으로 생각된다. 해방 이후 한국이라는 범위를 넘어서 일본, 중국 및 동아시아뿐만 아니라 유럽까지도 무대로 삼는 이 작품은 다국적·다민족적인 서사를 그려낸 몇 안 되는 한국소설 중 하나다.

굉장히 유연한 사유를 통해 정치와 역사에 대한 재해석을 한다는 점도 독특하다. 이병주의 정치 인식, 현실 인식, 역사 인식에 대해서는 다른 평가가 필요하겠지만 이렇게 평가의 대상이 될 만한 작품을 써냈다는 점도 대단히 중요한 의의라 할 수 있다. 이병주의《관부연락선》은 한국문학이 가지 못한 전혀 다른 길을 보여줬다는 점에서 문학사에서 새롭게 평가해야 할 중요한 작품이다.

3장

| 1960년대 Ⅲ |

김승옥
《무진기행》

순수에서 세속으로 넘어가는
현대인의 증상을 포착하다

김승옥

- 1962년 – 단편 〈생명연습〉 발표 및 등단
- 1964년 – 단편 〈무진기행〉 등 발표
- 1965년 – 단편 〈서울, 1964년 겨울〉 발표 및 동인문학상 수상
- 1977년 – 단편 〈서울의 달빛 0장〉 발표 및 이상문학상 수상

부끄러워하면서 돈을 선택하는 것이 1960년대 한국인들의 무의식이다. 처음 해보는 속물인지라 수줍어하는 모습이 역력하지만, 숙달되면 뻔뻔한 속물들이 되어갈 것이다. 이해관계에 따라서 아주 매정한 인간들로 변해가는 것이 현대인의 속성이다. 잠시 부끄러움을 느끼지만 동시에 단호하게 서울로 올라감으로써 현대인의 속성을 드러냈다는 것이 《무진기행》의 의의다.

1960년대의 신화가 된 작품《무진기행》

1962년에 등단한 김승옥은 1964년 스물세 살 때《무진기행》을 발표한다. 작품을《사상계》에 보내기 전 서울대 문학동인지《산문시대》에 있던 불문과 동기 김현과 시인 최하림에게 보여준다. 그들은 작품이 썩 별로라며 발표하지 말라고 당부한다. 김승옥은《사상계》에 원고를 보내면서 다른 작품을 써 보낼 테니 가급적 싣지 말라고 부탁했다. 그런데 담당자가 아무런 말없이 실어버렸다.

후에 김승옥은 이에 대해 회고하며 독자들이 자신의 의도와는 다르게 작품을 읽는 것 같다고 했다. 1970년대 중반에《무진기행》에 대해 쓴 후기에서 김승옥은 이 작품이 일으킨 엄청난 반향 앞에 다소간 당혹스러웠음을 밝힌다. 그리고《무진기행》은 "가장 우울했던 시기에 가장 순수한 슬픈 마음"을 가지고 쓴 작품이며, 당시 우울했던 사람들에게 어떤 호소력을 지녔던 것 같다고 이야기한다.

김승옥은 이때까지도 이 작품의 의의에 대해 정확하게 파악하지 못한 것으로 보인다. 그렇다 하더라도 이 작품의 문학사적 의미가 반감되는 것은 아니다.《무진기행》은 김승옥 작가 개인의 범위를 넘어서 1960년대 한국 사회라는 시대적 조건과 당대 독자들이 합작해서 만들어낸 하나의 신화이기 때문이다. 신화적 의미를 지닌 작품은 그 신화 너머에 있는 날 것의 텍스트로 읽어내기 어렵다. 날 것의 작품을 읽었던 최초의 사람은 그의 친구와 작가들이었다. 지금 우리가 볼 때는《무진기행》을 평가절하한 그들의 모습이 특이해 보인다. '어떻게 시대의 작품을 못 알아볼 수 있는가'라는 의문이 생길 수 있다.

김승옥이 밝히고 있지만 이 작품은 '자기 열패감'을 소재로 한 소설이다. 경험담을 그대로 쓰는 것은 어색하기 때문에 자신보다 10년 정도 앞선 연배의 사람을 주인공으로 설정했다. 주인공 윤희중은 제약회사의 간부로 회장의 딸과 결혼해서 출세한 남자다. 윤희중의 승진 건으로 이사회를 앞둔 상황에서 아내가 그에게 잠시 무진에서 바람 쐬고 오라고 조언하는 것으로 이야기가 시작된다. 김승옥 자신은 앞 세대의 '도피주의'를 표현하고 싶었다고 하지만 여기에는 작가 자신의 도피주의가 그려져 있다. 학점 미달로 졸업을 못하게 되자 그런 문제가 있을 때마다 고향 순천에 내려가곤 했던 김승옥 자신의 모습이 투영되어 있는 것이다.

주인공 윤희중이 제약회사에 다니는 이유

작품의 배경이 되는 1960년대는 정치적으로 4·19혁명과 5·16군사정변이 있었고 근대화와 산업화가 본격적으로 진행된 시기다. 그런 과정에서 중산층이 형성되고 농촌에서 도시로의 이동이 본격화된다. 산업사회의 필연적인 결과로 생활의 기반으로서 농촌이 파괴된다. 근대 이전의 농경사회에서는 지주와 소작농 농민들 사이에 대립이 있었고 삶이 피폐해진 농민들의 반란이 19세기에 빈번하게 일어났다. 외부의 침입이나 영향이 없더라도 사회적 모순관계가 극심해

지면서 자체적으로 오래 버티지 못하는 것이다.

근대의 경제체제는 지리적 발견 이후 발달한 상업자본주의 단계에서 산업혁명 이후 기계와 공장이 중심이 되는 산업자본주의 단계로 넘어간다. 공장주인 자본가들은 노동자들이 물건을 생산하면 그것을 판매해 이윤을 얻고 이를 재투자해서 사업규모를 확장시킨다. 이렇게 자본주의적 경제 순환의 시스템이 갖춰진다.

산업구조가 개편되는 과정을 시대적 배경으로 삼아 이 작품은 비교적 규모가 큰 제약회사의 상무 윤희중을 등장시킨다. 회사 내에서 그의 승진을 두고 이사회가 열리는 장면이 묘사되는데 순천 출신의 대학생 작가 김승옥은 회사에 대해 잘 알지 못했던 것으로 보인다. 만약 김승옥이 30대 중반의 주인공과 같은 연배였다면 회사의 상황을 중심으로 이야기를 전개했을 텐데 아직 20대였던 탓에 회사의 상황을 지나가는 에피소드 정도로만 다룬다. 김승옥은 제약회사를 하나의 설정으로만 가져왔기 때문에 그 묘사에 크게 주의를 기울이지 않았다.

《무진기행》은 영화로도 세 번 만들어진 바 있다. 그 외에 KBS에서 'TV문학관'으로도 만들어졌다. 가장 중요한 것은 김승옥이 직접 시나리오를 쓴 1967년 영화 〈안개〉라는 작품이다. 이 작품은 이사회의 장면에서 이야기가 시작된다. 반면에 원작은 무진으로 내려가는 버스에서 시작해서 버스를 타고 올라오는 것으로 끝난다.

〈안개〉의 도입부에는 원작에 없는 내용이 등장한다. 주인공 윤희중은 회장 사위이고 아내와 회장이 참석하는 이사회를 앞두고 있다.

사내 경영 세습에 우호적이지 않은 이사들이 경영 합리화 차원에서 '세습은 전근대적'이라는 주장을 한다. 당사자가 있으면 어색하고 곤란한 상황이니까 아내와 회장이 알아서 전무로 만들어 놓을 테니 이사회가 진행되는 동안 무진에 내려갔다 오라고 윤희중에게 이야기한다. 자기 의지로 내려가는 것이 아니고 아내가 내려가라고 해서 내려가는 것이다.

소설의 초반에 무진으로 내려가는 버스 안에서 윤희중은 아내의 말을 상기한다. 아내는 그에게 안색이 어두워졌다며 어머니 산소에 들린다는 핑계로 며칠 무진에 다녀오라고 말한다. 그를 회사의 전무로 만드는 일은 자신과 장인이 그럴듯하게 갖추어 놓겠다면서 말이다. 영화에서는 이 장면이 흥미롭게 처리되어 있는데, 아내는 뒷모습만 보여주면서 윤희중의 배후로 등장한다. 윤희중은 아내 또는 누군가에 의해 조종되고 관리되는 존재다.

그런데 시골 무진 사람들이 볼 때는 윤희중이 서울에 있는 기업의 임원이자 경영 승계자 자리에 있으니 출세한 사람이다. 무진에서 출세한 케이스로 두 가지가 있는데, 하나는 고시 패스해서 세무서장으로 있는 윤희중의 친구고 또 하나는 윤희중이다. 윤희중이 아내의 두 번째 남편이라고 해도 무진에서는 출세한 사람으로 간주한다. 이처럼 1960년대라는 배경에서 서울과 무진 두 곳을 오가는 독특한 위치의 인물 윤희중의 내면을 탐색하는 것이 이 작품의 중요한 성취를 낳는다.

한국에서 모더니즘은 어떻게 탄생했는가

1960년대의 문학도 전시대의 《무정》이나 《삼대》를 평가할 때의 기준과 같이 근대인 그리고 근대 사회를 보여주는 것이 중요한 과제다. 통상적으로는 1945년 광복을 맞이한 이후를 현대라고 부르기 때문에 현대인 내지는 현대 사회라고 불러도 좋다. 그런데 《무진기행》은 단편이기 때문에 현대 사회를 세부적으로 묘사하기에는 부족한 점이 있다. 그보다는 '과연 현대인의 모습을 잘 보여주고 있는가'에서 이 작품의 의의를 찾아야 한다.

또한 이 작품이 왜 장편이 아닌 단편이 될 수밖에 없는지도 생각해봐야 한다. 김승옥은 이 작품을 포함하여 전집 다섯 권 분량의 작품을 써냈다. 그러나 《무진기행》을 넘어서는 본격적인 장편소설은 쓰지 못했다. 영화계 쪽으로 눈을 돌려서 매진하다가 결국 작품을 쓰지 못하게 되었다. 뇌졸중으로 쓰러진 적이 있고 현재 건강 상태가 좋지 않아 앞으로도 작가로 재기하기는 어려워 보인다. 그래서 김승옥은 1960년대 문학의 신화로 남았다. 그는 대단한 작품을 쓸 것 같았던 작가이지, 실제로 쓴 작가가 아니다. 어쩌면 '쓸 수 있었을지도 모르는 작가'라고 생각한다.

독일 사회학의 개념으로 말하자면 '전근대적인 사회'는 '공동사회'에 해당한다. 공동사회는 대개 혈연이나 지연 공동체, 혹은 지역 공동체를 가리킨다. 근대는 보통 '공동사회'에서 '이익사회'로의 이행으로 정의된다. 근대화와 산업화가 진행되면 규모가 큰 도시공간에 어떠한 공통적인 유대나 연대, 연고도 없는 사람들이 모여서 살게 된다. 이러한 도시공간이 배경이 되는 사회가 '이익사회'다.

한국은 1930년대에 공장이 세워질 때 먼저 가파른 근대화를 경험했다. 이때를 기점으로 한국문학에서 이상을 비롯한 여러 모더니즘 작가들이 등장한다. 근대화와 산업화, 도시화를 배경으로 그에 상응하는 태도, 정서, 관념 등을 표현한 문학적·예술적 사조가 모더니즘이다. 그리고 1950년대에 다소 시대착오적인 두 번째 모더니즘의 시도가 이루어진다. 이때는 미국 모더니즘의 큰 영향이 있었고 많은 외국잡지들이 들어와서 멋스러운 스타일이 유행했다. 그러한 유행에 따라 '폼'을 잡는 것을 중요시한 사람들이 1950년대 모더니스트들이었다.

그런데 이 당시 한국은 전쟁을 겪은 이후 폐허가 된 상태여서 이런 모더니즘과 맞지 않았다. 도시공간의 멜랑콜리한 우수라든가 고독을 노래할 '고독할 공간'이 없었던 것이다. 모더니즘 정서에 상응하는 현실이 없기 때문에 이는 포즈에 지나지 않았다. 관념으로만 존재했던 것이 1950년대 모더니즘이었다.

그래서 몰락할 수밖에 없었던 시인이 〈목마와 숙녀〉를 노래한 박인환이다. 모더니즘에 잘 어울리는 얼굴과 허우대를 가진 멋쟁이였고 폼도 잘 잡았는데 시대가 받쳐주지 않았다. 조금만 더 나중에 활동했더라면 빛을 볼 수 있었을 것이다. 할리우드 배우 못지않게 꾸미고 명동 거리를 배회하고 다녀도 주변이 판잣집이었던 것이다. 김수영 시인도 처음에는 박인환과 같이 어울려 다녔는데 한국의 현실을 인식하고는 그와 거리를 둔다. 그러고 나서 박인환을 비판하기도 했다.

1960년대에 진입하면서 도시화와 산업화가 급격하게 진행되어 모더니즘이 성립할 수 있는 조건이 마련된다. 특히 한국을 대표할 수 있는 '기업'들이 등장한다. 기업은 이익을 얻기 위해 만들어진 조직이므로 철저한 이익사회다. 이런 시스템에 잘 부합하는 새로운 인간형이 요구되고 또 만들어진다. 일본에서 흔히 쓰는 말로 '회사인', '조직인'이 등장하기 시작한다.

이 작품은 제약회사 상무인 '윤희중'을 등장시키며 그의 내면 심리를 묘사하고 있다. 이처럼 회사인, 조직인으로서 현대인의 초상을 제시한 것이 이 작품의 의의다. 당대 독자와 관객들에게 폭발적인 반응을 불러일으킨 것은 윤희중이 현대인의 모델로서 동일시의 대상이 되었다는 뜻이다. 다만 그것이 어떤 동일시였는지는 좀 더 따져봐야 할 문제다.

영화에서는 소설의 심리 묘사를 주인공의 내레이션(독백)으로 처리하고 있다. 영화 제작 당시의 시나리오도 김승옥이 썼지만 원작 소설과 다르고, 완성된 영화도 애초의 시나리오와 다르다. 세 가지 버전 모두 음미해볼 필요가 있다. 영화 〈안개〉는 김수용 감독의 작품으로 원작과 무관하게 작품성이 있으며 1960년대를 대표하는 한국영화 중 하나다.

4·19세대의 등장과 근대적 개인의 탄생

김승옥은 〈서울, 1964년 겨울〉로 1965년 동인문학상을 받는다. 이 작품 역시 작가 자신은 그리 잘 썼다고 생각지 않았는데 상을 받아 놀랐다고 한다. 그의 말로는 '웃기는 소설' 하나를 쓰고 싶었다고 한다. 그는 자신이 어떤 소설을 썼는지 잘 모르는 듯하다. 혹은 독자들과 잘 교감하지 못하는 듯하다. 매번 쓰는 작품들이 작가 자신의 의도와 전혀 다른 반응을 불러일으켰기 때문이다.

〈서울, 1964년 겨울〉은 상을 받기 1년 전인 1964년에 쓰였다. 김승옥은 《무진기행》을 비롯한 주요한 작품들을 1960년대 초반에 써냈다. 한국인들이 '개인주의'에 눈뜨는 낌새를 파악한 작가가 김승옥이었다. 이것은 비단 김승옥뿐만 아니라 김승옥과 같은 세대의 작가들이 내놓은 문학의 의의라 할 수 있다. 이 세대를 '4·19세대'라 부른다.

1960년 4월 19일 전국적인 반독재투쟁을 경험한 4·19세대는 당시 스무 살 전후인 고등학교 3학년이나 대학교 1학년이었다. 새로운 시대가 다가오고 있음을 직감했던 이 세대는 순수 한글 교육을 받았다는 특징이 있다. 반면 최인훈은 1936년생으로 4·19세대의 생년과 5년밖에 차이가 나지 않지만 이전 세대로 분류된다. 최인훈은 한글은 물론 일어도 익혀서 어지간한 책은 다 일어로 읽었다. 그러나 한글 세대는 일어를 모르기 때문에 전 세대와 비교하여 읽을 만한 책이 많지 않았다. 최인훈의 경우 원산시립도서관에서 일어로 쓰인 장서를 탐독하여 작가적인 역량을 쌓았지만, 그런 혜택을 받을 수 없었던 한글 세대는 지적인 토대가 허약했다.

한글 세대 이전에는 서양의 지식이나 학문이 주로 일본을 경유해서 들어왔다. 우리 스스로 번역해낸 책은 그리 많지 않았다. 한글 세대 때부터 본격적인 번역 작업이 시작됐고 그 결과를 현재 우리가 읽고 있다. 정치적으로 4·19혁명을 경험했고 5·16군사정변 이후 한국의 산업화를 겪은 첫 세대이자 첫 한글 세대라는 점이 김승옥의 문학적 입지라 할 수 있다.

여기서 당시 개인주의 내지는 가족 구성에 대한 고려가 필요하다. 1960년대 평론에서 '개인주의', '개인의 발견'이라는 말이 등장하기 시작한다. 그 이전에는 가능하지 않았다. 당시 한국식 가족 모델의 표준은 3대가 같이 사는 대가족이었다. 1970년대에 들어서야 핵가족 모델이 등장한다. 세대별로 분리된 가족이 나타나고 부부 중심의 가족 단위가 형성된다. 지금은 1인 가구로 변화하고 있으므로 앞으로는 그와 같은 가족 형태에 걸맞은 감각이나 생각을 표현하는 문학이 등장한다. 가족 구성의 변화에 따라 우리의 경험세계가 달라지기 때문이다.

우선 대가족에서 핵가족으로 이행하는 모습을 보여주는 여러 작품들이 있는데 이것이 개인주의의 첫 단계다. 두 번째 단계는 각자가 독립된 인격체로 나타나며 서로 간섭받지 않을 자유와 권리가 중요해진다. 여성의 경우 독자적인 권리 주장을 하기 위해서는 경제적인 자립이 필수 조건이기 때문에 시간이 좀 더 필요하다. 이와 같은 사회변화가 진행되면서 '개인'의 범위도 확장된다.

'개인'이라는 개념은 한국산이 아닌 수입산이다. 서양 역시 중세까지만 해도 개인이라는 개념 자체가 희박했다. 중세에서 근대로 넘어가는 이행기, 즉 르네상스 시대에 근대적 개인이 탄생하게 된다. 특히 각종 발명품과 문학작품이 중요한 역할을 했다. 대표적인 '근대적 개인'의 표상으로는 햄릿, 돈 후안, 파우스트 등이 꼽힌다. 독자들이 이런 문학작품의 주인공과 자신을 동일시하면서 '독자적 개인'에 대한 자각을 갖게 된다. 자기 안의 햄릿, 돈 후안, 파우스트를 발견하는 것이다.

그 이전 시대에는 '개인'이란 말 자체도 없었다. 일본에서 서양의 문헌들을 번역할 때 영어 'individual'에 해당하는 일본의 개념 자체가 없었기 때문에 고심 끝에 새로 만든 단어가 바로 '개인個人'이었다. 'Love'의 번역어로서 '연애'라는 개념도 수입산이다. 더 나아가 'society'를 번역한 '사회'라는 말도 새로 만들어진 개념어에 속한다. 오늘날 우리는 '사회'라는 말을 폭넓게 사용해 '조선 사회', '고려 사회' 등으로 쓰기도 하는데 그것은 지금 우리의 사고방식을 투영한 편의적 이해일 뿐이다. 조선이나 고려 시대에는 '사회'라는 의식 자체가 부재했으므로 그와 같은 단어를 쓰는 것은 당대 사람들의 사고나 가치를 잘 반영하지 못하는 것일 수 있다. 이뿐만 아니라 현재 우리의 생활양식 전반에서 사용되는 여러 근대적 개념들이 자생적인 것이 아니라 여러 외부적 경로를 통해 수입된 것들이다.

정리하자면 근대성이나 근대적 개인에 대한 자각은 산업화와 함께 근대 사회의 형성 과정에서 자연스럽게 들어오는 것이지만, 한국의 경우에는 1960년대 이후에야 비로소 본격화되었다고 할 수 있다. 그리고 그 양상을 잘 포착하고 있는 이들이 4·19세대 작가들이다. 이들은 일본어의 영향에서 비교적 자유로웠기에 한글 문체를 독자적으로 발전시켰다.

문학적 신화가 된 김승옥, 신앙으로 귀의하다

1941년 일본에서 태어난 김승옥은 부모를 따라 귀국해서 전남 순천에서 살았다. 아버지가 1948년 여수·순천 사건에서 좌익으로 몰려 목숨을 잃는다. 어린 때라 큰 트라우마가 되지는 않았으나 김승옥 문학에서 아버지 상이 부재하는 것은 그 사건과 관계가 있는 것으로 보인다. 오랜 시간이 흐른 뒤 그는 교회에서 다시 '하나님 아버지'를 발견하고 신앙에 귀의한다.

장남인 김승옥은 남동생 둘, 여동생이 하나 있었는데 열한 살 때 거의 매일 업고 다녔던 세 살짜리 막내 여동생이 열병으로 죽는다. 이것이 어린 시절의 가장 큰 트라우마가 된다. 주변에서도 아버지의 죽음을 많이 겪었던지라 아버지가 없다는 사실이 그리 큰 충격을 주지는 않은 것으로 보이는데 여동생의 죽음은 달랐다. 허무하게 동생을 잃고 차가운 땅에 묻는다는 것이 너무 절망적이었다. 어느 날 죽어도 여동생을 다시 만날 수 있다는 교회의 가르침에 끌려 열심히 교회에 다니게 된다. 그러나 고등학교 때는 여러 가지 책을 탐독하며 다시 무신론자가 되어 신앙을 포기한다.

순천에서도 수재로 소문났던 그는 서울대학교 문리대에 입학하여 불어불문학과를 선택한다. 김승옥은 글 쓰는 것 말고도 여러 재주가 있었는데 특히 만평 만화를 잘 그려서 그것으로 아르바이트를 하면서 학비를 번다. 학창 시절에 공부를 잘해서 좋은 대학교에 입학했지만 어머니가 일찍 혼자가 돼 시어머니까지 모시고 있고 동생들도 돌봐야 하는 가난한 형편인지라 집에서 학비를 대줄 수는 없었다. 김승옥은 입주 과외, 만평 만화 등 여러 아르바이트에 치중하는 바람에 학업을 소홀히 한다.

대학교 3학년 때 학비 벌기도 힘들고 현실도 절망스러워서 군 입대 신청까지 앞둔 상황에서 대학 생활을 정리한다는 생각으로 소설 한 편 쓰고 신춘문예에 투고한다. 그리고 예기치 않게 당선된다. 이 작품이 바로 1962년 김승옥의 등단작 〈생명연습〉이다. 이때 받은 상금으로 등록금을 낼 수 있게 돼서 다시 복학한다. 등단한 뒤 친구들과 함께《산문시대》라는 동인지도 만든다. 이후 동인들이 모두 쟁쟁한 활동을 하여《산문시대》는 의미 있는 잡지가 된다.

1960년대와 1970년대를 거치며 문학계와 영화계에서 활발히 활동하던 김승옥은 1980년 5·18광주민주화운동을 목격하면서 연재 중이던 작품도 중단하고 다니던 직장도 그만두게 되었다. 이전부터 교회에 다녔던 아내의 끈질긴 전도로 다시 교회에 발을 딛기 시작한다. 하나님의 형상을 눈으로 보는 신비주의 체험을 하면서 열성적인 기독교 전도사가 된다. 그리고 이후에는 더 이상 작품을 쓰지 않는다.

'순수'에서 '세속'으로 넘어가는 과정에서 느끼는 부끄러움

《무진기행》은 산업사회로 막 진입할 즈음인 산업화 초기를 배경으로 삼고 있다. 이때는 아직 농경문화에서 완전히 벗어나지 못한 상태였다. 단순화시켜 말하자면 이때는 금전적 이해관계와 관련하여 '순수'에서 '세속'으로 넘어가는 과정이었다. 전형적인 딜레마로 돈을 택할 것인가, 사랑을 택할 것인가 하는 문제가 이 작품에 등장한다. 여기서 주저 없이 사랑을 선택한다면 아직 '전근대인'이다. 최소한 갈등이나 고민이 있어야 한다. 그러다가 결국 돈을 선택하는 것이 근대인이다. 만약 사랑으로 간다면 갈등의 의미가 없어지고 삼각관계가 무효화된다. 이런 경우를 '신파'라고 한다. 신파는 근대에 대한 거부를 의미한다. 근대에 대한 저항이 당시 여러 작품에서 신파적 양상으로 나타난다.

많은 한국문학 작품이 신파적인 정서를 띄고 있다. 현실에서 우리가 알 만한 사람들은 대부분 드러나지 않게 돈을 선택한다. 그런데 많은 영화나 드라마에서는 아직 이전 정서가 남아 있는 것인지 사랑을 선택한다. 다 드러내놓고 선택하지는 않는다. 너무 의도가 빤히 보이게 돈이나 사랑을 선택하는 드라마는 욕을 먹는다. 사랑하는 여자 대신에 돈이 있는 여자를 고르는 것이 근대적 선택인데 시청자들이 욕을 한다. 눈물 짜내며 옛 여자에게로 돌아가 용서를 구하고 용서를 해주는 것이 신파다. 그런데 어떤 주저도 없이 돈을 선택하는 인간도 단순한 인간이다. 근대인은 이 사이에서 갈등하는 모습을 보여주는 인간이다. 고민하기 위한 공간과 시간이 필요하다. 그리고 그 고민의 과정을 오래 버텨야 장편의 서사가 가능해진다.

《무진기행》이 왜 단편으로 끝나는가? 주인공이 너무 쉽게 고민을 접어버려서 그렇다. 소설의 마지막 부분을 보면 무진에서 만난 여인 하인숙에게 서울로 올라올 수 있게 해주겠다고 썼던 편지를 윤희중이 한 번 읽어보고는 찢어버린다. 그러한 결말로는 장편으로 이야기 진행이 되지 않는다. 장편소설이 되려면 하인숙을 서울로 데리고 와야 한다. 거기까지 가지 않았다는 것이 이 작품의 문제성이다.

편지를 찢고 부끄러움을 느꼈다는데 이 부끄러움이 어떤 감정인지도 생각해봐야 한다. 독자와 관객이 어떤 지점에서 반응했는가에 대해 음미해볼 필요가 있다. 이 부끄러움과 관련해서 주인공과 독자, 관객 간에 일종의 공모관계가 있다고 생각한다. 김승옥은 이 작품을 쓴 동기에 대해 '한 살 연상의 여성과의 사랑과 결별을 모티브로 쓴 소설'이라고 이야기한 적이 있다. 그러나 만약 이 작품이 김승옥 작가 개인의 첫사랑 이야기였을 뿐이라면 지금의 《무진기행》과는 전혀 다른 소설이 나왔을 것이다. 자신의 이야기를 자기보다 열 살 많은 주인공의 이야기로 설정하고 자신의 도피적 선택을 윤희중의 도피적 선택으로 바꿔치기한다. 김승옥은 자신의 순수한 사랑 이야기를 살짝 각색만 해서 쓸 수도 있었다. 그런데 자신의 이야기를 그대로 쓰는 것은 어색했는지 이런저런 설정을 덧붙인다. 작가 자신은 그러한 설정에 큰 비중을 두지 않았을지 모르겠지만 독자로서는 그 설정이 지니는 독특한 의미에 주목하지 않을 수 없다.

윤희중의 결혼은 사랑에 의한 결합이 아니고 이익을 추구하기 위한 수단으로 선택된 것이다. 그리고 이것이 현대적인 세계다. 현대인은 이해관계에 따라서 판단하고 행동하는 인간이다. 다만 꺼림칙함은 갖게 된다. 사랑을 포기하고 돈을 선택하는 것인지라 약간의 부끄러움을 느낀다. '부끄러움'은 돈의 세계로 들어가기 위한 일종의 입장권이다. 부끄러움을 느껴서 사랑을 다시 선택하는 것이 아니고 부끄러움을 느끼기 때문에 마음 편하게 돈을 선택한다. 나름대로 대가를 지불하는 것이다. '당신만 힘들었던 건 아니야. 나도 힘들었어. 하지만 어쩔 수 없었어.' 이렇게 면죄부를 제공하는 것이 우리가 느끼는 부끄러움의 기능이다. 우리의 감정 메커니즘은 기본적으로 '쾌락원칙'을 따르고 있다. 감정은 우리를 편안하고 안락하게 만들기 위해 고안된 것이고 그런 방향으로 작동할 수밖에 없다. 부끄러움이나 부담감도 마찬가지다. 그것은 '최악'이 아닌 '차악'으로서 더 큰 부담이나 비용을 덜어주는 감정이다.

여성화된 인물 윤희중이 보여주는 한국 사회

윤희중의 결혼은 당시로선 아내가 초혼이라면 당치도 않았을 것이다. 재혼이기 때문에 남자가 아무런 배경이 없어도 가능했던 것이다. 아내가 사회적 지위가 있고 연상에 과부면 균형이 잘 맞는다. 윤희중으로서는 신분 상승의 기회를 잡은 것이다.

결혼하고 나서 전무 승진 건으로 이사회를 앞두고 윤희중은 조금 불편한 생각이 든다. 아내가 무진으로 내려가 있으라고 해서 잠시 자리를 피한다. 내려가는 과정에서 몇 가지 경험을 하는데 기차로 광주에 도착하고 무진으로 가는 버스를 타기 전 미친 여자를 만난다. 아이들이 둘러싸고 그녀를 괴롭히는 모습을 보자마자 무진의 기억을 떠올린다.

윤희중이 무진과 함께 연상하는 것은 세 여자다. 광주역에서 만난 미친 여자, 미쳐가는 여자인 음악교사 하인숙, 자살한 술집 여자. 이 작품에서 특기할 만한 것인데 윤희중은 이들과 자신을 동일시한다. 이 부분은 그동안 과소평가되었지만 매우 중요한 대목이라 생각한다. 윤희중은 남자이지만 무진에서의 세 여자와 마찬가지로 '여성화'되어 있다. 아내와의 관계에서도 결정의 주체는 아내고 윤희중은 아무런 힘이 없다. 아내가 내려가라고 하면 내려가고 올라오라고 하면 바로 올라간다. 윤희중은 주체가 아니다. '주인은 서울에 있는 아내이고 나는 무진에 있는 저 세 여자와 마찬가지다'라는 것이 윤희중의 생각이다. 윤희중이 철저하게 수동적인 객체로 그려지는 것이 이 작품의 중요한 문제성이다.

윤희중이 남성 주체였다면 작품의 길이가 더 길어져야 한다. 아내 때문에 편지 찢고 바로 올라가면서 끝나는데 어느 정도 자기 현실을 통제할 수 있다면 하인숙을 서울로 데려갔을 것이고 그럼 이야기가 길어질 수도 있었다. 거기까지 가지 않는 것이 《무진기행》이다.

주인공이 여성화되어 있다는 것은 김승옥 자신도 미처 생각하지 못한 부분일 것이다. 윤희중은 왜 여성화되어 있는가. 시대적 조건과 관련이 있는데 소설이 쓰인 당시는 군사정권 시대로 권력이 남성화되어 있었다. 권력에 동의할 수 없더라도 저항의 수단이 없는 이상 그 시대를 살아가기 위해서는 여성화될 수밖에 없는 것이다. 권력에 맞서면 남성 주체가 될 수 있지만 그렇게 하지 못하기 때문에 대부분 여성화되어 있다. 이것이 《무진기행》이 보여주는 '순응주의'다.

《무진기행》은 1960년대 중반 한국 독자의 무의식이 무엇이었는지에 대해서 보여주고 있다. 두 가지 시대적 조건이 있었다. 하나는 정치적으로 5·16군사정변 이후에 세워진 절대 권력이고, 또 하나는 경제적으로 산업화·도시화의 동력으로서 자본주의다. 이것은 개인이 바꿀 수 없는 막강한 현실이다. 내가 반대한다고 해서 이 현실을 뒤집어엎을 수 없다. 막강한 현실 앞에서 왜소화된 순응적인 주체를 보여주는 작품이 《무진기행》이다. 1960년대 독자들이 윤희중에게 동일시를 느낀 지점은 바로 그러한 순응주의적인 면이라고 생각한다.

페미니즘 비평에서는 김승옥의 문학이 여성을 대상화한다고 비판하는데 이는 잘못 겨냥한 것이라 생각한다. 오히려 남성이지만 여성화된 주인공을 보여줌으로써 비록 작가가 의도하지는 않았을지라도 이 작품은 당시 한국 사회를 반영하는 중요한 텍스트가 되었다. 직접적으로 이야기되지는 않더라도 이 작품이 갖고 있는 또 다른 사회적 의의라 할 수 있다.

현대인의 전형 윤희중과 한국인들의 무의식

무진으로 내려가는 버스에서 처음 이정표가 등장하는데 나중에 서울로 올라갈 때 다시 이정표가 등장한다. 버스를 타고 내려가면서 승객들이 무진에는 명산물이 없다고 하니까 윤희중은 '안개'가 무진의 명산물이라고 생각한다. 여기서 윤희중이 잠시 곁가지 생각에 빠져드는데 제약회사 임원답게 '어떻게 약을 배합하면 최적의 수면제를 만들 수 있을까'라는 생각을 한다. 만약 그런 수면제를 만들 수 있다면 정말 돈 잘 버는 제약회사의 전무님이 될 것 같다는 엉뚱한 생각을 한다. 이처럼 윤희중의 뇌 속은 '하인숙 조금, 무진 조금, 어머니 조금, 나머지는 모두 전무, 전무, 전무'인 셈이다. 이런 윤희중의 의중을 읽을 수 있어야 작품이 이해가 된다.

김승옥은 의식하지 않았지만 그는 당대 한국 사회에 정말 잘 들어맞는 소설을 썼다. 이 작품은 '전무'로 시작해서 '전무'로 끝나는 소설이다. "27일 회의참석필요. 급상경바람 영"이라는 아내의 전보를 회의 날짜 이틀 전에 받는데 하루 여유가 있었음에도 바로 올라간다. 하루 동안 하인숙과의 관계를 정리할 수 있었는데도 거기까지 생각이 미치지도 않고 급하게 서울에 올라가는 것으로 끝난다. 이러한 부분도 굉장히 정확하게 당시 한국 사회를 묘사한 것이다. 이것이 '이해관계'의 세계이자 '현대 사회'다.

'무진'은 현대 이전의 공간이다. 무진은 안개이고, 미친 여자, 미쳐가는 여자, 자살한 여자가 있는 공간이다. 이것은 무진의 이미지이자 윤희중 자신의 과거 모습이기도 하다. 윤희중이 제발 서울로 데려가 달라는 음악교사 하인숙에게 애정을 가지고 있는 것은 감정의 순수성과 별로 관계가 없다. 하인숙에 대한 감정은 과거 자신의 모습에 대한 연민이자 일종의 '자기애'다. 어지간하면 서울로 데려갈 수도 있었을 텐데 윤희중은 주체가 아니기 때문에 그럴 만한 역량이 되지 않는다. 자신도 예속적인 위치에 있기 때문에 혼자 급하게 올라가게 된다.

올라가는 길에 '당신은 무진읍을 떠나고 있습니다'라는 이정표를 보고 부끄러움을 느꼈다는 것이 소설의 결말이다. 부끄러움에 대해 과대평가를 해서도 곤란하다. 부끄럽다면 아내를 배경 삼아서 전무 될 생각이 없다고 사표를 내든가, 서울 살기를 포기하고 다시 무진으로 내려오든가 해야 하는데 그러지 않고 서울 살기에 적응한다. 부끄러워하면서 돈을 선택하는 것이다. 이것이 '근대적 인간'의 전형이자 1960년대 한국인들의 무의식이다. 처음 해보는 속물인지라 수줍어하는 모습이 역력하지만, 숙달되면 뻔뻔한 속물들이 되어갈 것이다. 이해관계에 따라서 아주 매정한 인간들로 변해가는 것이 현대인의 속성이다. 잠시 부끄러움을 느끼지만 동시에 단호하게 서울로 올라감으로써 현대인의 속성을 드러냈다는 것이 이 작품의 의의다.

다만 결함이 있다면 주인공이 주체로서 그려지지 않기 때문에 장편소설이 되지 못했다는 것이다. 작가 자신이 밝히는 대로 첫사랑에 실패해서 혹은 대학교 졸업을 못해서 고향으로 내려가는 정도의 이야기를 다루고 싶었을 뿐이라면, 왜 작가는 '제약회사 전무'라는 독특한 설정을 내세운 것인지 말해줘야 한다. 이 새로운 이야기의 효과에 대해서 김승옥은 정확히 알지 못했던 것 같다. 만약 '제약회사 전무' 되기에 주목하여 다시 소설을 쓴다면 무진에서 서울로 처음 올라온 윤희중이 제약회사에 들어가서 어떻게 출세를 도모하는지 보여줘야 한다. 그리고 '투쟁'을 통해서 출세를 쟁취해야 한다. 사장에게 외동딸이 있는데 그녀에게 전 남편이 있었더라도 현재 혼자라면 그녀의 사랑을 얻기 위해 애써야 한다. 그 과정에서 회사는 물론 이 사회가 어떻게 돌아가는지에 대한 전체적인 묘사가 이루어질 수 있다. 장편소설의 의의는 이렇게 시대를 대표할 수 있는 전형적 인물과 사건을 통해 사회의 전모를 보여주는 데 있다.

《무진기행》이 참고할 만한 장편소설의 길

19세기 프랑스소설에서는 여자에게 줄을 서야만 출세할 수 있다는 것이 전형적으로 다루어진다. 스탕달의 소설《적과 흑》에서 제재소집

3장 1960년대 Ⅲ ▬▬▬▬▬▬

아들에 불과한 시골 청년이지만 출세하고자 시장 부인과 후작의 딸을 유혹해서 쟁취해가는 쥘리앵 소렐이 대표적이다. 윤희중 역시 작전을 짜서 회장의 딸에게 접근하고 결혼에 성공하고 상무는 물론 전무까지 자기 의지에 따라 올라서야 한다. 이것이 현대 장편소설의 전형이다.

만약 작가가 대학생 신분을 넘어 사회적 경험이 있는 나이였다면 다른 소설을 썼을 것이다. 현대소설의 가능성을 보여줬다는 점에서 중요한 작품이지만 좀 더 본격적인 이야기로 나아가지 못했다는 한계가 있다. 한국문학에서 근대성과 근대적 인간을 처음 다룬 소설 《무정》 정도의 규모였어야 한다. 단편으로 끝난 것이 이 작품의 아쉬운 부분이다.

또 다른 현대소설의 모델인 발자크의 《고리오 영감》에서도 배울 바가 있다. 이 작품은 사회에 대한 세 가지 태도를 제시한다. 하나는 '복종'이다. 주인공 라스티냐크는 사회가 계속 변화해 가는데 거기에 순응하기 바빠 맞서지 않는 고향 가족들에 대해 답답하게 생각한다. 다른 하나는 '투쟁'이다. 파리 사회와 정면으로 부딪치는 것이다. 이 작품의 인상적인 결말로 라스티냐크가 파리를 향해서 "이제는 너와 나의 대결이다"라고 선언하는 장면이 나온다. 또 한 가지 방식이 '저항'이다. 이는 불법도 서슴지 않고 기존의 질서를 전복하는 것이다. 발자크에 의하면 소설은 '투쟁'을 묘사하는 문학이다.

《무진기행》이 왜 장편소설이 될 수 없었는지는 이런 대목에서 드러난다. 주인공 윤희중은 투쟁하기엔 미약한 복종적 주체다. 그래서 장편소설의 주인공이 되지 못한다. 맛보기로 투쟁하는 장면은 딱 한 번 나온다. 무진을 비롯한 안개, 유행가, 배반, 외롭게 미쳐가는 것들과 술집 여자의 자살, 무책임 등을 언급하며 "마지막으로 한 번만" 긍정하자고 말하는 대목이다.

이것이 약하긴 하지만 단 한 번의 투쟁이다. 아내에게 맞서는 것이다. 무조건 아내의 말에 복종하고 있었는데 한 번만 무진의 세계를 인정하자고 잠시 반항한다. 그렇지만 하인숙에게 편지를 쓴 뒤 바로 찢어버리고 포기한다. 여기서 더 이상의 이야기로 나아가지 못하고 장편소설의 가능성도 차단돼 버린다.

《무진기행》이 만들어낸 '비겁함'과 '부끄러움'의 공동체

윤희중이 무진에 내려왔을 때 두 가지 시점이 교차한다. 제약회사 상무인 현재의 시점과 과거의 시점이 있다. 10년 전 한국전쟁 시절 징집을 기피하고 어머니의 요구에 따라 윤희중은 다락방에 숨어 지낸다. 다락방에 갇혀 있다 보니 죄책감, 비겁함, 죄의식 때문에 정신이상 직전까지 가게 된다. 그래서 광주역에서 미친 여자를 보자 자기 자신의 모습을 바로 떠올린다. 국군과 인민군의 징집을 모두 피했지만 부끄럽게 살아남았기 때문에 생존 콤플렉스가 된다. 이것은 한국인들의 무의식을 건드리는 부분이다. 전후에 살아남은 한국인들은 살아남는 과정에서 모두 떳떳하지만은 않았을 것이다. 요령을 부리고 자기 이익을 챙겨야 무자비한 전쟁 속에서 살아남을 수 있었기 때문이다. 희생적이었다면 살아남기 어려웠을 것이다.

이렇게 작품 앞부분에서는 전쟁과 관련한 한국인들의 생존 콤플렉스를 첫 번째 트라우마로 다룬다. 두 번째 트라우마는 '출세하려는 욕망'이다. 이 두 가지를 모두 건드리고 있는 소설이다. 살아남았다는 것, 출세해야 한다는 것. 그러기 위해서는 '비겁함'과 '부끄러움'을 감수해야 한다. 이 소설이 독자들과 공모하고 있는 감정이다. 소설《무진기행》을 읽고 영화를 봄으로써 비겁함과 부끄러움의 감정에 가담하고 연루된다. 그래서 '무진기행 공동체'가 만들어진다. 너도 읽었고 나도 읽었으니, 너도 비겁하고 나도 비겁하다는 것이다. 비겁함과 부끄러움의 공동체를 만들어낸다. 이것이 1960년대 중반부터 한국인들이 가진 무의식이라고 생각한다. 윤희중이 한국인의 표준적인 정체성이라 생각하고 살아가게 되는 것이다.

윤희중과 다른 주체를 지닐 가능성이 있는가. 박정희 독재정권과 맞설 수 있다면 가능성이 있다.《무진기행》은 체제에 순응하는 주체를 문학사의 중심적인 모델로 만들어냈다. 다른 주체가 가능했을지라도 이 작품에서는 자격 미달인 주체, 여성화된 주체, 빈약한 주체의 형상만을 확인할 수 있을 뿐이다.

연결고리 역할을 하는 '박'이라는 중학교 후배가 윤희중을 찾아와 무진에는 출세한 사람이 딱 둘이 있다고 말한다. 하나는 고시에 합격해서 세무서장으로 있는 '조'이고 다른 하나는 '윤희중'이다. 박이 세무서장 조의 집으로 윤희중을 데려가서 서울에서 음악대학을 나온 음악교사 하인숙을 소개시켜준다. 술자리가 벌어지고, 성악을 공부했다는 이유로 노래하라는 사람들의 요구에 하인숙이 유행가 〈목포의 눈물〉을 부른다. 박은 하인숙에게 연정을 가지고 있어서 이런 술자리에 모욕감을 느끼고 중간에 자리를 피한다.

윤희중이 박을 바래다주면서 여선생과 조의 관계에 대해 물어보고 내막을 알게 된다. 조는 하인숙에 대해 '자신의 결혼 상대가 음악교사 정도밖에 안 될 것처럼 보이느냐'며 아주 모욕적으로 이야기한다. 속물적인 현대인의 전형이다. 조는 고시 패스해서 세무서장으로 있으니 집안 좋은 여자와 결혼할 생각을 하고 있다. 나름 고상한 여자인 하인숙은 접대부는 아니지만 술자리에 끼워주는 정도의 여자로 생각한다.

술자리가 끝나고 하인숙이 윤희중에게 '길에 사람도 없고 무서우니 자신의 집까지 조금만 데려다 달라'고 이야기하자 윤희중은 바래다주면서 대화를 나누고 호감을 느낀다. 하인숙은 초면인데 다짜고짜 "오빠"라 부를 테니 서울로 자신을 데려가 달라며 부탁을 한다. 그리고 대단히 절박하게 무진에 대해서 이야기한다. '무진은 미칠 것 같은 곳'이라며 서울로 가지 않으면 견딜 수 없겠노라고 고백한다. 이 말이 윤희중의 과거를 건드리게 된다. 하인숙의 모습이 자기 자신의 모습을 빼 닮았기 때문이다. 다음날 만나기로 하고 둘은 헤어진다.

다음날 어머니 산소에 갔다가 돌아가는 길에 사람들이 웅성거리는 곳으로 가보니 자살 사건이 벌어져 있다. 술집 여자가 약을 먹고 자살한 것인데 그런 일은 아주 흔하게 일어난다고 순경이 말한다. 자

3장 1960년대 Ⅲ ▬▬▬

살한 여자의 이야기는 순천에서 실제로 있었던 일이라고 작가 김승
옥이 밝힌 바 있다. 작품에서 무진은 정상적인 도시가 아니라 모두가
떠나고 싶어 하는 공간이고, 미치거나 미쳐가고 있거나 미치지 않으
면 자살하는 도시다. 작품에서는 주로 여성이 미쳐가는 것으로 그려
져 있는데, 제정신으로 버티는 경우라 해도 결국 조처럼 속물이 되고
만다. 무진은 이처럼 제정신으로 살아가기 어려운 곳으로 그려진다.

무진은 안개의 마을이다. 안개는 흥미로운 상징이라고 생각된다.
영화 〈안개〉의 주제가가 가수 정훈희가 부른 〈안개〉인데 1960년대
후반에 유독 '안개'가 제목인 대중가요가 많이 나온다. 안개는 시야
가 확보되지 않아 뚜렷이 보이지 않는, 무엇이 옳고 그른지 판별하기
어려운 조건을 뜻한다. 전통적인 가치관이 모두 무너지고 새로운 가
치관이 등장하지만 그것이 옳은 길인지 알 수가 없다. 전근대에서 근
대로의 이행, 전통 사회에서 현대 사회로 넘어가는 과도기의 풍경이
다. 현대 사회는 이해관계에 따라 모이고 흩어지는 새로운 가치 체계
가 작동한다. 전통 사회는 인간관계가 정, 의리 등으로 형성되어 있
다. 기존의 가치가 모두 변모해가는 과정에서 혼란스러운 상황을 드
러내는 상징이 '안개'다.

《무진기행》이 작가의 간판작품이 된 것은 이런 '과도기'를 포착
하고 있기 때문이다. 김승옥은 별 거 아닌 작품을 썼다고 생각했는데
상당히 중요한 작품, 시대의 무의식을 건드린 작품을 썼다. 그래서
1960년대 중반을 대표하는 작품인 것이다. 단편이어서 한계는 있지
만《무진기행》을 읽으면 한국 사회의 단면을 조금이나마 파악할 수

있다. 무엇이 한국 사회의 문제였고 어떤 변화가 있었는지 적어도 그 실마리를 얻을 수 있다.

아내의 '전보'와의 타협, 그리고 무진과의 완전한 작별

작품에서 자살한 여자에 대해 윤희중은 자신의 일부가 된 것처럼 깊이 감정이입한다. "아끼지 않으면 안 될" 그의 몸의 부분으로 느낀다. 이처럼 윤희중은 계속 자신을 여성들과 동일시한다. 미친 여자도, 하인숙도, 자살한 여자도. 그래서 '남성 주체'가 아니고 '여성적 주체'라는 것이다.

윤희중은 방죽으로 가서 하인숙을 만나 과거 1년 동안 생활했던 집에 도착해 정사를 나누게 된다. 영화에서는 이 장면이 너무 길게 나오지만 소설에서 두 사람은 이성 간 애정관계라기보다는 자신에 대한 연민으로 맺어진 관계로 나타난다. 과거 자신이 있었던 집에서 과거 자신의 모습과 재회하는 것이기 때문이다.

술을 마시고 아침에 일어나니 이모가 아내의 전보를 가져다준다. 그리고 윤희중이 정신을 차린다. 안개에 취해 있었는데 전보를 받고 나니까 머리가 맑아진다. 사태가 분명해졌다. 정신이 바짝 드는 것이다. 재미있는 장면인데 윤희중이 아내의 전보와 대화를 나눈다. 원래 '아내'와 대화를 해야 하는데 '아내의 전보'와 대화를 나눈다. 윤희중이 전보와 같은 급이기 때문에 수준을 맞추는 것이다. 아내와는 감히 대화를 나눌 수 없고 일방적으로 지시만 받는다. 절묘하게 쓴 부분이라고 생각한다. 전보에게서 뭐하고 있는 것이냐고 심문을 받는다. 윤희중은 변명을 한다.

전보가 일시적인 여행의 기분 때문에 하인숙에게 연정과 연민을 갖는 그런 감상에 빠질 때가 아니라고 말한다. 윤희중은 계속 그런 것이 아니라고 부인을 한다. 아내의 대역처럼 기능하는 전보와 그는 오랫동안 다툰다. 그러고는 타협을 한다. 그 타협안의 내용이 앞에서도 언급한 '긍정'의 대목이다. "마지막으로 한 번만" 무진을 긍정하자며 그와 같은 것으로 안개, 유행가, 배반, 자살, 무책임, 외롭게 미쳐가는 것 등을 나열한다. 여기서 '안개'와 '무진', '외롭게 미쳐가는 것'이 모두 동격이다. 무진은 '유행가'이고 '자살'이고 '배반'이고 '무책임'이다. 반면에 서울과 아내의 세계는 완전한 책임의 세계다. 서울과 무진은 '책임과 무책임의 세계'로도 대별할 수 있다. 회사와 조직 사회는 역할에 따라 책임이 부여되는 엄격한 세계다. 무진에서는 아무것도 책임질 것이 없다.

'전보'와 '나'가 서로 약속을 한다. 그런데 그다음에 바로 부정을 한다. "그러나" 윤희중(나)이 슬며시 전보로부터 벗어나 하인숙에게 편지를 쓴다는 대목이다. '약속을 했고, 그래서 편지를 썼다'라고 하면 타협안이라 할 수 있다. '그러나'가 붙으면 타협했음에도 불구하고 타협안과 다르게 행동했다는 것이 된다. 그렇다면 타협안은 어디까지 해당하는 것인가. '그러나' 때문에 과거에만 해당하는 것이다. 무진에서 일탈한 행동에 대해 한 번만 용서해 달라고 하는 것이다.

앞으로는 내 한정된 책임 안에서만 살겠다고 약속한다. 그런데 곧장 돌아서서 전보의 눈을 피해서 하인숙에게 '사랑하고 있다'는 편지를 쓴다. "왜냐하면 당신은 저 자신이기 때문에" 자신이 희미하게나마 사랑했던 오래전 자신의 모습을 빼닮았기 때문이라는 말을 덧붙인다. 이것은 말 그대로 하인숙에게 투여된 자기 과거의 모습과 자신에 대한 사랑이다. 그렇다면 하인숙을 떠난다는 것은 이 과거와 영원히 작별한다는 의미가 있다.

김승옥은 이 작품의 메시지에 대해 '서울에서의 경쟁적 삶을 좇기보다 한 번쯤 무진과 왕복하며 자신을 객관적으로 바라볼 수 있도록 하는 데 중점을 두었다'고 이야기한 바 있다. 그런데 작품을 보면 그렇게 쓰지 않았다. 무진에서 작별을 고한 것이 마지막인데 무엇을 더 왕복한다는 것인가. 마지막으로 한 번 무진을 긍정하고, 편지를 썼지만 찢어버리고, 이제 서울로 올라가면 전무가 되어 있을 것이다. 그리고 무진에 다시 오지도 않을 것이다. 그래서 '무진귀향'이 아니고 '무진기행'이다. 고향으로 다시 갈 수도 없고 더 이상 고향이라는 공간도 없다. 작가 김승옥은 다시 올 일이 있었는지 모르겠지만 주인공 윤희중은 다시 올 일이 없다. 무진에 있던 모든 것을 부정하고 떠났기 때문이다.

이것이 한국현대사다. 1960년대 중반 이후에 우리는 떠나는 것이고 다시는 고향에 돌아가지 못한다. 한국 사회가 전환점을 맞이한 이후로 한국인들은 고향을 잃어버렸다. 고향은 낙오자들만 가게 되는 곳이다. 이제는 한정된 책임의 세계에 적응해서 살아야 한다.

윤희중은 서울에서 출세하기 위해 노력했다지만 작품에서는 노력한 내용이 없다. 그가 결혼할 때도 아내가 선택한 것으로 생각되기 때문이다. 편지의 내용이 끝나는 이 시점이 단편이냐, 장편이냐의 분기점이다. 그다음에 앞서 말한 대로 윤희중의 결정적인 행동이 나온다. 다 쓴 편지를 몇 번 읽어보고는 바로 "찢어버렸다"는 것이다. 이것이 끝이다. 그래서 단편으로 주저앉게 된다. 하인숙을 데리고 갔으면 장편소설이 될 수 있었다. 그리고 윤희중은 무진을 떠난다. 이 작품에서 편지를 썼다는 것만큼 중요한 행동은 '찢어버렸다'는 것이다. 여기서 모든 이야기가 종료된다.

김승옥이 쓴 영화 시나리오에서는 하인숙과의 기억을 떠올리는 회상 장면이 한 번 등장하지만 버스를 타고 떠나면서 부끄러움을 느끼는 것으로 끝난다. 그런데 개봉된 영화에서는 다르게 처리하고 있다. "한 번만, 마지막으로 한 번만 이 무진을 긍정하도록 하자." 이 대사가 윤희중이 버스를 타고 올라가는 시점에서 마지막 내레이션으로 나온다. 원작과 다르다. 원작에서는 찢는 행위에서 이미 무진과 작별이 이루어지게 되어 있다. 영화에서는 무진에 대한 긍정이 미래형으로 제시되면서 여운을 남기는 식으로 끝이 난다. 이것은 차이가 굉장히 크다. 영화와 관객 간의 또 다른 공모라고도 생각된다.

《무진기행》은 한편으로는 슬프면서도 섬뜩한 서사이다. 우리가 고향의 세계와 어떻게 작별했는가, 이 세계를 어떻게 떠나왔는가에 대한 서사이기 때문이다. 보통이라면 애도의 과정이 있어야 한다. 이 작품에서 가장 놀라운 부분은 무진에 대한 편지를 한 번 쓰고 바로 찢어버린다는 것이다. 통상적으로는 편지를 품에 넣고 버스에 올라타 읽고 또 읽다 찢어버려도 될 텐데 그러한 일고의 머뭇거림도 없이 단호하게 찢어버린다. 그리고 일말의 부끄러움 정도를 느끼며 떠나는 것으로 끝나고 있다. 그래서 이 작품이 더욱 의미가 있는 작품이 된다. 편지를 찢어버렸다는 것은 무진과의 완전한 단절을 보여주는 것이기 때문이다.

이 작품에서 우리는 '근대적 개인'을 발견할 수 있다. 주인공의 내면과 의식의 흐름을 보여주기 때문이다. 1인칭 주인공 시점이므로 다른 인물의 생각은 알 수 없다. 주인공의 내면은 잠시라도 갈등하는 내면이다. 과거의 나와 현재의 나, 무진과 서울이라는 두 정체성 사이에서 갈등하는 것이다. 그리고 또 다른 변주로는 아내와 하인숙 사이에서의 갈등이 있다. 다만 이 갈등이 본격적으로 전개되는 것은 아니고 그 문턱만 보여주다 끝나는 것이《무진기행》이다.

4장

| 1970년대 I |

황석영

《삼포 가는 길》

황석영은 '방랑자 문학'을 넘어
'비판적 리얼리즘'에 도달했는가

황석영

세계문학사적으로 보자면 황석영의 장편소설은 에밀 졸라의 장편들에 해당하는 작품이어야 했다. 그것이 우리가 기대할 수 있는, 사회사에 대응하고 그렇기 때문에 중요하게 의미를 부여할 수 있는 작품이다. 그런데 황석영은 역사소설로 돌아섰다. 역사소설은 그 선택 자체로 좋은 소설이 나오기가 어렵다. 시대적 현실로부터 한걸음 물러나는 것이기 때문이다.

황석영이 나아간 문학적 여정

김승옥의《무진기행》에 이어 또 다른 문제작으로 황석영의《삼포 가는 길》이 있다. 김승옥과는 다르게 황석영은 현역으로 활발하게 활동하고 있고, 지금은 멀어진 것 같지만 한때 노벨문학상 후보로도 유력하게 거명되곤 했다. 지금까지도 한국문학에서 소설 분야를 대표하는 작가로 황석영이 언급된다.

황석영은 1962년 만 열아홉 살 때 신춘문예를 통해 등단했다. 그 뒤 중요한 작품《객지》를 발표한 것이 스물여덟 살 때인 1971년이다.《삼포 가는 길》은 그가 서른 살 때인 1973년 발표한 작품이다. 보통 그의 초기 중·단편이 가장 문제적인 작품으로 꼽힌다. 그가 중기에 가장 공들여 써낸 작품은 12권으로 완간되는《장길산》이다. 이후 방북 문제와 관련하여 4년여의 수감생활을 마치고 출소해서 발표한 작품들이 있다.

문학사에서는 1970년대 초반에 발표했던 초기 작품들의 문제성을 대체로 인정하고 있고 따라서 그 시기의 황석영에 대해서는 정확하게 평가할 수 있다.《장길산》부터는 애매하다. 황석영의 중·단편소설은 장편소설로 심화되기 전 단계의 모습을 보여주는 듯했다. 그런데《삼포 가는 길》이 발표된 이후 다 정리됐다는 듯이 황석영은 이듬해인 1974년《장길산》을 연재하기 시작한다. 그리고 10년 동안《장길산》완성에 매진한다.

만약 원래 쓰고자 했던 현대소설을《장길산》이 대신하는 의미가 있거나 알레고리로서 사용한 것이라면 이해할 만하지만, 그런 의도가 아니라면 엉뚱한 소설을 썼다. 《장길산》의 주제는 '민중'이다. 조선 숙종 때 민중들의 이야기가 오늘날 민중들의 생명력을 발견하게 해준다는 의미가 있을 수 있겠지만, 소설의 배경이 근대 이전으로 넘어가기 때문에 다루는 주제의 면에서는 뒤로 물러난 것이라 생각한다.

작품이 다루는 주제에 따라 순서를 매기자면 발표순과는 다르게 《삼포 가는 길》에서 《객지》로 가야 한다. 산업화되는 과정에서 고향을 상실한 부랑자들이 먼저 발생하고, 그다음 노동자계급이 등장할 수밖에 없다. 그리고 자본가와 충돌하는 계급투쟁이 벌어진다. 이것이 자본주의 하에서 일어나는 일반적인 양상이므로 그 과정을 상세하게 다룬 작품이 나와야 한다. 그래서 역사적인 순서를 따진다면 《삼포 가는 길》에서 《객지》로, 그리고 중편 《객지》에서 장편소설로 가야 한다. 황석영은 《객지》에서 《삼포 가는 길》로 빠져 나오더니 《장길산》으로 간다. 문학적 여정이 거꾸로 향하고 있다.

생업을 고민해야 하는 작가로서는 이러한 선택이 불가피한 것일 수도 있다. 하지만 작품으로만 평가하자면 황석영의 문학에서 의미가 있는 작품은 《삼포 가는 길》까지다. 1970년대 초반에 가장 주목받았던 젊은 작가인 황석영이 현대 장편소설로 넘어가지 않고 이렇게 '역사소설'로 우회한 경로는 조금 유감스럽다. 물론 황석영이 소설가로서 이룬 성취는 있다. 그렇지만 거기서 더 발전할 수도 있었던 작가이기 때문에 아쉬움을 갖게 된다. 2020년에 발표한 장편 《철도원 삼대》가 이 아쉬움을 상쇄하는 면이 있더라도 그렇다.

문학사에서 바라본 황석영의 의의

한국문학사는 김승옥의 《무진기행》(1964)에서 황석영의 《객지》(1971) 내지는 《삼포 가는 길》(1973)로 나아가는 과정이다. 《삼포 가는 길》까지 치자면 대략 10년 정도의 거리다. 10년의 시간이 걸리긴 했지만 이 세 가지 소설은 동시대의 양면을 보여준다. 《무진기행》은 부르주아계급, 중산층을 다룬 것이고 《객지》와 《삼포 가는 길》은 하층 노동자계급을 다룬 것이다. 이 작품들은 사회의 상층부에서 하층부로 나아가며 프레임이 바뀌는 양상을 보여준다.

유럽 소설사에서도 부르주아계급이 항상 먼저 다뤄지고 그다음 하층계급이 묘사된다. 우리는 1960년대에 본격적인 산업화, 도시화가 진행되었고 이는 이후의 한국 사회를 규정하는 압도적인 현실이 된다. 그리고 여기에는 선진적인 모델이 있다. 자본주의가 유럽의 발명품이어서다. 프랑스에서 19세기 전반기의 산업화, 도시화, 근대화가 진행되는 과정에서 중산층 부르주아 사회에 어떤 일들이 벌어지는가를 발자크나 플로베르의 소설이 보여줬다. 그 이후 19세기 후반기의 상황을 보여주는 소설이 에밀 졸라의 작품들이다.

장편으로 나아가지 못한 결함이 있지만, 김승옥을 유럽의 소설에 대응시켜 보자면 《무진기행》은 19세기 중반 부르주아를 모델로 삼은 프랑스문학에 해당한다. 《무진기행》은 주인공이 주체적인 역량을 가지고 있지 못하고 신분 상승을 자신의 투쟁에 의해서가 아니라 아내의 발탁에 의해서 이루기 때문에 장편으로 나아가지 못한다. 그다음 같은 사회적 구조에서 하층 계급으로 내려오게 되면 어떤 일이 벌어지는가를 에밀 졸라의 작품들에서 확인해볼 수 있다.

세계문학사적으로 보자면 황석영의 장편소설은 에밀 졸라의 장편들에 해당하는 작품이었어야 했다. 그것이 우리가 기대할 수 있는, 사회사에 대응하고 그렇기 때문에 중요하게 의미를 부여할 수 있는 작품이었다. 그런데 황석영은 역사소설로 돌아섰다. 역사소설을 쓰는 일은 주의를 기울여야 하는데 그 선택 자체로 좋은 소설이 나오기가 어렵다. 시대적 현실로부터 한걸음 물러나는 것이기 때문이다.

미래를 다루는 소설도 마찬가지다. 유토피아를 그리는 소설들의 시간적 배경이 '29세기'라고 해서 '29세기'에 관심이 있는 것이 아니다. 통상적으로는 지금 시대를 거울로 비추는 것이다. 현재에 대해 발언하기 위해서 미래로 가기도 하고 과거로 가기도 한다. 그런데 왜 바로 말하지 못하는가? 여러 제약 때문에 바로 말할 수가 없어서 우회하는 것이다. 그래서 미래소설과 역사소설은 '차선'일 수밖에 없다.

《장길산》도 마찬가지다.《장길산》은 거슬러 올라가도 너무 많이 올라갔다. 19세기 후반 정도라면 정상참작이 된다. 한국 사회에서 식민지 근대화로 넘어가기 바로 직전의 상황을 다룬다면 조금 이해가 된다. 그러나 이 작품의 시대적 배경은 조선 숙종 때다. 그렇게 되면 현대의 문제인 '자본주의'가 완전히 빠져 버리게 된다. 상업자본을 다룬다 하더라도 전근대적인 신분사회가 중심이 될 수밖에 없기 때문이다. 거기서 일어나는 투쟁은 현대 자본주의의 '계급투쟁'과 성격이 다를 수밖에 없다.

황석영이 선택할 수 있었던 '막심 고리키'의 길

황석영 문학을 바라보는 비교문학적 관점 가운데 하나는 에밀 졸라
의 작품과 비교하는 것이다. 황석영의 초기작 《객지》는 최초의 노
동소설로서 의미가 있다. 한국에서 노동소설이 등장하려면 노동자
계급이 먼저 존재해야 하는데 먼저는 1930년대에 등장했고 그다음
1960년대 근대화 이후에 등장했다. 노동자계급의 탄생에도 두 가지
시점이 있는 것이다.

세계 자본주의의 역사로 봤을 때는 영국이 조금 빨라서 19세기
초반, 프랑스에서는 19세기 중후반 정도에 본격적인 산업화가 진행
되면서 노동자계급이 형성됐다. 독일은 그보다 늦었고 일본도 마찬
가지로 후발주자였다. 근대화가 시작되면서 노동자계급이 생겨나고
노동소설이 등장하는 것은 일반적인 과정이다. 자본주의가 각 단계
를 밟아가는 과정에서 거기에 상응하는 소설들이 나타나게 된다. 물
론 여러 면에서 보다 훌륭한 작품이 나오거나 완성도가 떨어지는 작
품이 나오는 등 수준 차이는 있을 수 있다.

이 주제를 다룰 때 자주 비교되는 작가로 한쪽에는 프랑스의 에
밀 졸라가 있고 다른 한쪽에는 러시아의 막심 고리키가 있다. 고리키
는 한국에서 1920년대와 1930년대에 상당히 높은 평가를 받으면서
작가, 비평가들에게 영향을 주었다. 이후 1980년대에 고리키는 한국
에서 다시 등장한다. 당시에 노동소설은 한국에서 전성기를 맞이했
고 막심 고리키는 대학가에서 대대적으로 읽히는 작가였다. 한국은

1960년대부터 산업화가 본격화되기에 노동 문제를 다루는 문학이 조금 늦게 등장할 수밖에 없었다. 1980년대 후반부터는 분명한 방향성을 설정하고 있는 '노동해방문학'이 등장하게 된다. 거기서 중요한 참조가 된 것이 막심 고리키와 러시아의 계급문학이었다.

개인적으로는 황석영에게 막심 고리키에 대해 묻고 싶을 정도로 둘은 서로 유사점이 있다. 고리키도 노동문학으로 넘어가기 전에 거쳤던 단계가 '부랑자문학'이었다. '부랑자'를 《삼포 가는 길》에서도 표현된 좀 더 부정적인 뉘앙스의 단어로 말하자면 '뜨내기'다. 뜨내기는 어디에도 속해 있지 않다는 특징이 있다. 그것이 부정적인 것만은 아니고 자유롭다는 뜻도 지닌다. 고리키는 '자유롭다'는 의미를 좀 더 강조한다. 농민이나 노동자는 붙들려 있기 때문에 예속적인 사회적 지위를 가지고 있지만, 부랑자는 떠돌아다니기 때문에 상대적으로 좀 더 자유롭다. 공장 노동자가 비교적 안정적인 직업을 갖고 있기에 좋은 점도 있을 수 있지만, 뜨내기 노동자는 기분 내키면 때려치우고 얼마든지 자신의 길을 갈 수 있다. 이러한 뜨내기를 주인공으로 삼은 것이 고리키 초기 소설의 특징이다. 그 이후에 본격적인 노동문학이 등장한다.

고리키가 밟아온 문학의 순서를 따져본다면 《삼포 가는 길》에서 《객지》로 가는 것이 타당하다. 그러나 황석영은 《객지》에서 《삼포 가는 길》로 나아간다. 황석영이 밟아온 문학적 여정에 대한 문제의식을 생략하게 되면 "《무진기행》에서 《삼포 가는 길》까지 10년밖에 걸리지 않았다는 것은 한국문학의 축복"이라는 평가까지 나오게 된다. 과연 그러한 것인지.《삼포 가는 길》만 너무 좁게 봐서 그런 평가가 등장하는 것이라 생각한다. 황석영의 문학 세계를 조금 더 확장해서 본다면《삼포 가는 길》에서《장길산》으로 넘어가기 때문이다.

김승옥이 다룰 수 있었던 '부르주아문학'

《삼포 가는 길》에서 '삼포'란 가상의 공간이자 어촌으로 몇 가구 되지 않는 사람들이 물고기를 잡아 생계를 유지하는 곳이다. 그런데 이곳에 관광호텔이 들어서면서 소위 '근대화'가 시작된다. 개발이 이루어지면서 예전 고향의 모습을 완전히 상실하게 되는 시점을 소설은 다루고 있다. 그렇다면 문제의식을 더 심화하여 변화된 사회 전체의 모습을 다루는 본격적인 현대소설이 등장해야 한다. 그런데 황석영은 갑자기《장길산》을 통해 17~18세기로 돌아가 버린다.

상당히 문제적인 선택이라고 생각한다. 그래서 초기 작품 중에서도 중요한 장편이 없는 것이다. 김승옥의 문학에도 장편이 없고 황석영의 초기 문학에도 장편이 나오지 않는다.《객지》같은 중편 분량에서 끝난다.

해명해야 할 과제는 김승옥의 경우에도 왜 장편으로 넘어가지 못했는가다. 김승옥이 썼어야 할 장편은 부르주아계급을 총체적으로 다룬 소설이다. 이것을 장대한 스케일로 다룬 사람이 독일작가 토마스 만이다. 부르주아계급의 가족사를 4대에 걸쳐서 다룬 소설《부덴브로크 가의 사람들》이 있다. 1901년에 출간된 이 소설은 세계문학사적 의의를 갖는 작품이다. 왜냐하면 역사적 시기상 그런 작품이 나와야 했기 때문이다. 시기적으로 부르주아의 탄생과 몰락을 다룬 작품이 등장해야 하는데 제때 토마스 만이 써줬을 뿐이다. 그래서 토마스 만이 세계적인 작가로 올라설 수 있었다. 단순히 토마스 만이 쓴 작품이기 때문에 높이 평가하는 것이 아니고, 당대의 역사가 요구한 작품을 썼기 때문에 토마스 만을 높이 평가하는 것이다.

《부덴브로크 가의 사람들》은 상인 가문의 역사를 다룬다. 이 집안은 독일 북부의 항구도시 뤼베크의 곡물상으로 사회적 계급으로 보자면 '상업 자본가'다. 이 가계가 어떻게 형성이 되었는지, 이 가계 사람들의 삶에 대한 태도나 가치관이란 무엇인지 등을 묘사한다. 그리고 1대에서 4대로 내려가면서 그들의 가치관이 어떻게 변질되고 몰락해가는지를 보여준다. 굉장히 중요한 의의가 있는 작품이다. 우리가 그런 작품을 가지고 있는지를 생각해봐야 하는데 한국문학에서 빈곤하다고 여겨지는 것이 부르주아계급을 다룬 문학이다. 부르주아계급은 사회가 자본주의로 진입하면서 탄생한다. 한국의 부르주아에 대해서는 경제사 분야에서 책들이 나와 있다. 현대 사회의 지배계급으로서 오늘날에도 권력을 가지고 쥐락펴락하고 있기 때문에 그러한 양상이 소설에서도 다뤄져야 한다.

소설이 근대에서 가장 중요한 예술양식으로 여겨지는 것은 근대사의 핵심을 다루고 있기 때문이다. 핵심을 묘사하고 그 문제점을 짚어내기 때문에 중요하게 대우해주는 것이다. '이야기'로서 대우해주는 것이 아니다. 재미있는 이야기를 쓰는 것이 소설에서는 중요하지 않다. 황석영에게는 함정이 있는데 그가 워낙 달변이라는 것이다. 소설은 이야기와 다른데 황석영은 소설이 '이야기'라고 생각한다.

현대소설은 이야기와 다른 문학양식이다. 한국에서 나온 소설개론 중에 "소설은 이야기다" 이렇게 시작하는 책들이 있다. 이런 책은 썩 추천할 만한 것이 못 된다. 소설은 근대의 발명품이다. 이야기는 고대로부터 신화, 서사시, 비극 등의 양식을 통해 쭉 전해져 내려왔다. 우리의 고전문학도 이야기 형식으로 전해져 내려온다. 현대소설은 그러한 이야기와는 분명히 다른 본질의 양식이다.

《부덴브로크 가의 사람들》은 토마스 만이 20대에 쓴 작품이다. 그리고 이 작품으로 노벨문학상을 받았다. 작품이 출간된 지 30년 가까이 지난 1929년에 받았는데, 토마스 만은 그때에 이르기까지 여러 작품들을 썼고 자신은 《부덴브로크 가의 사람들》보다 《마의 산》을 더 높이 평가했다. 그러나 문학사적으로 보자면 그의 작품들 가운데 《부덴브로크 가의 사람들》이 가장 중요한 소설이다. 한국에서 그와 비슷한 주제를 다루는 작품을 꼽자면 1931년에 나온 염상섭의 《삼대》를 들 수 있다. 이 작품 역시 한국 부르주아 집안의 계보를 다루고 있다. 부르주아계급의 흥망을 다룬 소설들이 먼저 나오고 그다음에 노동자문학이 나와야 어느 정도 현대소설의 규모를 갖추게 된다고 할 수 있다.

김승옥은 부르주아계급을 다룰 기회가 있었다. 하지만 《무진기행》에서처럼 주인공을 별 볼 일 없는 출세한 촌놈으로 두어서는 곤란하다. 출세한 촌놈에 문제가 있는 것은 아니지만 적어도 '자기 능력'으로 출세해야 한다. 과부 눈에 띄어서 출세하면 곤란하다. 무진에 내려가라니까 내려가고, 전보 쳐서 올라오라니까 올라오고, 이런 수동적인 인물을 통해서는 이야기 진행이 되지 않는다. 그러면 장편이 나올 수가 없다.

황석영은 왜 막심 고리키로 나아가지 못했는가

황석영의 경우에는 《객지》가 중요한 포인트였는데 사회적인 계급의 문제를 돌파해 나가는가 아니면 물러나는가 하는 문제에서 황석영은 물러나는 쪽을 택한다. 《삼포 가는 길》의 문제는 '입구'가 아니고 '출구'라는 데 있다. 《객지》를 통해 본격적인 노동문학으로 들어가는 듯하더니 오히려 발을 담갔다가 빠져 나오는 식으로 《삼포 가는 길》이 쓰인 것이다. 《삼포 가는 길》은 묘사가 생생하고 상징성도 풍부하기 때문에 상당히 잘 쓰인 소설이다. 그래서 안타깝다. 본격적인 노동문학으로 발전하지 못하고 물러나는 형상을 보여주기 때문이다.

고리키의 경우와 비교하자면, 황석영이 지닌 부랑자 기질 때문일 수도 있다. 황석영 문학의 특징이자 단점으로 지적되는 부분이 상당히 낭만적이고 감상적이라는 점이다. 고등학교를 중퇴한 이후 황석영은 전국을 돌아다니면서 온갖 경험을 한다. 해병대로 입대해 베트남에도 다녀온다. 이것이 황석영의 밑천이자 기질이기도 한데 어떤

가에 속박되는 것을 상당히 싫어하는 사람이다. 항상 뭔가 새로운 경험을 하고 돌아다녀야 직성이 풀리는 듯하다. 그래서 노동문학을 진득하게 본격적으로 다루기에는 조금 갑갑했을 수도 있다.

장석주 시인은 황석영에 대해 "남북 분단 시대에 태어나 한 곳에 정주하지 못하고 뿌리 없이 떠돌며 파란과 곡절로 이어진 삶을 견뎌온 작가"라고 평가한다. 여기서 '견뎌온'이란 표현은 정확해 보이지 않는다. 오히려 '돌아다니는 삶'은 황석영이 원했던 것이다. 황석영의 자전인《수인》을 보면 소설가로서의 삶은 거의 이병주와 비슷한 스케일이다. 북한의 김일성부터 남한의 밑바닥 '갈보'까지 아주 광범위한 인간관계를 맺어온 사람이다. 이것이 소설가로서는 굉장한 자산이고, 이야기꾼으로서 그의 재능을 돋보이게 한다. 그러나 그의 재능이 소설이 아닌 영역으로까지 지나치게 확장되면서 독자로서 우려되는 지점이 있다. 황석영은 음식이야기, 에세이 등 여러 주제의 책들을 많이 쓰는데 너무 할 일이 많아서 정작 중요한 작품은 쓰지 못하고 있는 것이 아닌지 되묻고 싶을 때가 있다.

황석영의《객지》가 1971년도에 나왔다는 것은 시대의 표지이자 문학사의 표지가 된다. 1960년대는 김승옥의 문학이 대표한다. 김승옥은 1960년대 초반부터 중반에 걸쳐 개인이나 개인주의 등 중산층과 부르주아의 모럴을 다룬 중요한 작품들을 쓴다. 그렇다면 이것을 가능하게 하는 사회적 조건에 대해서 다룰 수 있어야 했다. 황석영 소설의 뛰어난 점은 밑바닥 삶과 부랑자의 비극을 낳는 사회 현실의 모순을 구체적으로 조명하고 탐색하는 데 있다. 이런 작업을 조금 하는 듯한 모습을 보여서 기대치를 갖게 했지만 본격적으로 하지는 못했다. 10년 동안《장길산》만 썼기 때문이다.

이문열의 경우도 비슷하다. 그는《삼국지》와《초한지》를 쓰는 데 매진했는데 이는 소설가, 작가로서 좋은 이력이 되지 못한다. 고전 번역에만 힘을 들여 결국 중요한 소설을 쓰지 못했다는 우려를 낳는다.《삼국지》가 천만 부 이상 팔려서 이문열 작가 개인의 생계에 많은 도움을 준 것이 사실이다. 그러나 이는 작가적인 역량을 엉뚱한 곳에 소진한 사례이기도 하다.

《객지》 이후 황석영이 갈 수 있었던 길

많은 사람들은 한국문학이《장길산》같은 소설 때문에 빈곤하지 않다고 생각한다. 그러나 이런 경우가 전형적인 외화내빈外華內貧이다. 겉보기에는 뭔가 풍족해 보이지만 정말 핵심적인 작품이 없기 때문이다.

황석영 초기 문학의 최고 성취는 역시《객지》다.《객지》는 간척 사업장의 노동쟁의를 중심 소재로 다루고 있다. 그것이 왜 중요하냐면 역사적 시기상 그런 노동문제를 다룬 작품이 등장해야 하기 때문이다. 사업장에서의 노동쟁의는 자본주의 사회의 구조적 모순을 드러내는 현상이다. 이처럼 중요한 문제를 다뤄야 중요한 작품이 된다. 시시한 문제를 세련된 문체로 다듬어서 좋은 작품을 쓴다는 것은 난센스다. 역량이 다소 부족하더라도 중요한 문제를 붙들고 늘어져야 한다. 황석영은 이것을 잘 포착한 작가인데 진득하게 버텨내지 못하고 더 나아가지 않았다.

1970년대 초반 시기를 다루는 이 작품에는 뜨내기이자 막노동에 종사하는 사람들이 등장한다. 이들은 노동조합을 만들고 계급의식으로 무장해서 자본가와 투쟁하는 단계 이전의 노동자 형상을 가지고 있다. 여기서 더 심화하면 노동운동 쪽으로 가야 한다. 본격적인 노동운동은 1980년대 문학에 등장하기 때문에 조금 더 기다려야 한다. 그러나 1970년대에도 노동 현장에서의 많은 파업이나 쟁의가 있었고 그런 사회적 현상을 포착한 소설이 바로 《객지》였다.

우리의 시야가 아직 갇혀 있어서 잘 보이지 않는 부분인데 남미 문학의 경우에는 '독재자소설'이라는 양식이 있고 하나의 장르로서도 발전했다. 남미에는 워낙 독재자가 많아서 소설거리가 남아돈다. 독재자소설은 과감하게 쓰였다는 특징이 있다. 우리도 역사에 남을 만한 독재자들이 있는데 우리에게 이런 '독재자소설'이 있는가. 이렇게 중요한 문제를 쓰지 못하고 소설가들이 옆길로 딴 이야기를 쓰고 있다. 변죽만 두들기고 있는 것이다.

이승만, 박정희, 전두환이 있었고 그다음에는 민주적으로 선출됐다고는 하지만 박근혜도 있었다. 이러한 계보가 한국 정치사의 면면인데, 이것을 본격적으로 해부하거나 비판한 소설을 우리가 갖고 있는가? 갖고 있지 않다면 이것이 중요하지 않아서 그런 것인가? 중요하다면 거기에 해당하는 소설이 없는 것은 결함이다. 뭔가 빠져 있는 것이다. 황석영이《객지》를 쓸 수 있다면 이러한 길로도 갈 수 있었다고 생각한다. 그가 무능해서였다기보다는 직무 유기라고 생각한다. 쓸 수 있었는데 회피한 것이다.

황석영의 초기 작품들이 보여준 성취와 한계

황석영은 1943년생으로 생각보다 나이가 많지 않다. 문단에서는 황석영이 나이를 속였다는 사실을 알고 이를 불쾌하게 여긴 사람도 있었다. 등단을 일찍 했기 때문에 문단에서는 나이가 꽤 있는 사람인 줄로 알고 있었고 황석영 자신도 자기 또래보다 몇 살 많은 것처럼 행세하고 다녔다. 황석영은 어떤 자리에서든 중심에 서고 싶어 하는 기질이 있다. 좌중이 있으면 관심을 모아야 하기 때문에 듣는 일에 서투르다. 이러한 작가의 특징도 분석할 만한 요소가 될 수 있다. 자기가 주인공이 되고 싶다는 의식은 낭만적 기질과도 관계가 있다. 장길산 같은 주인공을 다룰 때 무엇보다 '폼'이 나야 하는 것이다. 노동쟁의를 다루는 문제는 갑갑하기 그지없다. 자본가와 노동자가 맞물려 있는 조건 속에서 출구를 찾거나 어떻게 할 것인지 활로를 모색하는 일은 무척 따분한 작업이다. 이런 것이 황석영 자신의 성격에 맞지 않았을 것이라 추측된다.

그래서 황석영은 활동적인 방향으로 자신의 길을 간다. 국내에서 몇 안 되는 명문고로 불리는 학교에서 퇴학당하고 떠돌이 생활을 한다.《개밥바라기별》에서 이 시기를 다루기도 했다. 1962년에 서울로 돌아와서 월간 교양지《사상계》신인상 공모에 원고를 투고하여 고등학생 신분으로 당선된다.《사상계》는 1960년대 초반에 가장 영향력과 권위가 있던 잡지였다. 당시 작품을 선정할 때도 그가 학생인지 몰랐기 때문에 심사위원을 비롯한《사상계》의 많은 문학가들이 놀라워한다.

그러다가 한 번 더 신고식을 치르게 되는데, 군대를 다녀온 뒤 1970년 조선일보 신춘문예에 투고한 작품이 다시 당선된다. 황석영은 두 번의 등단 기록을 세운 작가가 된다. 그다음부터 본격적으로 활발한 작품 활동을 시작한다. 1970년부터 1974년《장길산》을 쓰기 이전까지가 황석영의 전성기라 할 수 있다. 초기 단계인 이 시기에 중요한 작품이 많이 나온다.

1973년에 한국단편문학의 정수로 꼽히는《삼포 가는 길》이 출간된다. 이 작품은 단편문학으로서는 상당히 높은 수준에 있는데 바로 그것이 문제다. 단편의 성취가 갖는 한계 때문이다. 단편이 할 수 있는 몫과 장편이 할 수 있는 몫이 다르다. 한국문학사가 보여주듯이 우리는 유력한 단편들은 많이 가지고 있다. 안타까운 사실은 우리가 장편소설 시대로 나아가지 못했다는 것이다. 김승옥도, 황석영도 좋은 모범을 보여주지 못했다. 비평가들이나 연구자들이《삼포 가는 길》을《객지》의 완결판이라고도 평가하는데 이 작품은 완결판이 아니다. 완결시킨 것이 아니고 더 나아가지 못하고 뒷구멍으로 빠져나오는 소설이다.

《삼포 가는 길》다음에 간척공사장 이야기를 다룬 《객지》가 자연스럽게 그다음 서사가 되어야 한다. 《객지》에서 《삼포 가는 길》로 빠져나오면서 일종의 명분을 주고 있다. '이 정도 써주면 됐지' 하면서 다른 길로 가고 있다. 그런 의미에서 문제적이다. 황석영의 기질에 맞지 않아서 《장길산》 같은 영웅 이야기로 빠져 버릴 수 있다고 감안하더라도 아쉬운 부분이다. 황석영은 밑바닥의 삶을 직접 경험해봤기 때문에 그 정서나 감각에 대해서 가장 정통했고 이를 잘 쓸 수 있는 작가이기 때문이다.

최인훈 같은 작가는 이런 작품을 쓰기 어렵다. 엘리트 작가로서 책을 통해서 세계를 경험하는 사람이기 때문이다. 《삼포 가는 길》에서 술집 작부인 백화가 자기 배 위로 남자들 사단 병력이 지나갔다고 이야기하는 대목이 있는데, 이런 표현은 얼추 그에 견줄 만한 경험을 갖고 있지 않으면 쓰기 힘든 대사다.

황석영은 '비판적 리얼리즘'에 도달했는가

《삼포 가는 길》은 부랑자들의 의식을 다루고 있는데 이것은 노동문학의 전 단계여야 한다. 통상적인 문학의 길은 '부랑자문학'에서 '노동문학'으로의 이행이다. 부랑자는 대개 농촌이 피폐화되면서 농민이 노동자로 안착하기 전까지 잠시 등장한다. 이들은 산업 현장이나 도시로 와서 도시 빈민층을 형성한다. 생계를 위해서 부득불 노동자가 되게끔 강요당한다. 박탈과 착취가 수반되는 이러한 계층의 이동 과정은 자본주의의 손바닥 안에서 벌어진다. 그 가운데 머리가 조금 좋은 사람은 중산층으로 올라서고, 그러지 못하면 대를 이어서 노동자의 삶, 밑바닥 삶을 살아가게 된다.

1970년대에 계속 진행되어온 계층의 이동 과정은 한국현대사의 중요한 양상이기 때문에 이 문제를 소설이 다뤄줘야 한다. 황석영의 소설이 부랑자와 노동자들을 내세운다는 사실은 작가가 급속도로 변하는 사회의 구조적 모순을 명확하게 드러내는 '비판적 리얼리즘'에 입각해 있음을 뜻한다. 그러나 거기서 더 나아가지 않았다.

비판적 리얼리즘은 19세기 프랑스문학의 성취다. 발자크와 에밀 졸라가 보여주는 것이 비판적 리얼리즘이다. 그것은 단편소설로는 가능하지 않고 장편소설로 하는 것이다. 발자크는 어마어마한 체력으로 하루에 평균 열댓 시간을 들여가며 90편 이상의 작품을 썼다. 에밀 졸라는 발자크의 전례가 있기 때문에 무리하지 않고 규모를 축소해서 쓴다. 무리하지 않고 써도 '루공-마카르Les RougonMacquart 총서'가 20권에 달한다. 그래야지 한 시대의 거대한 벽화가 된다.

루공-마카르 총서는 몇 가계의 이야기를 통해 19세기 후반 프랑스 사회를 통째로 묘사한다. 처음으로 민중계급이 주인공으로 등장하는데, 가령《제르미날》에서는 탄광 노동자들의 파업이 중요하게 다뤄진다. 이러한 문제를 포착하는 것이 바로 문학적인 성취다. 시대의 핵심적인 모순에 대해서, 본질에 대해서 파악하고 그 문제를 파고드는 소설이 필요하다. 그것이 현대소설이고 소설가의 역사적 책무다.

재미있는 이야기를 쓰는 것은 별개다. 굳이 소설을 쓰겠다고 한다면 시대의 핵심 문제를 다루어야 한다. 여러 제약 때문에 단편으로는 곤란하고 장편으로 확장돼야 한다. 리얼리즘은 본래 단편과 잘 결합되지 않는다. 분량이 장편 정도 돼야지 리얼리즘을 이야기할 수 있다. 시는 특정한 하나의 장면만 묘사할 수 있다. 단편도 어떤 중요한 대목만을 강조해서 보여줄 따름이다. 그것만 갖고서는 사회의 총체적 진실을 보여줄 수 없다. 작품이 어느 정도 규모가 되어야 비판적 리얼리즘을 구현할 수 있다.

황석영의 초기작들은 그가 역량이 있으면서도 문제적인 작가임을 보여주는 의미가 있었다. 그렇다면 그의 중기와 후기 작품들은 어떠했을까? 1974년 황석영의 초기작들을 한데 묶어 《객지》를 표지로 내세운 단편집이 나온다. 그리고 황석영은 역사대하소설 《장길산》을 한국일보에 연재한다. 일본도 마찬가지지만 신문 연재가 작가들의 재능을 많이 갉아먹는다. 신문에 연재하는 소설은 이병주도 많이 썼지만 대부분 '통속소설'로 취급된다. 연재를 통해서는 좋은 소설을 쓰기가 어렵다. 물론 한국 최초의 현대 장편소설로 불리는 이광수의 《무정》부터 신문에 연재했던 소설이므로 신문 연재가 문학사에서 오랜 전통을 지니고 있음을 부정할 수는 없다. 작가로서는 연재에만 신경 쓰면 안정적인 생계를 유지할 수 있다는 장점이 있다. 연재하는 동안 10년의 시간이 걸려도 작가로 살아가기에 별 문제가 없는 것이다.

《장길산》은 조선 효종 말기에 여비의 몸에서 태어난 장길산을 주인공으로 삼아 천민집단의 험난한 삶을 보여준다. 이 작품은 '민중사'라는 골격 위에서 쓰였다는 점이 중요하게 평가받는다. 그러나 이때의 민중사는 자본주의적 현실에 대해서 아주 희미한 단서만 줄 뿐이다. 시대의 차이가 너무나 크기 때문이다.

1980년대 이후에 황석영이 지닌 콤플렉스 가운데 하나가 1980년 5·18광주민주화운동 때 시청 현장에 없었다는 것이다. 그래서 민주화운동 당시 여러 기록을 간추려서 쓴 것이《죽음을 넘어 시대의 어둠을 넘어》다. 기록을 남긴 원저자는 따로 있는데 대표 집필자가 황석영이다. 역사적 현장에 자리하지 못했기 때문에 사후에 만회하는 의미가 있다. 황석영의 첫 번째 아내인 홍희담 작가가 민주화운동 당시 전남도청에 있었다. 황석영은 베를린도 가보고 북한에 가서 김일성도 만났지만 1980년 광주 현장에는 부재했다.

황석영이 1980년대를 배경으로 쓴 작품《오래된 정원》을 보면, 그가 1989년 베를린 장벽이 무너질 때 현장에 있었다는 사실에 대한 자부심을 드러낸다. 작가가 얼마나 자신의 경험을 중요시하고 또 이를 작품을 통해 말하고 싶어 했는지 알 수 있다. 그것이 중요한 장편의 성취로 이어졌는지는 판단이 필요하다.

돌아갈 곳 없는 부랑자들의 여행기

세 인물의 짧은 동행을 다루고 있는《삼포 가는 길》은 1975년 영화로도 만들어진 바 있다. 이 작품에는 정씨, 영달, 백화 세 인물이 나온다. 정씨는 큰집(교도소)에서 목공, 용접, 구두 수선 등 여러 기술을 배워 나왔다. 정씨는 자신의 사정을 자세하게 알리지 않고 이름도 그냥 '정씨'라고만 한다. 소설의 처음에 등장하는 장면이 흥미롭다. 영달이 일자리가 끊겨서 길을 나섰는데 그는 방금 자기가 하숙하고 있던 여주인과 바람이 났다가 그녀의 남편한테 들켜서 부랴부랴 옷만 챙겨 입고 뛰쳐나온 상황이었다. 더군다나 갈 데도 없다. 그때 안면이 있는 정씨를 만나게 된다. 나이가 서른 댓 되어 보이는 그는 영달의 상황을 다 목도했다. "아까 존 구경 했시다." 둘은 약간 머쓱해 하다가 서로 말문을 튼다. 영달이 어디로 가냐고 묻자 정씨는 고향인 삼포에 가는 길이라고 대답한다.

'삼포'는 가상의 지명인데 작가는 남해 쪽에 있는 것으로 설정해 놓았다. 정씨는 삼포로 귀향하고자 한다. 영달이 거기까지 따라갈 일은 없다. 그러나 당장 어디 갈 곳을 정해두지 않았던 영달은 정씨와 잠시 동행한다. 정씨는 10년 만에 가보는 고향을 떠올리며 정말 아름다운 섬이고 비옥한 땅과 고기가 가득한 곳이라고 영달에게 이야기한다. 정씨는 젊어서 밖으로 나와 살았지만 한 10년 객지 생활하다 보니 귀향본능이 작동해서 돌아가고자 한다. 영달이 그토록 좋은 곳이라면 거기서 말뚝을 박고 살아버렸으면 좋겠다고 속을 내비치자 정씨는 영달이 타관 사람이라 안 된다고 이야기한다. 타지 사람에 대해서 배척하는 것은 전통적인 옛 시골의 모습이다. 농촌이든 어촌이든 배타적이면서도 자기들만의 전통이나 생활 방식을 계속 보존하고 있는 곳이 고향이다. 그러나 도시화가 지나간 대부분의 자리에는 고향이 남아 있지 않다.

두 남자는 식당에 갔다가 여주인에게서 백화라는 처녀의 이야기를 듣는다. "개쌍년 같으니!" 그 색시가 도망을 치고 국거리도 없어서 이제 막 가게를 열었다는 주인의 거친 호소가 이어진다. 식당 주인이 백화를 자기한테 데려오면 만 원 주겠다고 말한다. 그 이야기를 듣고 기차역으로 가는 중에 백화를 만나게 되는데, 영달이 반은 농담으로 식당 주인에게 데려다 주고 돈이나 받겠다고 한다. 그러자 백화가 이렇게 엄포를 놓는다. 인천 노량집, 대구 자갈마당, 포항 중앙대학, 진해 칠구를 "모두 겪은 년"이라며 그녀는 "내 배 위루 남자들 사단 병력이 지나갔"다는 표현을 걸출하게 늘어놓는다. 그러면서 "조용한 데 가서 한 코 달라면 몰라두 치사하게 뚱보 돈 먹자고" 공갈협박을 하면 너나할 것 없이 같이 죽는 꼴이라며 으르렁댄다.

백화 역시 고향에 가는 길이었고 두 남자와 거의 같은 방향이라 일단 기차역까지 동행한다. 분량이 길지 않은 작품이지만 세 인물에 대해서 많은 이야기를 품고 있다. 작가는 백화에 대해 이제 겨우 스물두 살이지만 쓰리게 당한 일이 많아 삼십이 넘은 여자처럼 조로해 있었다고 묘사하며 "관록이 붙은 갈보"라 덧붙인다. 나중에 영달은 백화를 업으면서 너무 가벼워 안쓰러워한다. 몸이 쇠한 백화를 업고 있자니 영달은 어쩐지 대전에서 만난 옥자가 생각나 눈시울을 붉힌다. 전형적인 묘사이긴 하지만 밑바닥 사람들이 전부 선량하게 그려져 있다. 이 작품에서 악인은 등장하지 않는다.

백화는 자신의 사랑 이야기도 한다. 좋았던 시절에는 군인 옥바라지(뒷바라지)를 두 달 하면 그가 이등병 계급장을 달고 백화를 만나러 와서 하룻밤 같이 보내고 전속지로 떠났는데 이런 식으로 여덟 사람 옥바라지를 했다고 이야기한다. 술집 작부는 군인 옥바라지와는 달라 신물이 나서 도망쳐 나온 것이다.

남자들이 백화에게 "고향 가면 시집이나 가야지" 하니까 백화가 "시집은 안 가요"라며 동생들이 많으니 조용히 시골에 틀어박혀 집의 농사나 거들겠다고 말한다. 남자 둘에 여자 하나이긴 하지만 이 일행은 다 신세가 비슷하다. 어느 경우도 결혼할 형편이 되지 않는다. 당시 밑바닥 삶의 실상이라고 볼 수 있다. 백화는 고향 떠난 지 3년 됐다고 하고 정씨는 한 10년 정도 됐다. 영달은 정처 없이 떠돌아다니는 편인데 아예 고향이 없다.

셋 다 밑바닥 인생인데 차이점은 영달은 갈 곳이 없고 정씨와 백화는 갈 곳이 있다는 것이다. 고향의 의미가 요즘은 조금 다르지만 이 시기만 하더라도 보통 고향에서 떠날 일이 없었다. 탈향은 도시화, 산업화 때문에 이루어졌다. 물론 공부해서 출세하기 위해 떠나는 경우도 있지만 대부분은 일자리를 구하기 위해 도심지로 떠났다. 그런데 귀향 본능이 있으므로 언젠가는 고향에 다시 돌아가야 한다.

정씨도 10년 동안 객지 생활하면서 오랫동안 귀향을 마음에 품고 있었다. 이제는 어릴 적 살던 고향으로 돌아가 가난하게 살더라도 마음 편하게 남은 생을 보내겠다고 결심하고 가는 것이다. 백화는 감천역에서 가는 방향이 달라진다. 백화가 영달에게 호감을 보이자 정씨가 괜찮은 여자라 하며 영달에게 같이 가라고 권한다. 그러나 영달은 능력이 없어 잠시 동거했던 여인과 헤어진 아픈 기억이 있었기에 거절한다. "어디 능력이 있어야죠." 정씨 따라 삼포에나 가겠다고 한다.

땡전 한 푼 없는 백화가 군인들 차를 얻어 타고 가면 된다고 말하니 영달이 자기 남은 돈을 다 털어서 백화에게 기차표를 끊어준다. 영화에서는 여기가 마지막 장면인데 백화가 더듬거리면서 "아무도…… 안 가나요?"라고 묻는다. 영달한테 하는 이야기다. 마음을 드러냈기 때문에 은근히 동행해주길 바랐는데 영달이 나서지 않는다. 영달 대신 정씨가 "우린 삼포루 갑니다. 거긴 내 고향이오"라고 답한다. 기차가 와서 백화 혼자 떠난다. 백화는 "정말, 잊어버리지…… 않을게요" 하면서 나갔다가 다시 돌아와 눈이 젖은 채로 이렇게 말한다. "내 이름은 백화가 아니"라며 잠시 망설이다가 본명을 '이점례'라 밝힌다.

이런 장면은 어디선가 많이 본 것 같은 기시감이 있다. 한국영화에서는 흔히 나오는 장면이다. 지금 보면 약간 촌스러울 수 있지만 의도를 정확히 보여주는 장면이라 할 수 있다. 이름을 밝히는 것은 자기 본심을 다 드러내는 것이다. 백화를 떠나보내고 덩그러니 남은 두 남자가 '저런 애들은 한 사날두 촌생활 못 배겨난다'며 백화 걱정을 한다. 생각해보면 고향으로 내려간다 해도 이들이 할 수 있는 것은 아무것도 없다. 객지에서 돈 벌어가지고 내려가는 것도 아니다. 빈털터리로 내려가기 때문에 고향에 가더라도 오래 버티기 어렵다.

이윽고 한 노인으로부터 현재 삼포가 어떤 모습인지 전해 듣는다. 아들이 삼포에서 도자(불도저)를 끌고 있다는 노인의 말을 듣자 정씨가 이렇게 반문한다. '삼포가 어디 공사 벌릴 데나 되느냐'며 '고작해야 고기잡이나 하고 감자나 매는 곳 아니냐'고 한다. 이것이 과거 전근대의 한 표상으로서 삼포의 이미지다. 거기에 관광호텔이 들어서는 것이 '근대화'다. 그럼 돈벌이가 생기고 일자리도 생기고 사람들도 많이 온다. 그 과정에서 우리는 고향을 잃어버리게 된다.

노인의 말에 의하면, 삼포는 관광호텔 사업 때문에 바다에 방둑을 쌓아 놓고, 트럭이 수십 대씩 돌을 실어 나르며, 공사판 사람들이 수두룩하고 장까지 들어선 곳이다. 바다 위에 신작로가 나서 나룻배도 없어진 지 오래다. 천지개벽한 것이다. 삼포는 날아가고 더 이상 없는 것이다. 그러자 정씨가 낙심한다. 작정하고 벼르다가 찾아갔지만 풍문마저 낯선 고향의 모습이라니. 정씨에게는 도저히 믿기지 않는 소식이다.

그런데 영달은 좀 다른 태도를 보인다. "잘됐군, 우리 거기서 공사판 일이나 잡읍시다." 영달은 고향 부재, 고향 상실에 이미 익숙해 있어서 가서 일자리나 잡자고 제안한다. 그때 기차가 도착하고, 대조되는 두 사람의 모습이 비춰진다.

이 작품을 지배하고 있는 기법은 아이러니다. 처음과 결말이 대조가 되고 있기 때문이다. 삼포에 대한 일말의 기대를 안고 있던 독자는 그 고향이 진작에 남아 있지 않다는 뜻밖의 결말에 놀라게 된다. 정씨가 마음의 정처를 잃어버리고 어느 결에 영달이와 똑같은 신세가 되어버렸다는 것이 이 작품의 결말이다. 처음에 정씨는 돌아갈 곳이 있고 영달은 돌아갈 곳이 없다는 차이가 있었는데 결국 똑같이 고향을 잃은 뜨내기가 된다. 작품은 여기서 끝나지만, 이 이야기가 계속 이어진다면 두 사람은 변화된 삼포에 적응해야 하고 공장 노동자가 될 수밖에 없다. 그렇게 된다면 본격적인 노동소설의 서사로 진입하게 될 것이다.

1970년대에 전통적인 농경사회에서 산업사회로 구조가 바뀌는 과정에서 수반되는 것이 바로 고향 상실이다.《삼포 가는 길》은 이 고향 상실의 아픔을 다룬 작품이다. 등장하는 인물들이 모두 가난하고 딱한 처지에 있는 하층민들이다. 이들이 장편소설의 주인공이 되었다면 더욱 흥미로운 이야기가 펼쳐졌을 것이다.

유럽소설에서는 1877년《목로주점》에서 졸라가 민중을 처음 주인공으로 등장시킨다. 1930년대 식민지 근대화 시절에도 하층계급이 있었지만 한국문학은 1960년대 두 번째 근대화에서 밑바닥 삶을 처음으로 조명한다.《삼포 가는 길》의 의의도 그러한 밑바닥 삶의 단면을 여실히 보여준 데 있다.

종종《삼포 가는 길》에 대해 과대평가하기도 한다. 심지어 자본주의의 문제점을 극복할 수 있는 덕목을 이 작품이 보여주고 있다고도 한다. 백화가 다리가 아파서 못 걸으니까 영달이 업어주는 대목을 보고 서로 아껴주고 배려하는 이런 마음으로 자본주의를 극복할 수 있다는 식이다. 그러나 이것은 "사랑 하나면 다 해결된다"는 식의 구호와 같다. 선한 마음으로 다 이해하고 넘어갈 수 없는 것이 자본주의의 냉엄한 현실이다. 만약 이해하고 동정하는 마음이 대안이 될 수 있다면 이 작품에서도 영달은 백화와 같이 동행해야 한다. 좀 더 낭만적인 결말이 될 수 있었을 텐데 당장 이 소설에서도 그러한 결말로 나아가지 않는다. 잠시의 선의나 배려를 보여줄 수 있다고 해서 현실을 바꿀 수 있는 것이 아니다. 그에 대한 직시가 필요하다.

《삼포 가는 길》은 몇 안 되는 인물들을 통해 풍성한 이야기를 펼쳐내며 하층민의 실상을 있는 그대로 보여준 굉장히 잘 쓰인 소설이다. 다만 여기서 '어디로 갈 것인가'에 대한 방향 설정에 있어 앞에서 지적한 문제들이 있었다고 생각한다. 《삼포 가는 길》은 황석영 문학의 한 정점을 보여주는 동시에 아쉬운 작품이다.

5장

| 1970년대 II |

이청준
《당신들의 천국》

살아 있는 권력을 겨냥했던
가장 비판적인 소설로 다시 읽기

이청준

- 1965년 – 단편 〈퇴원〉 발표 및 등단
- 1974~1975년 – 장편 《당신들의 천국》 발표
- 1978년 – 중편 《잔인한 도시》 발표 및 이상문학상 수상
- 1989년 – 장편 《자유의 문》 발표 및 이산문학상 수상

이 작품의 핵심적인 인물이 조백헌이므로 그의 생각과 행동에 대한 평가가 작품의 주제와 관련해서 중요하다. 조백헌에게 보내는 이상욱의 희미한 미소에는 두 가지 가능성이 있다. 하나는 감동을 받아서 그랬을 가능성이고, 다른 하나는 비웃음이다. 그러나 작가 이청준에게 있어 이것은 생각해볼 여지도 없다. 비웃음인 것이다.

이청준의 작품과 함께 시작된 1970년대의 문제의식

이청준은 박경리와 함께 20세기 후반 한국문학을 대표했던 작가다. 34권으로 완간된 그의 전집을 봐도 알 수 있듯 작품 수가 적지 않다. 그는 1965년 등단했고 2008년 세상을 떠날 때까지 40년 이상 작가의 길을 걸어왔다. 작품이 상당히 많은데도 불구하고 폭넓게 읽히지 않고 일부 작품만 주로 읽힌다. 대표작 《당신들의 천국》은 100쇄 이상 찍었으니 가장 많이 읽힌 작품이다. 1974년부터 1975년까지 잡지 《신동아》에 연재되었고 1976년에 단행본으로 출간되었다. 이청준은 1960년대 중반부터 작품 활동을 시작했지만 1970년대에 들어서 전성기를 맞이한다.

소설에는 서정시가 갖지 못한 사회적 역할 내지는 의의가 있다. 1970년대 한국소설은 당시 한국 사회의 모습을 적나라하게 보여줌으로써 소설의 사회적 역할을 충실히 해낸다. 이와 관련하여 당시 한국이 세계 자본주의 질서에서 어떤 위치에 있었는지 살펴볼 필요가 있다. 이매뉴얼 월러스틴의 '자본주의 세계체제론'에 따르면 세계 자본주의 질서는 중심부, 반半주변부, 주변부로 나뉜다. 1970년대에 이르면 한국이 중진국의 대표 국가로 부상하게 되면서 반주변부 정도의 위상을 갖게 된다. 단기간에 사회가 급속도로 산업화되고 고도의 경제성장이 이루어진다.

경제 규모의 확대에는 일반적인 패턴이 있다. 1960년대부터 1970년대에 걸쳐 한국 경제의 고도성장이 어떻게 가능했는지에 대한 경제학자들의 분석이 나오고 있는데 통상적인 상식과는 다르다. 많은 이들의 상식으로는 전부 박정희 정권 덕분에 먹고살게 된 것으로 알고 있고 지금도 그러한 신화가 통하고 있다. 몇 년 전에는 언론인 조갑제가 박근혜 대통령 탄핵 사태에 대해 이렇게 이야기한 바 있다. "우리가 먹고산 지 이제 두 세대 정도 됐는데 이게 모두 박정희와 육영수 덕분이다. 그분들의 따님이 설사 일부 잘못을 저질렀다 하더라도 우리가 이렇게 박대해야 되겠느냐." 이것이 박정희 신화다. 한국의 근대화가 한 권력자의 영도력 때문에 가능했다고 보는 것이다.

박정희 신화는 아직 다 벗겨지지 않았다. 구미에는 거대한 박정희 동상이 세워져 있고 전 구미시장은 박정희가 반인반신이라고 칭송하기도 했다. 1970년대의 경제성장에 대한 설명이 잘 납득되지 않으니 그 시대를 대표하는 한 인물의 신격화가 이루어지는 것이다. 천지만물의 창조주를 상상하는 일과 비슷하다. '누군가가 최초로 만들어내지 않았다면 이것이 어떻게 존재할 수 있겠는가'라는 의문. 전쟁을 겪고 아무것도 없던 땅에서 고도의 경제성장으로 지금 이렇게 먹고살게 됐다면 이것이 누구 덕분인가에 대한 의문이 드는 것이다. '고도의 경제성장은 자본주의 시스템의 메커니즘 때문이다'라는 설명은 받아들이기 쉽지 않다. 그래서 누군가를 지목해야 한다. 이것이 신앙이고 신화다. 합리적인 설명보다는 영웅 한 사람에 빗대어 만들어낸 신화를 더욱 선호하는 것이다.

한국 사회의 권력 문제를 다룬 희소한 소설

1970년대는 이전과 확연히 다른 사회로 변화한 시기이므로 소설은 이 문제를 다뤄야 한다. 그래서 《객지》, 《삼포 가는 길》이 의미가 있었다. 하지만 중요 문제인 '노동'을 다루는 리얼리즘소설은 1970년대 문학에서 빠져 있다. 한국문학사에서 노동문학은 주로 1980년대에 와서야 등장한다. 그 대신에 들어와 있는 작품이 바로 《당신들의 천국》이다.

통상 박정희 정권을 '개발독재'라 부르는데 이는 민주적인 합의 절차를 거치지 않고 권력자의 의중에 따라 일사천리로 진행된 근대화를 뜻한다. 개발독재는 한국식 근대화의 모델이다. 결과만 보면 나름대로 성공적인 모델이라 평가받아 다른 나라로 수출되기까지 했다.

1960년대까지 널리 사회과학에서 통용되던 '경제발전론', '사회발전론' 등의 이론이 있다. 경제발전론은 경제시스템의 기본적인 모델을 상정하고 수준이 낮은 국가에서 더 발전된 국가로의 경로를 제시한다. 마찬가지로 사회발전론 역시 사회를 상대적이고 다양한 것으로 보지 않고 '한줄 세우기'로 바라본다. 후진국, 개발도상국, 선진국이라는 경로가 있으므로 한줄 세우기가 가능하다는 것이다. 과거에는 우리가 후진국에 속했지만 이제는 중진국으로 넘어갔고 선진국 문턱에 있다는 선전이 계속되었다. 조금만 더 열심히 일하면, 시위를 조금만 덜 하면 선진국이 될 수 있다는 신화가 유포되었다. 지금은 이런 이야기가 많이 사라졌지만 1960년대와 1970년대에는 어떻게 하면 사회나 국가를 선진화할 수 있는가가 공적 담론의 최대 관심사였다.

그렇지만 국가 주도적 근대화에서 발생하는 권력 문제를 다룬 한국소설이 희소하다. 《당신들의 천국》이 이청준의 작품 중에서 기술적으로 가장 잘 쓰인 소설은 아니다. 하지만 한국 사회의 권력 문제를 다루고 있기 때문에 가장 중요한 작품이다. 시대의 가장 중요한 문제를 포착한 이 작품이 작가의 역량이 원숙해졌을 때 쓰인 작품보다 더 많이 읽힌다. 권력 문제를 다루고 있는 한국문학 가운데 《당신들의 천국》을 넘어서는 작품이 아직 없다. 이것이 바람직한 현상은 아니라고 생각한다. 이청준의 대단한 업적인 동시에 그 이후 작가들의 문학적 빈곤이라 할 만하다.

르포 기사를 바탕으로 쓰인 한국현대사의 축소판

이 작품은 나병 환자들이 거주하던 섬 소록도에서 벌어진 이야기를 다룬다. 전직 군의관 출신 조백헌 대령이 병원장으로 부임하면서 이야기가 시작되는데 그의 모델이 되었던 실존 인물 조창원 원장이 있다. 이청준은 30대 무렵에 기사와 자료를 조사하면서 조창원 원장을 알게 되어 그를 직접 만나서 이 소설을 쓰겠다고 양해를 구하고 설득한다. 그 바탕이 되었던 것은 1966년 조선일보에서 발표된 이규태 기자의 〈소록도의 반란〉이라는 르포 기사다.

소설에서도 주된 사건으로 등장하는 오마도 간척사업이 1961년부터 1964년까지 진행된다. 새로 부임한 원장이 대규모 간척사업을 추진했는데 그때 벌어졌던 일들을 이규태 기자가 취재해서 원고지 180매 분량의 긴 르포 기사로 써낸다. 이 기사를 읽을 당시 이청준은 스물다섯 살의 젊은 작가였고 대학을 졸업한 뒤 《사상계》 직원으로 일하고 있었다. 《사상계》로 등단해서 그 인연으로 취직해 일을 시작했지만 문학잡지의 수입이 빈곤했던 시절인지라 월급도 제대로 못 받는 날이 허다했다.

이청준은 1966년 르포 기사를 읽고 이것이 소설거리가 되겠다는 생각을 한다. 하지만 바로 작업에 착수하지는 않고 1970년대 중반쯤이 되어서야 이 작품에 대한 본격적인 준비를 한다. 그리고 《신동아》에 1974년 봄부터 1975년 겨울까지 연재한다. 이규태의 르포 기사에 기초하고 있지만 소설적인 장치와 이야기를 만들기 위해서 기사에 나오지 않는 여러 인물들도 등장시키다 보니 거기에 필요한 자료들도 수집한다. 그리고 실존 인물인 조창원 원장도 만난다. 그는 처음에는 소설 쓰는 것에 반대했다고 하는데 완성된 작품을 보면 반대할 만했다. 이청준이 미리 소설의 내용에 대해 이야기하고 허락을 구했다지만 누가 이렇게 쓸 것이라고 예상했겠는가. 선생님께 누가 되지 않는 작품을 쓰겠다고 해놓고 누가 되는 작품을 썼다.

나중에 조창원 원장이 완성된 작품을 읽고 나서 다소 엉뚱하게 이해한다. 이청준이 자신을 은근히 비판하는 소설을 썼을 것이라고는 전혀 상상하지 못한다. 조창원 원장은 '당신들의 천국'이라는 제목에서 이청준이 비판하는 '당신들'을 간척사업의 이권에 개입했던 오마도 주민을 가리키는 것으로 이해한다. 입장이 다르기 때문에 자신을 겨냥한 작품이라고 생각하지 못하는 것이다. 그런데 이 작품은 단순히 조창원 원장 개인을 비판하는 것이 아니다. 조백헌 뒤에 조창원 원장이 있고 그 뒤에는 박정희가 있다.

직접 박정희를 겨냥할 수는 없으므로 조창원 원장을 모델로 내세운 것이다. 당시 《당신들의 천국》을 다룬 평론들 중 이 문제를 지적한 것이 많지 않다. 암울한 시대의 한계라고도 생각하는데 작가, 독자, 비평가 모두 박정희는 이야기하지 않고 대리인에 불과한 조창원만 언급했다. 작품에서 5·16군사정변 이후에 현역 대령이 권총을 차고 소록도 원장으로 부임하는 장면이 그려지는데 이 장면은 그 자체로 한국현대사의 축소판이다. 이 작품은 5·16군사정변 이후에 한국사회에 무슨 일이 벌어졌는가에 대한 하나의 중요한 알레고리가 된다. 그래서 이 작품이 의미가 있다. 단순히 조창원만 다뤘다고 한다면 작품의 문제의식을 좁게 보는 것이다.

《당신들의 천국》을 읽는 세 가지 독법

작품의 줄거리는 이규태 기자의 기사에 기반하고 있다. 조백헌 원장이 섬을 떠난 지 7년 만에 돌아와 결혼식 주례를 서는 마지막 장면은 이청준이 만든 것이지만 새 원장이 부임한 뒤 축구팀을 만들고 간척사업을 벌인 것 등은 전부 실제로 있었던 일이다. 이청준이 작가로서 특별히 지어낸 이야기는 얼마 되지 않는다. 조백헌 원장뿐만 아니라 작품에 등장하는 황장로, 이정태 기자 등의 인물도 실존하는 모델이 있다. 이상욱 과장만 작가적 상상으로 만들어진 인물이며 그는 거의 이청준의 분신처럼 등장한다.

프랑스어로는 '열쇠소설Roman a clef'이라고도 불리는 모델소설 또는 실화소설은 실제 인물이나 사건을 모델로 삼아 쓴 소설을 가리킨다. 실화소설로서 이 작품의 가장 중요한 의의는 현실에 대한 알레고리로 읽힐 수 있다는 데 있다. 이 작품의 경우 첫째로는 조백헌을 조창원의 대역으로 읽는 방법, 둘째로는 조백헌을 박정희의 대역으로 읽는 방법, 셋째로는 인류학적인 관점에서 지배와 피지배의 문제로 보는 방식의 독법이 있다. 작품을 보는 세 가지 시각 중에서 주로 이야기되는 것은 첫 번째와 세 번째 시각이다. 르포 기사와 대비시켜서 조창원 원장의 문제만 다루거나 일반화된 관점에서 지배자 조백헌과 피지배자 한센병 환자 간의 권력 다툼 문제로 바라보는 것이다. 작품이 나온 당시 유신체제로 인한 여러 제약이 있었기 때문에 두 번째 독법은 활성화되기 어려웠을지도 모른다. 그러나 이 작품을 박정희 권력의 알레고리로 읽는 것이 중요한 의의가 있다고 생각한다.

이 작품에서 주목할 만한 부분은 이상욱 과장이 조백헌 원장을 바라보는 태도다. 그는 조백헌 원장을 계속 의심스런 눈으로 바라보고 감시한다. 조백헌은 권력자의 형상이다. 조백헌의 말을 듣고 안심하거나 대충 넘기는 것이 아니라 그의 말이 실제로 실행되고 있는지 그리고 그 뒤에는 어떤 배후가 있는지 등을 의심의 시선으로 바라봐야 한다는 것이 이 작품의 주요 메시지 중 하나다.

실제 모델인 조창원 원장은 박정희와 많이 달랐다. 그는 작품이 나온 이후 누구나 존경할 만한 삶을 살았다. 그래서 이청준은 조창원에 대해 고마워했다. 작품에서는 이상욱 과장을 통해 계속 의심의 대상이 됐지만 작가의 염려에도 불구하고 조창원은 모범적인 삶을 살았다고 이청준이 이야기한 바 있다. 그렇다면 작가가 조백헌을 통해 하려는 이야기는 조창원보다는 박정희에 가깝다는 것을 짐작할 수 있다.

마지막 장면에서 이상욱의 웃음이 의미하는 바

작품 후반부에 들어서야 작가가 지어낸 이야기가 많이 들어간다. '7년 뒤 이야기'라는 부분은 르포 기사에서는 빠져 있다. 이 작품에서 이청준이 창작한 상당 부분인 후반부는 이상욱이 조백헌 원장에게 보내는 긴 편지로 구성되어 있다. 이것이 사실 문학적으로 좋은 장치는 아니다. 마땅한 문학적 장치를 고안해내지 못해 작가로서 전달하고자 하는 메시지가 내용에 스며들지 못하고 외부에서 삽입된 것에 불과하다. 그런 면에서 잘 쓰인 소설이라 평가하기는 어렵다. 그럼에도 결코 가벼이 여길 수 없는 중대한 시대적 문제를 다룬다는 점에서 이 작품의 중요성은 훼손되지 않는다.

작품에서 조백헌 원장이 소록도 환자들과 어떤 관계를 맺는지가 두 가지 장면으로 나타난다. 하나는 조백헌이 원장으로 막 부임했을 때고, 다른 하나는 나중에 일반인 신분으로 결혼식 주례를 보러 다시 섬에 들어올 때다. 나병 환자에게서 태어났지만 아직 병에 감염되지 않은 미감아인 서미연과 윤해원 두 사람의 결혼식 주례를 보게 된 조백헌이 결혼식이 막 시작되기 전에 주례사를 연습하는 장면에서 소설은 끝이 난다. 그런데 이 장면의 묘사가 상당히 인상적이다. 소설의 3부에서 화자로 등장하는 이정태 기자가 조백헌 원장의 주례와 결혼식을 취재한다. 그때 2부에서 사라졌던 이상욱 과장이 갑자기 나타나 조백헌 원장이 주례사를 읊는 장면을 몰래 지켜보고, 그 광경을 이정태 기자가 다시 슬며시 바라보게 된다. 이렇게 갑작스럽게 주요 인물들이 모두 모여 재회하는 장면은 다소 설득력이 부족하다. 그럼에도 작가가 이상욱 과장의 눈을 통해 마지막 장면에서 하고 싶어 하는 말이 있다.

주례사를 연습한다고 하지만 조백헌이 하는 것은 사실상 '연설 연습'이다. 흥미로운 부분인데 작가 이청준은 '연설은 정치인들의 말잔치일 뿐'이라고 의미 부여를 한 바 있다. 주례사 역시 일종의 연설이고 연설은 정치인들의 전업이다. 그리고 정치인은 세칭 사기꾼들이고 정치인이 연설을 통해 하는 말은 도저히 믿을 수가 없다. 정치에 대한 불신은 이청준의 문학에서 하나의 코드로 읽힐 만한 부분이다. 이 작품에서 조백헌이 그렇게 나쁜 말을 하고 있지는 않다. 그래서 이 사이에 간극이 있다. 나름대로 선의를 가지고 일반인 신분으로 와서 미감아 출신 남녀의 결혼을 축복해주는데 작가는 끝까지 조백헌을 정치인으로 간주하고 의심하는 것이다.

만약 조백헌이 조창원 원장을 뜻하는 것이라면 이런 장면은 어울리지 않는다. 그런데 박정희를 뜻하는 것이라면 말이 된다. 실제 조백헌이 했던 주례사를 살펴보면 특별히 의구심을 가지고 비판할 만한 대목은 보이지 않는다. 그저 결혼하는 두 사람의 앞날을 축복해주는 멘트일 뿐이다. "윤해원과 서미연 두 사람의 결합은 … 사람의 마음과 마음이 이어지는 일 가운데 더욱더 뜻이 깊고 튼튼한 결합이 아닐 수 없습니다." 그런데 여기에 대한 이상욱의 반응이 심상치 않다. 그리고 이것은 작가 자신의 입장이 들어간 코멘트이기도 하다. "긴장하고 있던 상욱의 얼굴 위에 비로소 희미한 미소가 한 가닥 떠오르고 있었다. … 어찌 보면 그는 조원장의 그 너무도 직선적이고 순정적인 생각에 다소의 감동을 받은 듯싶기도 했고, 어찌 보면 오히려 쓸쓸한 비웃음을 보내고 있는 것 같기도 했다."

이 작품의 핵심적인 인물이 조백헌이므로 조백헌의 생각과 행동에 대한 평가가 작품의 주제와 관련해서 중요하다. 그런데 이상욱의 웃음을 통해 드러난 바에 따르면, 이 작품은 조백헌에게 양다리를 걸치는 것처럼 보인다. 이상욱의 희미한 미소에는 두 가지 가능성이 있다. 하나는 감동을 받아서 그랬을 가능성이고, 다른 하나는 비웃음이다. 그러나 작가 이청준에게 있어 이것은 생각해볼 여지도 없다. 비웃음인 것이다.

그런데 작품에서는 두 가지 가능성을 모두 열어 놓고 있다. 많은 독자들은 이상욱의 웃음을 감동의 웃음으로 읽는다. 이 차이가 상당히 흥미로운 대목이다. 대개의 독자들과 비평에서는 조백헌 원장이 선한 방향으로 변화했다고 생각한다. 그렇지만 작가는 이상욱을 통해 여전히 의심하는 듯 삐딱한 웃음으로 조백헌을 대하고 있다. 한 명의 개인으로서 조백헌 내지는 조창원으로 이해하게 되면 이 장면이 소설의 서사와 잘 어울리지 않는다. 그런데 배후에 있는 박정희를 보면 이해가 된다. 조백헌은 박정희의 구실에 해당하는 인물이다.

조창원 원장은 이 작품을 제대로 이해하지 못한 것으로 보인다. 조백헌은 자기 자신을 가리키는 것이고, 작가가 자신에게 사감이 있는 것도 아닌데 조백헌을 비판적으로 다뤘을 리 없다고 생각했을 것이다. 이청준이 속내를 잘 드러내지 않는 작가다. 그래서 그런 상황이 빚어진 것이라고 생각한다. 작품에서는 조백헌에 대해 양다리를 걸쳐 놓고 있지만 진위는 확실하다. 이것은 비웃음이다. 여전히 이청준은 조백헌에 대해 의심하고 있다. 그런데 작가는 두 가지 웃음이 다 가능한 것으로 써 놨다. 이것이 흥미로운 부분이다.

《당신들의 천국》이 성취한 '사회소설'로서의 의의

이 작품은 단순히 소록도와 나병 환자를 소재로 하기 때문에 중요성을 갖는 것이 아니다. 오히려 알레고리를 탁월하게 활용한 의미가 있다. 당시에는 직접적으로 권력 문제를 다룰 수 없었기 때문에 부득이하게 우회할 수밖에 없었고 그러한 우회의 시도조차 아주 드물었다.

사회에 대한 비판 의식은 누가 이 사회를 지배하는지, 누가 이 사회의 이익을 가로채는지 드러내고자 한다.

과연 이 사회를 누가 지배하는지 탐구해야 한다. 대개는 정치권력이나 경제권력을 꼽는다. 또는 두 권력이 유착되는 양상을 지적한다. '개발독재기'는 정치권력과 경제권력이 철저하게 결합되고 유착된 단계이다. 이렇게 은밀하게 또는 공개적으로 유착된 권력 간의 관계를 다루는 것 또한 한국소설의 중요한 몫이다.

황석영의 문학도 마찬가지이지만 민중소설 또는 노동자문학이 갖는 한계가 있다. 소설의 초점을 사회의 어떤 부분에 두느냐 하는 문제인데《삼포 가는 길》에서처럼 뜨내기 노동자와 창녀에게 맞출수도 있다. 그런데 그것으로는 사회 전체를 볼 수가 없다. 그들의 삶이 어떤 메커니즘에 의해 내몰리는가를 이해하려면 전체적인 시야에서 분석이 필요하다. 그것은 사회과학만의 과제가 아니고 소설의 과제이기도 하다. 현재 한국문학 중에서 그러한 문제의식에 도달한 소설이 얼른 떠오르지 않는다. 황석영 문학이 이 문제를 다뤄줘야 하는 시점에서《장길산》으로 건너뛰었다.《장길산》은 현대 사회에 대한 알레고리가 되지 않는다. 왕조 사회의 의적 이야기와 현대 사회의 복잡다단한 구조적 문제는 대응이 잘 되지 않기 때문이다.

다소 축약된 형태고 비유적이긴 하지만《당신들의 천국》은 한국문학에서 가장 빈곤한 영역을 다루고 있다는 점에서 의의를 살 수 있다. 34권의 '이청준 전집'이 있지만 이 작품이 일당백 역할을 한다고 해도 무방하다. 이청준이 평가받아야 할 또 다른 지점은 그가 중단편도 많이 썼지만 장편을 지속적으로 쓴 작가라는 사실이다. 장편과 단편이 할 수 있는 역할이 다름에도 한국문학에서는 그 차이를 무시하거나 외면해왔는데 이청준은 그에 대한 정확한 문제의식을 가지고 있었다. 원고지 180매의 르포 기사가 다 채울 수 없는 부분을 2천 매의 소설로 충분히 넓고 깊게 다룸으로써 한국 사회에 방대한 문제의식과 과제를 안겨다주었다.

관념소설의 대가 이청준의 '복수로서의 소설론'

이청준은 전남 장흥 출생이고 서울대학교 독문과 출신이다. 시골에 있다가 광주 외가 누이의 집에 얹혀살면서 학교에 다녔다. 장흥 시골에서만 살다가 중학교 때 도시에 와서 소외감도 느끼고 거부감도 느낀다. 이청준의 문학에 있는 코드 중 하나로 도시나 근대화, 산업화에 대한 거부감이 있다. 광주 같은 대도시에 대한 장흥 촌뜨기의 거부감이다. 나중에 《서편제》를 쓴 것도 이런 무의식의 발로였다고 한다.

이청준은 학교에 다니면서 1등을 놓치지 않고 악착같이 공부했다. 이는 도시에서 자신의 존재감을 드러내기 위한 생존의 방편이었다. 작가의 에피소드가 있다. 광주에서 신세 지는 것에 대한 보답으로 이청준이 시골에서 게를 한 꾸러미 넣어 왔다고 한다. 버스로 여덟 시간 걸려 도착했는데 오다가 게가 다 상해버려서 냄새가 지독하니까 갖다 버리라고 박대를 받는다. 선물이랍시고 어렵사리 들고 왔는데 오자마자 쓰레기통으로 간다. 어린 마음에 자기 자신이 쓰레기통으로 버려지는 것 같다고 느낀다. 이런 경험은 작가의 원체험으로 남아 잊히지 않고 지속적인 곱씹음의 대상이 된다. 쓰레기통에 버려진 자신의 존재감을 어떻게든 만회하기 위한 방편으로 공부를 지독하게 한 것이다.

이청준이 발견한 소설론이 있다. '복수로서의 소설' 내지는 '상상적 복수'가 그가 소설을 쓰는 이유다. 작가의 인상을 보면 전혀 포악할 것 같지 않고 성격도 유순해 보인다. 대신에 내재해 있는 분노나 복수심을 겉으로 드러내지 않고 소설로 써낸다. 이것이 이청준의 문학세계다. 《당신들의 천국》도 그러한 '상상적 복수'로서 의미가 있다. 대놓고 이야기하지는 않지만 알레고리적인 틀을 통해서 자신의 사회적 문제의식을 드러낸다.

이청준의 문학은 대개 관념적이고 상징적이라는 평가를 받는다. 이청준도 최인훈과 마찬가지로 대표적인 지식인 작가에 속하고 관념소설로 불리는 작품들을 많이 썼다. 1980년대가 되면 이문열이 이러한 지식인 작가의 계열로 들어선다. 지식인 작가들은 김승옥이 보여준 감수성의 혁명과는 거리가 있다. 두 사람은 대학에서 서로 동기 취급했고 모두 4·19세대에 속한다. 이청준은 독어독문학과에 다녔고 김승옥은 불어불문학과에 다녔다. 등단 시기도 앞서거니 뒤서거니 하는데 김승옥이 단편을 통해서 먼저 1960년대에 주목을 받았다. 이청준도 그때부터 활동했지만 대표작은 조금 늦게 쓰게 되어 1970년대 작가로 분류된다.

한국문학에서 이청준은 관념 파트를 전담하는 작가다. 세계문학에서 대표적인 관념소설 작가들이 있다. 러시아작가인 도스토옙스키와 독일작가인 토마스 만 등이 손꼽힌다. 이런 작가들과 견줄 만한 세계적인 문학을 쓰려면 특정한 코드가 있어야 한다.《당신들의 천국》은 전형적인 '파우스트 테마'의 작품이기 때문에 같은 코드로 이 작품을 소개하면 외국 독자들에게도 읽힐 수 있다.《파우스트》2부의 지배자 비극에 등장하는 간척산업 테마는《당신들의 천국》이 그대로 반복하는 것이기도 하다. 또한 간척사업은 독일뿐만 아니라 개발 시기 어느 나라에서나 벌어지는 전형적인 기획이다.

파우스트주의는 '영도자주의'라 할 수 있는데 작품《파우스트》에는 이런 대사가 나온다. "이 일을 하는 데는 한 사람의 머리와 수천의 수족이 필요하다." 파우스트의 머리에서 나오는 기획이 있다면 나머지 사람들은 그의 수족이고 동원 대상에 불과하다. 마찬가지로 소록도 간척사업도 조백헌 원장 개인이 생각해낸 기획이다. 또는 실제 모델인 조창원 원장의 생각이기도 하다. 파우스트가 백성들에게 낙원을 만들어주겠다고 약속하는 시혜적인 태도를 보인 것과 똑같이 조백헌은 환자들에게 낙원을 만들어주겠다고 공표한다.

'조백헌들의 천국'에 대한 반론

소록도의 한센병 환자촌은 일제강점기인 1916년에 세워졌고 여기에는 일본인 원장이 있었다. 작품에서는 '주정수'라는 인물로 나온다. 이런 역사적인 사실은 르포 기사에는 나오지 않는 부분으로 이청준이 직접 조사해서 쓴 것이다. 조백헌 원장이 와서 환자들의 낙원을 만들어주겠다고 하니 환자들이 그를 의심한다. 이는 전임자 주정수와 함께했던 경험 때문이다. 한센병 환자들을 위해서 일을 벌인다고 하지만 궁극적으로는 그것을 자기 업적으로 삼아서 동상을 세우려 했던 사람이 주정수였다.

권력자에 대한 의심을 놓지 않는 이상욱은 이청준의 지식인으로서의 자의식을 대변한다. 설사 그런 의심이 틀렸다 하더라도 끝까지 감시의 시선을 놓지 않는다. 조백헌은 천국을 만들어주겠다고 하는데 이는 다른 말로 하자면 행복을 주겠다는 것이다. 그러나 '이것이 정말 한센병 환자가 원하는 천국인가, 환자의 선택권은 없는가, 천국이 아무리 좋은 곳이라고 하지만 원하지 않는다고 거부할 권리가 없는가'와 같은 문제를 작품 말미에 가서 작가는 이상욱의 편지를 통해 이야기한다. 우리에게도 전통적인 종교 의식과 관련한 낙원사상이 있는데 여기서 그려지는 '천국'이란 근대적인 유토피아다. 이 작품은 유토피아 사상의 문제를 검토하고 있는 소설로서도 의미가 있다.

조백헌은 환자들을 위해서 천국을 만든다고 하지만, 소설의 제목 '당신들의 천국'은 그 천국의 당사자가 환자들이 아닌 조백헌과 같은 권력자들임을 말해주고 있다. '당신들'이 복수형으로 되어 있기 때문에 조백헌이기도 하고 조백헌 '들'이기도 하다. 이전에는 전임 원장 주정수가 있었다. 그리고 조백헌의 배후에 '박정희'라는 살아 있는 권력이 있다. 조창원 원장은 '당신들'이 간척사업을 방해하는 사람들이고 '천국'이란 간척사업으로 얻게 된 땅을 가리키는 것이라고 생각한다. 우리가 읽기에는 그렇지 않다. '조백헌들'이라는 권력이 내세운 유토피아적 기획에 반론을 제기하는 것이 이 소설의 중요한 목적이라 할 수 있다.

작품 말미에 이상욱이 조백헌에게 보내는 편지에서 조백헌의 천국에 대해 반론하는 여러 대목이 있다. 첫째, 이상욱은 울타리가 쳐진 낙원은 낙원이 아니라고 비판한다. 그러나 이 반론은 동의하기 어렵다. 낙원의 개념 자체에 이미 울타리가 포함돼 있기 때문이다. 그래서 이것은 비판이라기보다는 동어반복이다. 울타리 쳐 있지 않은 낙원은 형용모순이어서 그렇다. 원래 낙원이라는 개념은 바깥 세계와는 구분되는 울타리 쳐진 공간을 가리키기 때문이다.

둘째, 선택권이 없는 낙원은 철조망이라고 비판한다. 다소 아리송한 비판이지만 이 비판에 실효성이 있는 것은 다음과 같은 질문이 제기될 수 있기 때문이다. "천국에는 과연 천국을 거부하거나 퇴장할 수 있는 권리가 허용되는가?" '여기는 천국이니까 못 나가'라고 한다면 그것은 감옥이 된다. 진정한 천국이라면 거부할 권리도 허용해야 한다는 것이 두 번째 비판의 요지다. 이것은 어느 정도 설득력이 있다고 생각한다. 실제 역사에서는 이런 거부권이 허용되지 않았기 때문이다.

조백헌의 천국에 대응할 수 있는 것은 박정희식 개발독재에 의한 천국도 있지만 사회주의 국가가 내세운 천국도 있다. 사회주의 국가가 천명하는 천국도 인민들에게 강제로 만들어주겠다는 것이기 때문이다. 사회주의 국가가 내세운 구호와 선전물에는 늘 행복한 사람들과 즐거운 사람들이 넘쳐났다. 즐거워하지 않으면 반혁명분자로 낙인찍으며 수용소에 보냈다. 행복을 강제하면서 찡그리고 있는 것을 금지했다. 중국의 현대미술작가 웨민쥔은 항상 웃는 표정을 한 사람들의 모습을 그려 화제가 됐는데 그중에는 총살당하면서도 웃고 있는 사람들의 그림도 있다. 이것이 사회주의 국가가 제시하는 유토피아의 이면이다.

이청준이 추구해온 이념은 현실과 잘 맞았는가

《당신들의 천국》에는 서로 다른 입장을 가진 세 사람이 있다. 조백헌 원장, 황장로, 이상욱이다. 관념소설로서 이 작품의 중요한 포인트가 세 사람의 충돌을 보여주는 것이다. 이런 대목이 낙원에 대한 깊은 성찰을 유도한다.

　황장로는 60대 나이의 한센병 환자로 소록도에서는 전설 같은 존재다. 황장로는 극복되지 않는 자생적 운명의 한계에 대해 이야기한다. 정상인과 한센병 환자들 사이에 극복할 수 없는 간극이 있기 때문에 공동의 유토피아는 가능하지 않다고 보는 것이다. 오랫동안 편견으로 인해 한센병 환자는 분리되고 터부시돼왔기 때문에 공동의 유토피아를 만든다는 것은 난센스라고 한다. 마지막 장면의 결혼식에서도 사람들은 정상인과 미감아의 결혼으로 알고 있지만 사실 둘의 부모는 모두 한센병 환자이고 신랑신부는 모두 미감아이다. 정상인과 환자 사이의 결혼 사례가 없는 것은 아니지만 이청준은 문학에서 이를 다룰 수 없다고 생각한다. 그것은 이례적인 사례이기 때문에 설득력이 떨어진다. 문학에서의 개연성은 실제 현실에서보다 폭이 좁다. 있을 법하지 않은 일들이 현실에서는 일어나지만 그것을 소설에서 그대로 쓰면 곤란하다. 황장로는 한센병 환자들만의 현실적인 사랑의 공동체를 추구한다.

이상욱은 자유주의자다. '자유'는 4·19혁명을 겪은 이청준 세대의 이념이다. 좀 더 정확히는 '한국의 자유주의'라고 특정해야겠지만 이청준은 전형적인 자유주의 세대로 분류된다. 한국의 자유주의는 정치철학에서 이야기하는 자유주의와는 뉘앙스가 다소 다르다. 정치철학에서 자유주의는 '소유'가 가장 중요한 토대다. 소유가 뒷받침되지 않으면 자유주의는 성립하지 않는다. 자유주의는 자산계급의 중요한 세계관이자 정치적 입장이다. 가진 것도 없으면서 '자유주의자'로 행세하는 것은 자신도 모르게 기득권을 옹호하는 것이거나 폼만 잡는 것일 수 있다. 자유주의는 장흥 출신 이청준에게 맞는 세계관은 아니다. 시골에서 올라와서 책 몇 권 읽고 자유주의자 행세하는 것은 그의 계급적 이해관계에 부합하지 않는다.

자유주의자보다 가진 것이 더 많으면 보수주의자가 된다. 보수주의는 귀족들의 세계관으로 프랑스혁명에 대한 거부에서 비롯됐다. 보수주의는 단적으로 말하자면 '이대로 세계관'이다. 지금 이대로가 너무 만족스럽기 때문에 변화에 대해 거부하는 것이다.

하층 계급 중에서도 노동자들은 사회주의로 갈 수 있다. 가진 것이 몸밖에 없고 자신의 노동력을 팔아야 먹고사는 노동자들은 노동자계급 이해관계에 부합하는 사회주의자가 된다.

한국 사회에 사회주의 이념이 빈곤한 것은 일차적으로는 전쟁과 분단의 영향 때문이다. 또 다른 이유로는 '중산층 이데올로기'가 작동하기 때문이다. 지금은 많이 줄어든 편이지만 과거에는 한국인의 70퍼센트가 자신을 중산층이라고 생각했다. 사회적 현실은 전혀 그렇지 않았고 내가 중산층이라는 것 또는 중산층으로 올라설 수 있다는 것은 하나의 신화일 뿐이었다(지금은 그 신화가 깨지고 있다). 현재 내가 속한 계급적 위치와 추구하는 이념이 서로 잘 맞지 않았다. 실제로는 노동자계급이 절대 다수인데 이념적인 차원에서는 대부분 자유주의를 추구하거나 지지했다. 한국형 자유주의의 풍경이다.

조백헌 원장 배후에 숨은 실체는 무엇인가

작품에서 중요한 설정 중 하나로 환자들로 축구팀을 만들어서 결속시키는 장면이 있다. 실제로 조창원 원장이 그렇게 한다. 작품에서 '개인의 사소한 대립이나 이해관계를 넘어 집단의지를 형성하는 데 큰 도움을 주는 것이 운동 시합'이라 이야기하는 대목이 있다. 가령 1988년 서울 올림픽이 그랬다. 스포츠는 국민 모두를 하나로 뭉치게 만든다. 제5공화국 전두환 정권은 대학가 축제, 올림픽 등으로 정권의 정당성을 확보하고자 했다.

조백헌 원장은 원생 개개인과 직원 간의 신뢰를 회복시켜 공동체를 하나로 만들고자 한다. 여기에 특별한 악감정 같은 것은 보이지 않는다. 누가 봐도 선의를 가지고 추진한 단합대회인데 이상욱은 거기에 대해서도 의심한다. 5천 명이 한 사람처럼 똑같이 생각하고 똑같이 흥분한다면서 아무도 원장을 경계하지 않는다는 사실에 심상찮은 예감을 느낀다. 사람들의 열광과 흥분 속에서 웃고 있는 원장을 보며 상욱은 혼자 치를 떤다.

그러나 이것은 다소 과민한 반응이다. 이상욱은 이 작품에서 가장 인위적으로 가공된 인물이다. 이상욱은 작가가 의도적으로 자신의 시각을 대변하고자 집어넣은 인물이다. 원장에 대해 예리한 눈으로 지켜보는 것은 좋은데 이 상황이 치를 떨 정도인가. 그는 이미 원장에 대해 판단하고 있다. 그는 권력자에 대해 전혀 기대를 하지 않는다. 식민지 시대에 소록도에 일본인 원장이 부임했던 것과 같이 한국에는 일제와 친일권력이 있었고, 그다음 들어선 권력이 군의관 출신 조백헌과 군사정권의 박정희다. 이렇게 일대일로 대응시키고 있다. 이 소설의 타깃은 따로 있기 때문에 실제 모델인 조창원 원장은 빌미이자 꼭두각시에 불구하다. 박정희 비판을 염두에 두고 있다는 것이 이런 대목에서도 드러난다.

조백헌의 간척사업은 박정희 정권의 '경제 개발 5개년 계획'과 정확히 대응한다. 두 사업 모두 엄청난 강압과 희생이 따랐지만 어쨌

든 먹고살게 해줬다는 의미를 갖는다. 이 사업에 여러 시련이 있었고 반란 시도도 있었지만 조백헌은 사심은 전혀 없었다고 하며 모두 무마하고 넘어간다. 실제 모델인 조창원 원장도 사심은 없었다. 조창원 원장은 말년에 진폐증 환자를 위한 자선활동을 많이 하며 사람들의 존경을 샀다. 박정희가 대표하는 권력의 형태와는 달랐던 것이다.

이상욱이 치를 떨면서까지 바라보는 조백헌은 사실 조창원이 아니라 그 뒤에 있는 박정희다. 소록도를 천국으로 만든다는 미명 하에 한센병 환자들을 착취하고 자기 동상 세우기에만 급급했던 이전 병원장들의 전례가 있었다. 구미에서 국가 예산으로 거대한 박정희 동상을 세운 것도 이런 전례들과 일치한다.

또 한 가지 중요한 설정은 일본인 원장 주정수가 평의회를 만든 것이다. 평의회는 환자들이 자유롭게 건의하면 수용하고 반영하는 것을 목표로 한 민주주의적 의사결정기구다. 하지만 주정수의 평의회는 곧 그를 위한 시녀기구로 전락하고 만다. 이것은 일제강점기 시대와 군사독재 시대에 권력이 작동하던 방식이기도 하다. 겉으로는 민주주의와 헌법적 가치를 내세웠지만 의회를 무력화하고 권력을 독단적으로 남용했기 때문이다. 제도적 장치만 가지고는 충분하지 않다. 권력은 얼마든지 법을 편의적으로 이용할 수 있기에 항상 외부적인 견제와 감시가 필요하다(조백헌은 한편으로 반성하고 성찰하는 모습을 보이기도 하는데 이는 박정희나 독재 권력과는 구분되는 인간 조창원 원장의 모습으로 보아야 할 것이다).

조백헌이 두 미감아의 결혼식 주례를 서는 것으로 소설은 마무리

된다. 통상적으로는 이 장면이 조백헌의 긍정적 가능성이자 모두를 위한 천국을 보여준 것이라고 해석하곤 한다. 그러나 작가는 이상욱을 통해 마지막까지 의심한다. 작가의 의도로 봤을 때 '우리들의 천국'은 이 작품 안에 없다. 천국은 '우리들'의 것이 아닌 끝까지 '당신들'의 것으로 남아 있다. 화해의 모색 같은 것은 이 작품에서 제시되지 않고 있다. "이 작품은 '당신들의 천국'을 넘어서 '우리들의 천국'을 모색하는 작품이다." 이 작품에 대한 일반적이고도 흔한 해석이다. 이 작품의 실제 모델인 조창원 원장의 시각, 작가 이청준의 생각, 비평가의 생각, 독자들의 생각이 모두 다르다. 이 작품을 두고 해석들 간의 전쟁이 있고 그 간극은 꽤 크다고 생각한다.

"힘의 정치학을 비판적으로 넘어서 진정한 타자의 윤리학을 응시하는 문학적인 모색"이라는 평도 있는데 이 작품에 대해 가능한 해석이기는 하지만 너무 멀리 나갔다. 타자에 대한 윤리까지 모색하는 작품은 아니기 때문이다. 작품이 발표된 1970년대 중반의 상황은 언론과 민주화운동이 극심하게 탄압받던 굉장히 엄혹한 시절이었다. '타자의 윤리학'은 지금 시점에서나 가능한 이야기고 그 당시에는 개념조차 없었다.

이 작품은 권력을 해부하는 것만으로도 충분한 의미가 있다. 권력이 어떻게 작동하는지 보여주는 동시에 정당하고 의미 있는 권력이라 하더라도 우리가 계속 의심하고 감시해야 한다는 것을 강조한다. 1970년대의 이청준은 그 이상의 메시지를 담기 어려웠을 것이라 생각한다. 그리고 그것이 이 작품이 갖고 있는 시대적인 의의다.

6장

| 1970년대 Ⅲ |

조세희

《난장이가 쏘아올린 작은 공》

하층계급과 상층계급을 가리지 않는
자본주의 시스템의 모순

조세희

《난장이가 쏘아올린 작은 공》은 역사와 계급을 횡단하며 불평등한 사회적 현실에 대해 신랄하게 폭로하고 있는 작품이다. 도시빈민들의 삶뿐만 아니라 중간층과 상층부 계급의 모습까지 그려내며 피부에 와 닿는 사회 묘사를 해냈다. 많은 사람들이 오랫동안 기다려온 작품 이기에 이 작품이 신드롬을 일으킬 수 있었다고 본다.

《난장이가 쏘아올린 작은 공》은 왜 중요한 작품인가

1965년 신춘문예로 비교적 이른 나이에 등단한 조세희 작가는 작품 활동을 거의 하지 않다가 1975년에 연작의 첫 작품 〈칼날〉을 발표한다. 그리고 1978년 연작들을 모아 작품집《난장이가 쏘아올린 작은 공》을 단행본으로 펴낸다. 이후 출간된 그의 작품집으로는《시간 여행》(1983)이 있으나 나중에 작가가 절판시킨 것으로 보인다. 작가는 자신의 이력에서《난장이가 쏘아올린 작은 공》이 한 작품이 기억되길 원하는 듯하다.

조세희 작가는 1942년생으로 비슷한 나이대로는 김승옥(1941년생), 황석영(1943년생) 등이 있다. 이들은 모두 4·19세대에 해당한다. 김승옥은 1960년대 중반에 주요 작품들을 발표하고 잠시 영화계에 있다가 1977년에 이상문학상을 수상하면서 복귀하는 것처럼 보였다. 하지만 1980년 5·18광주민주화운동 이후 절필하면서 그는 문학사에서 자취를 감추게 된다. 그 뒤를 잇는 작가가 1970년대 초반의 황석영이다. 그의 대표적 중편《객지》는 간척사업장의 노동쟁의 문제를 다루면서 노동문학에서 중요한 의의를 갖는 작품이 된다. 그러나 본격적인 노동문학으로 넘어가지 않고 중편 단계에서 멈춰 한국 문학에 공백이 생긴다.

노동자계급은 자본주의의 산업화 과정에서 생성된다. 한국에서는 1930년대 일제강점기에 공장들이 들어서면서 산업화가 개시된다. 그전에는 농경사회로 절대다수가 농민이었지만 산업화와 함께 이들 가운데서 노동자가 생겨난다.

1930년대 소설에서 이런 양상들이 세밀하게 묘사된다. 지주 밑에서 소작농으로 착취 받다가 공장에서 보수도 많이 쳐준다 해서 농민들이 도시의 공장으로 나간다. 하지만 허울만 좋은 대우였을 뿐이고 이들은 갖은 노동에 혹사당하다가 쓰러져 나간다. 강경애의《인간문제》(1934)도 이와 비슷한 이야기를 전형적으로 보여준다. 여성 주인공이 마을에서 착취당하다가 인천 방직공장에 취직하지만 1년 만에 폐병으로 죽는다.

이처럼 열악한 공장 시스템과 노동환경은 산업혁명 초기 영국에서도 마찬가지였다. 영국의 '산업소설' 역시 이러한 사회적 문제를 포착했다. 자본가들이 공장을 세우고 이윤을 추구하는 과정에서 노동자들을 착취하는 것은 세계적인 현상이었고, 여기서 일어나는 분쟁은 피할 수 없는 것이었다. 자본주의 이전 사회에서 지배적 대립은 지주와 농민(소작농) 사이의 대립이었다. 19세기의 조선은 민란의 시대였다. 외부의 간섭이 없었다 하더라도 조선은 오래 유지되기 어려웠을 것이다. 갑오농민전쟁(동학농민운동)이 대표적인데 조선 정부가 자체적으로 수습할 수 없게 되자 청나라에 파병을 요청한다. 덩달아 일본까지 개입을 서슴지 않으니 청일전쟁이 조선 땅에서 벌어진다. 여기서 일본이 승리하자 조선은 일본의 먹잇감으로 전락하게 된다.

여기까지가 산업화 이전 단계의 모습이다. 산업화 이후에는 사회적 모순이나 대립구조가 동일하게 유지되지만 배역이 달라진다. 지주는 자본가로, 농민은 노동자로 변모한다. 한국은 1930년대에 이런 양상을 겪은 뒤 1950년 전쟁 때문에 폐허가 되고 그다음 재건을 거치며 공장들이 다시 들어선다.

1960년대에는 공장노동자가 60만 명이었다고 한다. 이후《난장이가 쏘아올린 작은 공》의 연작이 처음 쓰일 무렵인 1975년에는 265만 명 정도로 늘어난다. 15년 만에 네 배 이상 성장한 것이다. 일방적인 노동계급 착취에 기반한 산업화가 진행되면서 1970년에는 전태일 분신 사건이 일어난다. 산업화 초기인 1960년으로부터 딱 10년 만에 이런 비극이 벌어졌다.

이후 노동3권을 쟁취하려는 여러 사회적 움직임이 있었지만 노동여건은 쉽게 개선되지 않았고 이에 따라 노동문학이 중요한 의미를 갖게 되었다. 한국에서 소설을 쓴다고 한다면 한국 사회의 지배적 현실이자 모순인 이 계급 문제를 다룰 수밖에 없다.《난장이가 쏘아올린 작은 공》이 1970년대의 중요한 작품이 될 수 있었던 이유다.

리얼리즘의 주제를 표방하는 모더니즘 소설

이 작품은 1975년부터 1978년까지 연재되며 '1970년대를 평정한 작품'이라는 평가를 받아왔다. 형식과 관련해서는 모더니즘으로 분류되는 소설이다. 반면에 황석영이《객지》에서 보여준 것은 리얼리즘이었다. 한쪽에 리얼리즘문학이 있고, 다른 한쪽에는 리얼리즘이 포착한 사안을 다른 형식으로 풀어나가는 모더니즘문학이 있다. 그리고 통상적으로는 이 둘이 서로 경합하는 구도가 펼쳐진다.

그런데 우리는《객지》의 뒤를 잇는 리얼리즘 장편 없이 바로 모더니즘 연작소설로 넘어간다. 리얼리즘 장편을 쓸 수 있는 유력한 후보가 황석영이었지만 그는 다른 길로 갔다.《장길산》에는 민중이 등장하긴 하지만 노동자가 나오지는 않는다. 근대화 이전 시기를 다루고 있기 때문에 현대 사회의 모순을 포착할 수 없다. 권력에 대항하는 민중들의 역량을 보여줌으로써 어느 정도 암시를 할 수 있지만 직접적이지는 않다.

《난장이가 쏘아올린 작은 공》과 관련해서는 작가의 개인사가 크게 중요하지 않다. 조세희는 서라벌예대 문예창작과를 졸업하고 1965년 스물세 살 때 단편으로 등단한다. 그리고 10년간 공백기를 거친다. 이 작가의 특이한 면인데 결과적으로 더 좋은 작품을 쓸 수 있게 된 배경이라고도 생각한다. 대학교를 두 번 다닌 조세희는 경희대학교 국문학과를 졸업하고 황순원의 제자가 된다.

황순원이《난장이가 쏘아올린 작은 공》을 평한 적이 있는데 그는 '문장 하나는 봐줄 만하다'고 했다. 문체주의자였던 황순원의 영향을 받은 것인지 이 작품도 독특한 문체를 구사하고 있어서 다소 논쟁거리가 된다. 가령 조금 다른 사례일 수 있지만 알베르 카뮈에 대한 비판 가운데 하나로 문체가 너무 유려하다는 의견이 있다. 중요한 사회적 문제를 다루는데 아름다운 문장에만 치중해서 되겠느냐는 것이다. 독자가 작품의 문제의식이나 주제에 주목하지 않고 화려한 문장에만 주목할 수 있다. 즉 문체가 독서에 오히려 방해가 된다는 것이다. 조세희의 경우에도 작품에 쓰인 문체가 시빗거리가 되는데 이 것은 물론 작가적 전략으로 읽힐 수 있다. 이 작품이 다른 문체로 쓰였다면, 좀 더 투박한 문체로 쓰였다면 어떤 평가를 받았을지에 대해서도 생각해볼 만하다.

문체는 작가가 어떤 중요한 문제와 대결하는 데 있어서 활용할 수 있는 강력한 수단이다. 양날의 칼일 수 있기에 작가 자신도 다칠 수 있다. 《난장이가 쏘아올린 작은 공》은 1970년대 최고의 베스트셀러 중 하나였지만 이 작품이 지닌 아름다운 문체 혹은 생소한 형식으로 인해 노동자 독자들이 얼마나 읽고 이해했을지에 대해서는 의구심이 든다. 이해하기 쉽지 않은 작품이기 때문에 연구자들은 이 작품을 상당히 좋아한다. 정확한 주제의식이나 말하고자 하는 바가 바로 들어오지 않으니 연구 대상이 된다. 그런데 정작 이 작품이 다루고 있는 대상, 즉 도시빈민이라든가 공장 노동자에게는 이 작품을 읽고 소화하는 것이 상당한 고역일 수 있다. 그것이 모더니즘문학이 갖고 있는 문제점이자 한계라 할 수 있다.

자본의 노동자 관리를 위한 최적의 시스템

난장이 가족은 이 작품에 등장하는 대표적인 도시빈민이자 철거민이다. 지금은 드물어졌지만 아직도 여러 한국영화나 다큐멘터리에서는 철거민 문제가 다뤄진다. 많은 지역에서 산업화, 도시화가 진행되면서 불가피하게 이농현상이 일어난다. 농민들이 농촌을 떠나서 도시로 대거 이주해 들어온다. 무작정 올라오는 것이기 때문에 도시에는 살 터전이 없다. 빈민들은 도시 변두리에 허가 나지 않은 집을 짓고 산다. 이것을 자본도, 국가도 어느 정도 허용한다. 그러다가 임계치에 도달했다 싶으면 재개발 계획을 내세우며 철거 계고장을 보낸다.

이 작품도 난장이 가족이 첫 철거 계고장을 받는 장면에서 이야기가 시작된다. 정부에서 합법적으로 추진하는 일이기 때문에 이에 대해 저항할 수도 없다. 입주권(속칭 딱지) 정도 주어지는데 도시빈민들은 돈이 없기 때문에 이를 헐값에 넘겨준다. 업자들이 돌아다니면서 빈민들에게서 입주권을 현금으로 산다. 16만 원에 사가지고 38만 원에 팔며 두 배 이상 이익을 챙긴다. 입주권을 넘긴 사람들이 이에 대해 알게 되면서 업자들에게 20만 원을 더 달라고 요구한다. 그렇게 해도 2만 원의 이익을 보는 것 아니냐면서 말이다.

중개상들이 아무것도 모르는 가난한 사람들에게서 이익을 취하여 더 큰 이익을 보는 대목은 정의롭지 않은 사회를 적나라하게 보여준다. 난장이 가족들은 입주권의 가치에 대한 정당한 값을 요구하고 있다. 그런데 이것은 자본주의 시장경제에서는 무력한 요구에 불과하다. 작품에서는 법으로도 구제받을 길이 없어 살해하는 것으로 끝을 맺는다.

도시빈민은 공장 노동자에 대한 필요 때문에 형성된다. 영국에서는 산업화 초기에 인클로저운동이 일어났다. 대규모 방목장이 만들어지면서 농민들이 자신들의 땅에서 쫓겨났다. 이들은 빈손으로 도시에 올라와 공장 노동자가 된다. 경제학자 칼 폴라니의 《거대한 전환》은 이러한 역사적 과정을 추적한다. 자본주의 경제로의 전환은 자연스럽게 이루어진 것이 아니고 일련의 플랜과 함께 강압적으로 이루어진 것이다.

공장 노동자가 형성되기 위한 여러 조건들이 있다. 노동자를 계속 붙들어 두기 위해서는 우선 충분한 임금을 주면 안 된다. 그들의 생활비는 항상 부족해야 한다. 이 작품에서도 난장이인 아버지는 물론 3남매와 어머니까지 일을 하지만 5인 가족이 벌어도 최저생계비에 미달한다. 끊임없이 적자에 허덕이고 악순환이 반복되면서 노동자들은 일터에 나가지 않을 수 없다. 수익을 최대화하기 위한 자본의 노하우이자 관리 방식이다.

그런데 이런 방식이 계속 용인되는 것은 아니다. 이 작품에서도 난장이 아버지와 자식 세대의 상황이 조금 다르다. 자식 세대는 업종은 다르지만 모두 '은강'이라는 재벌기업의 노동자가 된다. 부당하게 노동을 착취당하던 이들은 그다음 단계로 개별적인 분노와 함께 집단적 연대를 모색하게 된다. 작품에서는 큰아들 김영수가 노조를 결성하려 하지만 사측의 방해 공작으로 인해 무산되고 만다. 그래서 은강그룹의 회장 동생을 살해한다.

그렇지만 소유자 일가를 죽여봐야 아무런 소용이 없다. 경영진 교체만 이루어질 뿐이지 근본적인 변화는 일어날 수 없다. 일시적인 분노를 표출한다 해서 구조를 바꿀 수 있는 것은 아니기 때문이다.

이처럼 이 작품은 주인공 김영수의 행위에서 비롯되는 한계가 있다. 이 작품이 계급문학의 전 단계에 머무를 수밖에 없는 이유다.

세계문학의 흐름에서 바라본 노동문학의 발전단계

노동문학에도 역사적인 발전의 단계가 있다. 한국문학사에는 신경향파라고 불리는 경향주의문학이 있고 이어서 계급문학이 등장한다. 문학사에서는 신경향파가 등장한 시기를 대략 1920년대 초중반부터 1927년까지로 본다. 카프 같은 계급문학 단체가 1925년에 결성되고 1927년까지는 이들과 같은 계열의 작품들이 나온다. 이 작품들은 주로 살인, 방화의 장면으로 끝난다. 지주의 집에 불을 지르고 지주를 죽이고 자신도 죽거나 도망간다. 분노는 표출하지만 근본적인 변화는 일어나지 않는다. 문제가 해결된 것이 아니므로 단발성으로 끝나는 기분풀이밖에 되지 않는다.

　많은 사람들이《난장이가 쏘아올린 작은 공》에서 인용하는 구절이 있다. 난장이 가족들이 서로에게 다짐하면서 '아버지를 난장이라고 놀리는 사람들은 모두 죽여버리라'는 식의 대사다. 이와 비슷한 대사가 신경향파 소설들에서 자주 보인다. 일시적인 분노의 해소에 불과하지만 딱히 다른 방법이 없기 때문에 이 단계를 반드시 거치게 된다. 하지만 여기서 더 나아가야 한다. 이 작품은 한국문학사에서 견주자면 1930년대 소설들의 문턱에 서 있는 작품이다. 1930년대

계급문학에 상응하는 것이 1980년대 노동문학이다. 계급투쟁이나 총파업과 같은 장면까지 묘사해야 계급문학, 노동문학이 될 수 있다. 그러나 이 작품은 거기까지 이르지 못한다. 그래서 1970년대 중반을 대표하는 이 작품은 1920년대 신경향파 문학과 비슷하다. 계급의식으로 무장한 주인공들은 다음 세대에 가서야 등장한다.

일제강점기 문학 가운데 최고의 성취라 할 수 있는 염상섭의 《삼대》나 이기영의 《고향》 같은 작품들이 1980년대와 1990년대에 나와야 한다. 또는 총파업 투쟁을 묘사하는 작품이 등장해야 한다. 우리의 역사에서도 갖가지 파업과 노동쟁의가 있었는데 이를 본격적으로 다룬 장편소설을 우리가 갖고 있는가. 없다면 한국문학의 결핍이고 빈곤이다.

세계문학사에서 이에 해당하는 작품으로 에밀 졸라의 소설들을 떠올릴 수 있다. 1860년대부터 프랑스에서는 대대적인 탄광 파업이 일어났다. 졸라는 이를 소재로 면밀한 조사 끝에 작품을 완성한다. 많은 이들이 《제르미날》(1885)을 졸라의 최고작으로 평가한다. 총파업 사건을 다룸으로써 사회 전체의 모습을 생생하게 보여주기 때문이다.

그런데 졸라 이후에 프랑스문학에서는 이른바 민중문학, 노동문학이 등장하지 않는다. 대신에 모더니즘소설을 표방하는 프루스트 쪽으로 가게 된다. 졸라의 배턴을 이어 받은 것은 러시아문학이었다. 러시아의 민중문학, 노동문학을 개척한 대표적인 작가로 막심 고리키가 있다. 그다음에는 사회주의문학으로 이동하게 된다.

1920년대에서 1930년대의 한국작가들에게는 고리키가 숭앙의 대상이었다. 흥미로운 점은 1980년대에 고리키가 다시 소환된다는 것이다. 고리키의 《어머니》는 1907년 작품인데 한국에서는 1980년대에 가장 많이 읽혔다. 계급 문제를 다룬 한국작품이 부족해 대신 《어머니》를 읽은 것이다. 러시아의 민중문학에 준하는 작품 내지는 넘어서는 작품이 우리에게 필요했던 것이다.

사회적 현실을 핍진하게 묘사해내는 것이 문학의 중요한 역할이다. 물론 그런 작품이 등장하기 어려운 여건이었다는 점은 고려해야 한다. 박정희 정권 말기를 지나 1980년대에는 전두환 군사정권이 들어서기 때문에 사회적 현실을 다룬 작품들이 탄압받았다. 대표적인 사례가 《난장이가 쏘아올린 작은 공》을 원작으로 한 영화다. 1981년 개봉한 이 영화는 시나리오에서부터 여러 번 사전 검열을 거쳐서 내용이 바뀐다. 지금 다시 보면 무척 흥미로운 부분인데 공장이라는 배경이 사라진다. 공장 노동자를 다룬 소설이고 거기서 벌어지는 부당한 대우를 다룬 작품인데 그런 부분이 일체 사라지고 대신에 염전이 등장한다. 공장 노동자였던 사람들이 염부로 둔갑하면서 풍광 자체가 완전히 달라진다. 난장이 3남매가 가지고 있던 분노의 대상은 자본가였는데 영화에서는 애꿎게도 같은 인부들이다. 이런 검열과 수정은 1980년대 내내 문화계에서 이루어진다.

《난장이가 쏘아올린 작은 공》이 신경향파 단계에 머물렀음에도 의미가 있는 것은 이와 같은 암울한 시대적 배경 때문이다. 그럼에도 이 작품이 본격적인 계급투쟁을 묘사하는 문학에 도달하지 못한 점은 여전히 아쉽게 느껴지는 부분이다.

작품의 서사와 작가의 우화가 서로 다른 이유

작품집《난장이가 쏘아올린 작은 공》에는 〈뫼비우스의 띠〉가 가장 먼저 실렸고 맨 처음 발표된 연작 〈칼날〉은 두 번째로 실렸다. 그다음부터는 발표된 순서대로 배치되었다. 총 12편의 연작으로 구성되어 있는데 등장인물과 화자가 각기 다르다. 이러한 서술기법도 모더니즘에 속한다. 모더니즘은 단순하게 말하자면 '무엇을 이야기하는가'보다 '어떻게 이야기하는가'에 더 초점을 둔다. 내용이나 소재만 주목했을 때는 전지적 화자를 쓰는 것이 편하고 독자들도 그것이 이해하기에 좋다. 그런데 이 작품에서는 매번 각기 다른 화자가 등장해 자기 이야기를 한다. 이런 형식에 익숙지 않은 독자는 어리둥절할 수밖에 없고 그래서 어려운 작품에 속한다.

이런 형식적인 실험을 왜 시도했는가에 대해서도 생각해봐야 한다. 첫째로는 정치적인 검열의 문제를 고려할 수밖에 없다. 1970년대 중반에 노동이나 사회적 문제를 정면으로 다루는 일은 상당한 위험을 감수해야 하는 것이었다. 두 번째로 작가가 주제를 전달하는 방식에 있어서 이러한 실험적 서술이 더 효과적이라고 판단했을 수 있다.

조세희는 의도적으로 세 계층으로 나누어 복수의 화자를 등장시킨다. 최저 빈곤층인 난장이 가족이 대표적이다. 이어서 중간 계층의 화자가 등장하고 마지막에 배치된 〈내 그물로 오는 가시고기〉의 화자는 은강그룹의 젊은 후계자 경훈이다. 전체 사회를 구성하고 있는 세 가지 계층이 모두 등장하는 것이다. 이 작품이 지닌 강점이라 할 수 있다.

사회를 전체적으로 보여주려 한다면 넓은 시야와 상세한 묘사를 뒷받침할 분량이 필요하다. 그런데《난장이가 쏘아올린 작은 공》은 상대적으로 분량이 많지 않다. 이를 보완해주는 장치가 〈뫼비우스의 띠〉와 〈클라인씨의 병〉이다. 이런 형식은 조세희 나름의 계책이었다고 생각된다. 작품 내부의 서사에서 주제의식을 충분히 드러낼 수 없으므로 바깥에서 '이렇게 읽어 달라'며 집어 넣은 것이다.

〈뫼비우스의 띠〉에는 수학교사가 나오고 꼽추와 앉은뱅이가 등장하는데 수학교사는 소설 전체의 내용과 크게 연관성이 없다. 작가적 논평을 대신하는 역할로 보인다. 다만 직접적으로 이야기하는 대신 상징적인 이야기를 통해서 작품의 문제의식을 우회적으로 제시한다. 수학교사가 학생들에게 탈무드에서 나오는 수수께끼를 던지는데 그 내용은 이렇다. 두 아이가 굴뚝 청소를 하고 내려오는데 한 아이는 얼굴이 새까맣게 되었고 다른 아이는 깨끗한 얼굴이었다. 이 경우 어느 쪽의 아이가 얼굴을 씻을 것인지 학생들에게 묻는다.

처음에 학생들은 단순하게 생각해서 새까만 아이가 씻을 것이라고 이야기한다. 수학교사가 다시 생각해 보라고 하니, 학생들은 두 아이가 서로 상대방의 얼굴을 보고 있으니 깨끗한 얼굴의 아이가 자기 얼굴이 까만 줄로 알고 씻을 것이라고 이야기한다. 이렇게 두 가지 답안이 제시된다. 그러자 교사가 제3의 답을 이야기한다. 답이라기보다는 문제 자체를 말이 되지 않는다며 무력화시킨다. 똑같이 굴뚝 청소를 했는데 한 아이만 새까맣고 한 아이는 깨끗하다는 설정은 맞지 않는다는 것이다.

　이것을 자본주의체제의 우화로 읽을 수 있다. 작품에서는 난장이 가족으로 대표되는 빈곤층과 중산층이 대비가 되는데 중산층은 먹고 살 만하니까 자본주의가 크게 나쁘지 않다고 본다. 반대로 빈곤층에게 자본주의는 굉장히 나쁜 체제다. 똑같이 굴뚝청소를 했지만 '나'는 얼굴이 깨끗하다는 것, '나'는 자본주의의 모순으로부터 벗어나 있다는 것은 중산층의 허위의식(이데올로기)이다. 그래서 '너'만 씻으라고 하는 것, '너'만 투쟁하라고 하는 것은 말이 되지 않는 태도다.

　〈클라인씨의 병〉에서도 비슷한 문제의식이 등장한다. '뫼비우스의 띠'가 가지고 있는 특징은 안과 밖의 구분이 없다는 것이다. 자본주의체제 하에서 안과 밖이 따로 없다는 것은 승자와 패자가 구분되지 않는다는 것을 뜻한다. 자본주의의 모순은 노동자계급만의 불행에서 끝나지 않는다. 중산층까지 궤멸시키고, 그다음에는 자본가에게까지 미칠 수 있다. 자본주의에는 외부가 없다는 것이다. 이것이 조세희의 문제의식이다. 그런데 작품 내부의 서사는 이항 대립적으로 구성되어 있다. 철저하게 난장이 가족과 자본가계급을 대립시킨다. 작가적 시각에서 봤을 때는 안과 밖이 따로 없다. 그러면 이항 대립 자체가 무효화된다. 이 작품이 상당히 복잡하게 읽힐 수밖에 없는 이유다. 작가가 두 가지 이야기를 모두 하고 있기 때문이다. 작품 내부의 이야기와 프레임의 이야기가 각기 다른 문제의식을 보여주고 있다.

　두 아이가 같은 굴뚝을 청소했는데 한 아이만 얼굴이 깨끗할 리가 없다. 그것은 환상이다. 〈내 그물로 오는 가시고기〉에서는 자본주의의 모순이 자본가까지 덮칠 수 있다고 암시하고 있다. 이 작품에서는 그것을 더 실감나게 보여주지 못하고 상징적으로 암시하는 정도에서 그친다. 체제가 내부적으로 붕괴하는 모습을 상세하게 묘사했다면 이 작품은 더 나은 단계를 보여줄 수 있었다. 조세희는 거기까지 가지는 못했고 그것이 1978년까지 한국문학이 달성한 성취였다.

중간층 사람들이 보이는 분열적 태도

난장이 김불이는 쉰이 넘은 나이에 일용직을 전전하며 허드렛일을 주로 한다. 신체 조건상 공장 노동자로 일하기는 어렵다. 자식으로는 영수, 영호, 영희 3남매가 있고 이들은 나중에 공장 노동자가 된다. 가족 구성원이 모두 성실히 일을 하지만 상황은 전혀 달라지지 않는다. 구조적 모순을 해결할 길이 없으니 결국 최상층 자본가를 살해한다. 이 작품의 결말은 난장이 김불이가 자살하고 아들 김영수는 살인죄로 인해 사형 당한다는 것이다. 그렇다고 해서 이 시스템이 무너지지는 않는다. 사장이 죽는다 해도 바로 다른 사장으로 대체될 수 있기 때문에 시스템은 고스란히 유지된다. 그래서 이런 저항이 갖는 효과는 지극히 제한적이다.

중간층의 사람들은 유보적인 태도를 취한다. 작가는 중간층을 상당히 냉소적으로 바라보는 듯하다. 중간층에 대해 어느 정도 기대를 했다면 작품이 다소 달라졌을 것이다. 통상적으로는 계급 간 연대를 모색할 수 있을 텐데 이 작품에서는 그런 시도가 상당히 과소평가된다. 작품에서는 중간층이 입장에 따라 갈리는데 빈곤층과 연대하려는 중간층이 있고 자본가 쪽에 빌붙으려는 중간층도 있다. 많은 작품들에서 중간층은 기회주의적인 모습을 보인다. 계급문학에서도 지식인들이 마찬가지 모습으로 나타난다. 조세희 역시 지식인들에 대해 냉소적인 태도를 취하고 있다.

이렇게 중간층이 분열되는 경우에는 새로운 사회에 대한 전망을 갖기가 어렵다. 혁명을 추구하는 사람들의 입장에서는 전술적으로라도 중간층과 서로 연대할 필요가 있다. 일단 연대하고 목적을 달성하게 되면 지식인 숙청에 들어갈 수 있다. 혁명을 언제든지 배반할 수 있는 기회주의자들이기 때문이다. 중국에서는 이들을 이른바 '지식분자'라고 부른다. 공산주의자들이 봤을 때 지식분자들은 전부 개조의 대상이다. 중국의 문화대혁명 역시 지식인 숙청을 위한 것이었다. 러시아도 혁명이 일어난 다음 인텔리겐치아계급을 대대적으로 숙청한다.

작품에서 흥미로운 인물 가운데 하나로 윤호라는 대학생이 있다. 그는 난장이 가족에 대해 상당히 우호적이다. 사회에 대한 비판 의식이 있는 그는 은강재벌가의 손녀딸 경애와 사귀는 사이다. 축제 기간에 윤호가 경애를 붙잡아 놓고 중세시대 고문 흉내를 내는 이벤트를 벌인다. 이 장면이 사실적인가에 대해서는 의구심이 있다. 이 작품에서 동화적으로 묘사된 장면들이 여럿 있는데 이 장면도 그 가운데 하나라고 생각한다.

윤호는 경애를 눕힌 뒤 두 팔과 다리를 묶어 말뚝에 맨다. 그리고 그녀의 할아버지가 은강방직을 설립하며 행한 죄악이 무엇인지 취조하듯 묻는다. '권력을 마음껏 휘둘렀던 할아버지 때문에 인간이 기계 취급을 받았다'면서 '한 사람의 명령에 따라 이렇게 수많은 사람들이 일한 적이 이때까지 있느냐'며 따진다. 그리고 할아버지가 무시한 법조항들이 열거된다. 강제근로와 정신·신체의 구속을 비롯해 최저임금, 노동시간, 해고, 상여금과 급여, 퇴직금, 유급 휴가, 야간 및 휴일 근로, 연소자 사용 등의 조항을 어긴 부당노동행위 외에도 노조 활동 억압, 직장 폐쇄 협박 등이 언급된다. 그리고 은강방직으로부터 난장이 가족들이 충분한 몫을 분배받지 못했다는 윤호의 변호가 등장한다.

윤호는 중간층이지만 노동자계급 편에 서는 대표적인 지식인 형상이다. 자본가계급을 혼내주는 흉내를 내고 단죄를 한 다음 풀어준다. 그런데 나중에 윤호는 대학에 들어가는 대로 경애와 결혼을 해야겠다는 생각을 하게 된다. 이것이 기회주의 지식인의 전형적인 모습이다.

반면에 윤신애라는 또 다른 중간층이 등장한다. 그녀는 수도수리점 사장에게 구타당하는 난장이 김불이를 구해주며 계급적 연대의식을 보여준다. 신애는 남편에게 '우리가 사는 세상은 난장이에게 위험하다'며 '우리도 아주 작은 난장이'라고 이야기한다.

민주주의 정치 체제의 두 가지 형태

정치철학의 원론적인 문제로 민주주의의 기본적인 의미를 살펴볼 필요가 있다. '데모크라시democracy'는 '데모스demos(다수)의 지배'라는 뜻이다. 여기서 다수가 누구인지에 따라 민주주의가 두 가지 형태를 취할 수 있다. 빈민이 다수가 되면 빈민 정부가 되고, 중간층이 다수가 되면 중간층 정부가 된다. '다수의 지배'라는 형식 자체에 대해서는 정확하게 옳고 그름을 판별할 기준이 없다.

가난한 자가 다수가 되는 것을 흔히 '포퓰리즘'이라고 부른다. 표를 얻기 위해 빈곤층에게 솔깃한 공약들을 남발했다가 국가 재정에 문제가 생겼던 사례가 많다. 그래서 민주주의가 자꾸 누명을 쓴다. 그러나 이것은 민주주의의 한 가지 가능성이다. 민주주의가 절대적으로 좋다거나 무조건 나쁘다고 할 수 있는 제도는 아니다. 단지 누가 다수를 구성하느냐의 문제다.

미국의 민주주의도 마찬가진데 트럼프가 당선된 것은 미국식 포퓰리즘의 결과라 할 수 있다. 다수라고 해서 항상 현명한 판단을 내리는 것은 아니다. 그래서 아리스토텔레스가 바람직한 정치 체제로 이야기하는 것은 민주정이 아니라 혼합정이다. 당시에는 민주정을 다수의 빈민이 지배하는 체제로 보고 부정적으로 평가했다. 대신에 중간층이 지배하는 체제로 부상한 것이 혼합정이다.

우리에게도 민주주의의 두 가지 모델이 있다. 절대다수가 중간층 이하 빈곤층인 민주주의도 있고 중간층이 두터운 민주주의도 있다. 결론적으로 후자가 건강한 민주주의다. 전자의 경우 혁명이 일어나게 되면 러시아혁명에서와 같이 비극적인 결과를 초래할 수 있다. 부자 내지는 기회주의적 지식인들이 전부 숙청의 대상이 되는 것이다. 농민계급도 빈농, 중농, 부농으로 쪼개져 각기 다른 대우를 받았다. 빈농은 자기 땅이 없는 농부고, 중농은 자신이 경작할 만큼의 땅만 있는 농부고, 부농은 땅이 남아돌아서 경작하려면 다른 사람의 도움이 필요한 농부다. 혁명 이후 이처럼 농부들 간에 계급이 나뉘면서 대대적인 부농척결운동이 벌어졌다.

이에 대한 대안적 정치 체제가 혼합정이다. 혼합정은 혁명의 저지선으로 작동할 수 있는 민주주의체제다. 그런데 자본주의가 1 대 99의 사회로 간다면 혼합정도 장담하기가 어렵다. 자본가계급의 입장에서는 민주주의에 믿을 만한 구석이 있다. 다수가 지배하는 체제라고는 하지만 다수를 관리할 수 있는 방책이 있어서다. 데모스는 피플people로 규정되며 인민, 민중, 국민이라고도 번역되는데 현대에 와서 등장한 새로운 데모스의 형상이 대중mass이다. 피플은 정치의 주체며, 혁명의 주체다. 대중은 주체가 아닌 객체다. 미디어가 만들어내는 것이 바로 대중이다.

매스미디어mass media 시대에는 자본가들이 미디어를 소유한다. 미디어 운영과 관리에 있어 막대한 자본이 요구되기 때문이다. 그들은 자신들의 이해관계에 맞는 뉴스들을 생산해내고 정보를 조작하고 관리한다. 다수가 지배하는 체제라고는 하지만 매스미디어에 조종되는 대중은 별로 두려운 존재가 아니다. 그래서 자본주의가 버틸 수 있는 것이다.

조지 오웰의 소설《1984》도 혁명의 가능성에 대해 부정적인 시각을 드러낸다. 여기서의 구도는 85퍼센트가 무산계급(프롤)이고 15퍼센트가 당원이다.《1984》에서 가장 유명한 것이 '텔레스크린'인데 이 장치를 통해 15퍼센트의 당원은 감시와 통제의 대상이 된다. 그런데 85퍼센트의 프롤에게는 텔레스크린이 설치되어 있지 않다. 그들은 위험하지 않기 때문에 감시의 대상조차 되지 않는다. 오히려 정보에 대한 접근 권한을 가지고 있는 당원들이 위험한 존재다. 그 정보는 뉴스나 역사적 사실을 조작한 결과물이다.

프롤은 정보를 곧이곧대로 받아들인다. 어제까지 동맹국이 이쪽이었는데 오늘은 저쪽으로 바뀌었다고 해도 '그런가보다' 하고 넘어간다. 대다수인 프롤은 무지하기 때문에 지배자들의 입장에서는 15퍼센트만 철저하게 단속하면 된다. 이것이 오웰의 혁명에 대한 비관론이다. 그에 따르면 혁명은 '불가능한 가능성'이다.

현실의 공포를 상기하는 소재의 활용

난장이 일가의 아버지 김불이는 본격적인 산업 노동자는 아니고 날품팔이 노동으로 생계를 유지하는 노동자다. 그 자식 세대들은 모두 공장 노동자가 된다. 아들 김영수가 어머니의 가계부를 보고 생활의 고초에 대해 절절히 묘사하는 대목이 있다. 먹고살기 위해 드는 비용으로 '콩나물 50원', '왜간장 120원' 등이 언급되고 이것은 단순한 '생활비'가 아니라 '생존비'였다고 토로한다. 삼남매가 죽어라 공장 일을 해도 생산한 양에 미치지 못하는 임금을 받았다는 것이다. 당시 네 명의 가족을 둔 도시노동자의 최저임금이 83,480원이다. 난장이 가족 삼남매의 총수입은 80,231원에 불과하다. 후생비, 식비, 국민 저축, 보험료, 상조회비, 노동조합비 등을 제외하면 수중에 들어오는 돈은 62,351원밖에 안 된다. 이처럼 벌어오는 돈의 구체적인 액수까지 공개되며 난장이 가족들의 처참한 현실이 고발된다.

그렇다면 이 현실을 언제까지 인내해야 할까. 더 이상 인내할 수 없다면 이 사회적 고통의 원인이 무엇인지 파악하고 원인을 제거해야 한다. 하지만 김영수의 판단이 현명하지는 않다. 자본가 한 명을 죽인다고 해서 문제가 해결되는 것은 아니기 때문이다. 1970년대 경제개발 5개년 계획과 수출 주도 정책에 의해 한국은 고도성장의 궤도에 올라선다. 하지만 그 이면에는 이처럼 그늘이 있었다.

《난장이가 쏘아올린 작은 공》은 개발독재의 어두운 이면을 보여준다. 이 작품은 이례적으로 서사 안에 공문서들까지 삽입하고 있다. 철거 계고장, 철거 확인증 등이 전부 동원되고 있다. 이것은 새로운 서술방식이라기보다는 작가 나름대로 '총력소설'을 시도한 것으로 평가할 수 있다. 단순한 서술로는 처절한 실상을 전달하기 어렵기에 철거 계고장을 그대로 따다 붙여 넣는다. 압도적인 현실의 풍경을 작품 안에 그대로 재현하는 것이다.

철거 계고장과 같이 현실에서 막강한 힘을 발휘하고 공포를 유발

하는 소재들이 작품 안에 고스란히 들어와 등장인물들과 독자를 괴롭힌다. 아들 김영수가 조상들의 역사가 담긴 노비 매매 문서를 보고 놀라는 대목이 있다. 김영수는 어머니의 어머니, 어머니의 할머니, 할머니의 어머니, 그 어머니의 할머니들이 최하층이자 천민으로서 치러야 했던 일들을 알게 된다. 어머니까지 대가 내려왔어도 좋아진 것은 없었다. 마음 편히 지낼 날 없이 몸으로 노역을 감당해야 하는 것은 똑같았다. "세습"하여 "신역"을 바쳐야 하는 것이 김영수 가계의 운명이었다. 노비들은 양반가의 사유재산이기 때문에 매매되고 거래돼왔다. 노비들의 역사는 자손의 자손을 거쳐 산업사회를 맞이하며 탄생한 노동자계급에게도 줄줄이 이어진다.

《난장이가 쏘아올린 작은 공》은 이처럼 역사와 계급을 횡단하며 불평등한 사회적 현실에 대해 신랄하게 폭로하고 있는 작품이다. 이 작품만큼 실감나게 사회적 현실을 다룬 소설이 없었다. 1978년 출간된 이후 수년간 베스트셀러였던 이 작품은 독자들이 보고 싶어 했던 현실이 무엇이었는지를 드러냈다. 도시빈민들의 삶뿐만 아니라 중간층과 상층부 계급의 모습까지 그려내며 피부에 와 닿는 사회 묘사를 해냈다. 많은 사람들이 오랫동안 기다려온 형태의 작품이기에 《난장이가 쏘아올린 작은 공》이 신드롬을 일으킬 수 있었다고 본다.

자본주의는 내부로부터 붕괴할 것이다

이 작품에서 아버지가 난장이로 설정된 지점은 다소 불만스럽다. 난장이 가족의 현실이 이례적인 것으로 보일 수 있기 때문이다. 아버지가 '난장이'라는 특수한 인간이기 때문에 집안이 가난하고 불행하다고 여겨질 수 있다. 사실 자본주의의 사회적 구조 안에서 빈곤층은 그 자체로 난장이다. 윤신애가 '우리도 똑같은 난장이'라고 이야기하는 것과 비슷한 맥락이다. 하층민은 딱히 신체적 불구나 장애를 지니지 않더라도 사회구조적인 불구나 장애의 형상으로 나타난다. 굳이 난장이로 설정할 필요가 없다.

그리고 김불이가 굴뚝에 몸을 던져 자살하는 장면도 지나치게 동화적이다. 굴뚝은 서양 동화에서 주로 나타나는 소재이지 한국에서 쓰일 법한 자살의 소재는 아니다. 우리는 우리 나름대로 형성된 독특한 자살 문화가 있다.

난장이 아버지는 사랑으로 가득한 세상을 이상적인 공동체로 꿈꾼다. 이 작품에서 오해를 일으키는 부분으로 김불이의 생각을 작가 자신의 생각으로 받아들이는 경우가 있다. 하지만 이것은 명백하게 난장이 아버지의 생각이다. 사회적 대립관계를 다룬 끝에 작가가 내린 결론이 '사랑'에 있다고 한다면 이 작품은 그다지 중요한 의미를 갖지 못한다. 이 작품에 대한 대표적인 잘못된 해석이라 생각한다. 그밖에도 노동자의 육성이 들리지 않는다는 비판이 있는데 이것은 그다음 단계의 문학인 계급문학에서 가능한 이야기다.

〈내 그물로 오는 가시고기〉에서 자본가계급인 경훈(은강그룹 회장의 셋째 아들)의 태도를 보여주는 것도 이 작품의 미덕이라 할 수 있다. 작품에서 김영수는 노동자이지만 거의 준지식인에 가까운 인물이다. 책을 많이 읽고 사회적 문제에 대한 분명한 인식을 가지고 있다. 노동운동을 벌이려다 회사의 눈 밖에 나게 되고 저항의 일환으로 일종의 테러를 시도한다. 폭발물을 제조하려다 실패하고 칼을 구입해서 결국 회장의 동생을 살해하기에 이른다. 경훈은 재판에서 김영수의 변론을 듣는다. 김영수는 충동적으로 살해했다거나 잘못을 뉘우치고 있다고 말하지 않고 분명한 의지를 가지고 범행을 저질렀다고 말한다. 경훈은 이에 대해 격분하며 철저하게 자본가계급의 시각에서 김영수를 단죄한다. 김영수는 사형 선고를 받게 된다.

그런데 이 작품은 여기서 끝나지 않는다. 경훈이 이상한 꿈을 꾸는 장면이 있다. 꿈속에서 경훈은 그물을 쳐서 고기들을 낚고 있는데 그것이 배부른 고기들이 아니라 뼈와 가시들만 남아 있는 고기들이다. 가시고기들이 경훈의 몸에 뛰어오르자 그의 몸은 찢기고 상처가 난다. 경훈은 아픔 속에서 살려 달라 외치다가 꿈에서 깬다.

꿈에서 가시고기로 비유되고 있는 것은 분명 노동자들이다. 착취 받는 노동자들의 항의와 분노가 자신에게도 덮칠 것이라며 두려워하고 있다. 경훈이 자본가계급으로서 가질 수 있는 악몽이다. 물론 그렇다고 노동자들에 대한 처우가 달라지지는 않는다. 경훈은 악몽을 대수롭지 않게 여기며 다음날 정신과 의사를 찾아가봐야겠다고 생각한다. 그리고 사랑으로 얻을 것은 하나도 없다고 이야기한다.

경훈의 세상에 대한 태도는 특별히 달라진 것이 없다. 다만 독자에게 넌지시 암시만 줄 따름이다.

〈뫼비우스의 띠〉와 〈클라인씨의 병〉에서도 보여주듯이 이 시스템에는 안과 밖이 없다. 자본주의의 모순은 제일 처음에는 가장 밑바닥에 있는 노동자들을 괴롭힐 것이다. 그다음에는 중간층을 위협할 것이다. 마지막에는 자본가들을 집어삼킬 것이다. 이렇게 사회 전체의 구조적 메커니즘을 드러낸다는 점에서《난장이가 쏘아올린 작은 공》은 중요한 의미를 갖는 작품이다.

7장

| 1970년대 IV |

이문구
《관촌수필》

근대화 과정에서 희생된
전근대 인물들의 의리와 인정

이문구

이문구는 집안이 완전히 몰락하고 자신이 속했던 세계가 파괴되고 사라져버리는 경험을 했다. 단지 흔적만 남아 있는데 거기에 대한 향수를 가지고 있다. 그리고 옛것에 대한 의리를 가지고 있어 세상이 바뀌었다 해서 이쪽에 아부하거나 저쪽에 굴종하지 않는다. 그의 올곧은 태도는 아주 정확하고 정직하게 작품에 반영되어 있다. 그것이 이문구 문학의 의의라 할 수 있다.

근대화 시대를 맞이하는 농촌소설의 과제

1941년생인 이문구 작가는 2003년 다소 이른 나이인 62세에 세상을 떠났다. 1960년대 후반부터 2000년까지 작품 활동을 이어갔지만 한국문학사에서는 《관촌수필》, 《우리 동네》 등 1970년대 중후반에 나온 대표작들로 이름이 남게 된다.

《관촌수필》은 제목에서도 독특한 면이 있다. 우선 '관촌'은 작가의 고향마을 이름이다. 충남 보령에 있는 실제 마을을 배경으로 한 작품이고 작품의 화자 '나'는 작가 이문구와 거의 일치한다. 실화를 바탕으로 일정 부분 가필이 이루어진 것으로 보이며 그래서 제목을 소설이 아닌 '수필'로 붙인 것이라 짐작된다. 뒷부분에 작가 후기를 통해 연작 가운데 가장 유명한 작품인 〈공산토월〉이 실존 인물에 대한 추도의 의미를 담아 쓴 글이라고 밝히고 있다.

이문구 문학이 갖는 특징에 대해 먼저 살펴볼 필요가 있다. 앞서 김승옥이나 황석영 문학을 다룰 때 1960년대 이후 한국소설의 시대적 과제는 근대화와 이로부터 비롯되는 사회의 변화를 포착하는 것이라 밝힌 바 있다. 그러한 상황을 염두에 두고 이 작품을 읽고 판단할 필요가 있다. 이문구 문학은 농촌문학, 농민문학으로 일컬어지며 다른 표현으로는 농촌소설, 농민소설 등으로도 불린다. 한쪽에 도시소설, 도시문학이 있다면 다른 한쪽에는 농촌소설이 있다. 농민소설이라는 말은 노동자소설이나 부르주아소설과 같은 계층적 분류를 염두에 두고 쓰인 표현이다.

대체적으로 근대화 과정이란 그 중심적 공간이 농촌에서 도시로 이동한다는 것을 의미한다. 물론 하루아침에 다 옮겨갈 수는 없고 서서히 조금씩 이동해간다. 농촌이 점차적으로 쇠퇴하는 과정에서 근대화로 인한 변화는 농민공동체와 도시공동체 양쪽에서 이루어진다. 근대화 이전의 농촌이 있고 근대화가 진행 중인 농촌이 있다. 변화가 완전히 종료되면 농촌은 근대소설의 서사 공간으로서는 큰 의미가 없어진다. 만약 근대화가 진행되는 과정이라면 농촌소설은 농촌 사회가 어떤 변화를 맞이하고 있는지 확인할 수 있는 중요한 작품이 된다. 그러한 변화상을 다룬 작품들이 근대농촌소설들이다.

주요 사례를 영국문학에서 확인할 수 있는데 토머스 하디의 작품들이 대표적이다. 영국만 하더라도 런던을 배경으로 하는 주요한 작품들이 19세기 중후반에 계속 등장한다. 다른 한편으로 대도시가 아닌 농촌지역에서는 어떤 일이 빚어지는지가 하디의 작품을 통해 드러난다. 변화의 속도가 우리와는 상당한 차이가 있다. 영국은 아무래도 근대화 과정이 서서히 진행된 편이다. 나쓰메 소세키가 어림하기로는, 서구에서 300년에 걸쳐 진행된 변화가 일본에서는 메이지 유신 이후 40년 안에 이루어졌다. 단시간에 서구의 근대화를 반복 내지는 흉내 내야 했다. 이것을 보통 '압축근대화'라 표현한다. 우리도 일본과 비슷한 모델이며 동아시아 국가들은 대부분 이 모델을 따른다. 중국도 개혁개방 이후 급속도로 변화한다. 몇 배속을 빨리 감기 하듯 급격한 변화를 겪게 된다.

한국도 마찬가지로 압축적인 근대화를 겪었다. 변화의 강풍 속에서 농촌 사회에 어떤 변화가 일어났는지를 한국의 농촌소설은 보여줘야 한다. 그리고 작가들이 변화하는 사회를 담아낼 수 있는 서사적 장치들을 고안해야 한다. 어떤 것이 가장 효과적인 방식인가에 대해 고민하고 창안할 필요가 있다.

《관촌수필》이라는 작품의 형식은 이문구가 발명한 것이다. '수필'이라고 쓰여 있지만 실제 이 작품은 고전적인 서사방식으로서 '전傳'을 사용하고 있다. 이것은 흔히 알려진 《춘향전》,《홍길동전》에서도 쓰이는 것으로 어떤 사람들의 일대기를 다루는 방식이다. 이 작품집에서 가장 유명한 〈공산토월〉 역시 이 방식을 취하고 있다. 제목에 '전'이 들어가는 것은 아니지만 인물의 일대기를 그려내는 데 집중한다. 그리고 이런 점에서 《관촌수필》은 근대적 문학양식과는 거리가 있다.

소설이 근대화에 대응하는 세 가지 방식

농촌이라는 공간은 자연스럽게 도시화 및 근대화와 대립구도를 이룬다. 왜냐하면 농촌은 산업화·근대화 과정에서 '객체' 정도로만 다뤄지기 때문이다. 한편으로는 그러한 변화의 피해자·희생자가 되면서 자연스럽게 근대화에 대해 반발 내지는 반동적 태도를 갖게 된다. 이는 근대 바깥에서 근대에 대해 맞서는 태도다. 근대 이전의 단계로서 전근대를 대표하는 농촌은 가치로서는 비근대라든가 반근대의 양상을 띤다. 현실에서 진행되는 이행이나 변화에 대해 거부하고 저항하는 것이다.

반면에 근대 내부에서 근대에 대한 비판 혹은 저항을 시도할 수도 있다. 가장 대표적인 것이 마르크스주의다. 《공산당선언》 같은 책에서는 근대적 변화를 필수적이라고 생각하는 동시에 극복해야 할 대상이라고 여긴다. 근대에 이중적 과제를 부여한다. 근대화를 혁명의 모델로 칭하자면 시민혁명 내지는 부르주아혁명 과정이다. 부르주아혁명을 거치면서 필연적으로 자본주의 근대의 단계로 나아가야 하고 동시에 이를 극복해야 한다. 이른바 '프롤레타리아혁명'으로까지 나아가야 한다. 이것이 마르크스주의의 역사인식이다. 근대 안에서 근대를 정면으로 비판하는 것이다.

소설이라는 양식은 근대문학을 대표한다. 소설은 두 가지 역사적 계기를 다루는데, 하나는 전근대에서 근대로 넘어가는 이행의 과정을 보여준다. 다른 하나는 근대 사회 그 자체가 변화하는 양상을 담아낸다.

그런데 앞에서 설명한 바와 같이 소설 이전의 형식, 전근대적 형식, 전근대적인 의식이나 사고를 통해 근대와 맞설 수도 있다. 독일문학에서는 이러한 소설양식을 '향토문학'이라 일컫는다. 우리는 '토속문학'이라는 표현을 쓰기도 한다. 시에서도 이와 비슷한 흐름이 나타나는데 소설 분야에서 토속문학을 가장 잘 대표하는 작가가 이문구다. 만약 이문구가 없다면 누군가 그 자리에 대신 있어야 한다. 시대적 변화에 따라 반드시 등장할 수밖에 없는 자리이기 때문이다. 반대로 근대화를 내부에서 비판하는 방식은 노동문학이나 계급문학에서 확인할 수 있다. 조세희의 《난장이가 쏘아올린 작은 공》과 같은 작품이 대표적이다.

근대화로 인해 희생당한 사람들 입장에서는 사회의 변화가 마냥 못마땅하다. 마지못해 순응할 수도 있지만 고집이 있기 때문에 끝까지 뭔가 어깃장을 놓으려 한다. 어쩔 수 없이 따라갈 때도 있지만 기꺼이 따라가는 것이 아님을 분명하게 표현하고자 한다. 이런 자리에 속하는 문학이 바로 이문구의 작품들이다.

이문구가 근대를 거부하고 김동리를 찾아간 이유

이문구는 김동리 사단에 속한다. 그가 다녔던 서라벌예술대학에서 제자들을 길러낸 이가 바로 김동리였다. 한국문학사에서 미당 서정주와 김동리 사단 그리고 그의 제자들의 영향력은 지대했다. 이문구의 계산으로는 1970년대 중반 즈음 한국에 있는 소설가가 천 명 정도였고 그중 활발하게 쓰는 작가가 200명 정도였다. 그리 많은 숫자는 아니었지만 아마 그들 중 절반 이상이 김동리 사단이었을 것이다.

이문구의 생애를 다룬 자료에 따르면 그의 집안은 한국전쟁 때 풍비박산이 났다. 아버지와 형들이 전쟁통에 모두 죽자 넷째 아들이었던 이문구가 갑자기 외동아들이 되어버린다. 전쟁 이전까지는 보령 지역의 유지에 속했다. 이 작품에서도 양반가 출신의 자의식이 잘 나타나 있는데 주인공이 나이가 많건 적건 마을 사람들 전부에게 하대한다. 이 시기는 전근대 사회의 흔적이 아직도 강하게 남아 있었고 이른바 반상의 구분이 있던 시대였다. 신분제가 폐지됐다고는 하지만 사람들의 머릿속에서는 여전히 살아 있었던 것이다. 그런 유지 집안이었는데 한순간에 풍비박산이 났다. 이런 집안에서 근대란 과거의 전통을 깡그리 짓밟아 뭉기는 것 그 자체였을 것이다.

열 살도 안 됐던 어린 시절에 가족들이 봉변을 당했을 때 느낄 수 있는 첫 번째 감정은 '공포'다. 이것은 복수심 이전의 상태다. 머리가 좀 더 컸다면 복수심을 느꼈을 텐데 아직 나이가 어리기 때문에 그저 압도되는 것이다. 공포감을 가지면서 어떻게 해서든지 살아남아야겠다는 생각을 하게 된다. 나중에 이문구가 작가가 된 동기를 밝힌 바 있다. 시조시인 이호우가 필화 사건에 휘말려 감옥에 갇히자 주변에서 구명운동을 펼쳤고 마침내 풀려난 사례가 있었다. 이 사건을 보고 그는 작가가 되면 어떤 위협이 있어도 죽음을 피할 수 있겠다는 생각에 문학을 하기로 결심한다.

이문구는 문학계의 거목으로 취급받는 김동리를 찾아간다. 그리고 그의 문하에서 수제자가 된다. 이문구에게 있어 김동리는 '문학적 아버지'였다. 1990년에 김동리가 병으로 쓰러지자 그를 석 달 동안 간병하기도 한다. 원래는 양반이었는데 신분이 역전되어서 문단의 마당쇠 노릇을 한다. 너무 당연한 것이겠지만 이문구는 '출세한 촌놈들'과는 다르다. 근대의 출세주의자나 기회주의자와 다른 면모를 보이는 것이다.

이문구는 집안이 완전히 몰락하고 자신이 속했던 세계가 파괴되고 사라져버리는 경험을 했다. 단지 흔적만 남아 있는데 거기에 대한 향수를 가지고 있다. 그리고 옛것에 대한 의리를 가지고 있어 세상이 바뀌었다 해서 이쪽에 아부하거나 저쪽에 굴종하지 않는다. 그의 올곧은 태도는 아주 정확하고 정직하게 작품에 반영되어 있다. 그것이 이문구 문학이 가지고 있는 의의라 할 수 있다.

김동리 문학에 대해서는 '생의 구경적 형식'이라는 유명한 정의가 있다. '구경'은 '궁극적'이라는 뜻이므로 김동리 문학은 '삶 그 자체'를 다룬다고 자부하는 셈이다. 시대나 역사, 이념 등의 복잡한 문제는 모두 빠진다. '생生'이라는 것은 생명이고 자연의 차원에 속하기 때문에 몰역사적이고 통시대적이다. 전통적인 사생관을 따르며 사람의 삶이라는 것은 사주팔자에 다 정해져 있다고 한다. 일종의 운명론 같은 것이다. 이것이 김동리의 인생관이고 그것을 반영하고 있는 작품이 그의 문학이다. 비근대를 대표하는 작가이기에 이문구와도 잘 연결된다.

역시 김동리의 제자인 박상륭은 요령부득의 소설들을 썼다. 작가도 자신의 작품이 근대소설이 아님을 잘 알고 있었다. 그는 '잡설'의 대가라 할 수 있다. 잡설은 근대소설과 맞서기 위한 방식으로서 하나의 계보를 이룬다. 이문구는 패배를 수용하되 다만 굴종하지는 않는다. 완전히 투항하지는 않되 묵묵히 받아들이는 것이다. 그런데 박상륭은 근대와 정면으로 부딪치고 맞선다. 굉장한 장광설의 대가다. 박상륭 흉내 내기는 거의 불가능한 것으로 보인다. 온갖 학문과 지식을 총동원하면서 언어의 우주를 보여주고 있는 것이 박상륭의 작품이다. 제임스 조이스도 마지막 작품 《피네간의 경야》에 이르러 그런 단계로 나아갔다고 생각한다. 두 작가의 공통점은 읽을 수 없다는 것이다. 그리고 읽어도 별 의미가 없다는 것이다.

박상륭과 말년의 조이스는 근대와 다른 세계로 빠져나가려 한다. 근대는 아주 명료한 세계다. 근대적 세계관은 세계를 이해 가능한 것으로 만들려 한다. 근대화를 다른 말로 탈주술화, 탈마법화, 합리화라 부르기도 한다. 온갖 종교와 미신, 주술로 뒤죽박죽인 세계 속에서 벗어나 이성적인 질서를 부여하려는 것이다. 그런데 잡설적 세계는 오리무중의 세계, 분별이 어려운 세계다. 박상륭이 많이 드는 비유가 자신의 꼬리를 물고 있는 뱀이다. 이것은 신화적 형상이기도 한데 어디가 앞이고 어디가 뒤인지 알 수 없는 형상이다. 이와 반대로 근대는 순서와 방향성이 있고 직선적인 세계관을 공유한다.

충청도 출신 이문구가 《관촌수필》을 쓰기까지

조선식 전근대란 양반과 평민으로 나누어진 사회다. 대개는 양반지주가 있고 그가 소유한 땅을 일구는 소작농들로 구성되어 있다. 그런 세계의 몰락한 양반 계급을 대표하는 작가가 이문구다. 작가들 중에서는 드물게도 충청도 출신인 그는 어릴 때 할아버지에게서 직접 《천자문》과 《동문선습》 등을 배운 이력이 있다. 형식적으로 이문구

문학의 가장 큰 특징이자 의의로 꼽히는 것이 바로 그의 독특한 문체다. 충청도 사투리를 능숙하면서도 정확하게 구사하는 작가가 드물다. 아마도 이런 문체를 쓰는 작가는 이문구가 거의 마지막일 것으로 보인다. 그럴 수밖에 없는 것이 시대가 바뀌고 있기 때문이다. 근대소설은 원래 표준어로 써야 한다. 이문구는 바로 거기에 맞선다.

시는 사투리로 쓸 수도 있다. 가령 김소월의 시나 백석의 시에는 지역적인 특색이 담긴 방언이 많이 나온다. 소설가들의 경우에는 현실감을 부각하기 위해 지역 사투리들을 쓰기도 한다. 영국소설도 마찬가지다. D. H. 로렌스의 작품들만 하더라도 사투리가 많이 나온다. 그 지역의 특징을 반영하기 때문에 언어에 실감이 있다. 이문구의 경우 그가 작품에서 쓰는 사투리는 저항적 의미를 갖는다. 〈공산토월〉을 보면 현재 시점에서 플래시백 기법을 사용하여 열과 성을 다해 자기 집안을 도와줬던 석공이란 인물을 회상하고 있다. 그런데 현재 시점에서는 화자가 표준어를 멀쩡히 쓴다. 표준어를 쓸 수 있는 작가임에도 과거 시점으로 되돌아가면 사투리가 반복해서 등장한다. 토속어 문체가 이문구 문학의 특장점이라 할 수 있다.

이문구는 충남 보령군 대천면 대천리 관촌마을의 한 명문가에서 태어났다. 아버지는 이 집안을 풍비박산 나게 만든 장본인인데 남로당 총책이자 적극적인 계몽활동을 벌인 사회주의자였다. 한국전쟁이 터지자마자 마을에서 남로당 색출 작업이 있었다. 작품에서도 나오지만 이전에도 아버지는 요시찰 대상이었기 때문에 수시로 감옥에 들락거렸다. 예비 검속이라는 절차가 있었는데 사상범 전력이 있는 사람들은 북한에 동조할 위험이 있다고 봐서 현행범이 아닌데도 바로 잡아들였다. 그리고 미리 총살시켰다. 그때 아버지가 희생당하고 형 둘도 죽임을 당한다.

1956년에 어머니마저 타계한 다음에는 혼자 남게 된다. 서울로 올라와 생계를 위해 온갖 일을 전전하다가 작가가 되겠다고 마음먹고 1961년에 서라벌예대에 들어간다. 그 당시 쟁쟁한 작가, 시인, 평론가들이 강의를 맡고 있었는데 김동리, 서정주, 박목월 등이 대표적인 인물이었다. 이문구와 비슷한 학번 중에는 박상륭, 한승원, 조세희 등도 있었다. 참고로 조세희는 서라벌예대에 다니다가 경희대학교로 간다. 그는 황순원에게 사사를 받고 경희대에서 졸업한다. 그래서 조세희는 김동리가 아닌 황순원의 제자로 분류된다.

지금은 다소 퇴색했지만 예전에는 서라벌예대가 문단의 명문이었다. 1960년대 초반에는 앞서 소개한 김승옥과 같이 서울대 출신 작가들이 있었고 다른 한쪽에는 서라벌예대 출신 작가들이 있었다. 여성작가들 가운데서는 박경리, 오정희가 김동리의 제자다.

이문구는 1963년에 문단에서 작가로서 첫 추천을 받는다. 당시 신춘문예를 통했을 때는 한 번에 등단할 수 있었는데 잡지를 통해서 등단할 때는 추천을 세 번 받아야 했다. 추천 완료되기까지 몇 년이 더 걸렸고 상당히 까다로웠다. 1963년에 첫 번째로 추천받고 1966년에 마지막 추천을 받는다. 그렇게 해서 25살이 되던 해 공식적인 작가가 된다. 작품을 쓰는 일이 생계방편이 되지 않으므로 먹고살기 위해 온갖 일들을 하는데 이것이 작가에게는 자산이 된다. 대표작들로 꼽히는 작품들은 1970년대에 와서 쓰게 된다.

출판사나 잡지사에서 직원 생활을 오래 한 이문구에게는 또 다른 별칭이 있었는데 바로 '문단의 마당발'이었다. 문단에서 이문구와 밥을 먹지 않은 사람이 거의 없을 정도였다. 거의 매일 사람들과 어울려서 술을 마셨다. 그러면서 생활과 맞닿아 있는 끈적거리는 토속어 문체로 산업화·도시화·근대화 때문에 와해되는 농촌공동체를 포착한 작품을 주로 썼다. 다소 회고적인 '그때가 좋았지'라는 시각으로 풀어나갔다. 물론 옛것이 다 좋을 리는 없다. 단지 근대 이전의 사회를 바라보는 한 가지 시각일 뿐이다.

《관촌수필》은 1972년부터 1977년까지 발표된 여덟 편의 단편들을 모은 연작소설집으로 '이문구'라는 이름을 각인시킨 작품이다. 시기적으로는 《우리 동네》와 함께 이 작품이 중기 작품으로 분류되고 이전의 작품들은 초기작, 이후 작품들은 후기작으로 분류한다.

변해가는 세상 속에서 이문구 문학이 지켜온 고집

일반적으로 근대화란 공동사회에서 이익사회로 넘어가는 것을 의미한다. 단계를 세분화하자면 처음에는 공동체에서 사회로 넘어가고, 그다음 사회에서 경제로 넘어간다. 공동체라는 말에는 구성원들이 통합되어 있다는 것이 전제돼 있다. 반상 사회라 할지라도 지역 공동체로 묶여 있으면 서로 갈등관계에 놓여 있지 않고 신분적인 차이를 수용한다. 신분에 대해 불만스러워하거나 저항하는 것이 아니고 자연스럽게 받아들인다. 공동체가 되기 위한 중요한 조건인데 이 안에 반목이나 갈등이 허용되지 않는다. 공동체가 깨지기 때문이다.

공동체는 기본적으로 조화로운 상태에 놓여 있어야 한다. 사회는 다르다. 서로 이해관계가 다른 사람들끼리 모여 있는 것이 사회다. 갈등과 대립이 기본적인 양상이다. 규칙을 만들어서 이해관계를 적당히 조정해가는 과정이 필요하다. 공동체는 정과 의리의 세계다. 그 것은 사람들이 원래 착해서 그런 것이 아니고 다툴 만한 '이익'을 갖고 있지 않기 때문이다. 사실 공동체 사람들과 사회의 사람들이 따로 있지 않다. 공동사회의 사람들이 시골에 있다가 도시로 올라가서 이익사회를 만드는 것뿐이다. 일종의 착시효과로 원래는 사람들이 그렇지 않았는데 세속적 이익 때문에 타락했다고 본다. 그럴 수밖에 없는 것이 공동사회는 다 아는 사람들이고 이익사회는 다 모르는 사람들이다. 이런 조건 하에서는 서로 간에 배려하고 협력하는 것이 어렵고 각자의 이익을 최우선적으로 고려할 수밖에 없다.

《관촌수필》은 전쟁 이전까지의 평화롭고 행복했던 세계와 함께 이것이 파괴되고 무너진 현실을 묘사한다. 근대 이전의 사람들이 지니고 있던 의리와 신의, 줏대가 근대에 들어와서는 얼마나 도덕적으로 타락하고 이기적이게 됐는지 대비해서 보여준다. 그래서 작품의 관점이 지극히 편향적이다. 양반토호 가문과 유림 같은 봉건적 신분질서의 문화적 잔재가 아직 남아 있고, 마을공동체의 풍습과 인정이 살아 있는 고향을 복원해낸다. 지금은 완전히 사라진 세계다.

《관촌수필》을 관통하고 있는 정서는 상실감이다. 농촌공동체는 전쟁과 이념의 대립과 충돌로 파괴되고 그 이후에는 근대화가 진행되면서 새로운 문명의 논리에 잠식돼간다. 전근대적 농촌사회가 지녔던 공동체적 속성, 농토라는 물적 터전 위에서의 삶과 사람들 사이의 인정 같은 것이 서서히 사라져간다. 작가는 그것을 안타까운 시선으로 그려낸다.

그러나 이는 근대화의 자연스러운 과정이다. 보통 1960년대 중반을 변화의 기점으로 삼는다. 전쟁 후에 한국사회가 재건되기 시작하면서 차츰 사회의 중심이 농촌에서 도시로 이동한다. 그때 잇속에 밝은 사람들은 도시에 가서 땅을 사 많게는 200배씩 차익을 남겨 지금의 강남 부자들이 됐다. 이런 변화의 양상을 다룬 한국문학 작품이 희소하다는 것이 문제다. 자본주의사회의 변화 과정을 섬세하게 묘사하고 무슨 일이 벌어졌던 것인지를 정확하게 짚어내는 작품이 드물다. 사회학적 보고서는 있다. 현대사 책들도 나와 있다. 그것을 실감나게 다룬 소설이 부족하다.

이문구를 부정적으로 보는 평론가들은 그가 변화의 방향을 잘못 잡고 있기 때문에 그의 문학 역시 시대착오적이라고 본다. 주자학적 교양의 바탕 위에서 봉건의 잔영을 그리는 데 치우쳤다는 비판도 있다. '근대화가 왜 일어날 수밖에 없었는가'에 대한 문제의식이 결여되어 있다는 것이다. 이문구 문학에서 건질 것은 문체밖에 없다고 평하기도 한다. 그의 문체는 이른바 '요설체'라고도 한다. 요설체는 합리성이 결여된 문체다. 요설체의 경지를 보여주는 것은 박상륭의 작품들이다. 문장이 잘 끝나지도 않는다. 문체만 보면 김승옥 같은 작가와 너무 대비가 된다. 출세주의자들, 기회주의자들, 시골에서 왔으면서 사투리 안 쓰고 깔끔한 서울말 쓰는 김승옥 같은 사람들은 이문구, 박상륭과 쉽게 어울리지 않는다.

《관촌수필》이 탄생하기까지 다소간 우여곡절이 있었다. 집필 기간이 1972년부터 1977년까지인데 중간에 2~3년 공백이 있었다. 1970년대 중반에 여러 가지 정치적 문제와 문단의 상황 때문에 글을 쓸 수가 없었다. 어렵사리 완성된 작품이다. 이문구는 《월간문학》 잡지사의 편집자이면서 사무실 지킴이였다. 잡지사 사무실은 문단의 사랑방 같은 곳이어서 오고가는 사람이 많았다. 온갖 사람들을 만나며 정신없는 와중에 계속 무언가 끄적거렸는데 그것이 《관촌수필》이었다.

1977년 마침내 단행본으로 출간된 《관촌수필》은 일부 부정적인 평가도 있었지만 상당한 호평을 받는다. 이 작품으로 이문구는 작가로서 비로소 존재감을 드러낸다. 그의 소설이란 어떤 것인지를 확실하게 보여줬기 때문이다. 이후 이문구는 화성군으로 이사를 가서 신접살림을 차린다. 그곳 사람들을 묘사한 작품이 《우리 동네》다. 방식은 《관촌수필》과 비슷하지만 현재진행형의 이야기를 펼쳐낸다는 점에서 다르다. 《관촌수필》은 과거 농촌 사람들을 회고하는 데 비해 《우리 동네》는 도시인이라는 이웃을 묘사한다. 동네에 모여 사는 아홉 개 성씨의 사람들을 소개하는 '인물열전'이다. 이들은 도시에서도 변두리에 남아 있는 사람들이다. 1970년대 중반 시점에서 현대인들이 어떻게 살아가고 있는지를 다루게 된다.

　작가로서의 자존심이 있기 때문에 《우리 동네》에서도 도시의 중심으로 들어오지는 않는다. 이것이 이문구 문학의 고집이다. 점점 변화하는 세계에서 서서히 퇴락해가는 것을 보여준다. 사라져갈 수밖에 없는 것들에 대해 회고하고 증언한다. 그리고 무엇인가 지키고자 한다. 이처럼 근대에 저항하는 '지킴이' 역할로 남아 있는 것이 지금의 이문구 문학인데 아마도 갈수록 읽히기 어려울 것이다. 젊은 세대의 감성과 동떨어져 있기 때문이다. 과거 농촌의 정서를 이해하기 어려울 뿐더러 사투리로 쓰인 표현은 점점 외국어가 되어가고 있다. 젊은 독자들에게는 외국어보다 더 어렵게 느껴지기도 할 것이다.

　《관촌수필》의 최근 출간된 판본에는 뒤에 어휘를 풀이하는 사전이 붙어 있다. 더러 짐작이 되는 말들도 있기는 하지만 지금 쓰지 않는 말들은 식별이 어렵기 때문에 참조해야 겨우 읽을 수 있는 작품이다. 나중에는 문화유산처럼 여겨지지 않을까 싶다. 그렇지만 1970년 대에는 현장감을 가지고 있었고 지금은 40여 년이나 지났기 때문에 시대적 간극이 클 수밖에 없다. 문학사적으로는 분명한 의의를 가지고 있는 작품이며 한 자리를 차지할 만한 작품이다.

　《관촌수필》 출간 이후 이문구는 여러 가지 문학상을 수상한다. 문단 활동을 꽤나 열심히 한 작가다. 작품들이 주목받고 TV드라마로도 만들어지면서 여유를 갖게 된다. 세 번째 연작은 〈장척리 으름나무〉, 〈장동리 싸리나무〉 등의 '나무 시리즈'다. 연작의 마지막 작품으로 〈내 몸은 너무 오래 서 있거나 걸어왔다〉를 발표하고 이 작품으

로 동인문학상을 수상한다. 그리고 2003년 위암으로 세상을 떠나게
된다.

《관촌수필》이 장편소설이 될 수 없는 이유

《관촌수필》은 1972년에 발표된 〈일락서산〉부터 1977년 발표된 〈월
곡후야〉까지 모두 8편의 작품으로 이루어진 연작소설이다. 5편과
6편 사이에 시간적 간격이 있다. 5편 〈공산토월〉을 1973년 가을에 발
표하고 6편 〈관산추정〉은 1976년 겨울에 발표한다. 3년의 공백이 있
었다. 짐작으로는 5편으로도 끝낼 수 있었던 것으로 생각된다. 그렇
게 완성된다면 모두 과거의 이야기다. 6편부터는 과거보다 현재의
이야기다. 분량을 늘리기 위한 방편이 아닌가 싶기도 한데 저자의 정
확한 의도를 가늠하기는 어렵다.

자전적 성격을 지닌 이 소설은 성년이 된 작가가 유년기를 회고
하는 내용이 3분의 2 정도를 차지한다. 소설을 표방하고는 있지만 제
목은 수필이다. 그 사이에 의도적인 불일치가 있다. 에세이나 수기라
고 둘러대면서 장편소설로 나아가지 않은 점은 문제적이다.

연작소설의 형식도 아쉽기는 마찬가지다. 이 시기에 중요한 연작
소설들이 등장하는데 노동소설 가운데는 1977년에 윤흥길의 《아홉
켤레의 구두로 남은 사내》, 1978년에 《난장이가 쏘아올린 작은 공》
이 완결되어 나온다. 이런 작품들이 비슷한 시기에 같이 나오기 때문

에 연작소설이 갖는 의미를 따져봐야 한다.

《관촌수필》과《난장이가 쏘아올린 작은 공》이 연작 구성을 갖추게 된 사정은 조금 다른 것으로 보인다. 조세희에게는《난장이가 쏘아올린 작은 공》이 유일한 작품이다. 이후에도 더 작품을 발표하긴 했지만 지금은 전부 절판시켜버렸다. 조세희는 자신의 이력에서 그 작품 하나만 남기고자 한 것으로 보인다. 그는 그 작품 하나도 겨우 썼다고 하면서 만약 작품을 썼던 시간으로 되돌아간다면 다시는 못 쓸 것이라고도 이야기한 바 있다.《난장이가 쏘아올린 작은 공》은 조세희의 최대치다.

연작소설과 장편소설은 나란히 대등한 선택지로 둘 수 있는 것이 아니다. 연작소설을 쓴다는 것은 아직 장편소설을 쓸 만한 역량을 갖추지 못했다는 뜻이기도 하다. 장편소설이 완성되지 않았기 때문에 연작소설에서 낙착되는 것이다.

장편소설의 가장 중요한 요소가 주인공이다. 주인공이 변변치 않으면 이야기가 중간에 끝난다. 영화 용어로 말하자면 '캐스팅'을 잘해야 한다. 장편의 분량을 감당할 수 있는 주인공이어야 하기 때문이다. 단편은 단편의 분량에 맞는 주인공들이 선정된다. 나폴레옹의 생애를 다룬 단편은 난센스다. 영웅의 조건을 갖추고 있는 주인공은 이야깃거리가 많기 때문에 규모가 생긴다.

《난장이가 쏘아올린 작은 공》의 주인공인 난장이 가족들은 장편의 서사를 이끌고 나가기 어렵다. 그래서 쪼개진 이야기, 에피소드밖에 되지 않는다. 주인공에게는 사건을 만들어 낼 수 있는 역량이 필요하다. 사건은 주체가 경계를 돌파할 수 있을 때 가능해진다. 가령 어떤 남자가 여자에게 구애를 했는데 거절을 당해서 포기한다면 이야기가 끝나버린다. 그렇지만 집요하게 다시 청혼해서 승낙을 얻어냈다고 한다면 이야기에 흐름이 생기고 규모를 갖추게 된다. 그것이 단편과 장편의 차이다.

《관촌수필》의 세계에서는 장편을 이끌고 나갈 만한 주인공이 나올 수가 없다. 아버지만 하더라도 전쟁이 일어나 갑자기 체포돼서 총살당하므로 뜻이 꺾인다. 이런 인물로는 장편을 만들기가 어렵다. 각 연작소설에서 인물이 감당할 수 있는 분량이 한정되어 있다. 화자의 시점에서 그 인물을 스케치하는 것이 전부다. 줄곧 그런 방식으로 연작이 마무리된다. 황석영의 '장길산' 정도라면 주인공이 될 수 있다. 도적떼 두목 정도는 되어야지 장편의 서사가 나온다. 《난장이가 쏘아올린 작은 공》도 그렇고 이 작품도 연작의 형태를 취할 수밖에 없는 결정적인 이유는 주인공의 역량 때문이다. 연작소설은 임의적인 선택이 아닌 셈이다.

'개인'과 '마음'이 없는 전근대 인물들의 실상

충청도 사투리와 1인칭 독백의 만연체가 특징인 《관촌수필》의 연작들은 각각 독립적인 단편소설이면서 서로 유기적인 관계를 맺고 있다. 각 작품들이 동일한 공간적 배경과 동일한 관찰자 시점을 갖추고 있기 때문에 유기적인 구조가 가능해진다.

1편 〈일락서산—落西山〉은 고향에서 18년 정도 성장하고 떠났다가 다시 귀향하는 이야기로 구성되어 있다. 고향으로 가니 화자는 할아버지가 가장 먼저 떠오른다. 고향은 할아버지로 대표되는 세계다. 고향에 들어서자마자 너무 많은 것이 달라졌음을 느끼게 된다. 화자는 마을 이름인 관촌을 '갈머리'라고 부르며 자신의 살과 뼈가 여물었던 곳이라 말한다. 지금은 고향의 옛 모습을 어디에서도 찾아볼 수 없다고 말하며 애잔한 마음을 감추지 못한다. 우선 마을에 있던 왕소나무가 사라진 것을 보고 화자는 충격을 받는다. 왕소나무에 얽힌 전설을 들려주는데 이문구 집안의 조상인 토정 이지함 선생이 꽂아 놓은 지팡이가 자라나 마을을 지키는 왕소나무가 되었다는 이야기다. 왕소나무가 없어지면서 고향은 이제 "완전히 타락한 동네"가 되었다고 화자는 중얼거린다.

할아버지부터 총살당한 아버지에 이어 지금의 '나'에 이르기까지 한 가문의 역사가 서술된다. 여기에 같이 있었던 사람들 네댓 명 정도가 중요하게 언급된다. 예우를 갖추어 할아버지에 대해 가장 먼저 이야기한다. 할아버지는 조선시대 상주목사尙州牧使의 아들이자 강릉대도호부사江陵大都護府使의 손자였다. 대대로 뼈대 있는 가문이었지만 할아버지 때부터는 과거와 인연이 없어진다. 선조들이 모두 벼슬살이를 반납하고 낙향해버리자 할아버지는 공부를 포기하고 자신의 불운함을 한탄하며 지역에 눌러앉았다. 지역에서는 향교 직원을 맡아 마을의 큰 어른 노릇을 한다. 마을 사람들이 행사가 있어서 음식을 하면 드셔보라고 한상 차려서 온다. 할아버지는 먹는 시늉만 하고 맛없다며 먹지 않는다. 위아래가 분명한 반상 사회이므로 할아버지의 이런 태도는 지극히 당연한 것이다. 뒤에서 아버지는 할아버지와 다른 행동을 보여준다.

2편 〈화무십일花無十日〉에서는 한국전쟁 때 몰락한 윤영감 일가에 대해 회상한다. 전쟁통에 윤영감은 아들의 징집을 피하기 위해 지게에다가 아들을 지고 피신한다. 그러다가 고아가 되어버린 한 여자를 만나면서 윤영감은 그녀를 며느리로 삼는다. 이후 며느리가 여관 일을 하기 시작하는데 집에 들어오지 않는 날이 많아진다. 외간 남자가 생겼다는 사실이 밝혀지면서 사달이 벌어진다. 남편이 아내를 매질하면서 가두자 아내는 용케 눈을 피해서 자기 정부와 도주한다. 그러자 남편이 목을 매달아 죽는다는 이야기다.

이렇게 자살로 끝을 맺는 이야기는 유난히 한국소설에 많이 등장한다. 박경리의《김약국의 딸들》에도 비슷한 대목이 있는데 이런 이야기는 전근대적인 세계를 정확하게 보여준다. 왜 한국소설에 등장하는 인물들은 쉽게 죽음을 택하는 것일까? 짐작하기로는 '마음'이 없어서다. 아내가 외간남자와 눈이 맞아서 도망갔다. 여기서 살 것인지 죽을 것인지를 고민하는 것이 바로 마음이다. 그런데 마음이 없으니 고민의 단계로 나아가지도 않고 바로 죽어버린다. 일종의 공식처럼 여겨지는 이러한 이야기를 벗어나려면 '마음'이라는 장치를 만들어내야 한다. 원래 갖고 있던 것이 아니기 때문에 발명해야 한다.

이광수의《무정》도 자살과 관련하여 의미가 있다. 박영채와 정혼

한 남자 이형식은 영채가 성추행을 당하는 현장을 목격하고 친구와 함께 그녀를 구해낸다. 그렇지만 영채는 추행을 당한 것이나 다름없다고 생각하고 죽어야겠다고 생각한다. 죽는 방법도 관습화되어 있어서 대동강에 몸을 던져 죽겠다고 결심한다. 경성에서 평양으로 기차 타고 가다가 우연히 동경 유학생 신여성 김병욱을 만나 그간의 사정을 이야기한다. 병욱은 '그런 일로 죽느냐'며 영채에게 반문한다. 형식을 사랑하느냐고 묻자 영채는 그에 대해 한 번도 생각해본 적이 없다는 것을 알게 된다. 이처럼 마음이라는 것이 없으니 인물들이 스스로 판단하고 결정하지 못한다. 마치 당연하고 의례적인 것인 양 '여자는 정조가 생명이니 그것을 잃으면 죽어야 한다'고 생각한다. 행동 이전에 고민을 해봐야 되는데 그것이 빠져 있다. 내면의 고민은 근대소설이 갖는 중요한 의의다.

마음에 대한 묘사는 고전소설로 대체될 수가 없다. 고전소설에서는 마음이 등장하지 않기 때문이다. 근대로 이행할 때 개별적인 존재로서 '나'에 대한 자의식을 갖고 있는 '개인'이 등장한다. 근대소설과 함께 탄생하는 것이 바로 개인이다. 서양의 경우에도 개인은 원래부터 존재했던 것이 아니라 문화적으로 발명된 것이다. 개인은 본래적인 인간의 존재 양식이 아니라 역사적으로 발명된 것이다. 지금은 개인에 대해 너무나 자연스럽게 말하고 생각하지만 시대를 조금만 거슬러 올라가보면 개인의 개념이 자리 잡지 못했다는 것을 확인할 수 있다.

'일편단심'은 근대적인 개인으로서의 마음이 아니다. 속이 좁고

낮은 단계의 마음이다. 마음의 단계가 올라가면 양다리나 다중연애도 가능하다. 한 사람에게 매이지 않는다면 쉽게 죽을 일도 없다.《관촌수필》에서는 단지 하나의 에피소드에 불과하긴 하지만 등장인물들이 자살에 대해 반문하거나 이상하게 생각하지 않는다. 일편단심 때문에 남편이 목을 매단 상황인데 '왜 그래야 했는지'에 대해서 의문을 품지 않는다. 이런 세계가 전근대적 세계다. 근대적 세계는 계산을 하고 이익을 따져보고 책략을 세워서 행동한다.

3편 〈행운유수行雲流水〉에서는 화자 집안의 부엌데기 옹점이의 이야기를 다루고 있다. 아버지가 남로당 활동을 해서 경찰들이 수시로 들이닥쳐 가택수사를 한다. 조직책들이 드나든 흔적을 조사하는 과정에서 경찰이 하인들도 문초를 하는데 여기서 옹점이가 꽤 당당하게 맞선다. 작품이 출간된 당시에는 '주체의식'이나 '주체성'이란 말이 유행했는데 화자는 옹점이야말로 주체성이 확고한 여자라고 이야기한다.

이문구는 '아버지' 자리에 무엇을 채웠는가

5편 〈공산토월空山吐月〉은 이 작품의 대표작이자 가장 감동적인 이야기다. 인상적인 것은 이 단편에서 이문구의 아버지 이야기가 큰 비중을 차지 한다는 것이다. 그의 아버지와 관련한 이야기는 장편소설이 될 만한 소재다. 김승옥도 마찬가지였다. 여수·순천 사건 때 희생당한 김승옥의 아버지 이야기는 역사적으로 중요한 순간을 포착한 장편소설의 소재가 될 수 있었다. 그러려면 작가가 이념을 다룰 수 있어야 한다. 이문구의 경우 남로당이었던 아버지의 이념 문제를 다루고자 한다면 공산주의와 씨름해봐야 한다. 근대 안에서 근대의 모순을 극복하려는 사상적 시도가 공산주의였기 때문이다. 아버지는 《천자문》을 배우는 것을 넘어 새로운 사상을 습득하는 데 적극적이었던 것으로 보인다. 다만 이 작품에서는 자식들에게 사상이나 이념교육을 하지는 않았던 것으로 나타난다. 당연하게도 아버지와 할아버지 사이는 매우 좋지 않다.

공산주의는 평등사상이기 때문에 신분제와 양립할 수가 없다. 신분제를 철폐해야 한다는 것이 공산주의 이념이다. 전근대적인 사회에서 아버지는 예외적인 인물로 나타난다. 화자가 신석공이라는 인물의 혼례잔치 구경을 갔는데 아버지가 늘어와서는 이들과 함께 술을 마시고 노래를 부르고 심지어 춤도 춘다. 화자가 아버지를 보고는 놀랐는데 그 이유는 화자의 집안이 양반가이기 때문이다. 양반은 다른 집의 울타리 안으로 들어가지 않는다. 신분의 차이를 유지해야 하기 때문이다. 같은 양반끼리는 집을 드나들 수 있지만 이 지역에서 양반은 화자의 집안밖에 없다. 신석공의 아버지 신서방 역시 황송한 일임에도 불구하고 덩실덩실 같이 춤을 춘다. 석공은 솟아나는 즐거움을 참느라 어쩔 줄을 몰라 한다.

궁상맞고 비루하고 쇠락해가는 장면들만 나오다가 이 작품에서 가장 활기를 띠는 장면이 여기서 나온다. 이런 아버지의 모습은 할아버지와 많이 대조가 된다. 이문구가 장편소설을 쓴다면 할아버지가 아니라 아버지의 이야기를 깊이 다룰 수 있었다. 이 작품에서는 단지 이런 장면에서 최소화된 형태로 아버지가 등장할 뿐이다.

할아버지도 잃어버리고 아버지도 잃어버려 고아가 된 이문구의 '아버지 찾기'는 결국 김동리에게로 귀결된다. 할아버지가 확고하게 자리를 잡고 있었는데 이 세계는 이미 사라져 버렸다. 자연스럽게 아버지로 교체되어야 하는데 아버지는 부정되고 다시는 떠올려서도 안 되는 존재가 되었다. 이렇게 생겨난 공백을 채우기 위해 동원되는 것이 문학이고 김동리이다. 정신분석학에서는 '대타자'가 바로 그러한 역할을 하는데 그것을 잃어버리면 존재의 위치와 의미까지 상실한다. 이문구에게 있어 대타자의 자리는 문학 혹은 김동리가 차지하게 된다.

석공은 자기 결혼식에 양반이 와서 노래도 하고 춤까지 추니 평생 그 은덕에 봉사한다. 화자 아버지가 감옥에 수시로 들락거릴 때 사식을 들고 식을까봐 경찰서까지 뛰어간다. 그렇게 감옥수발을 도맡아 한다. 그 일이 빌미가 돼서 아버지가 조사를 받게 될 때 경찰서에 붙들려가서 고문도 당한다. 이것은 지어낸 이야기가 아니고 실제 이야기다. 석공은 공산주의를 싫어했다. 아버지의 생각에 동조해서가 아니라 아버지에게 은혜를 입었다고 생각해서 그것을 갚기 위해서 도와준 것이다. 이것이 전근대를 살았던 사람들의 의리와 인정이다. 그것을 대표해서 잘 보여주는 인물이 석공이다.

석공은 나중에 백혈병으로 안타깝게 일찍 세상을 떠나게 된다.

이문구가 임종까지 함께 한 대목도 나온다. 석공이 '잘들 살어' 이야기하면서 화자에게 움직여지지 않는 손으로 악수를 청한다. 화자는 울음을 터뜨린다. 하나의 시대를 대표하는 인물이 죽고 그 시대는 끝난다. 작가 이문구는 작품을 통해서 그 시대의 미덕을 되살려 놓는다. 거기까지가 작가로서 이문구가 할 수 있었던 역할이다.

8장

| 1980년대 Ⅰ |

김원일
《마당 깊은 집》

해답을 찾기보다 상처를 드러내는
김원일의 분단문학

김원일

김원일은 1950년대 작가들이 한국전쟁과 분단의 과정을 성인으로서 경험한 것과 다른 관점을 보여준다. 너무 어렸을 때 전쟁과 분단을 경험했으므로 이념 갈등은 자신의 문제가 아니라 아버지의 문제고 자신과 가족들은 그 피해자다. 분단 문제를 아버지가 떠난 조건 하에서 남은 가족들이 겪는 피해 상황으로 묘사한 대표적인 작가가 김원일이다.

분단문학의 간판 작가 김원일의 어린 시절

1942년생인 김원일은 이청준부터 김승옥, 이문구, 황석영에 이르기까지 1940년대에 태어난 작가들과 같은 세대로 분류된다. 이 시대 작가들이 많다는 것은 그만큼 이들의 작품 활동이 활발했다는 증거다. 4·19세대 작가들과 1950년대 초반에 태어난 작가들이 1970년대에 대학시절을 보내고 1980년대에 주요 작품들을 발표한다. 그 뒤를 잇는 대표적인 세대가 '1963년생' 작가들인데 정확하게는 1962년생부터 1964년생까지 모여 있다. 이처럼 대략 10년 정도 터울로 한국문학의 세대가 갈라진다. 김훈은 1948년생이지만 비교적 늦게 작품 활동을 시작하므로 예외적인 경우에 속한다.

김원일의 문학 중에서는 1988년 출간된 《마당 깊은 집》이 가장 널리 알려지고 읽힌 작품이다. 1990년에 MBC TV드라마로 제작·방영된 작품이기도 하다. 출간된 지 2년 만에 드라마로 제작된 사실만 봐도 당시 이 작품의 인기를 알 수 있다. 《마당 깊은 집》 이후에도 김원일은 꾸준히 작품 활동을 이어가며 분단문학의 중심 자리를 차지했다.

김원일의 고향은 경상남도 김해시 진영읍이다. 그 역시 아버지에게서 중대한 영향을 받는다. 아버지는 그 지역의 조직책을 맡은 좌익운동가였다. 해방 직후 1948년경에 좌익운동가들에 대한 탄압이 있었는데 그때 아버지가 진영을 떠나 서울로 올라온다. 그다음에 한국전쟁이 터지고 아버지는 전쟁 중에 월북한다. 1936년생이었던 최인훈이 한국전쟁을 겪은 나이가 10대 중반이었고 김원일을 비롯한 4·19세대는 불과 여덟아홉 살 정도밖에 되지 않았다. 세상 물정을 전혀 모른다고 할 수는 없지만 그렇다고 알 수 있는 나이도 아니다. 아버지가 부재한 상황에서 장남인 김원일은 아버지를 대신하는 역할을 떠맡는다. 어린 나이에 가장의 역할을 해야 했던 이 시기를 김원일 문학은 주로 다룬다.

분단문학은 한국전쟁과 분단, 그로 인한 여러 인생 역경들을 주된 소재로 다룬다. 아버지가 좌익운동과 관련돼서 월북했거나 행방불명된 경우가 한국작가들 중에 여럿 있다. 대개는 억척스러운 어머니 슬하에서 여러 자식들이 성장하고 장남의 경우 많은 기대와 부담을 떠안고 자란다. 그래서인지 김원일의 별명 또한 '문단의 장남'이다.

나이와 무관하게 수다스러운 작가들이 있는 반면 말수가 적고 점잖은 작가들도 있는데 김원일은 후자를 대표하는 작가다. 김원일은 사람들의 구미를 맞추기보다는 묵직한 주제의식을 가지고 정면으로 돌파하기를 좋아하는 작가다. 그것이 대중성의 확보에는 장애가 되는 것 같다. 젊은 세대 독자들은 그의 작품을 거의 읽지 않는 듯하다. 분단 세대와의 거리감도 있을 것이다. 지금의 20~30대에게 분단 세대는 아버지의 세대도 아니고 조부모세대다. 전쟁의 상흔과 같은 역사적 문제에 대해 관심을 갖기 어렵고 지식도 부족하다. 그래서 안타깝게도 점점 문학사에서만 다뤄지는 작가가 되는 것으로 보인다.

'분단문학'이라는 말 자체도 점점 쓰이지 않는 용어가 되어가면서 이를 대체하는 용어로 '통일문학'이 제기되기도 한다. 젊은 작가가 분단 문제와 관련하여 작품을 쓴다면 이전과는 다른 성격의 문학이어야 한다는 것이다. 이는 문학에 어떤 지향점이나 이념을 부과할 수 있다는 뜻이기도 하다. '분단'보다는 '통일'로 나아가자는 것이다.

시대가 변함에 따라 관심이 줄어들고는 있지만 한국문학사를 이해하고자 할 때 분단문학은 중요한 주제이고 심지어 하나의 범주이다. 김원일은 분단문학이라는 범주 안에서 간판 격으로 손꼽히는 작가라 할 수 있다.

김원일이 본격적인 작가 활동을 시작하기까지

아버지가 월북하자 어머니는 동생들을 데리고 먼저 대구로 가서 자리를 잡는다. 김원일은 뒤늦게 합류하여 대구에서 학교를 다닌다(《마당 깊은 집》은 이때의 경험을 바탕으로 쓰인 작품이다). 대구에서 고등학교를 졸업하고 서라벌예대의 김동리 문하로 들어가 공부한다. 대학을 졸업한 뒤에는 1965년 영남대학교 국문과에 편입한다.

같은 스승을 모셨던 한 살 많은 이문구와는 호형호제하는 사이로 지낸다. 1973년 이문구가 편집장으로 있던《월간문학》을 통해서 문제작인 〈어둠의 혼〉을 발표한다. 등단작은 1966년 대구에 있는 매일신문의 공모전에서 당선된 〈1961·알제리아〉다. 등단 이후 실질적인 작가 활동에 나서기까지 얼마간 공백기가 있었다. 1966년에 등단했지만 공식적으로 문단에 자기 존재를 알리기 시작한 것은 1973년에 이르러서다.

대학을 졸업한 다음 출판사 국민서관에서 1985년까지 꽤 오래 재직한다. 이때까지는 생업을 겸하고 있었기 때문에 작품에 전력투구할 수 없었고 이중생활을 해야 했다. 1986년부터 작가로서 본격적인 작품을 쓸 수 있었고 그렇게 해서 나온 대표작이 《마당 깊은 집》이다.

이후 순천향대학교를 비롯해 몇 개 대학에서 교수로 재직했는데 이런 이력은 1990년대 이후 한국작가들에게서 보이는 하나의 특징이다. 대학 교수로 있으면서 작품 활동으로부터 멀어진 작가들이 많아 문단에 공백이 생긴다. 물론 외국에도 비슷한 사례가 있다. 미국에서는 작가들이 문예창작학과의 전임교수를 겸업하는 경우가 많다. 토니 모리슨이 대표적이다. 노벨문학상을 받기 전 《빌러비드》 같은 작품이 대단히 높이 평가 받으면서 프리스턴대학에 석좌교수로 부임한다. '작가교수'라고도 불리는 이들이 배출되는 문화는 유럽이 아닌 미국에서 온 것이다.

현역으로 작품을 써야 하는 작가들이 일찌감치 대학 교수로 자리 잡으면서 2선으로 물러나게 된다. 이러한 현상은 지금도 계속되고 있고 아무래도 창작에는 큰 손실을 가져오는 것이라 생각된다. 독자를 확보해야만 생명을 이어갈 수 있는 작가들이 다른 활로로 빠져나가고 있다. 독자가 읽어주지 않아도 대학에서 강의하면 그만이게 된다. 어떤 작품을 쓸 것인가와 관련해서 한편으로는 대중과 타협하지 않아도 되지만 다른 한편으로는 소통을 위한 노력을 소홀히 하게 된다.

양면성이 있긴 하지만 대개의 경우 작가가 다른 일을 하면서 작품을 쓴다는 것이 좋은 여건은 아니다. 토니 모리슨의 경우 랜덤하우스라는 대형 출판사의 편집자로 거의 20년 가까이 일을 하다가 그만두고 전업 작가로서 쓴 첫 작품이《빌러비드》였다. 물론 그 전에는 네 편의 장편소설을 썼지만 다섯 번째 장편소설인《빌러비드》는 작가가 자신의 인생을 걸고 전력투구한 작품이라 할 수 있다. 이처럼 전업 작가로서 작품을 쓰기 위한 여건은 대단히 중요하다.

김원일 문학에서 나타나는 '먹고사니즘'의 기원

1973년에 발표한 〈어둠의 혼〉은 작가의 개인사를 다루고 있다. 자진 월북한 아버지를 둔 소년가장의 이야기다. 이것은 김원일 문학에서 반복되는 기본적인 틀이다. 가족사에 깊게 새겨진 분단의 상처를 주제로 한 작품이 대부분이다.

김원일은 출생년도로 봤을 때는 4·19세대 작가로 분류되지만, 그의 작품들은 바로 앞에 있었던 한국전쟁 체험에 방점이 찍혀 있다. 반대로 최인훈은 4·19 체험에 바탕을 두고《광장》에서 '자유'라는 이념을 중요한 것으로 다룬다.《광장》의 성취는 작품 자체와는 별개로 시대적 상황에 많이 빚지고 있었다. 따라서 작품만 따로 떼어내서 평가할 것이 아니라 그 작품이 탄생하게 된 역사적 배경과 함께 읽을 수 있어야 한다. 4·19세대를 분류할 때 이들을 묶을 수 있는 이념이자 가치는 바로 '자유'라 할 수 있다.

분단문학의 경우에는 사정이 좀 다르다. 김원일 문학에서는 자유와 같은 이념에 대한 조명이 상대적으로 적다. 김원일의 압도적인 체험은《광장》의 이명준이 겪고 고민하는 것과 전혀 다른 것이다. 이명준의 체험은 대표성을 갖고 있기는 하지만 희소한 체험이다. 당대에 이명준처럼 책을 많이 읽고 남한의 밀실과 북한의 광장에 대해서 고민했던 사람이 몇이나 있었을까. 얼마 되지 않았을 것이다. 절대다수의 체험은 삶에 대한 심란함과 빈곤이었다. 당장 생존의 문제와 부딪쳤기 때문이다.

이 작품에서도 기본적인 틀은 생존에 대한 압박이다. 전방에서는 생사를 넘나드는 전투가 벌어지고 후방에서는 피난민들이 기아를 겪는다. 거기에 더해지는 것이 위생적으로 불결한 환경이다. 먹지 못하고 제대로 씻지 못하는 생활에서 빚어지는 여러 가지 수모들이 있다. 삶의 기본적인 조건들이 충족되지 않기 때문에 아주 원초적인 욕망부터 채우는 것이 중요하다.

그래서 이념은 항상 나중 문제로 여겨진다. 북이냐 남이냐, 사회주의냐 자본주의냐, 혹은 독재냐 민주주의냐 등의 문제를 뒤의 것으로 치부한다. 당장은 먹고사는 일이 중요하기 때문이다. 이것이 한국의 생존 이데올로기로서 '먹고사니즘'이다. 한국 사회에서 대단히 강력한 이 이데올로기의 기원은 한국전쟁이다. 그리고 1997년 IMF 외환위기 때 이 트라우마가 반복된다. '이념이 밥 먹여주지 않는다'는 것이 한국인들의 기본적인 세계관이다.

전쟁을 체험하는 방식도 여러 가지가 있겠지만 김원일의 체험이 대표적이다. 전쟁을 겪은 가족들에게서 공통적인 조건처럼 등장하는 것이 '아버지의 부재'다. 아버지는 보통 이념을 담당한다. 아버지가 사라진 조건 하에서 어머니의 돌봄 아래 살아남아야 하는 상황을 뼈저리게 체험한 가족이 바로 김원일의 집안이었다.

아울러 김원일의 동생 김원우 역시 소설가이며 이들은 한국문학사에서 유명한 '형제 작가'다. 흥미로운 것은 전쟁 체험을 대표할 수 있는 한 집안에서 형제 모두가 작가가 됐다는 점이다. 그리고 이들의 작품이 분단문학에서 하나의 표본을 제공했다는 사실이다.

분단문학은 분단 문제를 어떻게 다루는가

분단문학 안에서도 여러 가지 흐름이 있다. 하나는 이념의 문제를 정면으로 다루는 것이다. 그런데 한국문학의 특징은 이런 문제의식이 매우 약하다는 것이다. 군사정권 아래서 이념을 다룬다는 것은 하나의 금기였기 때문이다. 이념 문제를 다룬 대표적인 작품은 조정래의 《태백산맥》인데 상당히 늦게 나온다. 1983년부터 잡지에 연재되어 1989년에 완결된 작품이다. 한국전쟁 전사부터 시작해서 1940~1950년대의 이야기를 1980년대에 펼쳐냈으니 반세기 정도 지체한 셈이다. 《태백산맥》 같은 작품이 분단문학의 한 돌파구였다. 금기시되는 주제를 다루었기 때문에 국가보안법 위반으로 재판까지 받았다. 한국문학 가운데 그토록 중대한 문제를 다룬 작품이 드물었다.

다른 하나는 아버지로 대표되는 이념 문제 대신에 어머니와 남은 가족들 사이에서 펼쳐지는 이야기를 다루는 것이다. 분단으로 인한 대립을 가족의 문제로 다루면서 한쪽은 북한에 있고 다른 한쪽은 남한에 있으니 서로 총부리를 겨누는 상황을 비극적으로 묘사하는 것이다.

이처럼 분단 문제를 어떻게 해소할 것인가와 관련한 두 가지 방향성이 있다. 이념의 시시비비를 정면으로 따져볼 것인가, 아니면 샤머니즘 혹은 모성적 화해로 해결을 모색할 것인가. 한국문학은 후자를 대안으로 제시하는 일련의 작품들이 상대적으로 강한 편이다. 이념의 문제를 직접 다루는 것은 여러 정치적 상황 때문에 막혀 있었으므로 이런 식의 해법만 허용이 됐다. 윤흥길의《장마》가 대표적인 작품이다.

한국문학에서 분단문학의 수는 상당히 많은 편이다. 지금은 썰물처럼 싹 빠져나갔기 때문에 격세지감이 있다. 분단문학을 주도하던 세대들이 현장에서 물러나면서 갑자기 공백이 생겼다. 이들은 1980~1990년대까지만 해도 한국문학의 중심을 차지할 만큼 압도적이었다.

김원일의 문학은 초기에 소외된 민중의 삶을 다룬 작품들을 제외하고는 대부분 남북분단 문제를 다루고 있다. 분단과 전쟁이 작가의 가장 압도적인 체험이기 때문에 작품의 중요한 재료가 된다. 작가가 이를 계속 불쏘시개로 삼아서 작품을 써나가는 것이라 생각된다. 작가의 원체험을 바탕으로 이루어지는 이러한 글쓰기를 발전시키고자 한다면 작가가 인터뷰에서도 이야기한 바 있지만 더 많은 공부가 필요하다.

김원일은 독일작가 토마스 만을 자신의 문학적 모델로 삼는다. 이는 김원일의 작품이 왜 '재미없다'는 평가를 받는지에 대한 하나의 단서가 된다. 아이러니스트를 표방하는 토마스 만의 작품들은 너무 진지하고 무거워서 대중 독자들이 읽기엔 버거운 면이 있다. 1993년에 발표한《늘 푸른 소나무》에서 김원일은 시민과 예술가의 문제를 본격적으로 다룬다. 김원일이 토마스 만에 공감했던 이유는 그가 그림에 소질이 있었기 때문이다. 그것은 예술가적인 자질이자 욕구다. 김원일이 중산층 가정에서 성장했다면 화가가 될 수도 있었을 것이다. 그러나 가난한 집안의 장남이 그림을 그린다는 것은 쉽지 않은 일이다. 토마스 만 작품의 중요한 주제가 시민과 예술가 사이의 갈등을 나타내는 것이므로 김원일이 거기에 공감했다는 것은 충분히 이해가 된다.

그러나 분단문학과 토마스 만은 사실 아무런 관계가 없다. 분단문학은 분단 현실의 경험에 바탕을 두어야 하지만 토마스 만의 문학은 그렇지 않다. 반면에 동독문학에는 분단의 경험을 다룬 작품들이 있다. 대표작으로 크리스타 볼프의《나누어진 하늘》이 있다. 세계적으로 분단문학이 자리 잡은 나라가 한국과 독일을 포함하여 몇 군데 없다. 과제는 한국의 분단문학이 어떻게 세계문학으로 읽힐 수 있는

가이다. 인류의 보편사적인 관심이나 문제와 어떻게 연결될 수 있을지 고민해봐야 한다.

분단과 전쟁의 상흔을 피해자의 시각에서 드러내다

김원일의 소설은 분단문학의 개척자 역할을 담당하고 있다는 점에서 중요하다. 작가와 작품 수가 많은 분단문학 중에서 대표할 만한 장편소설을 꼽는다면 그렇게 많지 않다. 김원일의 경우 소설 전집이 출간돼 있는데 총 28권 정도다.

《마당 깊은 집》은 1988년 계간지에 발표가 되고 같은 해 단행본으로 발간된다. 1954년 봄부터 주인공이 대구에 살았던 딱 1년 정도의 시간을 다룬다. 화자의 시점은 30년쯤 지난 1980년대 중반이다. 소상한 묘사가 가능한 것으로 봐서는 작가의 어린 시절 경험이 많이 반영됐다. 가짜 경험을 그렇게 자세히 쓰기는 어렵다. 어릴 적 경험 같은 경우에는 더더욱 그렇다. 이 작품을 대개 분단문학인 동시에 가족소설, 성장소설로 분류하곤 하는데 성장소설로 보기에는 그 기간이 너무 짧다. 성장소설의 측면도 일부 갖고 있는 작품이지 성장소설로 규정하기는 어렵다. 차라리 특정한 시기에 한 지역에서 사람들이 어떻게 살았는가를 보여주는 세태소설에 가깝다. 거기에 몇 가지 주제들이 추가된다.

주인공의 시점에서 보면 성장보다는 가족의 문제를 다루고 있고 당시 몇 가지 풍속을 들여다보기도 한다. 한국 사회의 문화와 심리의 기원을 탐색하는 작품이기도 하다. 시공간적으로 '1954년'과 '대구'에 한정되어 있지만 현대사를 포괄하는 압축적인 묘사를 보여준다. 대구가 진영과 같은 시골 마을과는 달라서 미군 부대도 주둔해 있었기 때문에 서울과 비슷한 공간이다. 서울에서 벌어질 만한 일을 다소 축소된 규모로 있는 그대로 보여준다. 그래서 토착적 정서를 다룬 작품은 아니다. 전쟁 직후 한국 사회의 상황을 잘 반영한 작품으로서 의미가 있다.

이 작품의 제목이면서 공간적 배경이기도 한 '마당 깊은 집'은 위채에 주인집이 있고 아래채에 네 집, 바깥채까지 다섯 집이 세 들어 사는 구조다. 마당 깊은 집의 주인집과 세 들어 사는 집, 드나드는 사람들까지 포함하게 되면 말 그대로 한국 사회의 축소판이다. 국지적으로 그 지역에 살았던 사람들의 특징만 묘사한다면 세태소설에서 멈추겠지만 집에 들어선 사람들 사이의 관계와 사회를 보여줌으로써 시대적인 대표성을 지니게 된다.

주인공 길남은 고향 진영에 있다가 누나가 데리러 와서 대구로 간다. 대구에 먼저 와 있는 어머니가 아버지 부재의 상황에서 재봉질로 생계를 꾸려나간다. 어머니는 30대의 젊은 나이이지만 혹독한 생활로 인해 일찍 늙는다. 막심 고리키의 《어머니》에서도 시대를 대표하는 어머니가 등장하는데 원작을 바탕으로 만들어진 영화에서는 거의 할머니로 보인다. 아들이 장성해서 스무 살 정도고 어머니는 마흔밖에 되지 않았는데 고생을 너무 많이 해서 늙어 보인다. 그 당시 어머니에게는 인생에 다른 낙이 없다. 자식들을 먹여 살리는 일념으로 산다. 그마저도 없으면 삶에 아무 의미가 없기 때문에 진작에 자살했을 것이라고 작가는 말한다.

사회주의자 아버지가 혈혈단신으로 월북해버린 상황은 이문열 집안도 똑같이 겪는다. 이문열 문학은 일부러 아버지와 대척되는 진영인 극단적 보수로 간다. 한편으로는 남한 사회에서 좌파인 아버지를 직접적으로 따라갈 수도 없다. 김원일도 일부 작품들 때문에 진보진영으로부터 '반공주의 작가'라는 비난을 받기도 했다. 이 작품에서도 월북하려다가 붙들려서 재판을 받고 수감되는 '정태'라는 인물이 나오는데 마당 깊은 집에 같이 살았던 사람이다. 현재 시점에서 화자가 서준식 형제들과 관련한 기사를 읽은 다음 정태를 떠올리게 된다. 정태도 서준식과 마찬가지로 비전향 양심수로서 계속 감옥에 갇혀 있었기 때문이다.

이렇게 이념으로 인한 모순적인 현실을 그리기도 하지만 김원일이 주로 다루는 것은 먹고사는 생존의 세계다. 생존의 세계에서 중요한 것은 '공부해야 한다'는 것이다. 살기 위해서는 이 방법밖에 없기 때문이다. 지금은 의미가 좀 달라졌을지 모르지만 당시 출세한다는 것은 공부해서 엘리트이자 지배층으로 올라서는 것이었다.

전쟁 직후였기 때문에 좌익 색출이 아직도 현안이었던 시기다. 좌익에 연루된 가족들에게 수시로 경찰들이 찾아와서 심문한다. 그러한 시대적 상황이 이 작품에 잘 반영되어 있다. '좌파' 내지는 '빨갱이'라 호명되면서 연루된 자들은 대개 아버지들이다. 남은 가족들에게는 아버지가 부재하는 것도 심각한 상황인데 그 여파로 아버지와 접촉했는지 수시로 확인하는 경찰들과 마주해야 한다. 분단의 직접적인 후유증이자 남은 가족들이 겪어야 하는 피해다. 아버지에게는 자신이 신봉하는 이념이 삶을 가치 있게 만들어주는 것일지 모르지만 남은 가족들에게 이념이란 가치는커녕 밥도 먹여주지 않는다. 당장 몇 끼라도 굶게 되면 이념이라는 문제는 하등 중요치 않게 된다. 당장 자식이 옆에서 굶고 있는데 이념에 따라서 죽고 산다는 것은 너무 먼 나라 이야기다.

이것이 김원일 문학이 지닌 실감의 정서다. 진보진영에서 볼 때 김원일은 기대치에 썩 도달하지 못한다. 분단 상황을 다룬다면 좀 더 선명한 이념 문제를 내세울 것으로 기대되는데 생존에 중점을 두는 작가여서 그런 방향성이 드러나지 않기 때문이다. 이것은 일종의 세대 문제이기도 하다. 김원일은 1950년대 작가들이 한국전쟁과 분단의 과정을 성인으로서 경험한 것과 다른 관점을 보여준다. 너무 어렸을 때 전쟁과 분단을 경험했으므로 이념 갈등은 자신의 문제가 아니라 아버지의 문제고 자신과 가족들은 그 피해자다. 분단 문제를 아버지가 떠난 조건 하에서 남은 가족들이 겪는 피해 상황으로 묘사한 대표적인 작가가 김원일이다.

형편이 어렵고 궁상맞은 아래채 사람들

길남의 가족이 대구 장관동 언저리에서 여러 셋집을 전전하면서 살다가 처음 마련한 집이 마당 깊은 집이다. 길남은 초등학교를 마치고 중학교에 들어가야 하는데 입학 시기보다 한 달 늦은 4월에 와서 학기를 못 맞추는 바람에 1년을 쉬게 된다. 그때 함께 살았던 사람들과의 경험이 묘사되고 있다.

　매일 화장실과 수도를 같이 쓰는 아래채 사람들을 먼저 소개한다. 나이가 쉰 초반인 경기댁은 아들과 딸이 하나씩 있다. 딸 미선은 미군 PX에서 일을 하는데 한국이 싫다고 하면서 계속 떠나고 싶다고 말한다. 그녀는 나중에 미국 장교와 결혼해서 미국으로 들어간다. 그리고 주인댁 역시 날건달 아들 성준을 미국으로 유학 보낸다. 미국 문화가 수입되어 자리 잡은 시대적 상황을 잘 보여주는 대목이다.

　한국전쟁 이후 미군과 함께 미국식 대중문화가 들어오고 한국 사회에도 미국에 대한 선망이 생긴다. 분단문학이 되기 위한 중요한 조건처럼 등장하는 것이 미군 PX다. 박완서의 등단작 《나목》도 미군 PX를 배경으로 하고 있다. 실제로 박완서가 거기서 일했던 경험담이 녹아 있기도 하다. 미국이 우리에게 어떤 의미인지를 드러내는 것이 《마당 깊은 집》의 중요한 의의다.

　둘째 방에는 퇴역장교 상이군인 준호네가 산다. 많은 집안이 남자(아버지)가 없고 여자만 있는 상황인데 이 집안은 예외적이다. 그렇지만 그도 '아버지가 아닌 아버지'다. 부상 때문에 한쪽 손에 의수인

갈고리를 달고 있어서 할 수 있는 일이 많지 않다. 자질구레한 물건들을 가지고 다니면서 방문 판매하다가 다방에서도 쫓겨난다. 아버지나 남자가 할 수 있던 일은 아니다. 제대로 된 남자가 부재하는 것이 이 공간의 특징이다.

물론 아래채만 그렇고 위채는 사정이 좀 다르다. 위채 주인집은 남자건 여자건 간에 서로 바깥에 놀러 다니기 바쁘다. 계층적으로 보면 위채 사람들은 지주 집안이고 부르주아계급이다. 아래채 사람들은 모두 형편이 어렵고 궁상맞다. 한국문학은 주로 아래채 사람들을 다루는 것에 특화돼 있다. 한국문학에서 부르주아계급을 다루는 작품이 부족한 것은 실제로 위채에 살았던 작가들이 많지 않았기 때문이다.

서양문학은 주로 중산층 부르주아의 세계를 다룬다. 노동자나 하층의 세계로 내려가는 것은 에밀 졸라의 《목로주점》 같은 작품이 등장하면서부터다. 한국문학은 일제강점기 때도 그랬지만 작가들이 대부분 찢어지게 가난하고 병으로 일찍 죽는다. 경험한 세계가 한정되어 있기 때문에 하층 계급의 상황을 주로 다룬다. 다만 이광수의 《무정》은 주로 중산층의 세계를 보여주는데 등장인물들이 미국에 유학을 가는 것으로 이야기가 끝이 난다. 한국문학은 이들 부르주아계급에 대한 보다 정밀한 분석과 탐구가 필요하다.

평양댁은 딸 하나에 아들 둘이 있다. 폐가 아픈 큰아들 정태는 공산주의자다. 나중에 월북을 시도하다가 붙들려서 장기 복역을 한다. 둘째 민이형은 보기 드문 수재로 서울법대는 그가 따 놓은 당상이라고 다들 생각한다. 그런데 큰아들로 인해 연좌제에 시달리고 그 바람에 대학을 지방 의대로 간다. 서울법대를 나온다 하더라도 판검사 임용이 불가능하다는 것을 알아차렸기 때문이다. 그는 나중에 대구 시내에 자신의 병원을 차린다.

미국과의 관계로 보는 현대 한국의 기원

위채 식구들은 총 여덟 명이 있다. 공장과 건물을 갖고 있는 주인아저씨는 정신없이 바쁜 사람이다. 주인댁 아주머니 역시 계주이기도 하고 상점도 갖고 있어서 바쁘다. 안살림은 칠순의 시어머니인 노마님이 도맡아 한다. 주인공의 활동 반경이 제한되어 있기 때문에 이 집에 대해 자세히는 모르고 다만 전해 듣기만 한다.

주인댁 아주머니가 댄스홀에서 춤추다가 들켜서 한바탕 소동이 벌어지는 에피소드가 나온다. 댄스홀은 당시 미국 문화의 일부로서 미군들과 함께 도입된 것이다. 여유 있는 한국인 부녀자들이 거기에 드나들면서 '춤바람'이 났다는 소식이 전해지곤 했다. 꽤 오랫동안 이어져온 '춤바람' 유행은 룸살롱과 카바레로 발전하면서 한국식 향락 문화를 만들어냈다. 본래는 서구식 향락 문화에서 비롯됐지만 일본을 경유해서 일제강점기 때 들어오고 1950년대에는 미국식 문화와 혼합된 것이다.

오늘날 기준으로 봤을 때도 당시의 여성상은 상당히 개방적이었다. 지금은 잘 쓰이지 않는 '아프레걸'이라는 말이 있다. 영어 'after'를 프랑스어로 표현한 '아프레'는 '전쟁 이후'를 뜻하는 '아프레게르 apres guerre'라는 말에서 나왔다. '아프레걸'이라는 말은 사실 어디에도 없는 단어다. 일본에서 '전후'를 뜻하는 말로 쓰인 '아프레게르'가 한국에 들어오면서 일어 발음 때문에 '아프레걸'이 된다. 그러고는 의미가 엉뚱하게 바뀐다. 전후 여성 내지는 신여성을 뜻하는 이 말은 주로 무도장에서 춤을 추는 젊은 여성들을 가리켰다. 1920년대 피츠제럴드의 소설에 나오는 신여성(플래퍼)들과 비슷한 면모를 보이는 여자들이 한국의 아프레걸이었다. 개방성을 내세웠던 이들은 "너무 귀찮은데 누가 내 처녀성 좀 가져갈래?" 등 지금 보아도 상당히 파격적인 말들을 쏟아냈다.

1960년대에 5·16군사정변이 일어나면서 여성 중심의 문화가 역전된다. 남성 중심 가부장제가 강고해지면서 여성성에 대한 통제가 이루어지고 여성의 활동 영역이 가정에 제한된다. 1950년대만 해도 자유주의 풍조가 유행하면서 여성의 정조관념은 구습으로 여겨졌다. 전쟁과 함께 세상이 바뀌었고 여성들도 적극적으로 자기 주장을 할 수 있었다. 성에 있어서도 남성이 아닌 여성이 주도권을 갖고자 했다. 물론 이런 풍조나 문화에 대해 혀를 차는 사람들도 있었다. 이 작품에서도 길남의 어머니는 자유주의 풍조에 대해 비판적인 태도를 보인다.

주인아저씨와 아주머니 사이에는 대학교 2학년에서 중학교 2학년까지 아들만 셋이 있다. 장남인 성준은 건달 대학생이다. 아이가 둘 딸린 여자와 사귀는 바람에 집안에서 곤욕을 치르기도 한다. '연애대장'이라는 별명이 붙은 그는 아래채 사는 미선에게 계속 수작을 건다. 미선이 미군 PX에서 일하고 있으므로 그녀에게 자신이 유학을 가야 하니 영어를 가르쳐 달라고 한다. 미선은 아무리 부자라도 바람둥이는 싫다고 하면서 받아들이지 않는다.

어느 날 PX에서 도난 사건이 일어나면서 한국인들이 의심을 받게 된다. 미선 역시 한국인들이 그랬을 것이라 가정하고 한국이 싫다고 이야기하면서 무슨 수를 쓰든 이 땅을 떠나겠다고 이야기한다. 결국 야밤에 PX에 들어온 한국인 좀도둑 세 명이 붙잡힌다. 미군 헌병들은 그들에게 사흘 영창살이를 시키고는 한국 경찰에 인계하지 않고 풀어준다. 여기까지 들었을 때 주변 사람들은 미군에 대해 마음씨가 곱다고 칭찬한다. 하지만 미군은 도둑들을 풀어주면서 그들의 얼굴에 빨간 페인트칠을 하고 옷에는 '갓뎀 코리안'이라 쓰며 모욕을 주었다. 이 장면은 그 당시 미국과 한국의 관계가 어떠했는지 정확하게 보여준다.

일본만 하더라도 '미국'을 한자로 쓸 때 '쌀 미(米)'자를 사용한다. 우리는 예외적으로 '아름다울 미(美)'자를 쓴다. 얼마나 미국을 이상화하고 선망의 대상으로 삼고 있는지 확인할 수 있다. 거리에서 미국인들이 던져주는 밀크초콜릿을 받아먹고 살았던 사람들이 한국인이다. 불과 두 세대 전에 있었던 이러한 일상들이 현대 한국의 기원이다.

위채 사람들에 대한 동경과 금기

당시 미국에 유학을 가려면 정부의 허가를 받아야 했기 때문에 소개
장이나 초대장이 있어야 했고 여기저기 손을 써야 했다. 성준이 이를
도와준 미군 장교를 초대해 자신의 집에서 파티를 한다. 성준이 미선
에게 통역을 맡아달라고 부탁한다. 미선이 처음에는 통역을 맡지 않
겠다면서 뺀다. 그래서 주인공 길남은 미선누나가 오지 않을 것으로
예상했는데 미선이 깜짝 놀랄 만한 모습으로 출현한다. 누가 봐도 남
자들의 눈길을 끌 만한 모습으로 나타난다. "우리집을 드나드는 기
생들처럼" 화장을 짙게 하고 봉숭아색 연지를 바르고 입술을 빨갛게
칠한 모습으로 등장한다.

   길남의 어머니가 만든 재봉 옷감을 구입하는 주 고객층이 기생들
이었다. 위채에서는 이에 대해 탐탁지 않게 생각한다. 그동안 본 여
자가 기생들밖에 없으니 길남은 미선을 거기에 비유한다. 길남은 미
선이 평소에는 가볍게 화장하고 PX에 출근하거나 순진한 여고생 티
를 내는 데 그쳤지만 이번에는 한껏 멋을 부렸다고 이야기한다. 미
군 PX 양품부에서 빌려 입었다는 검정 공단 드레스에 대해 자세하
게 묘사하면서 "뽀얀 가슴살이 반쯤 넘게 드러난 그 대담한 옷을 입
고도" 그녀가 부끄러운 티를 내지 않았다는 사실에 놀라움을 감추지
못한다.

   이 파티를 넋을 놓고 보다가 집에 들어가니까 어머니의 불호령이
떨어진다. 학교 1년을 쉬는 동안 신문 10부, 20부를 받아 겨우 팔면

서 이익을 남기다가 이제 보급소에 취직하여 신문 배달원이 됐는데 파티나 보고 있으니 어머니가 "썩어빠진" 자식이라며 신랄하게 꾸짖는다. 잘 먹고 잘 사는 사람 돈놀이 잔치를 본다 해서 무슨 이익이 돌아오겠느냐며 당장 집을 나가라는 엄포를 듣는다. 길남은 호되게 야단맞고 서러워서 가출을 결심한다.

길남은 하룻밤 밖에서 자면서 악몽을 꾼다. 이튿날 신문사 보급소에 누나가 길남을 설득하러 온다. 누나는 장남이 집을 나가니 어머니가 일도 걷어치우고 오랫동안 울면서 넋두리를 했다며 어서 돌아오라고 이야기한다. 길남은 집에 가지 않겠다고 버티며 여기를 떠날 것이라고 고집을 부린다. 이윽고 역 대합실로 가서 거기서도 악몽을 꾼다. 잠결에 누가 불러서 깨보니 어머니가 와 있다.

형제 작가 김원일과 김원우는 공통적으로 어머니를 다룬 소설을 많이 썼다. 당연하겠지만 두 작가에게 가장 영향을 미친 존재가 어머니다. 슬픈 얼굴로 내려다보는 어머니 눈과 마주치자 길남은 부끄러움을 느낀다. "가자. 집에 가자고." 어머니는 그 말을 하곤 앞장을 선다. 대단한 어머니다. 때려주거나 끌어안거나 하지 않고 '집에 가자'는 딱 한마디만 하면서 앞장서 가며 한 번도 뒤를 돌아보지 않는다. 집으로 돌아가서 고깃국이 올라온 밥상을 받는다. "목이 메어 밥이 잘 넘어가지 않았고, 어머니는 여전히 아무 말씀이 없었다."

여름 장마 기간에는 여자들이 옷을 맡기러 오지 않아 어머니의 재봉일이 줄어든다. 그래서 이때는 온 식구가 점심 한 끼를 굶는다. 형편이 나아지면 다시 한 끼를 더 먹는다. 나중에 알고 보니 어머니가 이런 방식으로 생각보다 돈을 많이 모아두었다. 이러한 대목만 봐도 어머니가 얼마나 억척스럽게 돈을 모았는지를 알 수 있다.

길남이 배가 고파서 주인집 부엌에 가서 밥을 훔쳐 먹기도 한다. 그것을 목격한 안씨가 누구한테도 말하지 않을 테니 앞으로는 그렇게 하지 말라고 이야기한다. 길남이 굉장히 고마워하면서 다시는 남의 물건에 손대지 않겠다고 말한다. 부잣집 파티를 구경한 것에 대해 화를 낸 것만 봐도 알 수 있듯 어머니는 남의 것에 관심을 가지고 부러워하는 것을 금기시한다. 그러면서 대안으로 '네가 출세하고 성공해야 한다'고 이야기한다. 그러려면 공부를 열심히 해야 한다는 것이다.

전쟁 이후 한국 사회는 어떻게 재건되었는가

길남의 가출이 이 작품에서 하이라이트에 해당하지만, 이 외에도 다양한 에피소드들이 이 작품을 구성하고 있다. 어느 날 밤에는 장맛비로 마당 한 가득 차 오른 물을 퍼내는 소동을 겪기도 한다. 반공을 외치는 사회적 분위기와 관련하여 월북자 가족들이 계속 감시 대상이 되는 이야기도 나온다.

손자가 셋 있는 위채에서 큰 애가 방을 달라고 하니 아래채에서 방을 하나 비워야 한다. 제비뽑기를 통해 길남 가족이 걸리게 된다. 겨울에 방을 구할 수가 없으니까 여러 가지로 궁여지책을 낸다. 먼저 집을 나가는 가족이 있어서 임시변통으로 거기 들어오기로 한 보금당 정기사에게 봄까지 유예해달라는 명분으로 돈을 주기로 한다. 그러는 사이 평양댁의 큰아들 정태가 없어지고 행방을 알 수 없게 되자 나중에 경찰이 찾아와서 이 집을 샅샅이 조사한 뒤 내막을 알게 된다.

정태가 김천댁과 복술이를 데리고 월북을 시도하다가 둘을 올려 보내고 자신은 폐병 때문에 기침을 하다가 붙들린다. 재판에서 상고를 포기하는 바람에 징역 20년형을 선고받고 법정에서 일장연설을 한다. 그는 남조선이 조선민주주의인민공화국으로 통일될 그날까지 감방에서의 삶을 택하겠다고 한다. 당시는 이승만 정권이 대통령 임기를 연장하기 위해서 사사오입 개헌을 자행하던 때였는데 정태만 분명한 주관을 가지고 현실을 비판한다. 다른 사람들은 문제가 있다손 치더라도 분단된 상황이기 때문에 반공은 불가피하다고 생각한다. 이러한 생각은 작가가 취하고 있는 관점으로도 보인다. '비전향 장기수'라고 불리는 이들을 존중하지만, 이들의 삶이 생활세계에서도 추구할 수 있는 태도는 아닌 것이다.

마당 깊은 집에 세를 든 가구는 4월이 돼서 1년을 채우자 모두 떠난다. 세월이 흐르고 난 뒤 후일담이 시작된다. 지방 대학을 졸업하고 서울로 올라와 출판사에 취직한 길남은 종종 처가가 있는 대구로 내려간다. 5년 전 여름휴가 때 대학 동창생을 만나 낮술을 하고 대구 중앙통 길을 걷다가 새로 지은 건물에 걸린 낯익은 간판 하나를 발견한 적이 있다. 평양댁의 공부 잘하던 둘째아들이 개업한 '정민 내과

의원'이었다.

병원에 들어선 길남은 이미 머리카락이 희끗한 40대 후반의 민이 형을 보고 반갑게 손을 잡는다. 그리고 마당 깊은 집에서 나란히 살았던 가족들의 이야기를 나누다가 정태의 이야기가 중요하게 언급된다. 그는 꼬박 형량을 채워 1975년 정월에야 석방되었다가 '사회안전법' 제정에 의해 전향 거부에 따른 보안 감호 처분을 받아 7개월 만에 다시 수감된다. 감옥을 나오기 전에 '나는 공산주의자로서의 신념을 더 이상 가지고 있지 않습니다'라고 전향의향서를 써야 하는데, 쓰지 않으면 비전향 장기수가 돼서 형을 다 살았지만 계속 감호소에 갇혀 수감생활을 해야 한다는 것이다.

이 이야기를 하면서 화자가 서준식에 관한 신문기사를 두 달 전에 읽은 적이 있다고 밝힌다. 재일교포인 서준식은 육군 보안사령부에 의해 '유학생 간첩단'으로 체포되어 징역 7년형을 받는다. 그 역시 세 번에 걸쳐 전향을 거부한 끝에 다시 10년을 보호 감호 명목으로 재수감된다. 그리고 17년 만에 '주거 제한' 조치를 받고 석방된다. 서준식에 대한 기사를 읽으며 길남은 정태를 떠올리지 않을 수 없었다고 고백한다. 그리고 이것이 실제로 1988년에 있었던 '비전향 장기수 서중식 석방사건'이다.

이윽고 마당 깊은 집을 다시 찾아간 길남은 그곳에 서 있던 건물이 재건축에 들어섰음을 목격하게 된다. 첫 대구 생활 1년이 허망하게 묻히는 장면을 슬픔 가득한 마음으로 쳐다본다. 이런 부분은 개인 사적인 경험을 다룬 세태소설로도 보이지만 어른이 되어 새로운 집으로 돌아왔다는 점에서 성장소설로도 읽히는 대목이다.《마당 깊은 집》은 전쟁 이후 한국 사회가 재건되는 과정을 상세히 재현하고 현대 한국의 기원을 탐색한다는 점에서 의미 깊은 작품이다.

9장

| 1980년대 Ⅱ |

이문열
《젊은 날의 초상》

중산층이 되려는 독자들의
열망을 자극한 이문열의 교양주의

이문열

- 1979년 – 단편 〈새하곡〉 발표 및 등단
- 1979년 – 중편 《사람의 아들》 발표
- 1979~1981년 – 장편 《젊은 날의 초상》 발표
- 1982년 – 장편 《영웅시대》 발표
- 1987년 – 단편 〈우리들의 일그러진 영웅〉 발표 및 이상문학상 수상

이념이 다름에도 이문열과 대학생들이 공통적으로 가졌던 한 가지 정서가 있다면 그것은 '교양 기갈증'이다. 정치적 노선을 가리지 않고 교양 콤플렉스가 있었으므로 대학생들 사이에서는 '좌파 교양'이, 이문열과 같은 세대에게는 '우파 교양'이 필요했던 것이다. 독자를 새로운 지식의 세계로 안내하는 측면이 있었기에 그의 소설은 진영을 가리지 않고 '교양'으로서 읽혔다.

이문열과 함께 시작된 '한국식 교양주의' 소설

1948년생인 이문열은 1979년부터 1980년대 중반까지가 작가로서
의 전성기였다.《젊은 날은 초상》은 그의 자전적인 작품으로 초고는
1970년대 초반쯤에 만들어졌을 것으로 추정된다. 1981년 서른 초반
에 글을 정돈해서 공식적으로 작품을 발표한다. 1977년 작가로서 등
단한 이문열은 당시 다른 작가들에 비해 나이가 조금 있는 축에 속
했다.

　자전적인 소설이라고는 하지만 작품의 결말을 보면 상당히 독특
하다. 예술을 자기 삶의 지향점으로 설정하는 것이 결말이다. "절망
이야말로 가장 순수하고 치열한 정열이었으며 구원이었다"는 언급
과 함께 '아름다움'을 추구해야 할 최고의 가치로 삼는다는 장면이
나온다. 그런데 실제로 이문열이 예술가 내지는 예술 창작의 길로 나
아갔는지에 대해서는 의문이 든다. 1970년부터 그는 사법고시 공부
에 전념했기 때문이다. 소설에서는 그 기간을 누락시키고 있다. 이
소설이 정말로 자전적인 이야기를 담고 있다면 이제 고시를 준비해
야겠다는 다짐이 등장해야 할 텐데 작가는 '예술'로 대체하고 있다.

　이문열은 3년 연속 사법고시에 실패하고 군대에 입대한다. 잃어
버린 시절에 대한 상실과 아쉬움, 여한을 상쇄하는 것이 이문열의 교
양주의다. 그에게 있어 교양주의는 '한국식 교양주의'로 두 단계로
이루어진다. 하나는 검정고시, 다른 하나는 사법고시다. 이 두 가지
시험을 통과하는 과정에서 나온 대체물이 그의 문학행위다.

본래 교양주의에서는 책을 많이 읽는 것을 중요한 미덕으로 꼽는데 이문열은 작가들 중에서도 다독가로 소문난 사람이다. 10대 후반에 연간 500권씩 읽었다고 한다. 독서에 열중했던 그는 학교 수업을 제대로 듣지 못했고 중학교, 고등학교, 대학교 모두 중퇴한다. 방황을 거듭하다가 만회하기 위해 검정고시를 준비했고 합격해서 대학에 들어간다.

　　독일에서 처음 발흥한 교양주의는 세계 여러 나라로 수출되며 다양한 모습으로 나타났다. 한국에서 인기를 끌었던 교양주의는 괴테가 아닌 헤세의 문학이었다. 1960년대에 전혜린이 번역한《데미안》이 베스트셀러가 되면서 신드롬을 불러일으켰고 이문열도 그 영향을 받았다. 그래서《젊은 날의 초상》과《데미안》이 비교되기도 한다.

　　본래 교양소설의 원조는 괴테가 쓴《빌헬름 마이스터의 수업시대》였으나 한국의 상황과 잘 들어맞지 않아 외면당한다. 이 작품에서는 상인 집안의 아들인 빌헬름이 주인공으로 등장한다. 그는 들어야 할 상인 수업은 받지 않고 연극 패거리들과 어울려 다니면서 일탈을 즐긴다. 그 과정에서 숱한 실패와 방황, 좌절을 겪고 난 뒤 다시 돌아오게 되는 것이 소설의 주된 내용이다.

　　이 작품은 죄르지 루카치가 쓴 소설의 유명한 정식으로도 표현된다. "길이 시작되자 여행은 끝났다." 루카치가 말하는 '길'이란 인생의 진로나 방향을 의미하고 이것은 인생의 질곡이나 방황의 경로까지 미리 결정해놓는다. 괴테의 소설은 이 길을 찾는 과정을 보여준다. 달리 말하자면, 인생의 길 위에 선 사람이 자신의 영혼을 증명함으로써 여행을 끝내는 것이 교양소설의 중요한 과제다. 자신의 영혼을 들여다보고 내가 어떤 존재인지를 깨닫는 자기 파악의 여정이라 할 수 있다.

상인 집안의 아들은 상인이 되면 그만이다. 그런데 주어진 인생의 진로를 잠시 부인하고 다른 가능성을 찾거나 방황의 길에 나서면 '백지'가 된다. 즉 무엇을 할 것인가 모색해야 한다. 그다음 여행의 형식이든 방황의 형식이든 일련의 과정을 거쳐서 깨달음을 얻게 된다. 그 뒤에 다시 상인의 길로 돌아오고 여행은 종료가 된다. 이런 형식을 갖추고 있는 것이 교양소설이다.

교양소설은 당시 사회의 계급적인 관점에서 분석하는 것이 좋다. 작가인 괴테나 작품의 주인공인 빌헬름 마이스터 모두 시민계급에 속한다. 시민계급의 위로는 귀족계급이 있지만 이렇게 인생의 진로를 고민하는 문제는 상인계급, 시민계급에게 해당한다. 《빌헬름 마이스터의 수업시대》에는 교양 경험이 왜 필요한가에 대한 정확한 인식이 드러나 있다. 시민계급이 귀족이 되기 위해서는 교양을 갖춰야 한다. 교양을 결여한 시민계급은 귀족과 나란히 있을 수 없고 한쪽으로 저울추가 기울 수밖에 없다. 저울의 균형을 맞추기 위해서라도 시민계급에게 요구되는 것이 바로 교양이었다. 이러한 주제는 중산층 집안의 아들이 주인공인 《데미안》에서도 나타난다.

그런데 한국에 들어온 교양주의는 중산층이나 시민계급보다 더 하층으로 내려간다. 그리고 그들이 중산층이 되기 위한 여러 과정을 보여주는 것이 주된 과제가 된다. 시민계급이 귀족이 되려는 과정을 보여주는 것이 교양소설이었는데 '한국식 교양소설'은 조금 더 아래로 내려가서 빈곤층이 중산층으로 올라서는 과정을 보여준다.

이문열의 삶을 지배했던 교양주의의 특징

《젊은 날의 초상》은 연작 중편소설로 발표된 작품들을 하나로 모아서 완성시킨 장편소설이다. 총 3부로 구성되어 있는데 각 부가 순서대로 발표된 것은 아니었다. 3부인 〈그 해 겨울〉이 가장 먼저 발표되고 그 다음 1부 〈하구〉와 2부 〈우리 기쁜 젊은 날〉이 연이어 발표된다.

이문열은 고등학교를 중퇴하고 3년간 백수로 지낸다. 소설에서 알 수 있는 바로는 2년은 허송세월로 보내고 1년은 대학에 입학하기 위해서 검정고시 준비를 한다. 대학에 입학하면서 1부의 이야기가 끝이 나는데, 그 시점에서 자신의 삶에 대해 토로한다. 정규적인 학교 과정을 밟지 않고 아이도 어른도 아닌 나이를 먹었으니 학생도 아니고 건달이랄 수도 없는 자신의 신세에 대해 우려한다. 그리고 이렇게 살다가는 "평균치의 삶"도 누리지 못하게 될 것이라는 심경을 솔직하게 드러낸다.

열여덟 살이기 때문에 애도 아니고 어른도 아니다. 전형적인 교양소설들에서 나타나는 주인공의 연령층과 비슷하다. 1부의 내용은 대학 입시를 준비하는 동안 신세를 지게 된 형에게 보낸 편지로 구성되어 있다. 자신의 삶이 평균치 이하이기 때문에 평균치에 맞추려고 노력하는 것은 교양소설의 본래 모델과 차이가 난다. 여기서 말하는 평균치는 중산층의 삶을 말하며 대부르주아가 아닌 소부르주아 정도다.

괴테의 경우 시민계급 출신이지만 나중에 황제로부터 귀족 작위를 받는다. 《빌헬름 마이스터의 수업시대》의 주인공 역시 귀족 여성과 결혼을 약속하는 것으로 끝난다. 교양소설은 그 자체로 귀족계급과 시민계급 사이의 갈등을 해소하는 방식을 보여준다. 프랑스 모델에서는 귀족과 시민이 서로 대립하다가 귀족은 몰락하고 부르주아 계급이 상승한다. 독일 모델에서는 시민계급의 발달이 미진해서 귀족계급을 압도하지 못한다. 《젊은 베르테르의 슬픔》에서도 나오지만 신분 상승의 과정에서 시민계급이 겪는 차별도 있다. 하지만 괴테에게서는 시민과 귀족이 대립하는 관계가 아니다. 그래서 괴테의 작품에서는 계급 간 갈등이 비교적 안정적인 방식으로 해소된다. 괴테의 교양소설이 하나의 모범이자 전형이 될 수 있었던 이유다.

여기에 '예술가 테마'가 결합된 것이 헤세의 작품이다. 예술가로서 구도의 여정에 나서는 주인공상을 끝까지 견지하는 것이 헤세의 소설이다. 《젊은 날의 초상》에서 화자가 마지막에 예술가의 삶을 선택하겠다고 말하는 것은 헤세의 교양소설이 보여준 결말과 유사하다. 한편으로 이문열의 작품은 예술이 고시와 등가적이라는 것을 말해준다. 예술이든 고시를 통해서든 이문열은 신분 상승을 추구한다. 전통적인 신분제 개념에서 보자면 양반계급이 되고자 한다.

이문열은 아버지의 좌익 전력 때문에 연좌제에 묶여서 여러 차별을 받았다고 말한다. 그의 집안은 뼈대 있는 양반 가문이었지만 역사의 소용돌이 속에서 완전히 몰락한 계층이 됐다. 바닥에 떨어진 집안의 명예를 다시 회복하는 것이 이문열의 인생 과제다. 문학은 그것을 위한 하나의 방편이다. 사법고시에 합격했다면 문학은 거들떠보지도 않았을 것이다. 학교생활에 실패하고 중퇴했던 것처럼 사법고시에 3연패했기 때문에 이문열은 이를 문학으로 만회하고자 한다. 1980년대에《젊은 날의 초상》이 독자들의 반응을 얻으며 그는 정말로 만회한 듯 보였다.

평균치 이하의 삶을 벗어나기 위해 고투하고 방황하는 과정이 있었고 마침내 양반이 되고 귀족이 됐다. 1980년대 중반 이후에는 어지간한 문학상을 모두 휩쓸었기 때문이다. 1987년에는 이상문학상을 받으며 그의 수상 이력이 거의 마무리된다. 그리고《삼국지》번역에 매진한다. 작가로서의 역량은 있지만 그것을 전적으로 쏟아 부어서 쓸 만한 작품이 없으니 다른 일에 골몰하는 것이다.

1987년 즈음에 가장 인기 있는 작가였기 때문에 인터뷰도 많이 했는데 보통 작품 하나 쓰려면 30권의 책을 읽는다고 밝힌 바 있다. 머릿속에 어느 정도 지식이 들어가야 좋은 작품을 쓸 수 있다고 생각하는 대표적인 작가다. 문학 인재 양성을 위한 기숙학사(부악문원)도 만들었다. 작가 지망생들을 불러다가 사서삼경 등의 고전을 필독하게 했다. 이는 이문열 자신이 그러한 조건을 다 갖추고 있다는 뜻이기도 하다. 작가가 제자를 양성하는 지위까지 오르게 되면 자신의 작품을 쓸 만한 여력이 없어진다. 이문열의 문학은 작가 자신이 어떤 지위에 오르기까지 하나의 방편으로 활용된 측면이 강해 보인다.

진영을 가리지 않고 이문열의 교양주의에 반응했던 독자들

《젊은 날의 초상》은 작가 이문열의 출사표에 해당한다. 작가로서의 속내가 가장 잘 드러나 있는 작품이기도 하다. 이문열 문학의 여러 가지 코드를 알려주는 작품으로서도 의미가 있다. 대학 가기 전에 바짝 검정고시 준비하던 때인 1967년부터 1969년까지가 시간적 배경이다. 1981년에 출간되었지만 이 작품에서 묘사되고 있는 것은 1972년부터 시작된 유신시대 바로 직전의 상황이다. 사회적 현실과 관련된 부분은 거의 배제되어 있다.

이문열은 일반적인 문학가와 상당히 다른 길을 밟아왔기 때문에 독특한 현실감각을 가지고 있다. 예컨대 황석영도 유별나고 독특한 체험을 많이 가진 사람이다. 여러 가지 면에서 두 작가가 비교되는데 우선 둘 다 자전소설을 썼다는 공통점이 있다. 차이점은 하층계급의 사람들을 만나 직접 밑바닥 경험을 하는 황석영과 달리 이문열은 첫눈에 봐도 시 쓰는 사람, 예술 하는 사람으로 보일 정도로 부르주아적 소양을 물씬 풍긴다는 것이다. 한창 책을 많이 읽을 때 작품을 썼기 때문에 독서 내지는 교양 체험이 이문열의 가장 중요한 자산이다. 그다음 밑바닥 생활을 바라보고 경험해본 이야기도 쓰는데 통상적으로는 몸소 자신이 겪은 바를 써야겠지만 이문열은 직접적인 경험보다 전해들은 이야기를 주로 쓴다.

이문열에게 있어 경험을 대체하는 것이 독서다. 최인훈 같은 지식인 작가들에 견주어도 이문열은 독서량에서 뒤지지 않는다. 그러나 그의 작품을 보면 독자적인 주제의식이나 이야기를 보여주기보다 여러 작가와 철학자의 인용으로 채우는 경우가 많다. 한 비평가는 이문열의 독서가 체계적이지 않고 산만하다고 지적하기도 했다. 이것은《젊은 날의 초상》에서도 그대로 나타난다.

이문열의 소설이 현실과 밀착되어 있지 않다는 점도 특징적이다. 이 작품이 개인적인 작가의 경험을 잘 보여준다 하더라도 1960년대 후반의 사회적 현실과는 별로 접점이 없다. 이문열의 이후 문학적 경로를 암시해주는 대목이라고도 생각한다. 이문열의 세계관에서 현실은 특정한 이유 없이 그저 주어진 것이고 바꿀 수 없는 것이다. 작가는 현실에 대해 변화를 요구하는 것은 당치 않은 것으로 과소평가하는 모습을 보여 왔다. 이런 태도는 그의 개인사에서 아버지와의 관계와 무관하지 않다.

이문열의 아버지는 이념을 위해서 가족을 버린 가장이었다. 그에게는 아버지에 대한 애증과 원망이 계속 남아 있다. 김승옥의 경우 1948년 여수·순천 사건 때 아버지를 잃어버린 경험이 있어서 문학작품에서 아버지의 존재가 등장하지 않는다. 하지만 비어 있는 자리는 무엇으로든 채워야 하기 때문에 나중에 기독교의 '하나님 아버지'에게로 귀의한다. 비어 있는 아버지의 자리는 여러 가지로 채울 수 있다. 이문구 작가도 좌익이었던 아버지의 자리를 대신하는 존재로 한국 문단에서 우파를 대표했던 대부 김동리를 모셔다 놓는다.

아버지를 극복하는 방식에서 김승옥과 이문열은 비교가 된다. 김승옥은 아버지를 묻어버리려 했던 반면 이문열은 아버지와 철저하게 맞서고자 한다. 그래서 우파적인 입장을 취하며 좌파였던 아버지와 대립한다. 이문열의 작품은 기본적으로 이념을 둘러싼 갈등이 얼마나 허망한 것인지에 대한 비판을 담고 있다. 그의 문학에서 반복되는 태도로 특히 사회주의나 민중주의 등의 이념에 대해 강한 비판적 입장을 취한다. 희한한 사실은 1980년대에 대학가에서 이문열의 소설이 선풍적인 인기를 끌었다는 것이다. 운동권에 속해 있던 당시 대학생들은 이념적으로 왼쪽에 속했는데 어떻게 이문열과 공존할 수 있었을까? 그들은 이문열의 소설에서 무엇을 읽었던 것일까?

이념이 다름에도 이문열과 대학생들이 공통적으로 가졌던 한 가지 정서가 있다면 그것은 '교양 기갈증'이다. 정치적 노선을 가리지 않고 교양 콤플렉스가 있었으므로 대학생들 사이에서는 '좌파 교양'이, 이문열과 같은 세대에게는 '우파 교양'이 필요했던 것이다. 이문열의 소설에는 은근히 독자의 기를 죽이는 요소가 있다. 당시 알려지지 않았던 다양한 책들을 언급하며 독자를 새로운 지식의 세계로 안내하는 측면이 있었기에 그의 소설은 진영을 가리지 않고 '교양'으로서 읽혔다.

교양주의는 보수적이고 우파적인 세계관으로 자리 잡을 여지가 크다. 지적인 교양을 쌓는 일은 상당한 여유를 필요로 한다. 귀족계급이 교양을 가질 수 있는 가장 큰 토대는 그들이 일을 하지 않는다는 것에 있다. 세계여행을 2년 정도 하면서 전 세계 미술관을 둘러보면 누구라도 교양이 생길 수밖에 없다. 그런데 노동자계급은 여러 제약 때문에 그런 경험을 할 처지가 못 된다. 교양주의는 기본적으로 소수주의, 엘리트주의로 변질될 가능성이 크다. 어떤 '대단한' 책을 읽어봤냐고 묻는 것은 그런 '대단한' 책을 읽을 만한 여유가 있었느냐고 질문하는 것과 통한다. 누구라도 여유가 없으면 지식을 쌓기가 쉽지 않다. 세상의 질서로부터 한 발짝 떨어져 있었던 이문열 역시 마찬가지다. 중고등학교를 자퇴하지 않고 충실히 다니며 공부에 전념했다면 교양소설《젊은 날의 초상》을 쓰기란 불가능했을 것이다.

이문열의 교양주의가 성취한 것과 놓친 것들

괴테의 빌헬름 마이스터가 연극패에 가담했던 것과 같이 이문열은 정상적인 길에서 빠져나와 방랑하며 책을 탐독한다. 그리고 고시 공부를 통해 자신의 계급적인 한계를 극복하고자 한다. 이문열의 교양주의는 한편으로는 출세를 위한 것이다. 우리식으로 이야기하자면 '대학 입시용 교양주의'에 가깝다. 물론 많은 문학도들이 그렇듯 이문열도 수학에 취약했다. 그래도 작품에서는 좋은 선생을 만나서 약점을 극복하게 된다. 그리고 검정고시에 합격해 대학에 입학한다.

　작품의 줄거리만 보면 주인공이 대학 입시 같은 사회적 가치에 대해 별로 존중하지 않을 것만 같은데 사실은 그렇지 않다. 주인공의 내면을 묘사하는 출발점이 '평균치의 삶조차 누리지 못하게 될지도 모른다는 공포'이기 때문이다. 그래서 '과감한 일탈'이라고 하기가 어색한 부분이 있다. 도전해서 질서를 넘어서려는 것이 아니고 다시 돌아오기 때문에 잠시 방랑의 기분을 느껴본 것에 불과하다. 대학에 가서도 그는 만족하지 못한다. 대학 나와서 할 수 있는 것이라고는 기자나 편집자 정도인데 그런 직업군에서 벗어나고자 한다.

그래서 그는 사법고시 공부에 전념한다. '인생 역전'을 할 수 있는 마지막 기회로 보고 판검사 되기에 총력을 기울이지만 실패한다. 그 뒤 '울분의 토로'라고도 할 수 있는 엄청난 양의 작품을 쏟아내고 작가 자신으로서는 다행스럽게도 사회적 인정을 받게 된다. 단기간에 한국 최고의 작가가 되고 부와 명예 등 모든 것을 얻게 된다. 그토록 바랐던 '교양 체험'을 했고 신분 상승에 성공했다.

이문열은 '이문열 신드롬'이라는 말이 생길 정도로 1980년대 내내 최고의 베스트셀러 작가로 이름을 날렸다. 유려한 문체, 다양한 소재, 화려한 이야기꾼의 솜씨를 가지고 한국에는 부족했던 교양소설과 성장소설의 길을 열었다고 평가받았다. 특히 주인공의 나이가 10대 후반에서 20대 초반으로 건너가는 무렵의 연령대라는 점에서 헤세의 《데미안》에 준하는 소설을 우리도 갖게 되었다는 자부심을 느끼게 했다.

그러나 이문열은 한국소설의 중요한 결핍을 채워주지는 못했다. 바로 리얼리즘이다. 이문열은 초기작을 냈을 때부터 낭만주의적인 작가로 평가받았다. 세계문학사를 살펴보면 교양소설 다음에 리얼리즘소설로 넘어간다. 이문열의 문학은 리얼리즘 이전 단계에 해당한다. 이에 대한 작가로서의 의식이나 책무를 이문열이 가지고 있었는가에 대한 의구심이 있다. 대표작이 모두 예술가소설이거나 〈우리들의 일그러진 영웅〉의 경우 우화소설이고 그다음에는 역 사소설로 넘어간다. 한국 사회를 묘사한 정통적인 의미의 리얼리즘소설은 가지고 있지 않다.

이 부분은 이문열뿐만 아니라 한국문학사의 공백이다. 시대사적으로 보자면 1980년대 초반에 등장했어야 하는 것은 노동소설이다. 노동소설은 노동자계급의 세계관과 그들의 사회적인 모순에 대한 인식을 정확하게 보여주는 것을 목표로 한다. 그러한 문제의식에 비하면 이문열의 작품이 보여주는 것은 상당히 '사소한' 것이다. 아마 문학사에서 오래 기억될 만한 작가가 되기는 어려울 것이다. 하지만 이문열이 정치적으로 보수적 입장을 대표할 수 있는 작가이기 때문에 그의 작가적 세계관과 작품의 관계에 대한 연구는 필요해 보인다.

이문열의 문학과 행보에서 보이는 현실과 관념의 불일치

김승옥과 이문열도 여러 가지 면에서 비교할 거리가 있다. 두 사람 모두 중간에 문학에서 일탈했다는 점이 눈에 띈다. 김승옥은 장편소설을 써야 하는데 영화계에 몸을 담았고, 이문열은 《삼국지》와 《초한지》 번역에 전념했다. 작가적 재능을 엉뚱한 곳에 쓴 것이다.

그나마 김승옥은 1970년대 시대상황에 대해 예민하게 반응했다. 원래 김승옥은 박정희 지지자였다. 다른 정치꾼들은 식상하고 박정희는 뭔가 기대할 만하다고 생각했는데 1972년 10월 유신 이후 제 4공화국의 행태에 대해서 상당히 우려한다. 친구인 김지하가 사형 선고를 받은 후 수감된 상황에서 김승옥은 석방 운동에 관여하고 나름대로 비선에 손을 대서 그를 구출하기 위해 애썼다고 한다. 적어도 심각한 정치적 상황에 대한 문제의식은 가지고 있었던 것이다. 다만 그것을 작품으로 쓰지 못했을 뿐이다.

이문열은 드러내놓고 보수적인 정치적 입장을 취한다. 2016년 촛불시위 때도 촛불시위대를 북한의 모란봉 가무단에 비유하는 등 신랄하게 조롱하는 발언을 해서 비난을 받았다. 일사분란하게 매스 게임(십난제소)하는 듯한 광경을 촛불시위내에서 봤다는 것이다. 이런 관점은 특정한 대중적 움직임에 대해 '배후에 무언가 있을 것이다'라는 식으로 사고한다. '그렇지 않고서야 이렇게 자발적이고 적극적인 시위 참여가 가능하겠는가'라고 보는 것이다. 대중이 기본적인 판단력을 가지고 있는지에 대해 의심한다.

처음부터 이문열의 정치적 입장이 극단적인 우파이지는 않았을 것이다. 아마 1980년대 중반까지는 중도적인 우파에 속했을 것이다. 이후에 사회적인 소통을 추구하기보다 점점 관념적인 영역에 매몰되어간 것으로 보인다. 물론 그는 관념소설을 쓰는 작가이기 때문에 충분히 그럴 수 있다고 생각한다.

작가가 책에서 읽은 관념이 있지만 거기에 대응하는 현실이 없을 때, 이것이 얼마나 코믹한 해프닝으로 나타나는지를 이 작품에서 잘 보여주는 대목이 있다. 주인공 이영훈이 술집에서 프랑스의 시인이자 절도범이었던 프랑수아 비용 문학 축제를 여는데 비용의 흉내를 내기 위해서 소주 박스를 들고 도망치다가 무거워서 내려놓는다. 술집 주인이 달려와 소주를 훔치는 영훈을 보고 '뭘 하는 거냐'고 묻는다. 영훈은 도둑 시인 비용을 위해 반드시 소주를 훔쳐가야 한다고 대답한다. '주인이 이렇게 지키고 서 있는데 어떻게 훔치냐'며 주인은 정 필요하면 외상으로 한 병 가져가고 다음날 돈을 달라고 한다. 영훈은 반드시 훔쳐가야 한다고 말하며 소주 두 병을 빼어 냅다 도망친다. '술 깬 후에나 잊어먹지 말라'는 주인의 느긋한 목소리와 함께 장면이 마무리된다.

이것이 프랑수아 비용을 위한 문학 축제의 해프닝이다. 비용의 시를 읽고 거기에 혹해서 현실에서 그대로 흉내 내려는 것이다. 그런데 자신이 아무리 진지하다 하더라도 책에서 본 내용을 똑같이 흉내 내려는 행동은 해프닝밖에 되지 않는다. 이런 장면이 이문열식 교양소설의 현실과의 간극을 잘 보여준다. 한국식 교양소설이라 하더라도 한국의 현실과 맞지 않는다. 한국에 맞는 소설도, 현실에 맞는 인식도 다른 종류여야 한다. 소설 속 주인공이 겪은 해프닝이자 한계이지만 이는 작가 이문열에게도 그대로 적용된다.

한때는 국민 작가라는 칭호도 들었고, 한국문학 판매량의 절반을 차지한 적도 있었다. 작품 활동 후반부에 들어서며 작가가 조금씩 속내를 드러내는데 그의 에세이 중에는 《시대와의 불화》도 있다. 결정적으로 1990년대 페미니즘 운동이 등장하고 여성주의문학이 부각되자 그 불만을 노골적으로 쓴 책《선택》이 있다. 봉건시대의 여성관을 그대로 옹호하는 책이다. 조선시대 마님의 시점에서 요즘 세대의 젊은 여성들을 훈계하는 뉘앙스로 쓰여 있다. 대단한 반발을 사게 되고 그 이후에는 사회적으로 더욱 부정적인 평판을 얻게 된다. 자신에 대한 비판이 심해질수록 이문열은 더욱 보수적인 입장을 취하게 된다.

1부 〈하구〉에서 드러나는 작가의 분열적 현실 인식

이문열은 1977년 대구 매일신문 신춘문예에서 입선한 경력이 있다. 그런데 '입선'이어서 자기 경력에서 뺀다. 당시에는 낭선작이 없었다는 뜻이기 때문이다. 1979년 동아일보 신춘문예에 출품한 《새하곡 塞下曲》이 당선된다. 이것이 정식 등단작이다. 같은 해 《사람의 아들》로 오늘의 작가상을 수상하고 연이어 비슷한 작품들을 1980년대 중반까지 쏟아낸다. 1979년 공식 등단한 이후 1982년에 동인문학상, 1983년에 대한민국문학상, 1984년에 중앙문화대상, 1987년에 이상문학상을 연이어 수상한다. 등단 이후 10년 동안 이런 상을 모두 수상한 전례가 없다. 무명 작가였던 이문열이 1980년대 중반까지는 한 시대를 평정하게 된다.

여기서 당시 이문열과 한국 독자들의 특이한 '동거생활'의 정체는 무엇인지, 둘 사이에 무슨 거래가 있었던 것인지 짚어볼 필요가 있다. 《젊은 날의 초상》은 청춘기의 방황과 고뇌를 담고 있는 작품이다. 여러 작가와 철학자들의 책을 인용하며 방황의 여정을 포장하고 있다. "독한 지식욕과 대상없는 연모, 젊은 날의 번민과 고뇌, 불안과 비애에 짓눌려 신음하는 영혼"을 보여준다. 열아홉 살에 강진에서 열 달 남짓 경험했던 것을 그리고 있는 작품이 1부 〈하구〉다. 길이 시작된다는 것은 여행이 끝난다는 것이고, 그 과정에서 겪는 방황은 하나의 통과의례가 된다. 여러 고비를 거친 끝에 검정고시에 합격하고 대학에 들어가 안착하는 여정을 다루고 있다.

후반부에서 주인공 영훈이 명문대학의 다소 수준이 떨어지는 과에 진학했다고 고백하는데 그것이 국어교육과다. 정확히 말하면 서울대학교 국어교육과에 입학하게 된다. 국어 교육이나 국문학에 관심이 있었던 것은 전혀 아니다. 문과 출신인데 간판이 필요해서 국어교육과에 들어갔을 뿐이다. 이문열은 이때도 사법고시에 관심이 있었다. 사법고시를 통과해야 사람들에게 인정받을 수 있다고 생각했기 때문이다.

이런 말들로만 내용을 채우고 있다면 소설이 재미없었을 텐데 현장 경험이 조금 있어서 거기서 만난 사람들의 이야기도 다룬다. 강진의 주민들 중 모래배의 선원들을 막소주 한 병에 고추장 한 사발만 있으면 언제든 흥겨울 수 있는 사람들로 묘사한다. 원래는 이런 사람들의 이야기를 써야 소설이 된다. 흥미로운 삶의 현장을 보여주기 때문이다. 무슨 책 읽었는가만 나열하는 '책돌이' 이야기는 재미가 없다.

주인공이 만났던 사람들 중에 최광탁과 박용칠은 주인공보다 더 흥미로운 인물들이다. 이 작품에서 가장 재미있는 부분은 단짝인 둘이 서로 싸우는 장면이다. 고장의 사투리를 질펀하게 써 가면서 자신의 자녀들이 자기를 닮지 않고 서로의 생김새를 빼닮았다고 타박한다. 그런 다음 둘이 서로의 아내를 탐하기라도 했느냐는 식의 설전이 오간다. 한 사람이 '냄새 나는 당신 마누라에게 마치 호박에 절구질이라도 하듯 일을 벌였겠느냐'고 타박하자 다른 사람이 '그러면 나는 무슨 재미로 당신이 떠먹다 놔둔 상한 죽사발에 은 숟가락을 집어넣겠느냐'며 질타한다.

이 장면이 소설에서 제일 생생한 대목이다. 그런데 이것은 자신의 경험이 아니고 자기가 본 경험밖에 되지 않는다. 이것이 교양소설의 한계다. 특히 한국의 현실을 담아내지 못한 교양주의의 한계다. 책에서 읽은 것과 현실은 전혀 맞지 않는다. 이런 부분이 그나마 살아 있는 현실이다. 이 세계로 좀 더 들어가면 민중의 삶의 현실과 만나게 된다. 이문열이 정말 작가가 되기로 결심했다면 이 사람들과 더불어 지내야 한다. 그런데 물과 기름처럼 섞이지 않는다.

이문열은 민중계급과 거리를 두려 한다. 책상물림으로서 갖는 거리감이다. 그래서 항상 겉돌게 된다. 주인공 영훈이 모래 채굴 사업을 하는 형네 집에 가서 서기로 일을 봐주면서 공부를 한다. 2년 동안 방황한 헛된 경험을 안고 제도교육으로 돌아가기에는 무리였음을 깨우치면서 정신이 바짝 든다. 그래서 검정고시를 준비하는데 그만 장티푸스에 걸린다. 이런 대목은 이문열 자신의 경험 그대로다. 객관적으로 보면 괜히 고등학교 중퇴해서 2년을 날려먹고 형한테 신세지면서 뒤늦게 입시 공부하느라 고생하는 젊은 청년 정도인데 영훈은 '유적의 생활'이라고 이야기한다.

제 발로 방황하고 있는데 심각하게 젠체하며 일기장에 이렇게 쓴다. "처참한 유적" 운운하며 어두운 밤을 휩쓸고 지나가는 "잔인한 세월의 바람 소리"를 묘사하고, "당나귀의 턱뼈처럼 버려"진 책들과 어둠 속에 사그라진 "예지의 말씀"들에 대해 쓸쓸하게 노래한다. 어떤 날의 일기는 죽음에 대한 마르쿠스 아우렐리우스의 설교만으로 가득 차 있다. 이렇게 근사하게 멋을 부리는 어휘만 늘어놓는다. 자기 경험에 밀착해서 쓰는 것이 아니고 독서의 경험만 늘어놓으며 다른 세계에 살고 있음을 고백한다. 그래서 마을 사람과의 교류는 직접 만나서 겪은 일이 아니고 그저 스쳐 지나가는 장면으로 끝이 난다.

이영훈이 수학선생을 만난 것은 그나마 건진 행운이었다. 강진의 유일한 대학생 서동호를 만난 것이다. 영훈은 검정고시를 준비하는 과정에서 수학을 책으로 익히는 것이 쉽지 않아 배워야 했다. 자신에게 아주 요긴한 선생이어서 서동호와 친하게 된 것인데 아무런 계산 없이 친해진 것처럼 이야기하고 있다.

영훈과 친분을 맺은 인물 중에 별장집에 사는 남매가 있다. 그들은 부잣집 자식들이고 계모 때문에 요양 중인 것이라고 영훈에게 둘러댄다. 그런데 나중에 알고 보니 병약한 오빠는 돈 많은 바람둥이한테 여동생을 팔아가면서 겨우 생존을 유지하고 있었다. 얼마 지나지 않아 그마저 요양소에 가서 폐병으로 죽고, 여동생은 자해 시도를 한다. 이런 비극적인 현실을 눈앞에 두고도 외면하거나 부정한다면, 또는 일말의 깨달음도 없다면 그가 가상 속에 머물러 있음을 보여주고 있을 따름이다.

영훈은 정확하게 이 모습을 보여준다. 눈앞에서 벌어지는 '현실'이 있는 반면 '유적의 체험'이라고 하면서 자기가 포장하는 현실이 따로 있다. 화자 영훈은 이 비극적인 광경을 뒤로 하고 검정고시에 합격한 다음 입시원서 접수시키고 합격 통보를 받는다. 이것이 1부 〈하구〉의 결말이다. 그렇다면 이 작품에서 이루어진 것이 무엇인가. '강진에 내려가서 입시 공부해서 붙었다'가 끝이다. 나머지는 들러리밖에 되지 않는다. 그것이 이 소설의 핵심이다. 그러면서 은근슬쩍 조명하고 있는 인물이 서동호의 아버지 '서노인'이다.

수학선생 서동호의 아버지는 빨갱이였다. 전란 중에 자기 대신에 다른 사람이 빨치산으로 오인을 받고 총살당해 죽는다. 아버지는 죽지 않고 피신한 상황이었지만 가족들은 겁이 나서 아버지가 죽은 것으로 장례를 치르게 된다. 서동호는 가족을 버린 아버지를 이미 20년 전에 죽은 사람처럼 생각했다고 이야기한다. 그럼에도 여전히 울적한 마음을 감출 길이 없다며 서동호는 초라해진 아버지에 대한 사연을 솔직하게 꺼내 놓는다. 아버지가 공소시효 때문에 숨어 사는데 만기일까지 20년 동안 사는 것 같지 않게 살았다는 것이다. 이런 이야기는 이문열이 직접 체험하거나 들어본 것이라기보다는 자신의 아버지에 대한 테마와 관련해서 집어넣은 장면으로 보인다. 이 소설에 등장하는 아버지들은 이념 때문에 무책임하게 가족도 버리고 자기 인생도 망치는 모습뿐이다. 이처럼 이문열은 이야기를 이끌어가는 핵심적인 주제 중 하나로 아버지의 문제를 다루고 있다.

"길이 시작되자 여행은 끝났다"라는 교양소설의 테마를 그대로 보여주는 1부 〈하구〉는 영훈이 그럭저럭 목표했던 대학에 합격하면서 이야기가 마무리된다. 일 년쯤 늦어지긴 했지만 삶의 궤도는 일단 정상으로 돌아온 셈이라며 자위한다.

2부 〈우리 기쁜 젊은 날〉이 보여주는 실패의 여정

대학에 들어가서부터 진행되는 이야기가 2부 〈우리 기쁜 젊은 날〉이다. 대학교 1학년과 2학년을 어떻게 보냈는지에 대한 이야기로 내용은 문학회, 주점, 연애 등 흔히 예상할 수 있는 대학생활의 소재로 구성되어 있다. 문학회 해프닝은 문학에 대한 일종의 조롱으로서 다뤄진다. 체호프의 단편을 읽고 나름대로 창작한 습작품을 발표하는 시간이 있었는데 영훈이 영어로 된 체호프 작품을 그대로 번안해서 가져갔다가 들통이 나 망신만 당한다. 책은 당신 혼자만 읽는 것이 아니라는 지적을 호되게 당하고는 문학회에서 탈퇴당한다.

이후 '혜연'이라는 여자친구와 연애를 시작하는데 두 사람의 계급이 다르다. 혜연은 지방에서 직물공장을 경영하는 돈 많은 아버지를 둔 여자다. 주인공은 검정고시 거쳐 대학에 들어온 빈털터리다. 두 사람은 대학이라는 공간에서 만나 잠시 연애할 수는 있겠지만 결혼까지 생각할 수는 없다. 만약 둘 사이에 결혼이 이루어진다면 낭만적인 사랑이다. 낭만적 사랑은 사회적 계급과 신분 차이, 인종 차이를 넘어서 이루어지는 사랑을 가리킨다. 그러나 이는 혹독한 현실과는 어울리지 않는다.

이 사랑은 황당한 해프닝으로 끝이 난다. 영훈이 진지하지 않은 척하면서 건성으로 "우리 결혼합시다"라고 고백한다. 그의 딴에는 나름 심각한 고민 끝에 내린 결단이었지만 그 말을 들은 혜연은 아연 실색한 표정이다. 그리고 얼굴이 차갑게 굳으면서 그녀는 "그만 만나자는 말이군요"라고 대답한다.

결혼하자는 청혼을 진지하게 받아들이지 않는다. '생각해 볼게요'도 아니다. 이것은 생각해볼 거리도 되지 않기 때문이다. 그렇게 허망하게 관계가 끝나게 된다. 이때의 영훈은 자신의 속내를 전부 밝히지는 않지만, 소설가 이문열이 걸어간 길을 보면 어느 정도 심삭할 수 있다. 그는 복수의 칼을 갈았을 것이다. 어떻게 하면 상층계급으로 올라갈 수 있을지 고민했을 것이다. 그는 1970년대 당시에는 사법고시를 통과하는 길밖에 없다고 판단한다. 그래서 이 작품에서는 '예술가가 되겠다'는 결말로 끝나지만 현실의 이문열은 다시 고시 공부에 전념한다.

문학회에서도 실패하고, 사랑에서도 실패하고, 주점에서도 비용 문학축제를 연다고 해프닝을 벌이다 망신당하고. 그래서 '우리 기쁜 젊은 날'이라는 제목은 아이러니다. 이어지는 결말은 다음과 같다. 단짝으로 지내던 동기 중 하나가 뇌진탕으로 급사를 한다. '세 철학자'라고 자칭하며 같이 어울려 다니는 패거리 가운데 하나였다. '문학 합네', '철학 합네' 하면서 돌아다니다가 '김형'이란 친구가 술 먹고 지하도 층계에서 굴러 떨어져서 어이없게 죽는다. 김형은 영훈이 문학을 놓지 않도록 묶어주는 '보이지 않는 끈'이었다.

김형의 죽음에 충격을 받고 영훈은 갑자기 강릉행 열차를 타고 떠난다. 현실을 견딜 수가 없어서 도피하는 것이다. 사랑의 실패가 큰 원인이었을 것이라 생각된다. 나름대로는 서울대학교 국어교육과까지 나왔는데 결혼하자고 제안하니 상대는 헤어지자는 말로 알아듣고, 뭔가 잘못됐다고 느끼는 것이다. 결정적인 동기는 물론 친했던 문학 동기의 죽음이다. 느닷없이 찾아온 친구의 죽음이 황망하고 견딜 수 없었던 것이다. 그렇게 두 번째 여행이 시작되고 영훈은 또 다시 길을 찾아 나선다.

3부 〈그 해 겨울〉이 들려주는 절망에서 길을 찾는 방법

3부인 〈그 해 겨울〉은 1979년에 다른 두 작품보다 먼저 발표됐다. 이 영훈은 다시 길을 모색하는 처지가 된다. 작가의 직접적인 경험이 담겨 있는 것으로 보이는데 그는 경상북도 어느 산촌의 술집에 들어가 방우로 일한다. '방우'라는 말은 술집에서 허드렛일을 하는 사람을 가리킨다. 여기서 술집은 국가에서 감정원들이 왔을 때 마을 사람들이 접대하는 요정이 되는 곳이다. 이 술집에서 잡일꾼으로 일하던 영훈은 자신의 신분에 대해 자꾸 캐묻는 사람들이 있으니 바다를 보겠다며 무작정 떠난다. 바다로 가는 도중 먼 친척 누님을 만나 하룻밤 신세를 지게 된다.

그다음에 느닷없이 칼갈이 사내가 등장한다. 〈하구〉에서도 잠깐 아버지 이야기를 하는 인물이 있었는데 〈그 해 겨울〉에서도 같은 기능을 하는 인물이 나타난다. 공산당 당원이었던 사내는 배신자가 밀고해서 감옥에 있다가 출옥한 뒤 복수하려고 배신자를 찾아 나선 중이었다. 이미 여러 사람이 복수하러 나섰지만 모두 실패하고 자신만 남았다는 것이다.

칼갈이 사내는 복수의 칼을 매일같이 간다. 그리고 마침내 배신자가 어디 있는지 찾아낸다. 배신자가 어떻게 살고 있었는지를 사내의 말을 통해 보여주는데 리얼리티가 떨어지고 상당히 우화적이다. 그 배신자는 다 허물어져가는 오두막에서 병든 아내와 부스럼투성이 남매를 데리고 살고 있었다. 애들은 배고프다고 울고 있고, 아내는 거의 죽어가고 있었다. 사내는 녀석을 그대로 살려두는 것이 더 효과적인 처형이라 생각하고 죽여 달라는 배신자의 요구를 거절한다. 그리고 "내 오랜 망집妄執을 던졌다"면서 복수를 포기한다.

이런 묘사는 리얼리티라고는 없어 보인다. 오래된 드라마에서나 나오는 잘 믿기지 않는 장면이다. 복수를 포기하는 하나의 핑계거리라고도 생각된다. 사내가 계속 칼을 간다는 설정부터 미심쩍은데 정말 복수할 의지가 있다면 그렇게 행동하기 어렵다. 오히려 이런 행동은 마음을 다스리는 것이다. 칼을 가는 것으로 복수를 대신하는 것처

럼 보인다. 작가가 뜬금없이 이 에피소드를 넣은 것은 이념의 허망함
을 이야기하기 위해서다. 특히 이런저런 '주의자'들에 대한 비판을
밑바탕에 깔고 있다.

영훈은 대진에 당도해서 바다를 바라본다. 많은 소설에서 그렇듯
이 작품 역시 마지막 여정지로 바다가 선택된다. 바다에서 큰 깨달음
을 얻었다는 듯 무거운 심정을 토로한다. '자신이 문예 서클에서 좇
았던 것은 아름다움이 아닌 사이비였고, 그 너머에 있는 실속 없는
명성에 갈급했을 뿐이었다'는 고백이 나온다. '수많은 책을 읽었지
만 제대로 된 공부였다고 할 수 없고, 이념은 자신을 저버렸으며, 지
식은 아무것도 가져다주지 않았다'고 한다.

그러나 이것은 조금 성급한 판단이 아닌가 생각된다. 이런 정도
의 탄식을 하려면 적어도 50대는 돼야 한다. 파우스트처럼 50대 중
반에 '평생 이것을 추구했지만 다 허무하다'라고 결론을 내리는 것
은 신빙성이 있지만 대학교 2학년도 채 마치지 않은 상태에서 '다 허
무했다'라고 하는 것은 기분 내는 정도에 지나지 않는다.

영훈이 절망한 상태에서 창수령 고개를 넘는데 거기서 '에피파
니epiphany의 순간'을 경험한다. 지금까지 자신의 삶은 구도의 여정이
었다며 깨달음을 얻게 된다. 아름다운 광경을 보면서 자신이 가야 할
길이 어디인지를 되묻는다. 아름다움은 본래 아무것도 갖고 있지 않
으면서도 모든 가치를 향해 열려 있다. 개념을 부여하고 수용할 수
있다는 것에 아름다움의 위대함이 있다. 이것이 아름다움에 대한 작
가의 새로운 발견이다.

창수령을 넘을 때 이런 생각을 하고 바다에 도착해서 갈매기 떼가 나는 것을 보면서 마지막 깨달음에 도달한다. 대진에 당도해서 오래도록 바다를 바라보다가 바다에 빠질 뻔한다. 그때 오히려 강한 생명력을 느끼게 된다. 갈매기가 날아야 삶을 유지할 수 있듯이 존재가 지속의 의지를 가지고 있어야 생명력을 유지한다. 절망은 존재의 끝이 아니라 진정한 출발점이 될 수 있다. 한용운의 시구를 따라 말하자면 "절망을 희망의 정수박이에 들이붓게" 된다. 모래시계를 뒤집는 것과 비슷한 이러한 행위를 통해 삶이 다시 시작된다. 길을 다시 찾은 동시에 여행을 끝내는 것이다.

그는 절망을 통해 자유를 얻었다고 하면서 절대적인 가치가 인도할 수 없는 세상에서 우리의 구원은 우리 자신의 손으로 해야 한다고 이야기한다. 가장 순수하고 치열한 정열이자 구원으로서 '절망'을 노래한다. 창수령에서 경험한 '절망'은 바다에 도달하면서 '자유', '정열', '구원'이라는 깨달음으로 돌아온다. 영훈은 불가능할 줄 알면서도 도전하고 피 흘리는 정신을 가지고 아름다움을 추구하는 위대한 영혼의 삶을 살 것이라 다짐한다.

이 결말은 이문열 문학의 '초심'이라 할 수 있다. 그러나 이 초심이 얼마나 이문열의 문학과 삶에 반영되고 있는지에 대한 의구심이 있다. 이후에 바로 이어지는 것이 대학 중퇴, 고시 공부, 군 입대와 결혼이기 때문이다. 칼갈이 사내의 이야기와 나란히 병치되는 이 결말은 칼갈이 사내가 '망집을 버렸다'고 하는 순간 화자의 영혼도 절망을 벗어던졌음을 보여주기 위한 것이다. 절망은 아름다움의 위대한 기초가 된다. 그럼 절망은 부정적인 것이 아니고 아름다움이 시작되는 출발점에 놓이게 된다.

10년 전에 부친 편지였던《젊은 날의 초상》

《젊은 날의 초상》은 자전적인 요소가 강한 작품이다. 그렇다고 주인공 이영훈을 이문열로 곧바로 등치시킬 수는 없겠지만 몇몇 장면에서는 작가의 모습이 그대로 드러난다고 생각한다. '자전소설'이 자신의 삶을 소재로 한다 하더라도 바로 '자서전'이 되지는 않는다. 심지어 '자서전'이라 내세우는 것도 알고 보면 '자전소설'인 경우가 많기 때문에 의심해봐야 한다. 그럼에도 일종의 규칙은 있다. 화자가 작가와 다른 이름으로 등장하면 소설이다. 화자가 작가와 동일한 이름으로 등장하면 자서전일 가능성이 높다. 자서전에 허구적인 이야기가 들어가 있더라도 화자가 작가 자신임을 명백하게 드러낸다면 자서전이다. 반면에 자신의 이름을 감추고 등장시키지 않으면 자전소설이다. 자전소설은 '오토픽션autofiction'이라는 장르로도 지칭되는데 프랑스의 파트리크 모디아노가 대표적인 작가다. 그는 자신의 경험을 소재로 하는 작품을 계속해서 쓰고 있다.

1부에서 2부, 3부로 전개되며 이 소설은 작가의 상승하려는 욕망과 세계관을 보여준다. 〈하구〉에서 고졸 학력 정도에 불과했던 주인공이 검정고시에 합격하면서 서울대학교에 진학한다. 그 자체로 신분 상승은 아니지만 중산층으로 올라서기 위한 하나의 조건을 마련한 것이다. 그런데 이문열은 여기에 만족하지 않고 대학도 중퇴한다. 그리고 사법고시를 준비한다. 현대소설에서 보이는 출세주의자 주인공들의 전형적인 형상이다. 하지만 그 이후의 이야기가 진행되지 않아 아쉬운 부분이 있다. 김승옥이 《무진기행》에서 더 이상 출세 이야기를 이어가지 않는 것과 비슷하다. 이 작품이 더 중요한 소설이 되려면 여자친구인 혜연의 집안 이야기가 상세히 묘사되어야 한다. 신분상의 차이나 사회적 갈등의 문제에 대해 너무 가볍게 처리하고 있다. 어쩌면 이 소설의 주인공은 연애를 좀 더 치열하게 했어야 한다.

이 작품에 대한 전형적인 평가는 다음과 같다. "작가의 자전적 경험을 토대로 젊은이들이 방황하고 성숙해가는 모습을 형상화하여 대중들로부터 많은 사랑을 받은 작품이나." 지금 봤을 때는 당시 독자들이 안타깝다는 생각이 든다. 이 작품을 특별히 대체할 만한 교양소설이 많지 않았다. 《젊은 날의 초상》은 1980년대에 읽을 수 있었던 최고의 교양소설이었다. 그런 점에서 이문열은 '한국식 교양소설'을 개척한 작가로서 문학사적 의의를 가질 수 있다.

그럼에도 아쉬운 점은 한국에서 교양소설이 나온 시기가 다소 지체됐다는 것이다. 이 작품이 다루고 있는 시대적 배경도 1960년대다. 1960년대는 한국에서 부르주아 중간층이 형성되는 시기였다. 교양과 교양주의는 1960년대에도 중요한 사회적 이슈였다. 중산층은 자신들의 물질적인 부를 문화적·예술적으로 포장하고 싶어 했고 그것이 교양에 대한 수요를 낳았다. '문학 전집류'가 등장하게 된 시기도 1960년대다. 10년 전에서 20년 전에 부친 편지가 1980년대가 되어서야 도착하는 모양새였다. 1980년대 독자들이 읽어야 할 소설은 따로 있음에도 불구하고 이들은 과거로부터 온 편지를 읽듯《젊은 날의 초상》을 읽으며 공감과 위안을 얻고자 했다.

10장

| 1980년대 Ⅲ |

이인성
《낯선 시간 속으로》

아버지의 그늘을 넘어
'탈주'를 모색하는 실험적 소설의 탄생

이인성

'이렇게까지 공들여 읽을 만한 가치가 있는 소설인가'라는 생각이 들 수 있지만 그렇게 읽기 위해 모색하는 과정 자체가 이 작품의 중요한 의미가 될 수 있다. 이 작품은 어떤 목적지에 도달하는 소설이 아니기 때문이다. 작가 내지는 주인공이 실패하는 지점에서 독자도 똑같이 실패하고 실족하는 작품이다. 읽고 해석하고 고민하는 과정에서 그 의의를 찾아야 한다.

한국문학사의 대표적인 모더니스트

이인성 작가는 1980년대 중반에 중요한 소설집《낯선 시간 속으로》
와《한없이 낮은 숨결》을 출간한다. 그리고 이후에는 작품 활동이 비
교적 뜸해진다. 작품 수가 적어서 '과작의 작가'로 불린다. 그동안 작
품집 세 권, 중편 정도 분량의 소설 한 편을 썼고 산문집과 연극에 관
한 책을 썼다.

보기에 따라서는 이인성이 문학사에서 중요한 작가인지에 대해
견해 차이가 있을 수 있지만, 이문열의《젊은 날의 초상》과 비교할
만해서 다루게 됐다.《낯선 시간 속으로》도《젊은 날의 초상》과 같은
교양소설 범주에 속하는 작품으로 읽을 수 있다. 그럼에도 상당히 다
른 양상을 보여주기 때문에 흥미롭다. 더불어 이인성은 한국 문단에
서 특정한 하나의 경향을 대표하는 작가고 나름대로 계보가 있다. 달
리 말하자면 독자를 불편하게 하는, 독자들이 쉽게 찾아 읽지 않는
문학을 개척한 작가들의 흐름이 있다. 이인성은 한국문학사의 가장
대표적인 모더니스트로 평가될 수 있다.

문학사조를 상호적인 관점에서 봤을 때, 한국문학에서 모더니즘
이 취약한 것은 리얼리즘 전통이 강해서가 아니다. 오히려 한쪽이 부
족하면 다른 쪽도 허술해지는 것이 문학사조의 흐름이다. 리얼리즘
이 충분히 발전하지 못했기 때문에 모더니즘도 취약한 것이라 생각한
다. 1970년대부터 1980년대까지 리얼리즘문학이 어느 정도 성장하
는 가운데 모더니즘문학의 한 축을 담당했던 작가가 이인성이었다.

중편 분량의 네 개의 연작을 한 권으로 묶은 작품집《낯선 시간 속으로》는 자전적인 요소가 많이 포함된 소설이다. 작품 읽기에 앞서 그의 가족 이력을 살펴볼 필요가 있다. 이인성의 아버지가 역사학자 이기백 교수고 할아버지가 유명한 농민운동가인 이찬갑 선생이다. 이찬갑 선생은 작품에서는 '풀무배움집'이라 언급되는 '풀무농원(현재 풀무농업고등기술학교)' 설립자다. 이기백 선생은 민족사학의 거두로 꼽히는 학자다.《한국사신론》이 대중 역사서로서 널리 읽혔고 그의 저서 중 가장 많이 팔린 책이다. 더 거슬러 올라가면 오산학교의 설립자이자 일제강점기 시대 독립운동가인 이승훈이 있다. 이인성의 숙부는 유명한 국어학자인 이기문 교수다(이찬갑은 일부러 장남 이기백은 국사학을, 차남 이기문은 국어학을 공부시켰다). 이기백의 차남이자 이인성의 동생인 이인철은 역사학자다. 그야말로 위인전에 나올 법한 인물들로 빼곡한 뼈대 있는 집안이다.

이인성 문학의 기원은《낯선 시간 속으로》의 배경에 놓인 '아버지'와 '가문'의 문제다. 할아버지와 아버지의 영향력과 그늘에서 벗어나기. 이것이 작가로서뿐 아니라 한 개인으로서도 절체절명의 과제다. 이 그늘에서 벗어나지 않으면 온전한 자신을 정립할 수 없기에 사투를 벌이고 있는 작품이다. 이 작품이 난해한 것은 그 사투의 과정이 만만치 않기 때문이다. 이문열의 경우에도 자진 월북했던 아버지에 대한 맞서기가 그의 교양소설이나 성장소설의 배경이었다. 이인성도 비슷한 과제에 직면하고 해결해나가는 과정을 보여준다.

이인성 문학이 난삽하고 난해한 이유

이 작품이 발표된 시기는 1979년부터 1982년까지인데 작품에서 다뤄지고 있는 시간은 1973년부터 1974년 사이다. 이 시기는 작가 이인성이 만으로 스무 살, 스물한 살 먹었던 때다. 경기고등학교를 졸업하고 원래는 71학번으로 대학을 다녀야 했지만 재수를 해서 73학번으로 다녔다. 평범한 가문이 아니었던지라 장손이 서울대학교에 못 가고 2년간 재수한다는 것은 집안의 수치로 여겨졌다. 이인성과 나이가 같았던 동창들은 71학번으로 대학을 다녔다. 그의 경기고등학교 동창 중에 이성복 시인이 있다. 고등학교 시절부터 문학회 활동을 하면서 둘 모두 '시는 이성복, 소설은 이인성'이라는 식으로 불리며 이름을 날렸는데 이성복은 서울대학교 불문과에 제때 들어갔다.

재수의 기억은 이인성에게 중요한 트라우마가 됐을 것이라고 생각한다. 71학번이었다면 작품의 시간대가 1971년, 1972년으로 앞당겨졌을 것이다. 소설은 불명예스러운 일로 군대에 붙들려간 주인공이 군복무 중에 아버지가 세상을 떠나자 의가사제대해서 집으로 돌아오는 이야기로 구성되어 있다.

작품의 주인공은 연극 활동을 한 것으로 설정되어 있는데 연극은 이인성의 전공 분야다. 이인성은 대학 시절부터 연극 활동을 했고 석사논문은 사뮈엘 베케트에 대해서 썼다. 박사논문은 몰리에르의 희극에 관한 것이고 《연극의 이론》이라는 편역서도 갖고 있다.

이 작품에서는 몇 가지 설정을 빼고는 전부 작가 자신에 대한 이야기다. 자기 관심사, 자기 경험, 자기 가족 등의 소재가 중점적으로 다뤄지고 있다. 작품 말미에 헌사가 붙어 있는데 중요하지 않은 것처럼 보이지만 작품 읽기에 힌트가 된다. "아내와 딸에게 이 허구의 기록을 바친다"고 쓰여 있는데 아버지는 빠져 있고 작품을 '허구'라 칭하고 있다. 이 작품의 이야기에서 출발점은 '아버지의 죽음'이다. 아버지와의 관계가 일단락되는 것에서부터 이야기가 시작된다. 그런데 죽었지만 죽지 않은 것처럼 여겨지는 아버지를 넘어서려는 시도가 작품 안에서 계속 나타난다. 실제 작가 이인성의 아버지가 버젓이 살아 계시기 때문이다. 이기백 선생은 2004년에 타계한다. 작품이 출간됐던 시기와 20년 이상 차이가 난다. 현실에서의 이인성은 아직 아버지를 잃지 않았다.

하지만 《낯선 시간 속으로》에서는 아버지의 장례를 조금 앞당겨서 치른다. 그래서 도발적이다. 그의 부친이 이 작품을 읽었을지 의문이 든다. 짐작컨대 읽어보지 않았을 듯싶다. 설사 조금 봤다 하더라도 이해하지 못했을 것이다. 이 작품이 왜 이렇게 난해한지 알 수 있다. 작가의 아버지가 읽으면 곤란한 작품이기 때문이다. 어쩌면 일부러 읽을 수 없게 쓴 것일 수 있다.

작가 이인성은 두 가지 문제에 봉착해 있다. 하나는 이것이 자신이 쓸 수밖에 없는, 써야만 하는, 쓰지 않을 수 없는 소설이라는 것이다. 이 작품이 작가에게는 필수적인 통과의례기 때문이다. 다른 하나는 아버지가 버젓이 살아계시기 때문에 절대 쓸 수 없다는 것이다. 그 사이에서 타협의 결과로 나온 것이 이 작품이다. 그래서 글이 난삽할 수밖에 없다. 이문열은 아버지에 대한 원망은 있지만 지금은 부재하므로 그렇게 난삽하게 쓸 이유가 없다. 반면에 이인성은 사정이 다르다.

소설에서는 해결됐지만 작가에게서 해결되지 못한 문제

이인성은 프란츠 카프카와 제임스 조이스의 영향을 많이 받았다. 조이스의 《젊은 예술가의 초상》이 대표적인 성장소설로 《낯선 시간 속으로》와 비교될 수 있지만 여러 차이가 있다. 오히려 이인성과 비슷한 것은 카프카 쪽이라고 생각된다. 아버지와의 관계가 이 작품을 통해서 완전히 정리되지 않기 때문이다.

조이스에게 《젊은 예술가의 초상》은 일종의 출사표가 되는 작품이다. 조이스는 이 작품을 통해서 아버지와의 관계뿐만 아니라 자기의 조국 아일랜드와의 관계도 일단락 짓는다. 작품에서 주인공 스티븐 디덜러스가 조국 아일랜드를 떠나기로 결심하는 장면이 나온다. 그리고 실제로 이 작품은 작가의 고국이 아닌 프랑스에서 쓰였다. 그런데 《낯선 시간 속으로》는 포즈를 취하는 것에 그치고 만다. 이 작품은 성장소설의 전형적인 결말을 따르고 있는데 주인공이 미구시에 가서 새로운 삶에 대해 의지를 다지는 것으로 끝난다. 그런데 이인성 자신에게는 아직 주인공과 같은 꿈이 실현되지 않았다. 이 작품이 이인성 문학에 있어서 한 가지 매듭이었다고 한다면 그 다음 단계로 돌파해 나갔어야 한다. 그런데 거기까지 나아가지 못하고 있다. 이 작품이

'연극'에 불과했기 때문이다.

　아버지 내쫓기, 아버지 죽이기, 아버지 넘어서기. 이것은 이인성에게 불가피한 과정이다. 그에게는 '오이디푸스 콤플렉스'가 기본 상황이다. 햄릿의 경우와 똑같다. 햄릿의 아버지는 절대 권력을 지닌 왕이고, 둘은 서로 이름도 같다. 아들 '햄릿'은 어떻게 독자적인 '햄릿'이 될 수 있는가. 아버지와 아들 둘 다 햄릿이기 때문에 식별도 되지 않는다. 아버지 햄릿은 로마 신화의 군신軍神과 같은 대단한 왕이었다. 아버지에 비하면 아들은 하찮은 존재에 불과하다. 막강한 아버지의 존재 앞에서 아들은 자기 정립을 할 수 없고 심지어 존재할 수도 없다.

　이인성도 마찬가지다. 그가 집안에서 어떤 교육을 받았는지에 대한 이야기가 작품에 나온다. 이것에 대해 문학평론가 김현이 잘 요약한 바 있다. "그가 집에서 받은 교육은, 성경 공부 외에 이 세상을 위해, 좋은 일을 하기 위해(훌륭한 사람이 되기 위해) 공부를 열심히 해야 하며, 연극 따위는 안 하는 게 좋다는 교육이다."

　아버지 이기백도 같은 교육을 받으며 할아버지 밑에서 올바르게 성장했고 사람들에게 모범이 되었다. 하지만 이인성은 아버지와 할아버지의 신념과 체계에 어울리지 않았다. 차라리 포악한 아버지라면 숨을 쉴 만할 텐데 그의 아버지와 할아버지는 모두 바르고 정직한 삶을 살았다. 민족을 위해서 헌신하며 어떤 방황의 길도 걷지 않았기에 아들 이인성은 숨이 막혀서 살 수가 없다. 그로서는 그 중압감에서 어떡해서든 빠져나와야 한다. 그래서 선택한 것이 연극이었다.

《낯선 시간 속으로》는 작가의 자기 치료적인 성격을 갖는 작품이다. 작가로서는 쓰지 않으면 자신을 구원할 수 없고 존재를 정립할 수 없다. 그래서 연극이라든가 소설, 가상, 허구적인 이야기를 통해서 아버지의 존재로부터 어떻게든 벗어나고자 사투를 벌이는 것이다.

이기백은 1924년생이고 2004년에 나이 여든이 되어 세상을 떠났다. 이인성은 1982년 자신이 원하던 바는 아니었지만 29살에 대학교수가 됐고 아버지가 돌아가시자 2006년 교수직을 그만둔다. 구직난에 시달리던 후배들에게 자리를 내주겠다는 의미로 그만둔 뒤 자신은 창작과 글쓰기에 전념하겠다는 의사를 밝혔다. 하지만 결과적으로 그렇게 되지는 않았다. 이런 대목에서도 아버지의 존재감이 드러난다. 결과적으로 《낯선 시간 속으로》는 작가가 아버지를 죽이는 '시늉'을 한 것에 불과하다. 이 작품에서 주인공이 보여준 성장과 돌파가 실제 작가에게서는 일어나지 않았다.

프랑스문학의 흐름을 적극 흡수한 김현의 문학그룹

한국문학사는 대개 10년 단위로 주요 흐름이 형성되며 이를 대표하는 동년배 작가들은 몇 가지 공통적인 경험을 했다는 점에서 한 세대로 묶인다. 1938년생부터 1942년생까지는 4·19세대로 분류되고 그다음 세대는 1950년대 초반에 태어난 이들이다. 1962년에서 1963년생 작가들이 많은 수를 차지하며 그중에는 신경숙, 공지영 등의 작가가 있다. 학력으로 작가들의 지형도를 보자면 김현을 좌장으로 하는 서울대 불문과 패밀리가 있다. 김승옥도 이들과 같은 그룹에 속한다. 김현, 김치수 등 서울대 불문과 출신의 평론가들이 있었는데 특히 김현은 제자들을 길러내며 작가들 양성에도 힘을 쏟았다.

김현은 '문학과지성사'라는 출판 자본을 가지고 있었고 그곳의 편집위원으로서 중요한 시인이나 작가를 많이 배출했다. 작품해설도 자신이 직접 썼다. 대표적으로 시 분야에서 이성복과 소설 분야에서 이인성을 길러냈다. 이들은 1980년대 초반 한국문학에 중요한 자극이었다. 이성복이 초기에 발표한 시들은 전례에 없던 것이었고 이인성도 낯선 소설을 선보여 독자들을 놀라게 했다.

사실 프랑스문학 쪽에서는 이미 이런 경향의 작품들이 있었다. 알랭 로브그리예로 대표되는 누보로망 전성기가 1950년대부터 1960년대까지 있었기 때문이다. 이 흐름의 마지막에 있던 작가가 J. M. G. 르 클레지오인데 그가 초기에 낸 두세 편의 작품은 말 그대로 '누보로망(새로운 소설, 반反소설)'의 한 정점을 보여준다.

《낯선 시간 속으로》는 프랑스어로도 번역이 됐다. 프랑스의 문학비평가 알랭 굴레는 《낯선 시간 속으로》의 프랑스어 번역본에 대해 다음과 같이 평가했다. "로브그리예의 《고무지우개》 같은 작품을 떠올리게 한다. 이인성은 누구도 빠져나올 수 없는 수렁의 형상화를 통해 사르트르의 《구토》의 계보를 잇고 있는데, 세계 내의 이방인을 그린다는 점에서 카뮈적이기도 하며, 도박의 끝을 추구한다는 점에서 베케트적이기도 하다."

자연스럽게 예상할 수 있는 반응이긴 하다. 그들에게는 이인성의 작품이 새로운 것이 아니며, 과거 수많은 실험적 소설을 시도했던 작가들의 흔적과 영향을 읽을 수 있는 작품에 불과하다는 것이다. 우리에게만 다소 낯설게 보였을 뿐이다.

프랑스문학의 관점에서 보자면 이 작품은 그렇게 신기할 것도, 낯설 것도 없는 작품이다. 기술적인 면에서만 보자면 한국문학에서 희소한 실험적 서술이 돋보이는 작품이다. 작가의 '전기'와 관련지어 살펴보면 나름대로 절실한 창작의 배경이 있기 때문에 진정성을 갖는다. 형식상의 실험으로서만 의미가 있는 것이 아니고 나름대로 진정성을 갖춘 작품으로 이해된다. 프랑스 비평가가 그런 진정성까지 읽어낼 수는 없고 관심도 없을 터이다. 하지만 우리에게는 조금 다르게 다가오는 작품이다.

이인성에게 주어진 '주체되기'의 두 가지 방향

어렵사리 대학에 입학한 이인성은 문학동인지 활동에 전념한다.《낯선 시간 속으로》를 쓰기까지 여러 계기들이 있었는데 결정적인 것은 대학교 3학년 때 처음으로 스승 김현을 만나 감화와 자극을 받은 것이다. 이 작품은 1973년과 1974년에 상당 부분 초고가 마련되고 지난한 퇴고의 과정을 거쳐 완성됐을 것으로 보인다.

이인성은 1980년《문학과 지성》봄호에 작품을 발표하면서 작품 활동을 시작한다. 1980년에 계간지의 양대 산맥이라 불렸던《문학과 지성》과《창작과 비평》이 신군부에 의해 강제 폐간된다. 그다음 세대의 작가와 비평가들이 전임 편집위원들의 지원을 받아《우리세대문학》을 창간하면서 이인성은 그 멤버로 활동하게 된다. 이윽고《낯선 시간 속으로》라는 첫 번째 작품집을 1983년에 낸다. 이어서 1989년《한없이 낮은 숨결》을 두 번째 작품집으로 낸다. 이 작품으로 한국일보문학상을 수상했다.

그다음에는 1995년《미쳐버리고 싶은, 미쳐지지 않는》이라는 중편소설을 낸다. 제목이 그대로 이 작가의 문제의식을 보여준다. 미쳐야 좋은 작품을 쓸 수 있는데 미쳐지지 않아서 굉장히 애를 먹는다는 이야기다. 쓰고 싶은 열망은 굉장히 강한데 써지지 않는다는 것이다. 글쓰기에 대한 내적인 고민과 갈등을 담고 있는 소설이다. 그렇다면 이인성은 왜 미쳐지지 않는가. 아니, 왜 미칠 수 없는가. 아버지가 존재하기 때문이다. 이인성은 에세이에서도 밝힌 바 있지만 글을 쓸 때 거의 매일같이 술을 마셨다고 한다. 그렇게 하지 않으면 쓸 수가 없다.

《낯선 시간 속으로》를 평범한 이야기 중심의 서사로 다시 쓴다면 별 내용이 없는 소설이 될 여지가 크다. 그만큼 실험적인 기법이 매우 중요시되는 작품이다. 앞서 지적했듯이 작가의 과제는 아버지를 극복해야 한다는 것이다. 하지만 아버지가 지켜보는 앞에서 연기해야 하기 때문에, 변장하고 과장해야 하기 때문에 의도적으로 혼란스럽게 쓸 수밖에 없다.

이 작품에서도 근대적 주체로서 자기 자신을 정립하는 서사가 중요한 과제로 떠오른다. '내'가 '나'가 되는 것, '나의 주체되기'가 이 작품의 과제다. '주체되기'의 과정은 대타자인 '아버지' 같은 존재로부터 분리됨과 동시에 인정받는 것을 의미한다. 이것이 프로이트의 전형적인 오이디푸스 콤플렉스 구도다. 처음에는 아버지를 경쟁자로 여겼지만 그다음에는 전적인 나의 롤 모델로 삼아서 또 다른 아버지가 되어가는 것이다. 그것이 현실에 반항하는 동시에 현실에 순응하는 방법이자 교양소설적 결말이기도 하다. 처음에는 아버지로부터 떠나 여러 일탈과 방황을 경험하지만 여행이 끝나면서 자기 자리로 복귀한다. 그런 과정을 통해 아버지의 가업을 계승하고 비로소 '나'를 형성하고 탄생시킬 수 있게 된다.

하지만 실질적으로 그런 '자기 정립'이 작가에게서 이루어지지 않았다는 것이 이 작품의 함정이라고 생각한다. 왜소한 주체에 비해 아버지가 너무 강할 경우 조이스보다는 카프카에 가깝게 된다. 모더니즘의 두 가지 유형으로서 조이스는 강한 모더니스트고 카프카는 약한 모더니스트다. 조이스의 경우 아버지로부터의 분리를 성공적으로 수행한다. 《젊은 예술가의 초상》에 나오는 주인공의 이름 '스티븐 디덜러스Stephen Dedalus'는 오비디우스의 《변신 이야기》에 나오는 '다이달로스Daedalus'에게서 따온 것이다. 다이달로스는 미궁에서 자신의 특기인 기예를 살려 날개를 만들고 기어이 탈출한다.

이인성도 이러한 이야기를 염두에 두고 가상도시를 '미구'라 설정하는데 이곳의 모델은 원래 강릉이다. 사실은 강릉 가서 경포대 호수를 보고 바닷가를 본 일밖에 없다. 보통의 교양소설과 같이 주인공이 죽음을 결심하고 특별한 가상적 공간으로 떠났다가 그곳의 광경을 보고 삶의 의지를 되새기고 회복한다는 전형적인 이야기를 보여주고 있다. 이문열의《젊은 날의 초상》에서도 그대로 반복되는 장면으로 주인공 이영훈도 강릉의 아름다움에 감격해서 다시금 삶의 의지를 회복하고 '예술의 구원'을 논하게 된다.

반대로 카프카는 그러한 '깨달음' 내지는 '탈출'에 실패하는 작가다. 카프카의 문학은 '실패의 시학'이다. 끊임없이 실패를 반복하는 카프카의 시학은 베케트의 계보로까지 이어진다. 요즈음 정치철학에서도 많이 가져다 쓰는 베케트 문학의 구호는 "다시 시도하라, 또 실패하라, 더 낫게 실패하라"다. 카프카와 베케트는 항상 실패한다. 하지만 중요한 것은 '조금 더 낫게' 실패하는 것이다. 이인성은 디덜러스의 탈출을 다룬《젊은 예술가의 초상》에서 영향을 받았다고 하지만 실패를 반복하는 그의 문학이 더 닮은 쪽은 카프카다.

카프카의 영향은 이성복의 시에서도 드러난다. 이성복 역시 아버지를 극복하는 것을 주된 테마로 삼고 있다. 생물학적인 아버지만 뜻하는 것은 아니고 권력자 아버지도 겨냥하고 있다.《무진기행》에서 남성 주체가 부재하고 주인공이 여성화되는 것도 막강한 부성적·부권적 권위의 상징 같은 존재가 있기 때문이었다. 그래서 '아버지 되기'를 반복하면 군사독재체제에 순응하는 것이 된다. 이때 탄생하는 것은 '속물적 주체'밖에 되지 않는다. 그것을 거부하면 또 다른 주체를 만들어내야 하는데 그 과제가 만만치 않다. 막강한 아버지 권력에 맞서 대항할 만한 주체로 자기 정립을 하지 못했을 때 대개 나타나는 것은 '여성화'되거나 '동물화'된 주체다. 르 클레지오의 초기 작품에서도 비슷한 양상을 확인할 수 있다. 여러 소설들 간에 차이가 있을지라도 기본적인 주제나 구도는 동일하게 드러난다.

카프카가 보여주는 실패를 긍정적으로 평가하는 시각도 있다. 카프카의 문학을 새로운 시각에서 이해해보려는 하나의 시도를 질 들뢰즈가 보여준다. 카프카가 내세우는 주체를 반근대, 반자본주의, 반권력을 모색하는 '탈주(탈주체)'의 형상으로 바라보는 것이다. 작품을 이해하기 위해서는 그 작품에서 읽어낼 수 있는 일관적인 코드 내지는 의미를 부여할 수 있는 이론적 근거가 필요한데 들뢰즈의 철학이 그것을 마련해준다. 이인성의 문학 역시 들뢰즈의 독법으로 분석했을 때 보다 풍성한 의미를 찾을 수 있다.

들뢰즈의 철학은 '주체' 그 자체를 파시스트로 본다. 왜냐하면 주체가 된다는 것은 아버지를 반복하는 것이기 때문이다. 가령 대통령 박정희가 지배층의 꼭대기에 있다면 한국 사회의 작은 단위에서 박정희를 반복하는 '소박정희들'이 계속 나타난다. 권위적이고 가부장적이고 군사문화적인 박정희가 직장에도 있고, 길거리에도 있고, 집안에서도 있고 어딜 가나 있는 경우를 상상해보자. 이런 '소박정희'와 같은 주체를 파시스트라고 규정한다. 심지어 비평가 롤랑 바르트는 '모든 의미는 파시스트적이다'라고 주장하기도 했다. 정합적이고 체계적인 의미 자체가 대타자의 보증을 필요로 하는 일이기 때문이다. 그래서 그에 맞서기 위해서 소통 자체에 저항하는 것이다. '주체 되지 않기', '의미를 해체하기'가 들뢰즈 철학의 기본 전략이다.

네 편의 연작들이 서로 잘 들어맞지 않는 이유

이 작품을 구성하는 네 편의 연작들 가운데 〈낯선 시간 속으로〉가 가장 먼저 쓰였다. 그다음 〈그 세월의 무덤〉, 〈길, 한 20년〉, 〈지금 그가 내 앞에서〉가 차례로 발표됐다. 단행본 작품집은 각각의 작품을 내용상의 시간적 순서에 따라 다시 배치했다. 즉 〈길, 한 20년〉, 〈그 세월의 무덤〉, 〈지금 그가 내 앞에서〉, 〈낯선 시간 속으로〉의 순서로 정리됐다.

이인성의 작품은 조이스 쪽으로 갈 수도 있고 카프카 쪽으로 갈 수도 있다. 그런데 이 작품에서는 뒤섞여 있다. 제일 처음 쓰인 〈낯선 시간 속으로〉는 전형적인 조이스 계열의 소설이자 이 작품의 결말 부분이다. 〈낯선 시간 속으로〉의 마지막 대사를 보면 '통합된 나'로서의 자각이 드러난다. "이제, 모든 일이 일어날 수 있다. 나는 그 모든 일을 받아내겠다." 〈낯선 시간 속으로〉 이후에 쓰인 연작들, 즉 이 작품에서 앞쪽에 배치된 연작들에서는 '나'라는 주체가 없고 계속 '나'와 '그'로 분열되어 있다. 분열되고 불확정적인 '주체 이전의 주체'가 있다. 주체에 미달하는 상태를 계속 보여주다가 마지막에는 확고한 '나'가 등장한다. 그리고 자기의 상처와 직접 대면하고 그것을 끌어안고 극복하게 된다. 작품의 앞부분에서 보인 '분열된 주체'와 결말의 '통합된 나' 사이의 간극이 상당하다.

처음에 작가는 《젊은 예술가의 초상》과 비슷한 결말의 소설을 구상하고 썼을 것이다. 하지만 결말 이전의 이야기를 구상할 때쯤 작가가 지향하는 모델이 바뀐다. 베케트 소설의 요소가 그의 작품에 들어온 것이다. '조이스'와 '베케트'라는 이질적인 두 작가의 특징이 이 작품 속에서 혼합돼서 나타나고 있다고 본다. 작품에서 〈낯선 시간 속으로〉 이전 단계까지만 보면 카프카 쪽에 더 가깝다. 그런데 작품 말미에서는 통상적인 교양소설로 회귀하고 있다.

김현 역시 이 작품을 너무나 자연스럽게 교양소설로 본다. 그런데 김현도 이 작품의 장르가 조금 애매하다는 것을 감지하고 이런 평가를 내린다. "작가가 네 개의 중편을 미리 치밀하게 구성한 뒤 그것들을 따로따로 써 발표했으리라는 추측을 가능하게 한다. 그것들은 … 능숙한 목수가 잘 맞춰놓은 가구처럼 잘 짜여 있다. 그것들을 단순하게 중편소설들이라고 부르기에는 그 전체성 때문에 약간 어색하겠지만, 그렇다고 장편소설이라고 부르기에는 개별적인 완결성이 지나치게 강하다. 나로서는 그것들을 뭐라고 불러야 할지 모르겠다."

네 편이 그림이 잘 맞지 않는다는 것이다. 진단하자면 두 가지 문학적 스타일이 네 가지 중편을 통해 혼합된 소설이므로 각각의 특징에 맞게 분리시켜야 한다. 이인성이 양다리를 걸칠 것이 아니라 한쪽 편에 서야 한다고 생각한다. 좀 더 철저하게 베케트적인 소설 내지는 카프카적인 소설을 쓸 수도 있었다. 다시 말해 결국 '주체되기'에 실패하는 소설로 갈 수 있었다. 통합적인 주체에 도달하지 못하고 분열된 상태에서 끝나는 것이다. 그런데 작품 말미에 들어서는 성공하고 있다. 마지막에 바다를 보러 가서 트라우마를 직시하고 삶을 새로 시작하는 전형적인 결말로 가는 것은 앞에서 보여준 '실패하는 서사'와 잘 어울리지 않는다.

김현은 작품해설에서 이렇게 언급한 바 있다. "연작소설이라는 편리한 말이 있지만, 그 말에는, 전체성보다는 억지로-붙임이라는 부가적 의미가 들어 있어, 이인성의 소설집에는 그 용어를 사용하기가 약간 불편하다." 김현은 이인성이 치밀하게 전체를 구성한 다음 중편 네 개를 짜 맞추었을 것이라고 이야기하고 있다. 그와 다르게 추정하자면, 이인성은 조이스의 작품을 참고하여 〈낯선 시간 속으로〉를 쓴 뒤 계획을 바꿔 그다음 작품들을 썼을 가능성도 있다. 이는 각 작품의 분량 차이를 봐도 알 수 있다. 〈낯선 시간 속으로〉가 다른 작품들에 비해 너무 길다. 〈낯선 시간 속으로〉를 먼저 쓴 뒤 착상을 달리 해서 나중에 쓴 작품들의 아귀를 맞춘 것이 아닌가 생각한다.

이문열의 《젊은 날의 초상》도 3부작으로 구성되어 있는데 이 역시 연속성이 문제가 된다. 독립적으로 발표된 작품들을 하나의 장편으로 묶을 때 각각의 독자성도 중요하지만 전체로 어우러지는 것이 더욱 중요하다. 이 작품도 마찬가지다. 작품 안에서는 1년여의 시간을 다루기 때문에 전개의 측면에서 집중도는 높다. 그러나 서사 방식에 있어서 너무 차이가 난다. 〈낯선 시간 속으로〉가 익숙한 패턴을 보여주고 있기 때문에 제일 이해하기 쉽다. 앞의 세 작품들은 조금씩 흔들린다. 연극 무대를 배경으로 하고 있는 세 번째 소설 〈지금 그가 내 앞에서〉가 마지막에 발표된 작품인데 가장 난삽하게 쓰였다. 이것과 〈낯선 시간 속으로〉 사이의 연결이 잘 이루어지지 않는다.

가장 먼저 배치된 〈길, 한 20년〉 역시 읽어 나가기 상당히 불편한 작품이다. 두 가지 이야기를 아무런 단락 구분 없이 동시에 이어 붙여놔서 그렇다. 각각 '1974년 봄'과 '1973년 겨울'이라는 부제가 붙은 이야기다. '겨울'은 주인공이 아버지가 돌아가셨다는 소식을 듣고 군대에서 의가사제대하는 내용이다. 그리고 춘천터미널에서 버스 타고 서울로 올라오는 이야기가 나온다. '봄'에는 서울에서 홍화문 근처에 내린 뒤 창경원 동물원을 구경하고 고궁 종묘를 지나 피카디리를 거쳐 가는 동선이 그려진다. 야학을 배우러 가는 사람들이 버스에 오르는 모습 등을 보면서 주인공이 생각하는 것이 의식의 흐름 기법으로 묘사된다. 만약 '겨울'의 이야기와 '봄'의 이야기가 따로 다뤄졌다면 의식의 흐름을 다룬 많은 소설들이 그렇듯 묘사를 따라가기만 하면 내용을 이해하는 것이 그리 어렵지 않았을 것이다. 이 작품의 초고는 그렇게 쓰였을 가능성이 높다고 생각한다.

　그런데 '겨울'과 '봄'의 이야기를 뒤섞어버리니 매우 혼란스러운 소설이 된다. 설사 두 가지 시간대를 다룬다 하더라도 통상직으로는 나중 시간대인 미래 시간을 먼저 내세울 수 없으니 '1974년 봄' 시점에서 플래시백(회상)을 해야 한다. 현재의 시점에서 이야기가 쭉 진행되다가 플래시백을 통해 과거를 보여주는 식으로 왔다 갔다 하는 것은 가능하다. 그러나 이 작품은 그렇게 쓰이지 않았다. 두 가지 시간대를 따로따로 쓰고 종잡을 수 없이 섞어버렸다.

혼란스러운 작품임에도 실존적 무게감이 있는 이유

아버지가 돌아가셨다면 애도의 과정이 있어야 한다. 그런데 계속 아버지가 살아 있는 듯하고 죽지 않는다. 〈길, 한 20년〉 말미에는 '1973년 겨울' 어머니와의 통화 장면과 '1974년 봄' 야학 교사로 일하던 학교에 자기가 못 간다고 전화하는 장면이 혼란스럽게 교차된다. 아버지가 돌아가셔서 내려가는 중인데 아들은 어머니와 통화하면서 아버지를 바꿔 달라고 한다. 어머니는 황당해 하며 아들에게 술을 마신 건지 정신이 나간 건지 재차 물어본다. 이런 상태에서는 좀처럼 성공하는 서사가 나올 수 없다. 아버지가 죽었지만 여전히 죽지 않았고 아버지는 여전히 자신 앞에 과제로 남아 있다. 이것이 성공하는 서사가 되려면 일단락돼야 한다. 마무리 짓고 통과해나가야 한다. 그런데 앞의 세 편의 서사에서는 계속 그런 방향을 잡아나가기 어렵게 묘사되고 있다.

'어디로 떠나갈 것인가?' '어디로 돌아갈 것인가?' 햄릿의 고뇌이기도 한 이 상태가 계속 진행되다가 결국 실패하고 마는 것은 전형적인 베케트 서사다. 카프카 장편들이 전부 완결되지 않고 계속 지연되다가 결국 실패로 끝나게 되는데 그의 대표 작품 《성》에서도 K가 성에 들어가려고 시도하지만 실패한다. 여기서 '성'을 '아버지'라고 한다면 들어가고 지나가야 한다. 그래야 주체로서의 '나'가 될 수 있다. 그러나 이 작품은 그런 형상을 보여주지 못한다.

《낯선 시간 속으로》는 비평적 주목을 많이 받은 작품이면서 동시에 덜 받은 작품이기도 하다. 아직 결정적인 해석이 없다는 이야기도 있고 한편으로는 너무 과대평가됐다는 이야기도 있다. 과대평가될 수밖에 없는 것은 이런 형식의 작품이 희소하기 때문이다. 이 작품은 한국소설 가운데 가장 난해한 작품으로 꼽힌다. 만약 더 난해한 작품이 등장한다면 작가 이인성이 불만을 표할 것이다. 물론 이 계보에 선 작가들은 다 비슷한 흉내를 내기는 한다. 다만 이인성을 따라하려는 아류작들에는 이 작품이 갖고 있는 진정성이 빠져 있다. 이 작품은 이인성 작가 자신의 이야기이기 때문이다.

자신의 아버지와 할아버지를 다루는 이야기는 실존했던 인물들을 모델로 삼고 있기에 변주하거나 반복해서 쓸 만한 소재는 아니다. 이것이 이 작품에 무게감을 부여한다. 허구의 이야기라고는 하지만 실제 이야기이기도 하므로 작가가 거침없이 쓰는 것이다. "아버진 또 책 보고 계신가요?" 이러한 대사는 영락없는 이인성 자신의 체험이다. 작가 자신의 실존적 문제를 담고 있기에 거기에 도전하고 넘어서려고 시도하는 것이 의미가 있다. 만약 이 문제가 아무것도 아니라고 한다면 극복할 이유도 없는 것이다.

장석주 시인은 이인성에 대해 "한국의 소설가 중에서 소설 속에 쉼표를 가장 많이 쓰는 작가"라고 평한 적이 있다. 이인성은 마치 읽히지 않도록 쓰는 것이 목적인 작가처럼 보인다. 어떻게 해서든지 독자들의 독서를 지연시키려 하는 것만 같다. 이인성의 작품들은 소설을 편하게 읽으려는 독자들의 욕망을 간섭하고 훼방한다.

이것이 1970년대와 1980년대까지는 의미가 있다. 해체하고 지연시키는 것이 '반파시즘 전략'이 될 수 있기 때문이다. 가령 여러 의사 소통 방식 중에 의미가 가장 잘 통하는 것을 꼽자면 '프로파간다'가 그렇다. 아주 명쾌하고 분명하게 지시하고 명령하고 하달한다. 그런 명백한 의사소통 과정을 일부러 교란하고 지체시키는 것이 반파시즘 전략이다. 그래서 의도적으로 의미를 모호하게 만든다. 이러한 전략은 1980년대 해체시에도 적용된다. 황지우 시인이 대표적인데 그는 2000년대에 주로 쓰인 용어로 하면 '미래파'에 속한다. 시적 형식을 파괴하는 흐름의 원조 격이라 할 수 있는 시인이다. 이인성 역시 통상적인 소설의 문법을 해체한다는 점에서 같은 흐름에 속하는 작가다.

이렇게 소설사적인 의미도 있겠지만 시대적인 배경을 고려했을 때 제5공화국 군부정권이었기 때문에 거기에 간접적으로 맞서는 의미도 있었다. 가령 의미가 분명하게 통하고 지시가 곧바로 하달되는 것은 군대 조직에서나 가능한 일이다. 이인성을 비롯한 모더니스트 작가들의 작품은 그러한 군부정권의 통치 전략을 흩트리고 해체시킨다는 의미가 있었다. 그래서 이인성의 문학은 1980년대의 시대적 맥락에 잘 어울리는 작품이었다. 시 분야에서는 꽤나 과격한 시인들이 몇 명 있었지만 소설 분야에서는 1980년대를 대표하는 희소한 해체주의 작가였기 때문에 이인성은 한국문학사에서 독보적인 자리를 차지할 수 있었다. 다만 그 의의가 현재까지도 유효한지 질문하게 된다.

이인성이 아버지와의 대결을 끝맺지 못한 이유

소설의 첫 이야기인 〈길, 한 20년〉에서는 '1974년 봄' 거리를 헤매는 명문대학생의 시점과 '1973년 겨울' 의가사제대로 집으로 돌아오는 외아들의 시점이 겹쳐진다. 처음에는 다소 헷갈리지만 잘 구분해서 들여다보면 읽을 수 있다. '이렇게까지 공들여 읽을 만한 가치가 있는 소설인가'라는 생각이 들 수 있지만 그렇게 읽기 위해 모색하는 과정 자체가 이 작품의 중요한 의미가 될 수 있다. 이 작품은 어떤 목적지에 도달하는 소설이 아니기 때문이다. 작가 내지는 주인공이 실패하는 지점에서 독자도 똑같이 실패하고 실족하는 작품이다. 주인공이 마침내 성공하는 서사나 드라마와는 다른 의미를 지닌다. 마찬가지로 카프카의 작품도 중간에 끝나버리거나 마지막에 도착점이 없다.

두 번째 이야기인 〈그 세월의 무덤〉이 가장 자전적인 내용을 담고 있다. 할아버지와 아버지에 대해서 쓰고 있는 부분들이 흥미롭다. 작중 인물은 여름날 아버지의 무덤을 찾아간다. 할아버지와 아버지의 무덤이 같이 있는데 두 분이 번갈아 주인공에게 호통을 친다. '아는 것이 힘'이라면서 공부를 해야 한다는 아버지가 있고, '교만하지 마라, 하느님이 굽어보신다'는 할아버지가 있다. 자신은 기독교인이 아니라고 항변하는 주인공에게 할아버지가 '지옥에나 떨어질 소릴 한다'고 나무란다. 이런 부분은 교육운동가이자 농민운동가인 할아버지, 역사학자였던 아버지의 모습이 생생하게 담겨 있는 대목이다. 할아버지와 아버지에게서 듣는 핀잔은 작가가 어릴 때 가장 빈번하게 들었던 말인 것으로 보인다. 작가의 육성이 그대로 전해지는 것만 같다.

할아버지와 아버지 모두 평안북도 정주 출신이다. 중국 쪽에서 들어온 기독교를 받아들인 집안이라 주변에 평북 출신 교인이 많다. 주변 사람들의 품평에 따르면 할아버지는 정말 성경대로 살려고 하면서 교회가 타락했다고 비판하고 무교회주의자가 되기를 자처하며 불같은 신앙 때문에 감옥에도 들어갔던 분이었다. 이것은 실제 할아버지인 이찬갑 선생의 이야기 그대로다.

아버지 이기백도 할아버지의 중압감을 버텨내야 했을 것이다. 아버지는 민족사학자가 된다. 다른 진로는 생각할 수도 없었다. 작품에서 주인공이 자주 상기하는 아버지는 지독히도 철저하게 평생 책만 붙드는 모습이었다. 작중 화자 내지는 작가는 그런 아버지의 삶이 할아버지에 대한 반항은 아니었는지, 아버지는 할아버지의 행동에서 허무한 신념을 읽어냈던 것은 아니었는지 되묻는다. 할아버지의 과감한 행동력, 실천력을 보여주지 못했기 때문에 아버지도 콤플렉스가 있었을 것이라고 생각한다. 혹은 할아버지처럼 살 수가 없으니 다른 방향의 삶을 산 것이라고 본다.

아버지가 늘 해왔던 것은 수천 권의 책 속에 파묻혀 긴 역사 속으로 들어가는 것이었다. 화자는 심지어 "아버지가 전쟁 중에도 군복을 입고 책을 읽으셨는지" 궁금해 한다. 이기백 선생은 역사학계에서 존경받는 학자다. 그가 주력했던 것은 식민사학 비판이었다. 그래서 그의 역사학에는 항상 '민족사학'이란 말이 붙는다. 서울대학교에는 이병도라는 국사학계의 거두가 있었다. 경성제국대학에서 조선사를 가르쳤던 그는 일본인 교수들을 스승으로 두고 있었다. 이기백은 이병도가 식민사학을 되풀이한다고 생각했고 그에 맞서고자 했다. 이기백이 민족주의 사관에 입각해서 대중적인 통사를 일관되게 쓴 책이 《한국사신론》이었다. 그래서 이 책이 많이 읽히고 주목받았다. 이기백은 집안 바깥에서 볼 때는 대단한 어른이었다. 하지만 아들 입장에서는 이런 아버지 밑에서 산다는 것이 고역이었을 것이다.

이인성은 아버지를 극복하기 위한 하나의 타협책으로 연극에 빠진다. 연극 속에 또 다른 '나'가 있으니까 계속 연기하는 것이다. 작품에서도 자기 자신을 분열시켜 계속 '나'와 '너'를 등장시킨다. 이를 통합시켜 안정적인 주체가 되려면 아버지처럼 되거나 아버지에게 맞서야 한다. '아버지처럼 되기'는 이기백을 따라 역사학자가 된 동생의 몫이 된다. 하지만 아버지에 맞서는 것도 가능하지 않다. 카프카나 베케트 문학에서 나오는 것처럼 자신을 동물화하거나 벌레 취급하고 연극 속 분열된 주인공으로 내세울 수밖에 없는 것이다.

세 번째 이야기인 〈지금 그가 내 앞에서〉가 보여주는 장면이 있다. 주인공이 벌레가 되어 아버지와 관련한 재판을 받는 장면이다. 주인공이 '아버지는 죽어서도 법이 되었느냐'고 항변하자 바닥에 깔린 다른 벌레들의 소리가 말이 되어 돌아온다. "네가 죽였다. 법이 판결했다." 이처럼 벌레가 된 주인공과 아버지를 등장시키는 구도는 카프카의 《변신》에서도 묘사된 바 있다. 이 대목에서 주인공은 아버지와 법을 동일시하며 자신이 아버지를 죽였다고 죄책감을 가진다. 심층적인 분석이 필요한 대목이다. 죄책감은 실제로 죽인 다음에야 작동할 수 있기 때문이다. 주인공은 아버지 살해 충동의 모티브가 있지만 그것은 가상공간인 꿈에서나 가능하다. 현실에서는 가능하지 않다.

"네가 우리의 법을 파괴하려 했다"는 재판장의 말에 주인공은 단지 꿈을 보여주려 했을 뿐이라며 "꿈꾼다는 것이 죄인가?"라고 반문한다. 이 부분은 카프카의 《소송》에서 요제프 K가 법정에서 항변하는 장면과 비슷하다. 아버지의 세계, 즉 법의 세계와 꿈의 세계가 대립하고 있다. 작품에서는 꿈의 유사물이 연극이다. 이 세계 속에서는 안정적인 주체라는 것이 없다. '나'가 해체되고 분열돼 있고 교란되어 있다. 그래서 서사가 종잡을 수 없이 난해하다. 아버지의 세계에서는 리얼리티가 있기 때문에 세계가 잘 정돈되어 있고 질서가 잡혀 있다. 여기에서 벗어나서 꿈의 세계로 넘어가니 서사가 어지러워진다.

교양소설의 모델로 삼을 만한 작가는 괴테, 토마스 만, 카프카, 헤세 등 여러 유형이 있다. 김현은 작품해설에서 이 작품을 괴테와 연관 짓지만 괴테의 작품에서 영향을 받았다는 증거를 찾기 어렵다. 김현은 마지막 작품에 근거해서 결말에 대해 이렇게 판단한다. "상처까지도 긍정하고 나아가는 나—그의 아버지 입장에 이를 수 있게 되는 것은 그 전체에 대한 작가의 통찰력 때문이다."

물론 네 번째 연작 〈낯선 시간 속으로〉만 보면 이렇게 판단할 수 있고 성장소설의 전형이라 평가할 수 있다. 그러나 앞선 이야기들까지 전체적으로 살펴봤을 때 이 작품은 '실패한 성장소설'이다. 전체에 대한 통찰을 보여준다기보다는 그것을 절실히 요구하는 작품이다.

11장

| 1990년대 |

이승우
《생의 이면》

아버지와 어머니 없이 '텅 비어 있는'
현대인을 위로하는 문학

이승우

문학의 역할 중 하나로 '자기 보상' 내지는 '자기 치유'가 있다. 환자들이 쓴 '상상적 작품'은 백일몽에 불과할 수 있지만 이것 자체가 증상인 동시에 치료가 될 수 있다. 이승우는 작품을 통해서 자신의 결함과 결핍을 이야기하는 것 같지만 오히려 그러한 내적 고백을 통해 자신의 결핍을 채우고자 한다. 이것이《생의 이면》이 지니는 치료적인 의의다.

한국보다 프랑스에서 사랑받는 한국작가

이문열과 이인성에 이어서 1990년대에 중요한 작품들을 발표한 작가로 이승우가 있다.《젊은 날의 초상》,《낯선 시간 속으로》와 더불어 이승우의《생의 이면》역시 작가의 자전적인 삶을 드러내는 작품으로 각 작품을 서로 비교해서 읽으면 세 작가의 공통점과 차이점을 파악할 수 있다.

이승우는 1959년생으로 앞선 작가들과는 10년 정도의 터울을 가지고 있다. 그는 한국에서 기독교문학의 주제를 다루는 대표적인 작가로도 꼽힌다. 작가로서 비교적 긴 경력을 지니고 있는 편이라 작품 수도 많고 문학상 수상 이력도 화려하다. 특이한 점은 그가 국외 특히 프랑스에서 좋은 평을 얻고 있고 이를 통해 국내에서 역으로 재조명되고 있다는 것이다.

2016년 프랑스 파리도서전에 참여한 한국작가들 중에서 가장 주목받았던 사람이 황석영, 이승우, 김영하였다. 김영하의 작품은 영어 번역본이나 프랑스어 번역본이 계속 나오고 있어서 소개 빈도수로 봤을 때 가장 각광받은 경우다. 이 정도 소개되면 문학상을 받을 만도 한데 아직 그런 소식은 들리지 않고 있다. 황석영과 이승우의 경우 프랑스에서는 크게 주목받았지만 영어권의 반응은 다소 미적지근한 듯하다. 그리고 여기에는 문화적인 차이가 크게 작용한다.

한국영화 감독 중에서는 홍상수가 프랑스 쪽에서 환대받는 편이고 특별히 칸 영화제와 인연이 깊지만 러시아에서는 크게 환영받지 못한다. 김기덕은 베니스나 베를린 영화제에서 수상한 경력이 있긴 하지만 러시아 쪽에서 더 큰 환대를 받는다. 각 나라의 문화적인 차이가 작품을 수용하는 태도에 있어서도 차이를 낳고 있는 것으로 보인다.

지한파로 유명한 프랑스 작가 르 클레지오는 한국에서 노벨문학상 수상자가 나온다면 황석영이거나 이승우일 것이라고 호언한 바 있다. 이들이 프랑스에서 가장 좋은 반응을 얻은 한국작가이기 때문이다. 대략 8천 부에서 1만 부 정도 팔린다고 한다. 자국 문학에 대한 선호가 강한 프랑스에서 이 정도면 상당히 고무적인 반응이다. 이승우는 황석영에 비해 대외적인 활동을 많이 하지 않았음에도 한국문학번역원에서 계속 이름이 오르내릴 정도로 호응이 큰 편이라고 한다.

한국에서 이승우와 비슷한 연배에 중량감을 갖는 작가들은 더 있다. 그런데 왜 프랑스 독자들이 유독 이승우 작가를 선호하는지 궁금하다. 일본에서도 이런 점에 주목해서《생의 이면》을 포함한 이승우의 몇몇 작품을 번역 출간했다. 프랑스에서 가장 좋은 반응을 얻는 그의 장편소설은《생의 이면》과《식물들의 사생활》이고 특히《식물들의 사생활》은 갈리마르 출판사의 세계문학 총서 폴리오Folio로도 출간됐다. 게다가《생의 이면》은 프랑스의 주요 문학상 중 하나인 페미나상의 최종 후보에도 올랐었다.

이승우를 비롯한 한국문학 작가에게 세계적인 문학상 수상을 바라는 기대가 있다. 하지만 지금 상황에서는 만만치 않다. 황석영의 경우 주요 작품이 대부분 프랑스에 소개됐고 프랑스 평단에서는 그를 대문호 에밀 졸라에 비유하기도 했다. 이것이 소수의 의례적인 평가인 것인지 아니면 대다수의 호평인 것인지는 가늠하기 어렵다.

김영하와 배수아 또한 주목받고 있는데 배수아는 한강의 《채식주의자》 번역자인 데보라 스미스가 특별히 좋아하는 작가이기도 하다. 한국의 독자들에게는 다소 생소한 작가로 대중들의 사랑을 받는 문학보다는 소수 독자들에게 지지를 받는 문학을 쓰는 편이며 한강도 이런 쪽에 속한다. 김영하는 독자층이 훨씬 더 넓은 작가에 속한다. 장르문학 분야에서 새롭게 주목받았지만 한국의 평단으로부터는 홀대 받은 작가인 정유정 역시 한국 독자들뿐만 아니라 국외에서도 좋은 반응을 얻고 있다.

이승우는 이미 중견 작가이고 평단에서의 평가는 이미 어느 정도 이루어진 작가다. 하지만 국내의 대중적인 반응은 다소 미지근한 편이었다. 이례적인 프랑스의 반응 때문에 다시금 주목받고 있는 형편이다.

작가 이승우의 경험 그 자체인 이야기

이승우는 1981년 스물두 살 때 등단작을 발표하면서 이름을 알린다. 이른 나이에 등단한 편에 속하고 그동안 쓴 작품의 수도 많다. 하지만 쓰는 주제는 한정되어 있는 듯하다. 중요하게 여기는 한 가지 주제를 가지고 여러 작품을 통해 변주하는 것으로 보인다. 그 가운데

《생의 이면》이 대표작으로 꼽히는 것은 이 작품이 핵심을 다루고 있기 때문이다.

작가는 《생의 이면》의 머리말에서 "나의 숨결과 혼이 가장 진하게 배어 있는 작품이라서 유난스러운 애정이 느껴지는 것도 사실"이라고 이야기한다. 작가 자신의 모습이 거의 그대로 투영된 작품이라 할 수 있다. 자전적인 소설임을 굳이 숨기려고 하지 않고 이렇게 말한다. "모든 소설은, 어떤 식으로든 글쓴이의 자전적인 기록이다." '모든 소설'이라 했지만 정확히는 작가 자신이 쓴 모든 소설이다. 세상의 모든 소설이 자전적인 기록은 아니기 때문이다.

저자는 어떤 소설이든 독자들에 의해 작가 개인의 삶의 이력으로 읽히게 된다면 그에 대해 거부할 필요가 없다고 말한다. 그리고 그런 의미에서 "이 소설은 자전적이다"라고 명백하게 밝힌다. 물론 약간의 변형은 불가피하게 들어간다. 이 작품에는 두 명의 작가가 등장하는데 한 명은 박부길이고 다른 한 명은 박부길의 연대기를 쓰려는 작가이자 화자다. 둘 다 작가의 분신이다. 작가 이승우가 두 배역을 통해 자신을 해부하고 분석해나가는 작품이라 할 수 있다.

이승우는 전라남도 장흥군의 명문가 출생이고 그곳에서 중학교 1학년이 될 때까지 큰아버지 아래서 살았다. 중학교 2학년 때 상경해서 서울신학대학에 들어가 신학을 공부하고 소설가가 되었다. 장흥 출신의 작가로는 이청준이 있어 그의 영향을 많이 받았다고 한다.

작가 이승우에게 영향을 준 소설로는 카프카의 《변신》, 《소송》 등이 있다. 카프카의 문학이 아버지와의 관계를 핵심적인 모티브로 삼고 있기 때문에 그에게 상당한 영감을 주었을 것으로 생각된다. 거기에 앙드레 지드의 자전적인 소설《좁은 문》과 같은 작품이 추가될 수 있다.

이승우의 인터뷰가《생의 이면》과 작가 자신의 삶의 연관성에 대한 여러 가지 힌트를 준다. 사실상 작가의 삶은《생의 이면》에서 박부길이 겪는 이야기와 거의 같다고 보면 된다. 그는 생물학적인 아버지가 있었음에도 아버지라 부르지 않았고 제대로 된 부자관계도 형성되지 않았다고 한다. 아버지가 금치산자여서 존재하지만 존재하지 않는 것과 다름없었다. 아마도 고시 공부를 하다가 정신이상자가 된 것으로 보인다. 아버지는 어머니를 폭행하고 동네 사람들에게 해코지하고 사람을 죽일 뻔하기도 해서 결혼생활을 유지할 수 없었다. 결국 어머니를 집에서 쫓아낸다. 모양새는 그렇게 되었지만 어머니가 재가해서 살 수 있게 내보낸 것이다. 어머니는 다른 남자와 재혼해서 살고 작가 자신은 중학생 때까지 큰아버지 집에서 큰아버지를 아버지로 알고 살아간다. 그리고 얼마 안 가 진짜 아버지가 돌아가셨다는 소식을 듣게 된다.

여기에 추가되는 내용이 자신이 신학교에 가게 된 배경과 동기와 관련한 이야기다. 작품에서는 '지상의 양식'이란 장에서 다뤄진다. 교회에서 피아노 치는 연상의 여자를 만나게 된다. 그녀는 거의 교회에 빠져 지낸다. 그녀가 목사님과 결혼하겠다고 하니 그녀에 대한 사랑 때문에 신학교까지 간다. 하지만 결국에는 그녀에 대한 사랑마저 놓치게 된다는 이야기다.

자전소설을 쓰는 작가 이승우의 과제

이 작품은 주요 등장인물인 박부길 내지는 작가 이승우의 생과 그 이면을 들여다보는 것이 주된 내용이다. 특이했던 가정환경과 성장의 과정, 그리고 사랑의 경험이 주된 이야기의 축으로 구성되어 있다. 독자를 접대해야 한다면 여기에 어떤 재미있는 요소가 더 들어가야 할 텐데 대범하게도 작가는 이것이 전부라고 이야기한다.

《생의 이면》은 일종의 성장소설이자 교양소설로 읽을 수 있다. 여러 다른 작품들에 서 보이는 인물상인 '텅 비어 있는 인간'이 이 작품에도 등장한다. 무라카미 하루키가 좋아할 법한 주인공의 형상이다. 하루키의 소설에 등장하는 인물들은 '할로우맨'이라고도 불린다. 텅 빈 인간, 투명인간, 허수아비 인간이다. 이승우의 경우 아버지도 부재하고 어머니도 부재하는 '고아'다. 고아가 어떻게 자기가 될 수 있는가, 할로우맨이 어떻게 자기 자신을 채울 수 있는가, 어떻게 자신을 주체로서 정립할 수 있는가라는 문제를 다루고 있다.

이문열, 이인성, 이승우 세 작가는 동일한 '자기 정립'의 과제에 직면해 있다. 자전소설을 통한 자기 정립은 다르게 말하자면 자기 정립의 과정을 서사로 풀어내는 것이다. 자기 정립은 작가가 아닌 사람들도 똑같이 겪는 것이지만 차이가 있다면 작가는 그것을 소설로 지어낸다는 점이다. 실제로 한 아버지의 아들이자 소설가가 되기 이전의 이승우가 있다. 소설가 이승우는 이 아들이 어떻게 해서 '나' 또는 작가 이승우가 되었는지 그 과정을 이야기로 풀어내는 사람이다.

작가로 거듭나기 위해 필수적인 것이 독서 경험이다. 책을 통해 사고와 논리를 익혀야 언어로 구축할 수 있기 때문이다. 그 외에도 당장은 언어화되지 않는 다양한 개인적 경험이 필요하다. 다만 나중에 언어로 경험을 형상화한다면 그것의 공유가 가능하다. '이승우'라는 개인의 사례이긴 하지만 이렇게 소설의 형식으로 묘사가 되면 하나의 '생의 모델'로 공유될 수 있고 번역을 통해 프랑스 독자까지도 '생의 모델'을 가지게 되는 것이다. 그런 점에서 의미가 있는 작품이다.

독서 경험은 이 작품에서 작가 자신이 전부 이야기하고 있다. 헤세의 《데미안》과 지드의 《좁은 문》이 언급되고 있는데 너무 친숙한 작품이라 오히려 어색하다. 새롭고 특별한 책이 있는 것은 아니다. 독자기 보기에 이문열과 이인성 및 그 후속 세대 작가들은 그동안 못 접해봤던 새로운 책을 발견한다거나 읽는다는 경험이 별로 없다.

이승우의 경우에는 우선 《좁은 문》이 중요한 텍스트로 선정된다. 그다음에 언급되는 작품이 도스토옙스키의 《지하로부터의 수기》다. 그래서 뭔가 기대하게 하지만 이승우는 도스토옙스키만큼 놀라게 하지는 않는다. 이문열도 도스토옙스키를 따라가고자 《사람의 아들》을 쓴 적이 있는데 이승우가 도스토옙스키의 문학을 최대한 실현한다면 '한국판 대심문관'을 쓰지 않을까 한다. 하지만 이승우의 문학 세계는 아직 거기에까지 이르지는 못했다. 기독교적 구원의 문제를 시대의 고민과 연결시키고 있는 도스토옙스키와 달리 《생의 이면》에는 시대의 고민이랄 것이 거의 없기 때문이다.

물론 이 작품의 의의는 시대적 고민에 있지 않고 '자기 정립'이라는 과제를 어떻게 수행하는가에 달려 있다. 자전소설은 작가들이라면 필수적으로 한 번쯤 거치게 되는 신분증 같은 소설이다. 내가 어떻게 작가가 되었는지를 되묻고 어떤 주체가 될 것인지를 보여줌으로써 자기 존재를 증명하는 것이다.

'주체 형성'이라는 과제의 세 가지 유형

이문열과 이인성, 이승우는 한국문학에서 '주체 형성'이라는 과제의 세 가지 유형을 보여준다. 각자 당면해 있는 문제 상황이 다른데 이문열은 이념으로서의 아버지, 가족을 내버린 아버지에 대한 애증이 있다. 그 애증을 극복함으로써 자신을 정립하려고 한다. 이인성은 너무나 막강한 아버지와 할아버지 앞에서 스스로 분열되고 해체된다. 그래서 작품이 명쾌하지 않고 난해하다. 이인성 문학은 아버지로부터 일탈, 탈주의 시도다. 자전적인 소설임에도 불구하고 버젓이 살아 있는 아버지의 장례를 치르며 필사적인 사투를 벌인다. 이인성은 막강한 아버지의 존재 때문에 주눅 든 아들의 형상이다. 그런 상황에서 예술가로서 자신을 정립하는 모델로 조이스, 카프카 등을 참고할 수 있다.

이승우의 경우 이인성과 완전히 반대다. 그에게는 아버지가 없다. 존재하지만 그 자신에게는 부재한다. 동시에 어머니도 그를 고아

취급한다. 부모가 다 존재하지만 아들은 부모를 모두 잃어버렸다. 이런 상황에서 그는 자신을 정립할 수 없다. 자기 정립은 이상적인 자아와 자기 자신을 동일시하는 것이다. 자신이 상상하는 나 즉 'i'가 있고 이상적인 나 즉 'I'가 있다. 이 둘을 동일시하는 동시에 대타자가 보증을 서고 인정을 하면 자기 자신을 정립할 수 있다. 이승우의 경우 동일시를 보증하는 대타자가 존재하지 않는다. 그래서 다른 데서 아버지를 데려와야 한다. 교회에 다니고 신학교에 입학하는 것도 이 공백을 채우기 위해서다.

주체라는 것은 자연발생적으로 누구나 갖고 있는 것이 아니라 각자에게 주어진 과제 같은 것이다. 오직 자기 자신이 만들어나가야 한다. 자크 라캉의 정신분석학에 따르면 주체는 언어적인 구성물로 상징계(사회적 현실이자 의미의 영역)에서만 작동 가능하다. 막연히 나 자신이 생각하는 나 또는 우리가 갖고 있는 자아는 상상계(개인의 인식 영역)에서 작동하는 것으로 소문자 'i'로 표시된다. 아직 언어로 표현되기 이전인 이 자아의 상태에 이름을 붙이고 나름의 역할을 부여하는 것이 바로 상징계이다. 아버지의 세계, 법의 세계, 사회적 질서의 세계에 등록되는 것이다. 그 과정에서 '상징적 거세'가 일어난다.

이런 식의 정신분석학적인 설명은 세 작가의 주체 형성 과정 모두에 적용된다. 세 작가에게 공통적으로 문제가 되는 것은 아버지와의 관계 설정이다. 이승우의 문제는 자신의 모델이 될 만한 아버지는 물론 어머니도 부재하다는 것이다. 그러므로 부모 내지는 대타자의 역할을 할 수 있는 사람을 찾아야 한다. 교회에서 만난 '하나님'이 아버지라고 한다면 '첫사랑 상대'는 어머니에 해당한다. 그렇게 유사 가족을 만드는 것이다. 아마 작가 자신도 잘 알고 있겠지만 이승우는 이 작품을 통해 '자기 탄생의 신화'를 만들고 있다. 생물학적 아버지 와 어머니를 떠나 자신만의 아버지와 어머니를 만들어냄으로써 이 전의 아들 상태를 벗어던지고 작가로서 새롭게 태어나는 것이다.

이인성의 경우에는 아버지로부터 도망가는 것이 문제였다. 완전 히 주눅 든 아들의 상태이므로 자기 정립이 가능하지 않아 탈출해야 한다.《젊은 예술가의 초상》에서 묘사됐던 것처럼 미궁 속에서 탈출 하는 다이달로스의 신화적 형상을 보여줘야 한다. 하지만《낯선 시 간 속으로》의 전반적인 내용은 카프카의 실패하는 모델을 따르고 있 다. 아버지를 떠나서 완전히 독립하는 것처럼 포즈를 취하지만 이것 은 연극에 불과하고 실제로는 아무것도 달라지지 않았다. 이인성은 《낯선 시간 속으로》를 통해 스스로 해방되고 그다음에는 자신만의 《율리시스》를 써야 할 것이었다. 하지만 이인성은 조이스의 길로 나 아가지 못한다. 카프카 모델을 따르고 있어 여전히 답보상태로 탈출 시도만을 반복적으로 보여주게 된다.

자신만의 오이디푸스 신화를 만들어나가는 이승우

반면에 이승우의 경우에는 아버지라는 존재 자체가 사실상 부재하 는 것이 문제다. 이 작품에서는 박부길의 아버지가 정신질환자로 묘사되며 차꼬에 가둬지고 있다. 차꼬는 죄수들이 아예 거동하지 못하도록 발목에 걸어 잠그는 형틀이다. 박부길은 이 광인이 누구인지도 모르고 어느 날 그가 손톱깎이를 달라고 해서 갖다 준다. 그는 손톱깎이로 자해해서 자살한다. 이렇게 죄수의 형태로 신화화된 아버지를 죽임으로써 '부친 살해'라는 오이디푸스 신화가 유사한 형태로 실현된다.

아버지를 죽이고 아들이 아버지 자리로 가는 것은 권력의 승계과정과 비슷하다. 신화에서 제우스 형제들이 아버지 크로노스를 죽이는 것도 마찬가지다. 그래야 진정한 자신이 될 수 있다. 자기 정립의 과제는 권력 승계 과정과 똑같아서 전임자를 죽이거나 쫓아내는 방식으로 자신의 자리를 마련하는 것이다. 나 혼자만의 결심이나 의지로는 주체의 공간을 확보할 수 없다. 기존 권력을 차지하고 있던 아버지를 죽이거나 그와 타협함으로써 새로운 자신을 찾을 수 있을 따름이다. 이승우는 이 주체 형성의 신화(오이디푸스 신화)를 모델로 하여 광인이었던 아버지를 살해한다는 자신만의 신화를 만들어낸다. 이것이 아버지와의 관계에서 일어난 첫 번째 에피소드다.

어머니는 재가해서 나중에 두 명의 이부동생을 둔다. 박부길은 큰집에 맡겨지고 어머니는 가끔 큰집에 찾아온다. 이승우나 박부길의 과제는 가족을 재구성해야 한다는 것에 있다. 아버지와 어머니의 존재를 따로 만들어야 한다. 박부길은 피아노 소리에 매혹돼 우연히 들어간 교회에서 천사 같은 연상의 여자를 보고 사랑을 키워 간다. 어머니가 공백 상태에 있어서 새로운 대상을 통해서 채우려는 것이다. 그리고 박부길은 계속 아버지를 죽이는 꿈을 꾸는데 이 또한 아버지에 대한 지속적인 갈망을 표현하는 것이다.

그리고 〈지상의 양식〉이라는 박부길의 미발표 소설이 소개된다. '지상의 양식'이라는 제목은 앙드레 지드의 책에서 그대로 가져온 것이다.《생의 이면》에서는 한가운데에 놓여 있는 '작품 속의 작품'이다.《생의 이면》의 액자식 구성을 다시 살펴보면, 주인공 박부길이 있고 그를 바라보는 화자가 있다. 그리고 가장 바깥에 이승우 작가가 자리하고 있다. 마지막으로 중심에는 박부길이 쓴 자전적 소설인 〈지상의 양식〉이 있다. 이렇게 여러 장치로 둘러싸고 있지만 결국 이 모든 것은 이승우 자신의 이야기다.

주인공 박부길은 "내게는 유년기가 없었다"고 고백한다. 아주 어렸을 때도 진정한 어린아이가 아니었으며, '아버지의 매도 없었고 어머니의 품도 없었다'고 말한다. 아버지에게 매 맞고 어머니에게 다독임 받고 나중에 함께 저녁을 먹는 평범한 가정 이야기는 박부길의 집안에서 기대할 수 없다. 또한 그는 "자연을 즐길 줄 모른다"고 고백한다. 자연은 박부길에게 있어서 언제나 아득한 타자이다. 자연뿐만 아니라 그를 둘러싼 모든 것이 그 자신에게는 부재한다. '할로우맨'이자 텅 비어 있는 인간이기 때문이다.

그래서 그에게는 아버지의 억압이라는 것이 필요하다. 아버지의 역할은 특정한 기준에 따라 아이에게 해야 할 것과 하지 말아야 할 것을 구분하고 가르쳐주는 것이다. 아이가 욕망하는 바가 있더라도 실현할 수 없도록 억압해야 하는 경우가 반드시 생긴다. 억압이 이루어지면 아이는 거기에 반응하는 자아를 형성한다. 이와 반대로 어떤 기준도 없이 다독거리기만 하면 멍텅구리 아이가 될 가능성이 높다. 무조건 좋은 부모가 결과적으로는 자식한테 별 도움이 되지 않는다.

알랭 드 보통은 부모가 해줄 수 있는 최선이란 자식이 부모의 곁을 떠날 때 해방감을 느끼도록 해주는 것이라고 말한 적이 있다. 부모와 평생 살 것도 아닌데 부모와 있을 때가 낙원이었다고 한다면 아이의 삶이 얼마나 불행한 것이겠는가. 아이에게 더 나은 미래가 있을 것이라는 기대감을 갖게 해야 한다. 부모와 지내는 친밀하고 안정적인 공간을 떠나 두렵지만 새로운 미래를 독립적으로 열어갈 사람으로 성장시켜야 한다. 곧 부모와 헤어질 것에 대한 기대감으로 살아가는 아이들과 두려움 속에서 살아가는 아이들은 분명한 차이가 있다.

'텅 비어 있는 주체'의 형상을 보여주는 이 작품에서는 아버지와 어머니의 결여가 기본 조건으로 설정되어 있다. 태어나서 처음으로 맺는 인간관계인 부모와의 관계가 제대로 형성되지 않으면 대인기피증이 생기고 정상적인 사회적 관계가 맺어지지 않는다. 아이가 보다 성숙한 사회적 인격을 갖기 위해서는 부모가 아이에게 대하는 태도도 서로 달라야 한다. 그래야 아이가 인간관계에 대한 감각을 기를 수 있다. 한쪽은 친근하게, 한쪽은 멀게 대해야지 둘 다 똑같으면 곤란하다.

박부길은 자신에게 결여된 여성성에 대해서 다음과 같이 직접적으로 고백한다. "나는 부드러움과 다감함 같은, 이를테면 여성적인 것을 감당할 자신이 없다. … 고백하건대 여성적인 것이야말로 나의 가장 큰 결핍이다." 어머니에 대한 경험이 있어야 여성성을 감당한다. 다독거림과 애정 표현을 받아본 적이 없으니 그것을 다른 사람에게 표현하는 것도 어색하고 서투른 것이다.

작품에서는 박부길이 큰아버지 댁에서 자랐다는 설정이므로 그는 아버지에 있어서는 대체할 만한 인물이라도 있다. 하지만 어머니는 전무 그 자체다. 박부길은 "모성이야말로 오랫동안 체득하지 못한 나의 결핍의 핵심"이었다고 고백하며 모성의 부재야말로 자신의 생각과 행동을 이끈 동인 가운데 하나였음을 밝힌다. 이러한 대목은 사실 박부길보다 이승우 자신의 이야기라 할 수 있다. 적나라하게 이승우 자신의 여성성 결여의 문제에 대해 고백하고 있다.

박부길은 우연히 교회에 들러서 피아노를 연주하는 한 여성을 만난다. 그녀의 이름은 김종단이다. 박부길은 모성의 결핍을 채워줄 수 있는 존재로 그녀를 선택한다. 여기서 특이한 오이디푸스적 삼각관계가 펼쳐진다. 박부길에게는 어머니를 대신하는 존재다 보니 그녀에 대한 독점권을 갖고 싶어 한다. 그녀의 주변에 있는 남자들은 모두 경계 대상이 된다. 아이가 어머니를 차지하기 위해 아버지를 경쟁자로 여기고 제거하려는 것이 '부친 살해의 충동'인데 그것과 유사한 상황이 전개된다. 보통 사람이라면 사리분별을 하고 유연한 태도를 보일 텐데 박부길에게는 사랑하는 대상과 적이 명백하게 분리된다. 오이디푸스 콤플렉스가 어느 시기에는 해소되어 그다음 단계로 넘어가야 할 텐데 박부길에게는 해소의 과정이 지연된다.

박부길의 미완성작 〈지상의 양식〉의 초고에서 김종단은 아버지가 일찍 돌아가셔서 그에 대한 기억이 전혀 없다고 말한다. 그리고 어머니가 교회를 전전하면서 자신을 키워왔다고 고백한다. 그녀는 성장기 내내 교회에 있었다. 교회와 일밖에 모르는 여자다. 그녀에게 교회 바깥의 삶이란 없다. 그럼 박부길이 김종단과 관계를 맺을 수 있는 방법은 자신도 교회 안에서 사는 것밖에 없다. 그래서 사랑한다는 고백 대신 목사가 되겠노라 말한다. 당신에게 맞는 사람이 되겠다는 암시를 주는 것이다.

여기까지가 〈지상의 양식〉 초고의 내용이다. 작가의 실제 경험이 그대로 반영된 이야기라 생각된다. 경험이 아니라면 이렇게 쓰기가 어렵다. 별다른 수식이나 장치 없이 내밀하고 솔직하게 사랑의 경험을 이야기하고 있다.

신화 속 어머니에 대한 사랑의 실패

〈지상의 양식〉 뒷이야기는 이어서 등장하는 박부길의 또 다른 작품인 〈낯익은 결말〉에서 다뤄진다. 〈낯익은 결말〉의 주된 이야기는 김종단과의 관계에서 비롯된다.

목회자가 되기로 결심한 박부길은 김종단이 졸업한 신학교에 간다. 박부길이 신학과에 진학하여 공부한다는 소식을 들은 큰아버지가 울음을 터뜨린다. 뼈대 있는 가문이었지만 급속도로 몰락해갔던 아버지 집안은 상황 반전을 위해 고시 합격을 필요로 했다. 집안에서는 아버지가 그 역할을 해주길 기대했는데 그만 정신이상자가 되고 말았다. 그래서 이 집안에서는 아버지 대신에 자식이 고시 공부를 해주길 바랐다. 그런데 목사가 되겠다고 하니 큰아버지가 억장이 무너지고 만 것이다. "믿고 기대했던 조카가 신학 공부를 하여 목사가 되겠다고 결단한 일이야말로 용납할 수 없는 배신이고 추스르기 어려운 슬픔이었을 것이다."

이렇게 해서 박부길은 큰아버지도 잃어버린다. 다시 아버지를 대체할 수 있는 것으로는 교회의 '하나님 아버지'밖에 없다. 박부길은 신앙과 여자를 통해 새 출발하기로 결심한다. 그러나 이 꿈 역시 좌절을 겪고 만다. 만약 김종단과 결혼에 성공했다면 이승우는《생의 이면》을 쓰지 않아도 됐을 것이다. 목회활동 열심히 하고 가정을 충실히 꾸려나가면 그만이니 말이다. 꿈에 대한 좌절과 상실을 충족할 수 있는 세 번째 길이 바로 소설 쓰기였다.

이 작품이 가지고 있는 맹점이 있다. 박부길 작가의 생애를 그가 쓴 작품을 통해서 재구성하는 것이《생의 이면》의 과제다. 그런데 중견 작가인 박부길이 내세우는 작품들이 초기작인 〈지상의 양식〉과 〈낯익은 결말〉에서 끝난다.《생의 이면》이 조금 더 현실적인 작품이라면 박부길의 대표작은 무엇인지, 그의 근황은 어떠한지까지 이야기해야 한다. 작가가 자신의 과거 이야기에 몰두하느라 새로운 현실을 쓰는 일에는 별로 관심이 없었던 듯하다. 그래서 이 작품은 리얼리티 면에서 결함이 있다. 통상적인 작가들의 작품에 비해 고백의 주관성이 너무 강하게 드러난다.

평생에 여자란 어머니와 김종단밖에 없고, 아버지는 부재한 박부길이 새로운 가족을 만들기 위해서는 자신을 신화화해야 한다. 특히 어머니 대신 김종단을 선택하는 과정에서 그가 어떤 문학적 모델을 모방하고 있는지도 드러난다. "그의 그녀에 대한 묘사에서는 에밀 싱클레어의 에바 부인에 대한 숭배의 냄새가 난다." 에밀 싱클레어는 《데미안》의 주인공이고 에바 부인은 데미안의 어머니다. 박부길에게 있어 김종단은 절대적인 존재다. 그런데 그가 만난 김종단은 실제의 김종단과 박부길의 신화 속에 있는 김종단으로 나뉜다. 전자와 후자 사이에 간극이 있다. 보통 사람들도 흔히 느끼는 '실제의 사람'과 '내가 사랑하는 사람' 사이의 간극이다. 이 간극이 크면 클수록 현실에서 예기치 못한 장면과 조우했을 때 극복하기 어려워지게 된다.

그 '예기치 못한 장면'이란 김종단이 다른 남자들과 희희덕대며 웃고 있는 장면이다. 박부길이 그 장면을 보고는 참지 못하게 된다. 대개는 아직 유아적인 콤플렉스에서 벗어나지 못했을 때 그런 반응을 보인다. 김종단이 절대적인 신앙의 대상이자 자기 신화 속에서 '성녀'처럼 존재하고 있기 때문에 그런 장면을 허용할 수 없는 것이다. 그러나 김종단은 성녀가 아니고 실제로 살아 있는 사람이다. 주변에 동창들과 교수님이 있고 그들과 대화를 나눈 것뿐인데 그것을 박부길이 참지 못한다.

박부길이 복학한 남학생과 친근하게 대화를 나누는 김종단의 모습을 보고 분노한다. "그들이 다정해 보인다고 느끼는 순간, 그의 가슴속에서 자기도 모르게 불길이 솟았다. 이유를 분명하게 설명할 수 없는 분노가 그의 가슴을 뜨겁게 달궜다." 왜 이렇게 과도하게 반응하는 것인가. 김종단이 자기 신화의 일부이기 때문에 그렇다. 이 공고한 신화가 무너지게 되면 다른 대안을 찾기가 어렵다. 그녀가 어머니와 같은 존재이기 때문이다.

그리고 결정적인 사건이 터지고 만다. 김종단이 박부길을 만나러 신학교에 찾아오는데 잠시 아는 교수를 만나서 교수 연구실에 가서 대화를 나누게 된다. 신학대학원에 진학하기 위해서 학교 추천을 받는 실질적인 용무 때문에 교수와 면담을 하는데 박부길이 그 장면에 대해서도 똑같이 참을 수 없어 한다. 박부길은 김종단의 얼굴과 교수의 웃는 얼굴을 겹쳐서 보며 그들이 함께 방에 들어가는 것을 멀리서 지켜본다.

박부길이 둘이 만난 일에 대해 추궁하자 나중에 김종단이 사정을 이야기한다. "미안해. 휴게실에서 영길이를 기다리다가 최 교수님을 만났어. 실은 그분을 만날 일도 있긴 했거든…… 어찌나 붙드는지…… 그 교수님이 학교 다닐 때부터 나를 유난히 예뻐해 주셨거든." 이 말을 듣자 박부길이 김종단의 뺨을 내려친다. 그녀는 계단 밑으로 균형을 잃고 굴러 떨어진다. 계단을 오르내리던 남학생과 여학생들이 무슨 일이냐며 몰려든다. 짐승의 울부짖음에 가까운 남자의 괴성이 들려오고, 그의 손이 그녀의 뺨을 사정없이 갈기는 장면이 묘사된다.

이 작품의 클라이맥스이자 결정적인 장면이다. 사실 화낸 이유는 터무니없는 것이다. 김종단이 교수와 서로 반가워하며 잠시 면담

했다는 것뿐인데 그 장면을 보고서 박부길이 뺨을 치고 모욕을 준다. "나를 우롱하지 마. 도대체 나를 뭘로 아는 거야? 대체 뭐가 그렇게 잘났어? 너는, 너는…… 너는 창녀야!"

이것이 실제로 일어난 일인지 의문이긴 하지만 유사한 사건이 있었을 것으로 추정된다. 박부길의 사정을 모르고 이 장면 하나만 봤을 때는 독자들이 불쾌할 수도 있을 텐데 앞에서부터 소설을 읽은 독자라면 대략 정상참작은 하게 된다. 자신의 신화에서 성녀였고 완벽한 여성이자 어머니의 대역이었는데 다른 남자들과 사소하게라도 관계를 맺자 극단적인 반응을 보이며 '창녀'라고까지 매도하는 것이다. 이 파국적인 장면을 마지막으로 둘의 관계는 완전히 끝나게 된다. 박부길은 김종단에게 편지를 보낸다. "자기 몸속에 악마가 들어왔던 모양이라고, 자기가 무슨 짓을 저질렀는지 잘 알고 있다고, 그것은 있을 수 없는 일이었다고, 그러나 그것은 자기가 한 짓이 아니었다고."

그러나 관계는 더 이상 회복되지 않고 나중에 김종단은 유학을 떠난다. 유학에서 돌아와서는 같은 학교를 나온 목사와 결혼한다. 결국 박부길의 신화는 현실에서 철저히 깨지고 만다. 그는 실제 경험에서 유사가족을 재구성하는 데 실패했다. 아버지와 어머니와 맺는 삼각관계를 통해서 주체를 형성해야 한다는 그의 과제는 무너졌다. 하지만 이렇게 실패한 이야기를 작품으로 내놓음으로써 박부길 또는 이승우는 작가로서 새로운 탄생을 도모하는 것으로 보인다. 마지막에 김종단이 한마디 말을 남기고 떠난다. "나에게 더는 무리야. 더는 요구하지 마…… 부길이는 내게 중요한 남자였어. 그 남자를 사랑했다는 사실을 부정하고 싶지 않아. 이 말만은 하고 싶었어."

　이것이 〈지상의 양식〉에서 이어지는 〈낯익은 결말〉의 결론이다. '생의 이면'이라는 거창한 제목이지만 삶의 전반적인 문제를 다루고 있지는 않고 크게 두 가지만 이야기하고 있다. 하나는 작가 자신의 가족관계고 다른 하나는 실패로 끝난 여자관계다. 두 가지 이야기는 '박부길'이라는 하나의 신화의 양면으로 존재한다. '이면'이라는 표현이 쓰이긴 했지만 뒤에 전개되는 사랑의 실패담이 작가만의 유별난 경험인지에 대해서는 의구심이 있다. 그럼에도 이 작품은 현실화되지 못한 자신의 신화를 소설을 통해 드러냄으로써 나름의 치료를 시도한다는 점에서 의의가 있다.

자기 치료이자 독자 치료로서의 이승우 문학

이 작품에서 박부길의 내면 서술은 큰 틀에서 실제 이승우 작가의 그것과 다르지 않다. 어머니는 시집 오자마자 이상한 성격의 남편으로부터 폭력을 당하고, 결혼 생활은 파탄에 이르렀으며, 이승우라는 아들을 낳았다. 그의 소설에서는 일련의 과정을 어머니 자신이 선택한 결과로 그리고 있다. 모르고 시집 와서 당한 것이 아니라 사정을 알고도 선택했다는 것이다. 일종의 운명에 가까운 것으로 묘사가 된다.

　이승우의 아버지에 대해서는 사실 자세히 알 만한 방법이 없다. 이승우가 오래 관계를 이어온 사람은 그래도 어머니라 할 수 있는데 그의 단편소설 모음집《모르는 사람들》에는 어머니에 대한 단편 〈복숭아 향기〉가 수록되어 있다. 이 작품에 대한 작가의 변에서 그는 어머니의 힘들었던 삶을 문학적으로 보상해주고 싶었다고 이야기한다.

이승우 작가의 창작의 동기는 자기 보상이다. 자기 삶의 모자람을 문학을 통해서 보상받고자 하는 것이다. 달리 말하자면 스스로를 위무하는 문학이라 할 수 있다. 남들이 읽어주지 않아도 그는 작품을 계속 썼을 것이다.《생의 이면》역시 삶의 실패를 보듬고 자기 자신에게 보상하기 위해 쓴 작품이다. 현실에서의 실패를 만회하고 현실에 복수하려는 의도는 많은 작가들이 지니고 있는 창작의 동기다. 문학의 역할 중 하나로 '자기 보상' 내지는 '자기 치유'가 있다. 프로이트의 관점에서 보자면 환자들이 쓴 '상상적 작품'은 백일몽에 불과할 수 있지만 이것 자체가 증상인 동시에 치료가 될 수 있다. 이승우는 작품을 통해서 자신의 결함과 결핍을 이야기하는 것 같지만 오히려 그러한 내적 고백을 통해 자신의 결핍을 채우고자 한다. 이것이 《생의 이면》이 지니는 치료적인 의의다.

작가의 개인사에 불과한 것을 왜 많은 독자들이 읽고 반응하게 되는 것일까. 일종의 동일시를 통해서 독자들도 치료의 효과를 얻기 때문이다. 대표적으로 무라카미 하루키의 소설들이 그러한 자기 치료적인 성격을 지니고 있다. 하루키의 작품은 할로우맨과 같은 비어 있는 인간을 중심에 놓고 결핍을 극복해나가는 서사로 이루어져 있다. 독자도 그 여정을 따라가다 보면 결핍을 채울 수 있다. 그것이 하루키 문학에서 얻을 수 있는 치료의 효과다. 다르게 이야기하자면 굳이 결핍을 느끼지 못한다면 당장 읽어야 할 필요는 없는 소설이다. 이승우나 하루키의 소설에 대해 긍정적 반응을 보인다는 것은 그 독자가 그들의 작품 세계에 공감한다는 뜻이다.

독자들이 자신이 좋아하는 작품 리스트를 꼽는 것은 일종의 자가 테스트가 될 수 있다. 자신만의 '인생 소설'은 무엇이고 그것이 왜 그토록 좋은지를 반추하다 보면 자기 자신에 대해 알 수 있다. 문학 작품은 독자를 비추는 거울이 될 수 있기 때문이다.

이승우는 어머니에 대한 연작을 더 쓰겠다고 밝혔다. 작가 자신의 문제를 다루는 작업은 어느 정도 일단락된 것으로 보인다. 이승우는 어머니의 선택이 주변 환경 때문이 아니라 주체적인 것이었다고 밝히면서 어머니에 대한 위로를 전하고 있다. 둘 중에 어느 것이 더 견디기 쉬울까. 원하지 않았는데 주변 상황에 떠밀려서 어쩔 수 없이 선택한 삶이라면 불행한 삶이다. 비록 사정이 나빴고 무엇이 문제인지 잘 알고 있었지만 돌파해 나가고자 선택했고 결과는 좋지 않다고 한다면 조금 더 나은 삶이다. 그것이 이승우가 어머니에게 해줄 수 있는 최선의 선물이었던 듯하다.

《모르는 사람들》이라는 단편집도 자세히 살펴보면 대부분 비슷비슷한 이야기다. 이 작품집에 실린 두 편의 단편이 아버지와 어머니에게 바치는 화해의 서사다. 그동안에는 자신을 중심에 놓고 부모와 세상을 바라봤지만 지금은 아버지와 어머니를 중심에 놓고 그들의 시점에서 이야기를 전개한다.

이승우의 작품은 아버지 내지는 어머니의 존재감을 느끼지 못하거나 그들에게서 좋은 영향을 받지 못했다고 생각하는 독자들에게 특히 좋은 반응을 얻고 있는 것으로 보인다. 현대 사회에서 점점 고립되고 자신의 존재 가치를 찾지 못하고 있는 '투명인간'과 같은 사람들에게 이승우의 작품은 문학적 치료의 좋은 사례가 되지 않을까 생각한다.

12장

2000년대

김훈
《칼의 노래》

작가의 분신이자 근대적 인간으로서
'허무주의'를 말하는 이순신

김훈

1인칭 시점이 가능하기 위해서는 인물에게 특별한 조건이 갖춰져야 한다. 실존했던 인물로서의 이순신이 있고 그에 대한 역사적 기록이 있다. 그런데 그가 쓴 일기《난중일기》의 내용은 단순한 사실들의 나열일 뿐이다.《칼의 노래》에서 김훈은 자신만의 방법으로 이순신을 창조해야 했다. 바로 이순신에게 '내면성'을 탑재시킨 것이다.

김훈이 늦은 나이에 작가로 성공하기까지

이 책에서 다룬 남성작가 대부분이 1930년대 후반부터 1940년대 초반에 태어난 4·19세대 작가들이다. 김훈은 1948년생으로 1943년생인 황석영과는 다섯 살밖에 차이가 나지 않는다. 하지만 4·19세대 작가들과는 거리가 있는데 이는 그가 1960년 4·19혁명이 일어났을 때 열두 살에 불과했기 때문이다. 김훈은 1966년 고려대학교 정치외교학과에 입학했다가 바이런과 셸리의 시를 읽고 영어영문학과로 옮겼지만 이내 중퇴한다. 그리고 1973년 신문사에 입사해서 오랫동안 기자생활을 한다.

1995년에 첫 작품《빗살무늬토기의 추억》을 발표한다. 이때는 기자로서 작품을 썼다는 것이 화제가 되었지만 작품 자체는 썩 주목을 받지 못했다. 중요한 작품은 2001년에 발표한 두 번째 소설《칼의 노래》다. 그해 최고의 베스트셀러가 되었고 동인문학상, 이상문학상, 황순원문학상, 대산문학상이 주어졌다. 장편소설로서는 이 작품이 작가 김훈의 존재를 알리게 된 작품이라 할 수 있다. 그래서 등단 시점은 1990년대 중반이지만 2000년대 작가군으로 분류된다.

《칼의 노래》이후 잠시 언론계에 복직하지만 2004년 모든 것을 접고 다시 전업 작가로 나선다. 그리고 일련의 작품으로 많은 문학상을 수상한다. 한국에서 탈 수 있는 문학상은 거의 다 받았다고 할 수 있다. 나이가 많지만 작가로서의 경력이 짧은 그는 평단으로부터 이례적인 환대를 받았다. 대표작으로는《강산무진》과 같은 단편집이 있고《칼의 노래》와 함께 손꼽히는 장편소설《남한산성》이 있다. 2020년에도 신작 장편소설《달 너머로 달리는 말》을 출간했다.

《칼의 노래》는 김훈이 작가로서 전력투구하며 쓴 작품이다. 황석영도 2000년대 들어 활발히 작품을 발표하며 건재를 과시했는데 두 사람 사이에 인연이 있다. 가장 오래 재직한 언론사인 한국일보에서 김훈은 문화부를 담당하고 있었다. 1975년부터 황석영이 써내려간 《장길산》의 한국일보 연재 담당자가 김훈이었다. 연재 담당자는 원고가 비지 않도록 체크하고 관리해야 하는데 황석영이 잘 통제되지 않기로 유명한 작가였다. 연재하다가 잠적하는 일이 다반사였고 당시는 휴대폰도 없을 때인지라 김훈이 고생을 많이 했다고 한다. 나중에 황석영이 이에 대해 TV프로그램에 출연하여 하나의 에피소드로 회고하기도 했다.

김훈의 아버지 김광주는 언론인이자 무협소설 작가였다. 작품 활동을 하던 당시의 김광주는 문학 작가로서 대우받지는 못했지만 대중에게 필명을 날렸다. 백범 김구를 따랐던 이력이 있는지라 독립운동에도 관여했다. 해방을 맞아 한국에 들어오고 난 뒤부터는 국내 정서에 대해서 환멸을 느꼈다고 한다. 그 시절에 대한 김훈의 회고가 에세이에 있다.

아버지가 두주불사斗酒不辭해서 소년 김훈이 매일 아침마다 했던 것이 해장국 심부름이었다. 어느 날 아침 해장국을 나르다가 쏟아서 길바닥에서 엉엉 울었다고 한다. 아버지의 존재가 아무래도 작가에게 큰 영향을 끼친 것으로 보인다. 은연중에 아버지의 태도와 인생관

을 이어받는다. 이 작가가 갖고 있는 도저한 허무주의의 바탕이라고
도 생각된다.

자신만의 독특한 문체로 승부하는 소설가

김훈은 최고의 소설가가 될 수 있을지는 모르겠지만 최고의 문장가
중 한 명으로 기억될 것 같다. 자신만의 독특한 문체를 가지고 있는
것으로 유명한 작가다. 그래서 소설과 더불어 에세이가 독자들에게
좋은 반응을 얻는 것으로 보인다. 김훈이 소설을 쓴다는 소식을 들었
을 때 다소 의아하다는 생각이 든 것은 그의 문장이 지나치게 미문이
어서 소설가의 문체와 어울리지 않았기 때문이다.

작품에 따라서 인물들이 모두 다르지만 문체는 비슷비슷하다. 이
순신이 주인공이건 다른 누가 주인공이건 간에 그 내면을 기술하는
문장들이 거의 같은 모양새를 지닌다. 그것은 작가 김훈의 문장이기
도 하다. 에세이의 문체와 소설의 문체도 크게 다르지 않다. 심지어 에
세이의 문장들을 그대로 소설로 옮겨오는 경우도 있다. 그의 소설은
김훈이라는 작가를 대변하는 에세이의 변장이라는 생각이 들 정도다.

그가 쓴 기사들 중 유명했던 것이 〈문학기행〉이다. 한국문학의 배
경을 이루는 지역을 찾아가서 그와 관련된 자료를 조사하고 풀어내
는 기획기사를 후배 기자와 교대로 써냈는데 신문의 한 면을 통째로
채웠다. 요즘에도 이런 기획기사가 매우 드물거니와 당시로서도 파

격적으로 지면을 할애해서 쓰인 기사였다. 가령 박경리의 《토지》를 다룬다면 경남 하동을 찾아가서 작품의 배경이 되는 곳을 차례대로 보여주고 작품의 내용을 곁들여 기사를 낸다. 〈문학기행〉 기획기사들은 나중에 단행본으로 정리돼서 나왔다. 문화부 기자가 자신이 쓴 기사를 책으로 엮어서 내는 경우는 드물다. 그의 또 다른 에세이 《내가 읽은 책과 세상》도 같은 부류의 책이다.

기자로 일하던 시절부터 김훈이 쓴 글은 누가 봐도 쉽게 분간할 수 있는 것이었다. 이처럼 식별 가능한 어투를 '문체'라 한다. 작가로서 문체를 가지고 있다는 것은 도드라지고 튀는 유표적인 문장을 쓴다는 것을 뜻한다. 그것이 기자로서 필요한 자질은 아니다. 김훈은 짧은 문장 안에서 독특한 변형을 가하며 자신만의 문체를 만들어내는 작가다. 보통 '문장가'나 '미문가'라는 수식어가 붙는 이들은 길게 쓰는 사람인 경우가 많다. 김훈은 짧게 쓰지만 독특한 아름다움을 가지고 있다. 산문 미학의 진경을 보여준다는 평가도 받는다. 김훈 자신은 대수롭지 않은 듯이 이야기하지만 문장에 특히나 심혈을 기울이는 작가다. 김훈의 소설들을 버티고 읽게 하는 것은 그러한 문장의 힘이다.

그리고 김훈은 디테일에 대한 강박증이 있다. 맥락상 그리 중요하지 않은 장면임에도 매우 자세하게 서술되는 대목들이 있다. 가령 《강산무진》에서는 이야기의 흐름과 관계없이 택시 요금에 대해 언급하며 정확히 얼마의 액수를 지불하고 얼마나 거슬러 받았는지 등이 쓰여 있다. 소설에서 자세히 써야 할 것은 그러한 장면이 아닌데 작가가 특정 디테일에 집착하는 모습을 보여준다. 소설을 쓸 때는 중요한 것을 자세하게 써야 한다. 모든 디테일을 중요하게 여기면서 썩 중요하지 않은 부분까지 자세하게 쓰는 것은 서툰 방식이라 생각한다.

김훈은 모든 글을 쓸 때 연필로 쓰는 것을 고집한다. 그의 유별난 자부심이기도 하다. 원고지에 만년필로 쓰는 작가들이 간혹 있긴 하지만 지금은 대부분 컴퓨터에 있는 워드 프로세서를 사용한다. 김훈이 에세이 작가로서 쓴 책들은 대부분 기사로도 연재됐던 글들인데 《자전거 여행》 등이 있다. 소설을 쓰기 전에 이러한 에세이들을 쓰다가 《칼의 노래》 등이 주목을 받으면서 나중에 에세이들도 재출간되어 각광을 받았다.

허무주의적 세계관에서 비롯된 문체의 특징

김훈이 작품에서 보여주는 세계관은 '탐미주의'와 '허무주의'라 할 수 있다. 1980년에 신군부 정권이 등장한 다음 각 언론사에서 일종의 용비어천가를 써야 했다. 정권의 압력 때문에 전두환을 미화하는 기사들을 쏟아내야 했다. 이러한 역할을 위임받은 기자들은 자신이 직접 기사를 쓰거나 후배 기자에게 공을 넘기거나 했다. 나중에 김훈은 정권의 압력에 굴복한 글을 모두 자신이 썼다고 밝힌다. 그에 대해 부끄럽게 생각하지 않고 다음과 같이 반문한다. '만약 내가 쓰지 않았다면 다른 누군가가 써야 했을 것이다. 나의 정의를 위해 누군가에게 그런 일을 떠넘길 수 있겠는가? 이런 것이 정의인가?' 당시 그의 반문이 구설수에 올랐다. 심지어 《칼의 노래》를 출간하면서 머리말에도 비슷한 글을 썼다. "정의로운 자들의 세상과 작별"한다면서 그는 당대의 어떤 가치도 긍정할 수 없었다고 밝힌다. 이것이 이 작가의 기본적인 세계관이자 일종의 허무주의다.

그는 정의를 함부로 입에 올리는 사람들을 싫어한다. 한갓 말에 불과하기 때문이다. 정의로운 세상을 혐오하는 것이 아니고 정의라는 말을 싫어한다. 세상이 정의롭게 굴러가지 않기 때문이다. 말대로 되지 않는 것이 세상이기 때문이다. 그래서 그의 허무주의는 '말'에 대한 허무주의다.

이러한 입장에 따라 이 작가의 독특한 문체가 형성된다. 그는 꾸미는 말들, 수식어들을 굉장히 싫어한다. 말 자체도 믿을 수가 없는데 그것을 꾸미기까지 하느냐며 형용사, 부사를 거의 사용하지 않는다. 김훈의 문장 구조는 주로 주어와 동사로만 구성되어 있다. 기자들 사이에서는 이것을 '스트레이트 문체'라고 한다. 소설가 중에서는 헤밍웨이가 대표적인데 그 역시 아주 건조한 문체를 쓴다. 쉼표를 싫어하는 헤밍웨이는 주어와 동사로 이루어진 문장들 사이에 가끔씩 '그리고and'만 쓴다. 그에게도 기저에 허무주의라는 세계관이 깔려 있다. 그리고 김훈도 그렇지만 남성 중심적인 세계관을 잘 보여준다.

건조하고 남성 중심적인 삶을 잘 보여주는 무대가 무인의 세계다. 전장에서 칼을 든 두 장수가 마주하는 장면에서는 갑옷에 장식을 하는 것 따위가 아무런 의미가 없다. 그저 누군가는 죽고 누군가는 사는 냉정한 현실만 있을 뿐이다. 그것이 김훈이 생각하는 현실의 세계다. 오로지 힘의 논리만이 관철되는 세계다. 그 세계 앞에서 말의 논리라는 것은 무색하다. 그러한 세계관을 일련의 작품들을 통해 되풀이해서 보여준다. 어떤 소설을 쓰든지 간에 하나의 소설을 반복하고 한 가지 말만 계속하는 것이다.

《칼의 노래》와 함께 김훈의 문체가 비로소 주목을 받았다는 점도 숙고해봐야 할 현상이다. 그 이전에도 김훈의 문체는 계속 존재해왔는데 유독 소설에서 높은 평가를 받는다. 조선일보가 주관한 동인문학상을 수상할 때 심사위원들이 선정 이유를 이렇게 밝힌다. "작가는 구국 영웅의 무훈담을 마음으로 세상을 버린 자의 단단히 응고된 울음으로 바꾸어놓았으며, 그 울음을 투명한 독백의 악기로 탄주함으로써 음표의 표기가 불가능한 음역의 노래로 재창조하였다." 이처럼 화려한 수식어로 정리한 뒤 다음과 같이 상찬을 한다. "이 전혀 예고된 적 없는 새로운 세계의 출현은 자발적 유배를 택한 작가의 장인적 정신의 승리이자, 오랫동안 반복의 늪 속을 부유하고 있는 한국문학에 벼락처럼 쏟아진 축복이라 할 것이다."

'한국문학에 벼락처럼 쏟아진 축복'이라는 표현이 많이 인용돼서 '김훈'이라는 이름 뒤에 항상 붙어 다닌다. 진작부터 있어왔던 벼락인데 갑자기 발견됐다는 점도 특이하다고 생각한다. 당시 조선일보는 노무현 탄핵에 가장 앞장섰던 신문사였다. 그런데 노무현 대통령이 탄핵기간 동안에 《칼의 노래》를 인상 깊게 읽었다고 밝혀 화제가 됐다. 아마도 주인공 이순신의 고독한 내면에 감정이입을 한 것으

로 보인다. 이렇게 정치적 입장을 불문하고 하나의 작품을 두고 극찬
한 것도 이례적이다.

역사적 영웅에게서 '내면성'을 발견하다

작가 김훈은 어떠한 가치도 신뢰하지 않는다. 에세이《밥벌이의 지
겨움》에서도 비슷한 사고방식이 나타난다. 밥벌이로서 무슨 일을 하
든지 간에 누구나 다 평등하다. 밥벌이에 있어서 귀한 것과 천한 것
이 없듯이, 좋은 것과 나쁜 것이 따로 없다는 것이다. 전두환에 대한
용비어천가를 쓰든 그렇지 않든 간에 누구나 밥벌이를 해야 한다는
점에서 동등하다. 세상에 고귀한 가치는 없다고 본다는 점에서《밥
벌이의 지겨움》도 허무주의를 내세우고 있다.

　《칼의 노래》역시 이순신을 허무주의자로 그리며 그의 삶을 새롭
게 표현해낸 작품이다. 서문에서 "2000년 가을에 나는 다시 초야로
돌아왔다"고 말하고 있다. 당시 김훈은 시사저널 편집국장으로 재직
하다가《한겨레21》에서 한 인터뷰가 문제가 되면서 직장을 그만둔
상태였다. 여성관이나 통일관 등에 대한 그의 견해가 독자들의 비난
을 샀다. 이순신이 백의종군하는 시점에서부터《칼의 노래》의 이야
기가 시작되는데 당시 저자의 심란했던 상황과 잘 연결된다. 작가 자
신의 감정이 투사된 분신적인 인물로서 이순신이 그려진다. 선조로
부터 의심을 받은 이순신이 삭탈관직을 당하고 난 뒤 원균이 패배한

상황에서 다시 자신의 위치로 돌아간다. 그때의 이순신의 심정을 작가가 깊이 되새기며 쓴 작품이다.

이 작품은 고작 6개월에 걸쳐 완성되었다. 상당한 분량의 책을 비교적 짧은 기간 안에 썼다는 것은 그 전에 준비가 많이 되어 있었거나 쓰는 과정이 별로 어렵지 않았음을 의미한다. 물론 작가는 이 작품을 통해 처음 받은 인세를 임플란트 비용으로 다 썼다고 한다. 그만큼 육체적으로는 고생을 많이 하면서 쓴 작품이다. 그야말로 '명량대첩' 같은 굉장한 성공을 거둔 이 작품은 김훈이 작가로서 재탄생하게 해줬다는 의미가 있다. 이후 김훈이 썼던 여러 소설들 중에서도 가장 중요한 작품으로 남게 된다.

이순신은 잘 알려진 인물이고 그에 대한 책들도 많이 나와 있는데 독자들이 굳이 찾아 읽진 않는다. 김훈 세대가 이순신과 관련하여 즐겨 읽은 책은 이은상이 번역한 《난중일기》와 그기 지은 책 《이 충무공 일대기》였다고 한다. 역사적 인물 이순신은 1597년 4월 백의종군한 뒤 1598년 노량해전을 마지막으로 전사한다. 《칼의 노래》는 바로 이 1년 정도의 기간을 충무공의 1인칭 시점으로 다루고 있다.

1인칭 시점이 가능하기 위해서는 인물에게 특별한 조건이 갖춰져야 한다. 실존했던 인물로서의 이순신이 있고 그에 대한 역사적 기록이 있다. 그런데 그가 쓴 일기 《난중일기》의 내용은 단순한 사실들의 나열일 뿐이다. 《칼의 노래》에서 김훈은 자신만의 방법으로 이순신을 창조해야 했다. 바로 이순신에게 '내면성'을 탑재시킨 것이다.

내면성은 문학에서 근대성의 표지로 꼽힌다. 세계문학사에서는

'햄릿' 같은 인물이 대표적이다. 셰익스피어의 《햄릿》은 역사적 이순신이 활동한 때와 비슷한 시기인 1600년대에 나온 작품이다. 첫 번째 공연이 1600년에 있었고 '나쁜 햄릿'이라 불리는 최초의 판본이 1603년에 나왔다. 그리고 1604년에 정본으로 꼽히는 두 번째 판본이 나온다. 햄릿의 내면은 고민 내지는 고민의 공간이다. 햄릿이 "사느냐 죽느냐 그것이 문제로다"라고 이야기할 때 '사느냐 죽느냐'의 선택지가 당장에 결정할 수 있는 문제라면 '공간'이 필요 없다. 공간이란 이런 갈등을 저장해두는 곳이다.

그렇다면 내면 또는 내면공간이 왜 필요할까? 인생에 주어져 있는 길이 하나만 있다면 그러한 공간이 필요하지 않다. 우리가 비유적으로 일컫는 '마음'은 누구나 다 예전부터 가지고 있던 것을 말한다. 하지만 '내면성'은 새로운 차원에서 각자에게 '발명된 마음'이다.

실제로 이순신에게도 이러한 내면이 있었을지 의문이다. 역사적 실존으로서의 이순신이 있고 이 작품에서 김훈이 새롭게 발명한 이순신이 있다. 이 작품은 이순신에게 내면이 있었다고 보고 그것을 기술함으로써 이야기를 이어나간다. 그의 심정적 고백으로 소설이 구성되어 있다. 그런데 그 인물이 단지 하나의 가치나 견해, 입장만을 가지고 있다면 내면성이 성립하지 않는다. 복수의 입장이 마음 안에서 서로 공존하면서 충돌해야 한다. 그것을 가능하게 하는 인물이 바로 선조다.

만약 이순신과 선조가 지닌 뜻이 하나라면 서로를 의식할 필요가 없으므로 내면성이 필요 없게 된다. 내면성은 모순적인 마음이다.

패배해서도 곤란하고 승리해서도 난감하므로 이순신은 내면을 갖게 된다. 이 작품에서 이순신은 선조가 자신을 경계하고 있고 자신이 전공을 올릴수록 한편으로 선조를 불안하게 한다는 것을 잘 알고 있다. 선조도 자기 신하가 승전을 거두면 안위를 지키는 데 도움이 되지만 한편으로 그가 지나치게 백성으로부터 신망을 얻으면 자신에 대한 도전이 될 수 있으므로 경계해야 한다. 두 인물 간의 긴장관계가 상당히 긴밀하게 설정되어 있다. 이순신은 임금의 칼에 죽고 싶지 않고 그에게 죽는 무의미를 감당해낼 수 없노라고 고백한다. 그리고 자신의 몸에 적과 임금이 공존함을 느낀다. 그래서 '몸이 무겁다'고 말하기도 한다. 이런 대목에서 이순신이 갖고 있는 내면성이 무엇인지 확인할 수 있다.

이순신이 근대적 내면성을 갖추기까지

《칼의 노래》가 고증한 역사적 인물들의 모습을 두고 역사학자들 간에 논란이 있다. 선조가 재위한 40여 년은 조선왕조 가운데 손에 꼽힐 정도로 긴 통치 기간이다. 임진왜란이라는 엄청난 국난을 겪었기 때문에 그에 대한 평판이 썩 좋진 않다. 작품에서도 선조는 걸핏하면 울음을 터뜨리는 등 격하된 모습으로 그려지고 있다.

실제로 선조는 신하들에 대한 두려움 때문에 이순신을 상당히 경계했다고 알려져 있다. 일부 학자들은 설사 노량해전에서 전사하지 않았다 하더라도 이순신은 선조에 의해 죽임을 당했을 것이라 보며 저자도 그러한 견해를 따르고 있다. 이 작품에서 이순신은 전장에 나가 죽고 싶어 하고 사지를 계속 찾는다. 임금의 명에 따르지 않을 수 없다. 그러나 한편으로는 그러한 운명에서 벗어나고 싶어 한다. 그것이 이순신의 내면을 만든다. 만약 마음이 한 가지라고 한다면, 절대적으로 충성해야 한다면 내면이란 것을 굳이 가질 필요가 없다. 일편단심은 마음이 아니다.

가령 고소설《춘향전》에서 춘향은 지고지순한 사랑의 대명사처럼 그려지지만 근대적인 관점에서는 얄팍한 마음을 지닌 경우다. 이몽룡 한 사람밖에 모르기 때문이다. 그와는 달리《장한몽》의 심순애에게는 이수일만 있는 것이 아니고 김중배도 있다. 김중배의 다이아몬드 때문에 심순애는 '사랑이냐 돈이냐' 사이에서 갈등한다. 우리 고소설에서도 과연 그러한 내면성을 발견할 수 있는지 의구심이 있다. 더불어 이순신에 대해서도 그러한 내면성을 보여준 사료가 있는지 궁금하다. 여기서 인물들의 내면성을 읽어내는 것은 작가 김훈의 시각이다. 단문으로 기술된 역사의 여백에 이순신의 고뇌가 배어 있다고 보는 것이다.

역사적 인물로서 주어진 이순신에게 근대성의 표지인 내면성이 투사된다. 비유하자면 근대적 인간으로서의 이순신이 갑자기 16세기 왜란의 상황에 떨어졌다는 설정 하에서 내용이 전개된다. 주인공은 근대소설에 부합하지만 배경이나 상황은 중세적이다. 두 가지 시대가 결합되어 있는 이 독특한 작품은 그러나 '역사소설'로는 분류되지 않는다. 역사적인 상황을 세밀하게 묘사하거나 사실적으로 고증하는 것은 작가의 의도가 아닐뿐더러 가능하지도 않다.

중국에서는 '신역사주의'라 불리는 일련의 작품들이 있다. 신역사주의 작가들은 역사적 상황이나 시대를 통째로 만들어낸다. 그럴듯한 인물과 지명, 사건을 만들어서 가상의 역사 속에 투입시킨다. 쑤퉁 등의 소설이 보여주는 것이기도 하다.《칼의 노래》는 그런 소설들보다는 조금 더 사실에 입각해 있다. 기본적인 인물이나 사건, 배경 등은 사료에 근거하여 구축되어 있기 때문이다.

이 작품을 두고 '팩트'와 '픽션'을 결합시킨 '팩션'이라고 운운하는 경우가 있는데 이 역시 초점을 잘못 맞춘 것이라 생각한다. 이 작품은 두 가지가 결합된 것이다. 하나는 특정한 역사적 상황이고 다른 하나는 근대적 내면성을 가진 주인공이다. 이 두 가지 설정을 결합시켜 기존의 역사적 기록을 다시 쓰는 것이 작가가 의도하는 바라 할 수 있다.

이 작품에서 유일하게 가공된 인물은 이순신과 각별한 관계가 있는 여진이라는 관기이다. 이순신이 마지막에 죽어가면서까지 그녀를 생각하는 것으로 나타난다. 유일하게 허구적인 측면이 가미된 인물이다. 이 작품과《남한산성》을 비롯해 김훈의 소설들에서는 대체로 허구적인 인물이 한두 명 정도 추가된다. 물론 이런 방식을 통해 읽을 수 있는 것은 가공의 인물이나 이순신의 내면이라기보다는 작가 자신의 내면이다.

이순신이 백의종군을 하고 돌아오다가 여진을 만나 하룻밤을 같이 보낸다. 새벽이 되는데 그녀가 날이 밝으면 자신을 베어달라고 부탁한다. 어차피 왜란 기간 동안에 살 곳도 없고 목숨을 부지해봐야 일본군의 포로가 돼서 수모를 당하다가 비참하게 죽는 경우밖에 없다. 실제로 그렇게 된다. 이순신은 여진의 부탁을 들어주지 않았고 그녀는 일본군 장군의 몸시중을 들다가 결국 숨진 채로 발견이 된다. 그것을 보면서 이순신은 적진의 장군 구루시마가 여진의 몸속에서 "꼴깍거렸을" 것을 생각하며 "치가 떨렸다"고 이야기한다. 그리고 이런 대목은 역사적 이순신과 아무런 관계가 없다. '성욕'이라는 표현을 쓰기도 하는데 당시에는 그런 개념 자체가 없었기 때문에 이 역시 근대적 관점이 고스란히 투사된 부분이다.

충무공 이순신은 '개별성'을 인식할 수 있는가

여진의 죽음 때문에 마음을 쓰던 이순신이 언급하는 것은 '개별적인 죽음'이다. '시체가 바다를 뒤덮는 일이 있어도 그토록 많은 죽음이 개별적 죽음을 위로할 수는 없을 것'이라고 이야기하는 부분이 있다. 이러한 대목들이 이 작품을 읽는 실마리가 될 수 있다고 생각한다. '개인'이라는 표현을 쓰고 있지는 않지만 개별성 내지는 개별적 존재에 대한 인식이 이순신에게 있다. 이것은 근대의 발명품이다.

유럽 역시 중세시대까지만 하더라도 개별자에 대한 의식이 없었다. 중세 수도원에 걸린 그림을 보면 묘사된 사람들 사이에 차이가 없다. 저마다 고유한 개성을 가진 존재라는 인식 자체가 없었기 때문이다. 우리 역사에서도 현대에 들어서기 전까지는 사람들이 개별적 존재로서의 의식을 갖고 있었다는 증거가 없다. 오늘날에 이르러서야 우리는 각자가 개별성을 가지고 있고 이를 통해 세계를 지각하고 인식한다고 믿는다. 처음부터 인간이 그렇게 생각해온 것은 아니다.

《칼의 노래》에서는 이순신만이 개별적 존재로 나타난다. 그리고 그는 모두를 자기와 똑같은 존재라고 생각한다. 독특한 시간착오이자 이 작품의 특징이다. 그래서 이 작품은 역사소설에는 어울리지 않고 '역사적 무대를 빌려온 현대소설'이라 할 수 있다. 김훈은 전쟁의 시대를 다루는 소설을 쓸 때 그 역량이 가장 잘 발휘된다. 배경은 역사적 사실들에 의해 뒷받침되고 있기 때문에 인물에게만 내면성을 이입시키면 된다. 반면에 현대를 배경으로 내면성·개별성을 갖춘 인물을 장편의 규모로 구현해내는 일은 힘에 부치는 것으로 보인다. 인물뿐만이 아니라 모든 상황이나 사건을 현대에 맞게끔 발명하고 이야기를 직조해내기란 쉽지 않은 일이다. 결국 김훈은 두 가지 무기를 가지고 소설을 쓰는 셈이다. 하나는 개별적인 존재로서의 내면성을 갖고 있는 인물이고 다른 하나는 문체다.

물론 소설 쓰기란 그 두 가지만으로는 부족하다. 그렇지만 배경과 사건이 구축되어 있을 때는 그 두 가지 전략이 나름의 효과를 발휘할 수 있다. 이야기의 기본 얼개가 어느 정도 마련되어 있기 때문이다. 이를테면 정약용 형제의 삶을 다룬 《흑산》, 병자호란 당시의 상황을 그린 《남한산성》 같은 소설들을 쓰는 것은 이야기나 사건에 대한 창의적 구상 없이도 가능하다. 하지만 현대적인 세계로 넘어왔을 때는 모든 상황을 창조해야 하므로 소설 쓰기가 다소 막막해진다.

이순신이 명량해전에서 있었던 적진의 죽음을 회고하면서 '저마다의 죽음'을 떠올리고 타인들의 개별성을 인식하는 대목이 있다. 김훈은 자신의 내면성을 이순신에게 투사하고, 이순신은 다른 인물들한테 내면성을 투사한다. 일종의 '이중투사'다. 이러한 내면성이 당시에는 가능하지 않았던 것이라 생각한다. 오늘날 우리는 자기중심적인 사고방식이 태생적으로 주어진 것이라고 생각하고 '나'라는 존재는 원래부터 있어왔던 것처럼 여기기 쉬운데 전혀 그렇지 않다. 이것은 문화적인 고안 내지는 발명이다.

인간이 모두 개별적으로 죽는 것은 아니다. 개별적인 죽음에 대한 자각을 다룬 시인 릴케도 20세기에 와서야 등장한다. 개별적 죽음이 이전부터 당연했던 것이라면 그것이 새삼 중요한 시적 주제로 대두되지도 않았을 것이다. 인간 존재의 개별성을 릴케는 죽음이라는 주제를 가지고 아우르면서 '죽음의 각자성'을 이야기했다. 이순신의 시대에 만약 이러한 각자성에 대한 의식이 있었다면 그렇게 어이없는 전쟁에서 수많은 사람들이 무의미하게 죽는 일도 발생하지 않았을 것이다.

인간이 아무리 개체성을 갖고서 탄생한다고 해도 이런 내면성이 저절로 생겨나지는 않는다. 어린 아이가 '사느냐 죽느냐'를 가지고 고민하지는 않는다. 내면은 자의식과 함께 형성되고 성장하는 것이다. 가령 톨스토이의 《전쟁과 평화》를 보면 안드레이와 베주호프 같은 몇 명의 인물들만 내면성을 가지고 있을 뿐 모두가 그런 것은 아니다. 이 작품은 나폴레옹전쟁 시기인 19세기 초반을 배경으로 삼고 있다. 중세시대 전쟁을 연구한 유발 하라리의 저서 중에는 당시 참전자들의 수기를 다룬 보고서가 있는데 여기서도 개별성에 대한 인식은 나타나지 않는다. 16세기 조선의 경우에도 마찬가지였을 것이다. 개별성은 시대적인 흐름에 따라 발명된 문화적 개념이라 할 수 있다.

릴케는 인생의 목표란 각자가 저마다의 죽음을 죽는 것이라고 이야기한다. 인간이 태어날 때 남자는 가슴에, 여자는 자궁에 죽음을 가지고 태어나고 인간이 성장하면서 죽음도 따라서 성장한다고 말한다. 그리고 죽음을 과일에 비유하면서 '잘 익은 과일이 떨어지는 것이야말로 삶의 완성'이라며 이를 '무거운 죽음'이라고 이야기한다. 무거운 죽음은 각자의 고유한 죽음을 뜻한다. 《말테의 수기》에서도 비슷한 주제가 다뤄지는데 현대에 와서 무거운 죽음을 맞이하기가 불가능해졌다고 릴케가 탄식한다. 모두가 병원에서 죽기 때문이다. 병원에서는 저마다 개별성을 드러내지 못하고 모두가 비슷비슷하게 죽는다. 병원은 '죽음생산공장'이다. 죽음에 있어서도 개별성이 지워지고 있는 현상을 비판한다. 이러한 릴케의 시각이야말로 근대적인 문제의식에 속한다.

작품에서 개별성이라는 주제는 계속 강조되는데 이순신이 마지막 전투를 앞두고도 '적의 개별성'을 인식한다. "나의 적은 … 집단성이기에 앞서, 저마다의 울음을 우는 적의 개별성이었다." 이순신은 이러한 개별성이 어찌 자신의 칼로 없애야 할 적이 되어야 하는지 알 수 없노라고 고백하며 고뇌에 빠진다. 그러나 이러한 생각은 충무공 이순신과 아무런 관계가 없다. 충무공이 곧 김훈 자신이고 그가 보는 것은 김훈이 보는 세계다. 김훈의 독특한 세계관을 탑재한 분신으로서 이순신이 보여주는 고뇌일 뿐이다.

김훈이 내세우는 허무주의적 세계관의 정체

2000년 초반에 자의 반 타의 반으로 다니던 직장을 그만둔 자연인으로서의 김훈이 있다. 왜 그는 자신을 가장 잘 표현할 수 있는 수단이 이순신이라고 생각했을까? 그에게는 이순신이야말로 '비유'가 아닌 '실감'이었기 때문이다. 백의종군하고 열두 척의 배로 삼백 척의 왜선과 맞서는 상황은 현대에 와서도 많은 사람들에게 실시간으로 일어나는 일이라고 본다. 흔히들 인생을 '전쟁터'로 많이 비유하는데 김훈에게는 그것이 비유 이상의 의미가 있다. 실제로 인간은 서로가 서로를 베고 베이는 세계에서 살고 있다. 이러한 세계관을 가지고 있기에 그는 동시대 사람들의 사유를 다루는 소설을 쓰기 어려워하는 듯 보인다.

김훈이 서울에 나가기 위해 지하철을 타고 왕래하면서 바깥 풍경을 보며 남긴 소회가 있다. 이전과 달리 너무 많이 생겨난 건물과 사람들 사이를 오가면서 이질감을 느꼈다는 것이다. 최근에 나온 소설 《달 너머로 달리는 말》에서 그는 초원이 펼쳐진 세계로 간다. 풀밭만 있고 그 위를 말들이 뛰어다니던 시대로 넘어간다. 이처럼 그는 현대적인 삶의 방식을 벗어나고 싶어 한다. 그의 작품들에서 반복적으로 나타나는 장면들 중 하나가 목을 베는 것이다. 이런 상황에서는 주저리주저리 변명을 늘어놓거나 누구의 말이 옳은가 시비를 가리는 것이 전혀 의미가 없다. 힘의 우열이 모든 것을 결정하는 '무인적 세계관'이다.

작가는 무인적 세계관에 대한 동경 내지는 매혹을 드러낸다. 일종의 무의식으로 보이기도 하는데 그는 군부독재에 대해서도 비슷한 의견을 내비친다. 누가 옳다거나 선해서 권력을 갖는 것이 아니라 힘이 있는 자가 탱크를 밀고 들어온다. 정의롭기 때문에 지배하는 것이 아니라 힘이 있기 때문에 지배하는 것이다. 그리고 인간의 역사가 그래왔다는 것이다. 병자호란과 임진왜란도 마찬가지다. 청과 일본에게 조선이 당한 것은 그들이 우리보다 똑똑하거나 인격이 높아서가 아니라 무력이 있었기 때문이다. 그들의 힘이 셌기 때문에 우리는 굴욕을 당해야 했고 이것이 오늘날까지 이어지는 현실의 질서다. 그러한 질서 아래서 무엇이 옳은지 추구한다는 것 자체가 무망한 일이고 그것이 바로 김훈이 내세우는 허무주의다.

박정희 정권이 18년을 지배했고 그다음 전두환 정권이 7년 동안 있었다. 두 기간 동안 인생의 절반 이상을 견딘 사람들이 많다. 그 시대에 살아남아야 한다면 자연스럽게 지배의 방식에 적응해야 한다. 이를 계속 거부하고 부정하다가는 일상적 삶이 가능하지 않을 것이다. 허무주의는 신념보다 일상을 지키려는 노력 속에서 생겨난다. 가치 있는 신념이란 아무것도 없다고 치부한다면 오랜 독재를 버텨낼 수 있다. 만약 반드시 지켜야 할 도리와 가치가 있다면 직장에 다니고 밥 세 끼를 먹는 평범한 일상이 쉽게 유지되기 힘들 것이다.

시의 세계에서는 서정적 허무주의자들이 간혹 있다. 서정적 허무주의란 한 번 잃어버린 사랑은 되찾을 수 없다고 보는 것이다. 고결하고 아름다운 사랑을 숭배하지만 순수함을 잃어버린 현대 사회에서는 그러한 사랑을 찾아볼 수 없다고 보며 탄식한다. 김훈의 허무주의는 그보다 더 철저하고 전면적이다. 모든 가치를 의심하고 배격하기 때문에 남는 것은 삶과 죽음밖에 없다. 삶을 압축하고 나면 그 외의 것들은 장식이나 군더더기에 지나지 않으므로 중요한 사실은 태어났다 죽는 것뿐이다.

김훈 역시 글을 쓰는 사람이지만 문인들을 싫어한다. "펜은 칼보다 강하다"는 말이 틀렸다고 생각한다. 언제나 강한 것은 칼이다. 무인들은 굳이 "칼은 펜보다 강하다"는 말을 떠들지 않는다. 자명하기 때문에 언급할 필요가 없다. 현실의 질서와 논리를 부정하고 싶어 하기 때문에 "펜은 칼보다 강하다"는 말이 나왔다는 것이다. 이것이 이 작가의 기본적인 세계관이다.

김훈의 소설이 갖는 강점과 약점

이 작품을 역사소설로 본다면 여러 가지를 문제로 삼을 수 있다. 선조에 대해 너무 부정적으로 그리고 있고 그것이 역사적 사실에 잘 맞지 않는다는 비판도 있다. 그런데 이러한 비판은 초점이 어긋난 것이라 생각한다. 김훈에게 역사는 하나의 수단에 불과하기 때문이다. 역사적 상황을 매개로 작가의 세계관이 잘 드러난 작품이고 어떤 면에서는 그러한 세계관이 정확하게 표현되고 있다. 그래서 이 작품은 물론이고《남한산성》도 어느 정도 완성도를 갖추고 있다고 본다. 역사라든가 미학의 기준으로 김훈의 작품을 평가하는 것은 핵심을 짚지 못하는 것이다. 김훈은 자신의 세계관을 표현하기 위해 가장 적합한 소재를 찾아냈다는 점에서 평가받을 만하다.

소설을 통해 현실을 다루고자 한다면 현실에 대한 존중이 있어야 하는데 김훈은 현실에 대한 혐오감이 있다.《자전거 여행》에서도 그는 주로 자연과 소통하기를 좋아한다.《칼의 노래》의 서문에서도 사람 따위가 아닌 '만경강'에 이 책을 바친다고 이야기한다. 물새들이나 사쿠라꽃에 대해 서술한 유려한 에세이도 있다.

보통 에세이는 철저하게 작가 자신의 장르로 여겨진다. 에세이를 쓴 '작가'와 서술되고 있는 글의 '나'는 분리되지 않는다. 반면에 소설에서는 분리가 된다. 김훈의 소설은 이런 점에서 '소설을 가장한 에세이'에 가깝다.《칼의 노래》에서 '나'는 역사적 인물 이순신이지만 이것은 일종의 연극이고 실제로는 작가 김훈이다. '3인칭 소설을 어떻게 쓰는지 모르겠다'고 작가가 스스로 고백한 적도 있었다. 1인칭은 작가의 경험이 바탕이 된 글쓰기이지만 3인칭은 '남의 이야기'에 불과하다는 것이다.

김훈이 보기에는 남이 보고 느끼고 무슨 생각을 하고 있다고 말하는 것 자체가 대단히 이상한 일이다. 이는 나름의 정직한 고백이라고 생각한다. 김훈의 대표작들은 대부분 1인칭 시점으로 구성되어 있고 설사 3인칭을 표방한다 하더라도 '유사 3인칭' 또는 1인칭을 변장한 것에 불과하다. 그러다 보니 소설의 미덕과는 거리가 있다. 앞서 다룬 이승우의 소설에서도 드러나는 단점인데 '타자의 세계'가 매우 빈곤하다.《식물들의 사생활》은 모든 것이 작가에 의해 잘 조작된 세계를 보여준다. 30년 정도 시간의 경과가 있어도《식물들의 사생활》에서는 아무런 변화가 없고 사랑도 그대로 보존되고 있는 것으로 나타난다. 이러한 세계는 소설적이라기보다는 시적이다.

　　《칼의 노래》에서는 독백을 하는 한 사람의 목소리만 있다. 주인공의 세계관으로만 소설 전체가 도배되고 있다. 보통 작가들은 주인공을 창조하고 난 뒤 그들이 소설의 세계 속에서 통제되지 않음을 느끼고 불편한 관계를 형성한다. 작가와 주인공이 너무 잘 맞는다면 주인공이 작가의 꼭두각시가 되므로 소설이 생명력을 잃어버린다. 살아 있는 개성이 될 때 비로소 타자가 되고 독립적으로 움직이는 존재가 된다. 그렇지 않은 경우에는 타자가 이미지로만 존재한다.

　　이 작품에서의 이순신도 마찬가지다. 역사적 인물 이순신은 완전히 김훈의 분신이 되어 목소리를 낸다. 작품에 등장하는 소제목들인 '몸이여 이슬이여'라든가 '베어지지 않는 것들', '들리지 않는 사랑 노래' 등은 이순신과 하등 관계가 없다. 이순신과 연관해서 떠올릴 수 없는 표현과 생각들이 소설에서 반복된다. 이것들은 결국 김훈 자신의 생각이다.

대가야 시대의 우륵을 다룬 《현의 노래》에서도 김훈은 자신의 에세이에 썼던 내용을 그대로 작품에 집어넣었다. 우륵의 생각인지 김훈 자신의 생각인지 구별하는 것에 대해 전혀 개의치 않는다. 김훈은 우륵의 생각을 현시대에 재현해내는 데 관심이 있는 것이 아니라 자신의 생각을 우륵에게 입히는 데 관심이 있을 뿐이다. '김훈은 교묘하게 복화술을 한다'는 평론가 장석주의 지적이 정확한 셈이다.

소설가 김훈이 창의성을 발휘한 영역

《칼의 노래》에서 흥미로운 에피소드는 세 개 정도가 있다. 하나는 앞서 소개한 여진의 이야기다. 김훈의 소설 대부분에서 여성인물의 비중이 적다. 오래된 표현으로 말하자면 '마초적인 세계관' 내지는 '가부장적인 세계관' 때문이다. 영화계에서는 클린트 이스트우드 감독의 작품들이 잘 보여주는 것으로 남성이 여성에 대해 항상 보호자 역할을 해야 한다. 이는 여성을 대우해주는 것일 수도 있지만 한편으로는 격하하는 의미를 갖는다. 여성에게 책임을 요구하지 않으므로 그들은 항상 집에 있고 바깥에서 밥벌이를 하는 것은 남자의 몫으로 그려진다. 이러한 세계관은 김훈이 그의 아버지에게서 그대로 물려받은 것으로 보인다.

두 번째로 이순신의 셋째 아들 이면이 스물한 살 때 일본군과 싸우다가 죽는 장면이 나온다. 이윽고 일본군이 이순신의 가족을 잡아 죽이려는 특별작전을 수행하는 과정에서 세 번째 이야기가 나온다. 일본 부대가 아산으로 급파되는 와중에 이순신에게 붙잡힌다. 포로 중에 아베라는 자가 있어 이순신이 그에게 심문을 하고 죽은 아들을 떠올린다. 그리고 직접 목을 베기까지 내면에서 갈등하는 장면이 나온다. '아베를 죽여서는 안 된다는 울음'과 '아베를 살려두어서는 안 된다는 울음' 사이에서 벨 것인지 말 것인지를 계속 고민하는데 이는 햄릿의 내면성과도 통하는 대목이다. 이처럼 이순신 주변의 인물들인 기생 여진, 아들 이면, 일본군 포로 아베를 적절히 활용하면서 작가는 역사적 기록에 의존하는 것을 넘어 나름대로 창작자로서의 몫을 해내고 있다.

김훈은 비극에 대해 예민한 후각을 가지고 있다. 김훈이 지닌 독특한 고정관념 같은 것이 있는데 여성도 냄새로만 묘사한다. 보통은 어떤 대상을 떠올릴 때 시각적 이미지로 떠올리는 경우가 많다. 냄새는 조금 더 밀착된 것으로 실감의 영역에 속한다. 철학자나 관념론자들은 이미지나 환영에 대한 묘사를 많이 한다. 플라톤의《국가》에서도 '동굴의 비유'를 살펴보면 세계를 표상하는 데 있어 시각적인 것이 후각적인 것보다 높은 위상을 차지하고 있다.

시각과 후각은 일단 거리감에 있어서 차이가 있다. 후각은 훨씬 더 밀착되어 있어야 한다. 피를 보는 것과 피 냄새를 맡는 것은 전혀 다르다. 김훈이 선호하는 실감의 세계는 후각의 세계다. 작가는 노량해전에서 총탄에 맞아 쓰러지는 이순신이 "내가 죽었다는 것을 알리지 말라"는 유명한 대사 뒤의 의식의 흐름을 묘사한다. 군인으로서 전장에서 죽는 것이므로 이순신은 우선 자신이 '자연사'했음에 안도한다. 그리고 '화약 연기의 냄새'와 함께 '죽은 아들 이면의 젖냄새', '백두산 밑 새벽안개의 냄새'와 함께 '여진의 몸냄새'를 떠올린다. 생을 마감하면서 몸냄새를 떠올리는 것이 일반적이진 않다. 보통은 어떤 이미지들을 떠올리는데 김훈은 냄새에 집착한다. 이미지는 거리감도 있고 속임수를 쓰기도 쉽다. 이 작가에게는 냄새야말로 진짜에 가깝고 가장 확실한 세계이다.

참고문헌

국내작품

김승옥,《무진기행》, 문학동네, 2004.

김원일,《마당 깊은 집》, 문학과지성사, 2018.

김훈,《강산무진》, 문학동네, 2006.

김훈,《칼의 노래》, 문학동네, 2001.

김훈,《현의 노래》, 문학동네, 2004.

염상섭, 정호웅 엮음,《삼대》, 문학과지성사, 2004.

이문구,《관촌수필》, 문학과지성사, 2018.

이문열,《젊은 날의 초상》, 민음사, 2005.

이병주,《관부연락선 1 · 2》, 한길사, 2006.

이병주,《소설 · 알렉산드리아》, 한길사, 2006.

이승우,《모르는 사람들》, 문학동네, 2017.

이승우,《생의 이면》, 문이당, 2013.

이승우,《식물들의 사생활》, 문학동네, 2014.

이인성,《낯선 시간 속으로》, 문학과지성사, 2018.

이청준,《당신들의 천국》, 문학과지성사, 2012.

장석주,《나는 문학이다》, 나무이야기, 2009.

장석주,《장석주가 새로 쓴 한국 근현대문학사》, ㈜학교도서관저널, 2017.

조세희,《난장이가 쏘아올린 작은 공》, 이성과힘, 2000.

최인훈,《광장 / 구운몽》, 문학과지성사, 2008.

황석영,《객지》, 창비, 2000.

황석영,《돼지꿈》, 민음사, 2005.

황석영,《삼포 가는 길》, 창비, 2000.

해외작품

마리오 바르가스 요사, 송병선 옮김,《염소의 축제 1 · 2》, 문학동네, 2010.

막심 고리키, 최윤락 옮김,《어머니》, 열린책들, 2009.

사뮈엘 베케트, 오증자 옮김,《고도를 기다리며》, 민음사, 2000.

스탕달, 이동렬 옮김,《적과 흑 1·2》, 민음사, 2004.

에밀 졸라, 박명숙 옮김,《목로주점 1·2》, 문학동네, 2011.

에밀 졸라, 박명숙 옮김,《제르미날 1·2》, 문학동네, 2014.

오노레 드 발자크, 이동렬 옮김,《고리오 영감》, 을유문화사, 2010.

요한 볼프강 폰 괴테, 박찬기 옮김,《젊은 베르테르의 슬픔》, 민음사, 1999.

요한 볼프강 폰 괴테, 안삼환 옮김,《빌헬름 마이스터의 수업시대 1·2》, 민음사, 1999.

요한 볼프강 폰 괴테, 정서웅 옮김,《파우스트 1·2》, 민음사, 1999.

윌리엄 셰익스피어, 최종철 옮김,《햄릿》, 민음사, 1998.

제임스 조이스, 진선주 옮김,《젊은 예술가의 초상》, 문학동네, 2017.

크리스타 볼프, 전영애 옮김,《나누어진 하늘》, 민음사, 2012.

토마스 만, 홍성광 옮김,《부덴브로크 가의 사람들 1·2》, 민음사, 2001.

표도르 도스토옙스키, 김연경 옮김,《지하로부터의 수기》, 민음사, 2010.

표도르 도스토옙스키, 김희숙 옮김,《죄와 벌-상》,《죄와 벌-하》, 을유문화사, 2012.

프란츠 카프카, 권혁준 옮김,《성》, 창비, 2015.

프란츠 가프가, 권혁준 옮김,《소송》, 문학동네, 2010.

프란츠 카프카, 홍성광 옮김,《변신》, 열린책들, 2009.

한나 아렌트, 이진우 옮김,《인간의 조건》, 한길사, 2017.

헤르만 헤세, 안인희 옮김,《데미안》, 문학동네, 2013.

로쟈의 한국문학 수업

세계문학의 흐름으로 읽는 한국소설 12_남성작가 편

1판 1쇄 인쇄 2021년 1월 21일
1판 1쇄 발행 2021년 1월 28일

지은이 이현우
펴낸이 고병욱

책임편집 김경수 **기획편집** 허태영
마케팅 이일권, 한동우, 김윤성, 김재욱, 이애주, 오정민
디자인 공희, 진미나, 백은주 **외서기획** 이슬
제작 김기창 **관리** 주동은, 조재언 **총무** 문준기, 노재경, 송민진

펴낸곳 청림출판(주)
등록 제1989-000026호

본사 06048 서울시 강남구 도산대로 38길 11 청림출판(주)
제2사옥 10881 경기도 파주시 회동길 173 청림아트스페이스
전화 02-546-4341 **팩스** 02-546-8053

홈페이지 www.chungrim.com
이메일 cr2@chungrim.com
페이스북 https://www.facebook.com/chusubat

ⓒ 이현우, 2021

ISBN 979-11-5540-178-1 03800